얼음 속의 처녀

THE VIRGIN IN THE ICE

by Ellis Peters

얼음 속의 처녀

엘리스 피터스 장편소설 · 최인석 옮김

북하우스

차 례

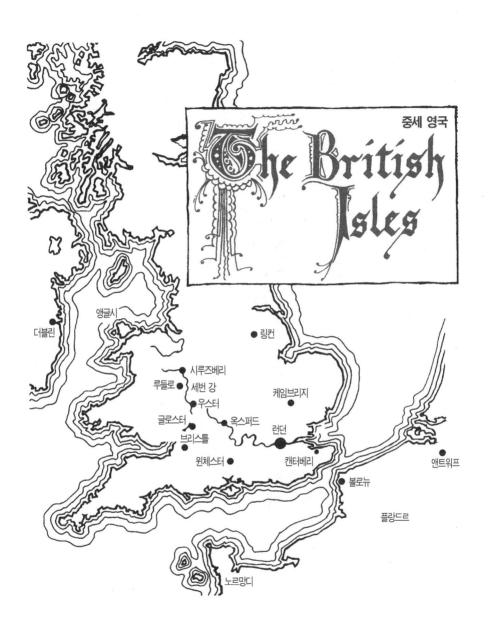

중세 영국

The British Isles

더블린
앵글시
링컨
시루즈베리
루들로 · 세번 강
우스터
케임브리지
글로스터 · 옥스퍼드
브리스틀 · 런던
윈체스터 · 캔터베리
앤트워프
볼로뉴
플랑드르
노르망디

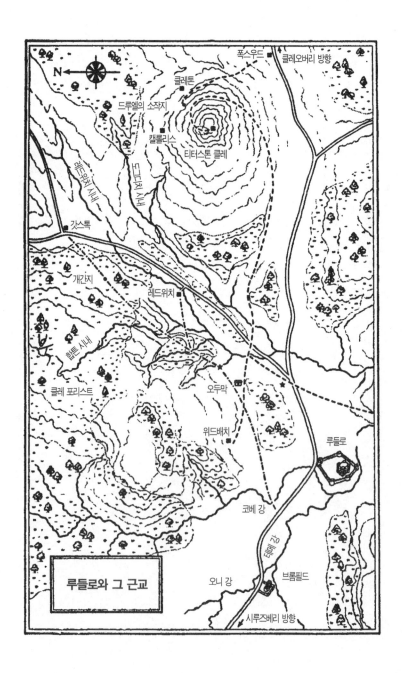

루들로와 그 근교

증발된 남매

1139년 11월 초, 후에는 지지부진해지고 말았으나 처음에는 그토록 갑작스러웠던 내전의 파도는 우스터 시를 엄습하여 가축과 재산과 여자들의 반쯤을 휩쓸어가버렸다. 때를 놓치지 않아 목숨을 구해 가까스로 탈출할 수 있었던 그 도시의 거주자들은 약탈자들을 피하여 북쪽으로 허겁지겁 도주하였고, 장원이건 수도원이건 방벽으로 둘러싸인 마을이건 성이건, 은신처로 이용할 수 있는 곳이기만 하면 가리지 않고 들어가 몸을 감췄다. 그 달 중순 무렵 그들 피난자들 가운데 한 무리가 시루즈베리에 도착하였다. 그들은 고맙게도 수도원이나 민가의 따뜻한 환대를 받아 부상을 치료하고 분노를 가라앉힐 수 있었다.

노인들이나 병자들을 제외한다면, 그들의 경우는 그다지 고약

9

한 처지라고는 할 수 없었다. 겨울이 아직 맹위를 떨치기 전이었던 것이다. 날씨를 잘 맞히는 사람들은 이미 이번 겨울은 끔찍스럽게 춥고 길 것이요, 눈도 많이 올 것이라고 예견하고 있었다. 그러나 비록 대지는 얼어붙고 하늘은 구름으로 뒤덮였으며 변덕스러운 바람이 몰아치기는 했어도, 아직 얼음이 얼거나 눈이 쏟아지지는 않고 있었다.

진료소 담당인 에드먼드 수사는 마음속 깊이 부르짖었다.

"하느님의 은총이십니다! 그렇지 않았더라면 우리는 셋 정도가 아니라 훨씬 더 많은 시체를 우리 손으로 묻어야 했을 겁니다. 게다가 이 시신 세 구 모두 인생 칠십은 넘긴 사람들 아닙니까."

그럼에도 불구하고 그는 진료소로 몰려든 피난민들을 위한 병상을 마련하느라 애를 먹었다. 넘쳐나는 사람들을 수용하느라 돌바닥에는 밀짚을 두껍게 깔아야 했다. 그들 피난민들은 크리스마스 축제 전에는 사변을 맞은 도시로 되돌아가 살게 될 터였으나 지금은 탈진한데다가 충격으로 넋이 나간 상태여서 모두가 그의 도움을 필요로 했다. 대수도원은 순식간에 한계에 이르렀다. 시내에 먼 일가붙이라도 있는 피난민들은 그들의 집으로 인계되었고, 그곳에서 따뜻한 대접을 받았다. 해산을 앞둔 임산부들은 남편과 더불어 그 지방 행정장관의 보좌관인 휴 버링가의 저택으로 안내되었다. 그것은 보좌관의 부인이 자청하여 이루어진 일이었다. 그녀의 남편은 시내의 저택으로 아내를 옮겨오면서 아내에게 필요한 하녀들, 조산원, 의사까지 모두 동반시킨 바 있었다. 그의 아내 역시 성탄절 이전에 해산을 할 예정이었던 것이다. 그녀는 비슷한 처지의 여자들이 찾아오는 것을 환영하였고, 그들에게 필요한 모든 것을 기꺼이 베풀어주었다.

캐드펠 수사는 음울한 어조로 절친한 친구인 휴에게 말했다.

"성모께서도 그런 따뜻한 환영은 받지 못하셨을 게요."

"그게 집사람 천성인 걸 어쩝니까! 앨린은 할 수만 있다면 길거리에서 마주치는 떠돌이 개들도 한 마리 남김없이 끌고 들어올 겁니다. 우스터에서 온 그 불쌍한 여자는 이제 많이 호전되었어요. 휴식을 취하기만 하면 아무 일도 없을 거예요. 산모 둘은 이번 크리스마스까지는 여기 머무르게 될 것 같아요. 웬만큼 산후 조리가 끝나야 이동할 수 있을 테니까요. 하지만 감히 말씀드린다면, 수사님네 손님들 대개는 머지않아 공포심을 털어내고 고향 집으로 돌아갈 수 있을 겁니다."

캐드펠이 대답했다.

"벌써 떠난 사람도 몇 있소. 며칠 내에 기운을 차린 사람들이 더 떠나게 될 게고. 집으로 돌아가서 어서 이것저것 망가진 것들을 수리하고 싶은 생각이 드는 건 당연한 일이지. 소문으로는 왕이 막강한 군대를 이끌고 우스터로 향하고 있다고 합디다. 왕이 그 군대를 좀더 나은 주둔지에 놓아둔다면 주민들은 겨우내 안전하게 지낼 수 있을 게요. 설령 그런다 하더라도 비축해둔 식량을 동쪽에서 옮겨와야겠지. 저장해놓은 것들은 모조리 약탈당할 테니 말이오."

캐드펠은 과거의 경험을 통하여 파괴당한 도시의 몰골과 악취, 그 황폐함을 잘 알고 있었다. 그 역시 젊은 날에는 병사이자 선원으로 머나먼 전장을 떠돈 적이 있었던 것이다.

"크리스마스가 되기 전에 비축해둔 식량 중에서 남아 있는 걸 찾아와야 한다는 문제 외에도 겨울이 순식간에 다가오리라는 문제가 있지요. 도로에 약탈자들이 출몰하지만 않으면 큰 고생하지

않고 따뜻하게 여행할 수 있겠지만 한 달 뒤, 아니 일주일 뒤에 무슨 일이 벌어질지, 겨울이 얼마나 가혹해질지 누가 알겠소?"

버링가는 생각에 잠겨 신중하게 말했다.

"길에 약탈자들이 출몰하느냐 하지 않느냐보다도 더 큰 걱정거리가 있다는 점을 지적하지 않을 수 없군요. 이곳 시로프셔의 방어는 견고해요. 적어도 아직까지는요! 그렇지만 동쪽과 북쪽 지방에서는 불길한 소문이 떠돌고 있어요. 게다가 국경지방도 불안한 정세구요. 왕이 남쪽에 신경을 쓰느라 움직일 수 없을 때에, 벨기에가 다음 번에도 빛을 제대로 갚을지 신경을 곤두세우고 있을 때에, 또 왕의 군사력이 한 가지 목표에서 또다른 목표로 오락가락하느라 소모되는 사이에, 멀리 변경에 있는 야심가들이 왕권을 넘보리라는 건 뻔한 일이에요. 그자들은 스스로 왕국을 세우려 할 거예요. 한 번 그런 일이 벌어지면 그보다 훨씬 못난 파리들도 전례를 따르려 들겠죠."

캐드펠 역시 동의하지 않을 수 없었다.

"내전의 소용돌이에 휘말린 나라에서는 질서가 붕괴되는 걸 당연시하게 마련이고, 야만이 고개를 내밀게 되는 법이오."

휴 버링가는 단호히 말했다.

"여기에서는 그런 일은 벌어지지 않을 거예요. 프레스코트 장관의 통치권은 막강불변입니다. 내가 장관의 보좌관인 한 나 역시 그분과 같은 정책을 취할 거구요."

국왕 스티븐*이 임명한 시로프셔의 행정장관인 길버트 프레스코트는 그 지방 북쪽에 자리잡은 자신의 가장 큰 장원에서 크리스마스를 보낼 계획이었고, 그리하여 그 주의 반에 달하는 남쪽지역에 대한 수비와 합법적 통치권은 현재 버링가의 손에 맡겨져

있었다. 우스터에 대한 이번 공격은 어쩌면 앞으로 있을 유사한 공세의 서막에 불과한지도 몰랐다. 국경 지방의 모든 마을이 위기에 빠진 셈이었다. 그것은 적의 야심뿐만 아니라 성주들과 수비대의 갈팡질팡하는 충성심 때문이었다. 이 위기에 빠진 지방에서 적어도 한 사람 이상의 영주가 이미 충성의 서약을 저버렸고, 앞으로도 그 이상의 영주가 그 뒤를 따를 우려가 있었다. 아마도 두번째, 세번째 공격이 감행되면 더 많은 영주들이 비슷한 길을 따를 것이었다. 성직자들도, 지방 귀족들도 앞다투어 자신의 이익을 지키는 길을 찾기 시작하고 있었으며, 더욱 큰 이익이 보장될 것으로 여겨지는 곳에 충성을 바치기 위해 암중모색하고 있었다. 오래 지나지 않아 그들 가운데 일부는 왕관을 놓고 싸움을 벌이는 양쪽 당사자 모두로부터 충성을 철회하여 그 자신의 왕국을 건설하는 것이야말로 자신의 이익을 보장받는 가장 훌륭한 방법이라는 결론을 얻게 될 수도 있었다.

캐드펠은 조용히 말했다.

"루들로의 당신네 성주는 그다지 신임할 만한 인물이 못 된다는 얘기가 있습디다. 스티븐 왕이 그를 레이시 가문*의 상속자로 인정하고 루들로의 성을 주었지만 그 양반은 황후에게도 곁눈질을 한다는 소문이 나돌아요. 내 듣기로 국왕이 가까이에서 감시하지 않으면 언제 일촉즉발의 위기가 닥칠지 모른다고 하더군요."

캐드펠이 들은 얘기는 휴 역시 들은 적 있는 소문들이었다. 요즘 들어 영주들은 어느 누구 하나 빠짐없이 첩보를 수집하기 위해 혈안이 되어 첩자를 사방으로 내보내고 있었다. 설령 루들로에 있는 조스케 드 디넌*이 배반을 숙고했고, 그리하여 그 쪽이 더 낫겠다는 결론을 내렸다 하더라도 휴는 지금 현재의 입장을

단호히 지켜낼 작정이었다. 그러나 행동은 유보해야 할 것이요, 그런 가운데 조스케 드 디넌을 지켜보아야 할 것이었다. 불신이란 내전기에는 그다지 불명예스러운 일은 아니었으나, 서글픈 일인 것만은 분명했다. 시련을 함께 겪은 친구들 사이에 여전히 확고한 신뢰가 존재한다는 것은 좋은 일이었다. 요즘 같은 세상에서 등뒤를 지켜줄 든든하고 믿음직한 사람이 갑자기, 절실히 필요해지는 일은 얼마든지 있을 수 있었다.

"아, 스티븐 왕이 군대를 거느리고 우스터로 오는 길이니까 왕이 군대를 철수시키기 전에는 함부로 움직이거나 얼굴을 내미는 자들은 없을 거예요. 하지만 그렇다 해도 난 결코 탐문이나 관측을 중단할 생각은 없어요."

휴는 세상으로부터의 잠깐 동안의 은신처인 캐드펠의 작업장 벽에 기대어 놓은 벤치에서 일어났다. 그는 계속해서 말했다.

"이제 집으로 가서 내 침대로 들어가야겠군요. 건방진 내 자식때문에 집사람이 날 침대에서 쫓아내버릴지도 모르지만 말예요. 이런 말 해봤자 수사님 같은 헌신적인 성직자께서야 아비의 고난이 어떤 건지 짐작도 못하시겠지만요!"

그러나, 정말 그럴까? 캐드펠은 어디까지나 아무 불만 없는 어조였다.

"당신들 결혼한 사람들이야 언제든 아비로서의 고난을 겪어야 하게 마련 아니오. 부부가 서로에 대한 매력을 상실했을 때에 나타나는 제삼의 불청객이 자식이니 말이오. 오늘 마지막기도 때에는 당신들을 위해 기도를 올리겠소."

그러나 캐드펠은 먼저 진료소에 들러서 유랑으로 인한 상처 회복이 유난히 느린 한두 환자를 에드먼드 수사와 함께 돌봐야 했

14

다. 환자들은 노쇠나 가난, 굶주림 때문에 체력이 극도로 약해져 있었다. 결코 쉽게 낫지 않을, 칼로 찔린 상처에 붕대를 갈아준 다음에야 그는 마지막기도에 참석했다. 마지막기도 때에 그는 친구와 친구의 아내, 그리고 곧 태어날 예정인 친구의 아이뿐만 아니라 올 겨울에 태어날 무수한 아이들을 위해 기도를 드렸다.

잉글랜드는 이미 몇 년 전부터 겨울을 맞아 얼어붙어 있었고, 캐드펠도 그것을 잘 알고 있었다. 스티븐 왕은 왕위에 오르자, 비록 강력하다고는 할 수 없으나, 잉글랜드 전역에 대한 통치권을 장악했다. 그의 왕권에 대한 경쟁자인 모드 황후*는 서쪽 지역을 장악하고, 스티븐과 동일한 권력을 요구하고 있었다. 조금도 사촌 사이 같지 않은 사촌인 그들은 싸움에 휘말려 서로를, 그리고 잉글랜드를 갈가리 찢어놓았다. 그러나 삶은 계속되어야 하는 법이었고, 신앙도 이어져야 하는 법이었으며, 돈을 벌기 위한 연중의 농사, 철이면 철마다 해야 하는 쟁기질, 써레질이며, 씨를 뿌리고, 잡초를 뽑고, 수확하고 하는 일들도 계속되어야 하는 법이었다. 이곳 수도원과 교회에서도 영혼의 씨앗을 뿌리고 잡초를 뽑고 수확하는 일은 계속되어야 했다. 캐드펠 수사는 인간에 대한 두려움이 전혀 없었다. 고작 인간에게 얼마나 큰 일이 일어날 수 있겠는가. 휴의 아이는 새로운 세대, 새로운 출발, 새로운 약속이 될 것이요, 한겨울에 들려오는 봄소식이 될 것이었다.

우스터의 베네딕트회* 수도원의 부수도원장 보좌신부인 허워드 수사가 시루즈베리에 있는 성 베드로-성 바울 수도원*의 미사 시간에 모습을 드러낸 것은 11월의 마지막 날이었다. 그는 지난 밤에 도착해 라덜푸스 수도원장*의 숙소에 머물면서 원장의 환대를

받았다. 대개의 수사들은 그가 왔다는 것을 알지 못했고, 따라서 그가 누구인지 궁금해했다. 원장이 친히 정중하게 그를 모시고 들어와 자신의 바로 오른쪽 자리에 앉혔던 것이다. 캐드펠 역시 동료 수사들과 마찬가지로 아무것도 알지 못했다.

원장과 그의 손님은 극과 극처럼 대비를 이루었다. 라덜푸스 원장은 키가 크고 꼿꼿한 몸집에 정력적이었다. 태도는 강인하고 엄격했으며 좌중을 위압할 만큼 침착하고 고요했다. 필요하다면 그 역시 분노를 터뜨릴 줄 알았고 그 분노는 모든 이들을 떨게 하기에 충분했으나, 그의 분노의 불길은 언제나 강한 자제력으로 가려져 있었다. 그 옆에서 따라들어온 사람은 여윈 몸매에 키가 작고 몸집도 작았으며, 머리칼은 하얗게 세었고, 여전히 여행으로 인한 피로에 젖어 있었다. 그러나 그의 늙은 눈은 무엇이라도 꿰뚫을 듯 직선적이었고 입은 인내력과 집요함을 드러내는 듯 굳게 다물려 있었다.

원장이 말했다.

"우리의 형제이신 우스터의 부수도원장 보좌신부 허워드 수사이십니다. 사명을 지니고 오셨으나 나로서는 도와드릴 길이 없는 일이었어요. 여러분들 가운데 많은 형제가 도시에서 쫓겨온 저 불운한 이들을 돕는 일을 헌신적으로 해오셨으니, 그 피난민들에게서 뭔가 도움이 될 만한 소식을 들은 형제가 있을지도 모르겠다는 생각이 들었지요. 그래서, 손님께서 요구하시는 바를 여러 형제들 앞에서 다시 한번 말씀해주십사고 부탁드렸습니다."

손님은 모든 사람들이 자신의 모습을 더욱 잘 보고 자신의 얘기를 더욱 잘 들을 수 있도록 자리에서 일어났다.

"내가 여기 온 것은 귀족의 자제 두 사람을 찾기 위해섭니다.

그 아이들은 우리 도시 소재 베네딕트회의 보호를 받고 있다가 공격이 시작되었을 때에 그곳을 떠났는데, 아직 돌아오지 않았습니다. 우리는 이 지방의 변경까지는 그들의 자취를 추적할 수 있었습니다만 그곳에서 그만 놓치고 말았어요. 그들은 시루즈베리로 올 작정이었고, 우리 교단이 안전을 책임지고 있었기 때문에, 난 그들이 과연 여기에 도착하기는 했는지 알아보러 이곳에 왔습니다. 원장께서는 당신이 아시기로는 그들이 이곳에 도착한 바 없다고 하셨습니다만, 피난민 가운데에는 여기까지 오는 길에 그들을 목격했거나 그들에 관한 소식을 들은 사람이 있을지도 모르고, 그런 얘기를 여러 형제분들께 한 적이 있을지도 모르겠다는 생각이 들었습니다. 그들을 안전하게 찾는 데에 도움이 되는 얘기를 해주신다면 더없이 감사하게 생각하겠습니다. 그들의 이름은 이렇습니다. 여자는 에르미나 휴고닌. 나이는 열여덟이고 우스터에 있는 수녀원의 보호에 맡겨져 있었지요. 남동생의 이름은 이베스 휴고닌. 우리가 보호중이었고 나이는 겨우 열셋이에요. 양친은 모두 죽었고, 그 아이들을 돌봐줄 외숙과 친척들은 성지의 전장에 가 있다가 이제야 돌아왔어요. 그런데 그들이 실종되었다는 소식을 듣게 된 거지요."

허워드 수도사는 얼굴을 찡그리며 말을 이었다.

"우리가 책임을 다하지 못한 것에 대해 얼마나 큰 죄책감을 느끼는지는 형제들도 짐작할 수 있을 겁니다. 하지만, 사실대로 말하자면 전적으로 우리 잘못만은 아니었어요. 그 사건이 벌어졌을 때에는 우리로서도 손 쓸 수가 없는 상황이었으니까요."

원장은 연민에 젖어 말했다.

"그런 혼란과 위험 속에서라면 어느 누구라도 맡겨진 모든 일

을 무사히 수행하기는 어려웠겠지요. 하지만 그런 어린 나이의 아이들이……."

에드먼드 수사가 물었다.

"그 아이들이 자기들끼리만 우스터를 떠났다는 말씀이십니까?"

그는 비난하거나 책망하려는 생각은 추호도 없었다. 그러나 허 워드 수사는 그 말의 내용이 암시하는 것만으로도 마치 공격이라 도 받은 듯 죄스러운 얼굴로 고개를 숙였다.

"우리 교회가 저지른 잘못에 대해 감히 용서를 구하려 하지는 않겠습니다. 하지만, 사건은 형제들 생각과는 전혀 다른 식으로 벌어졌어요. 공격이 시작된 건 이른 아침이었고 도시의 남쪽에만 제한되어 있었지요. 우리는 그 공격이 얼마나 엄청난지, 군대의 규모가 얼마나 되는지는 전혀 알지 못하다가 군대가 북쪽으로 쇄 도해 들어왔을 때에야 비로소 알게 된 거지요. 그때 마침 이베스 는 누이를 만나러 수녀원에 가 있었고, 그러니까 우리들로부터 멀리 떨어져 있었던 셈입니다. 감히 말하건대, 에르미나는 대담한 아가씨예요. 상황이 상황인 만큼 수녀 자매들은 교회 안에 모여 서 돌아가는 형편을 지켜보고 있기로 했지요. 자매들은 제아무리 약탈자들이라 할지라도—그자들이 이미 술에 곤죽이 되어 미치 광이들 같았다는 점은 지적하지 않을 수 없겠지만—성직자들에 대한 외경의 마음이야 있을 것이요, 그러니 교회 내의 값비싼 귀 중품들을 도둑질하는 것 외에는 다른 해를 끼치지는 않을 거라고 믿었던 겁니다. 자매들은 그런 생각으로 교회 안에 머물러 있었 지요. 그렇지만 에르미나는 그렇게 생각하지 않았어요. 그래서 다른 수많은 피난민들과 마찬가지로 도시를 빠져나가 멀리 떨어 진 곳에서 안전한 피난처를 구하기로 마음먹은 겁니다. 그 아가

18

씨가 생각을 바꾸려 하지 않고, 어린 남동생은 누이에게서 떨어지려 하지 않았기 때문에, 그녀의 개인교사로 일하던 수녀 한 사람이 그들이 안전한 곳에 거처를 마련할 수 있도록 같이 가주겠다고 따라나섰답니다. 침입자들이 사라지고 난 다음에 우리가 불을 끄고 시신을 수습하고 부상당한 이들을 돌봐주고 있을 때에 그제서야 그들 남매가 시루즈베리를 목적지로 하여 도시에서 탈출하였다는 소식이 전해진 겁니다. 비록 말은 타지 못했어도 준비는 제법 갖추고 있었다고 합니다. 에르미나는 보석과 상당한 액수의 돈을 지니고 있었고, 거리에서 신분이 발각되지 않을 정도의 재치도 있는 아가씨입니다. 또, 이런 말씀 드리게 된 건 유감입니다만, 그들이 떠난 건 잘한 일이었지요. 글로스터에서 온 그 불한당들은 자매들의 기대와 믿음과는 달리 자매들에게 외경의 마음을 품어주지 않았거든요. 그자들은 약탈하고, 불지르고, 수련수녀 중에서 가장 어리고 가장 잘생긴 자매들을 끌어가버렸어요. 게다가 그런 행동을 막으려 한 수녀원장에게 가혹행위를 했다고 합니다. 달아난 건 그 아가씨로서는 잘한 일이었던 거지요. 난 지금 이 순간에도 그 아가씨와 남동생, 그리고 힐라리아 자매가 어디 안전한 곳에 숨어 있기를 간곡히 기도하고 있습니다. 하지만, 그들의 행방을 알 수가 없어요."

구호사업 담당인 데니스 수사는 정문을 통해 수도원 경내로 들어온 모든 이들을 알고 있었다. 그는 음울하게 말했다.

"이런 말씀 드려야 한다는 것이 안타깝습니다만, 그런 사람들은 이곳에 온 적이 없습니다. 본 적이 없어요. 그래도 절 따라오셔서 이곳 접객소에 임시로 머물고 있는 피난민들을 직접 만나 물어보시지요. 진료소에도 피난민이 몇 있으니 그 사람들에게도 물어보

시고요. 어쩌면 그 사람들의 얘기 가운데 쓸모있는 것이 나올지도 모릅니다. 물론 저희는 젊은 귀족 남매에 대한 이야기는 이제 처음 들었기 때문에 그들에게 물어본 적이 없으니까요."

식품저장실을 담당하는 매튜 수사가 제안했다.

"어쩌면 그 귀족 남매가 아는 친척이나 소작인이나 옛 하인 가운데에 이곳에 사는 사람이 있었을지도 모르지요. 그래서 우리의 도움을 받을 필요도 없이 그 사람들 집 안에 숨어 있는지도 모릅니다."

허워드 수사는 그 말에 얼굴이 조금 밝아졌다.

"그럴 수도 있겠군요. 하지만, 힐라리아 수녀는 그들을 이곳으로 데려오려 했을 거라는 생각이 들어요. 우리 교단의 수도원이야말로 보호받기에 가장 적합한 곳이리라 생각했을 테니까요."

수도원장은 신속하게 이야기를 진행시켰다.

"도움이 될 만한 사람을 발견하지 못할 경우에 다음 단계의 조처는 행정장관을 찾아가 상의하는 겁니다. 장관은 시루즈베리에 어떤 이들이 도착했는지 알 겁니다. 형제, 좀전에 형제는 그들 남매의 외숙이 팔레스타인에서 이제 막 도착했다고 했지요? 그 사람 역시 어떤 통로를 통해서든 이곳 당국자들과 접촉하고 있을 겁니다. 조카들을 찾기 위한 조사를 벌이지 않을 리가 없지 않습니까? 그 사람이 모든 책임을 수도원에 지운다는 건 앞뒤가 맞지 않는 일이지요."

허워드 수사는 길게 한숨을 내쉬었다. 숨을 들이쉬느라 꼿꼿해졌던 몸은 곧 절망스럽다는 듯 맥없이 늘어지고 말았다.

"그 외숙이라는 사람은 앙주 혈통의 기사이고—그 아이들은 그 기사 누이의 아이들입니다—이름은 로렌스 댄저스라고 합니다.

십자군에서 귀환한 지 얼마 되지 않아 글로스터로 갔어요. 황후의 군대로 들어간 거지요. 그가 그곳에 도착한 것은 공격이 벌어진 이후의 일이었습니다. 그러니 그 약탈행위에 대해서 그를 비난할 수는 없는 일이에요. 그 사람은 조금도 그런 짓을 하지 않았으니까요. 그러나 글로스터에서 온 남자는 그 누구라 해도 우리 도시에서는 감히 얼굴을 들고 다닐 수가 없는 형편이에요. 스티븐 왕이 막강한 군대를 이끌고 와 있고, 폐허가 된 도시의 시민들과 마찬가지로 몹시 분노하고 있으니까요. 그래서 그 아이들을 찾는 일이 전적으로 우리에게 떠맡겨진 겁니다. 뿐만 아니라 이 임무는 이번 공격과는 전혀 무관한 사람이 완수해야 할 일이고요. 좋습니다. 장관을 찾아가 이 문제를 상의하겠습니다."

라덜푸스 원장은 말했다.

"나도 장관에게 청을 넣도록 하지요. 하지만 먼저 알아봅시다. 여기 있는 형제들 가운데 할 말이 있는 형제가 또 있는지⋯⋯?"

원장은 대회의실 안을 둘러보았으나 모두가 고개를 저었다.

"좋아요. 그렇다면 우리 손님들을 먼저 찾아가보기로 하십시다. 그들의 이름, 나이, 수녀와 동행하고 있었다는 점, 그 정도면 쓸만한 얘기를 들을 수 있을지도 모르니."

캐드펠은 나머지 사람들과 같이 대회의실에서 나왔다. 그러나 그로서는 그런 식의 조사로 뭔가 유용한 정보를 얻어낼 수 있으리라고는 생각할 수 없었다. 요즘 들어 그는 에드먼드 수사를 도와 탈진한 피난민들에게 거처를 마련해주고 치료해주고 하면서 거의 모든 시간을 보내고 있었으나, 이곳으로 오는 길에 그런 여행자 셋을 목격했다는 얘기는 들어본 적이 없었다. 피난민들에 관한 이야기는 수도 없이 많았고, 그들은 두서없이 온갖 얘기들

21

을 늘어놓았으나, 베네딕트회의 수녀와 귀족의 자제 둘이 보호자도 없이 길 위에 나와 있는 것을 보았다는 얘기는 없었던 것이다.

그들의 외숙은 길버트 프레스코트가 왕의 편인 것처럼, 황후 편인 것 같았다. 그들 두 파벌의 증오심은 짚더미에 놓인 불처럼 우스터를 배경으로 활활 타오르기 시작하고 있었다. 징조가 좋지 않았다. 라덜푸스 원장은 설득력을 발휘하여 우스터에서 온 사자를 장관과 만나도록 할 수 있었으나, 로렌스 댄저스 일로 그들 두 사람이 어떤 대접을 받게 될지에 대해서는 의구심을 버릴 수 없었다.

장관은 성 안의 거처에서 정중하게 민원인들을 맞아들여 무표정한 낯으로 허워드 수사의 얘기를 들었다. 검은 눈썹에 검은 턱수염을 기른 우울한 성격의 장관은 대개의 경우 남을 안심시키는 표정이 아니라 위압감을 주는 표정을 짓고 있는 사람이었다. 그러나 나름의 엄격한 방식으로 공정했고, 자신이 한 말과 휘하의 부하들에 대해서는, 그가 요구하는 기준을 그들이 준수하기만 하면 신의를 지키는 인물이었다.

허워드 수사의 얘기가 끝나자 장관이 말했다.

"그들이 실종되었다니 유감입니다. 또한, 수사께서 시루즈베리에서 그들을 아무리 찾아봐야 헛수고에 불과하리라는 말씀을 드려야 한다는 것도 유감이에요. 그 공격이 있은 이후 난 우스터에서 우리 시로 들어온 모든 사람들에 대한 소식을 하나 빠짐없이 듣고 있습니다만 그런 젊은 남매와 수녀 얘긴 없었어요. 많은 피난민이 이미 집으로 돌아갔고, 국왕 폐하께서는 우스터의 수비대를 강화하셨지요. 말씀대로 그 아이들의 외숙이 잉글랜드로 돌아

왔다면, 그리고 그 사람이 대의명분을 아는 사람이라면 어째서 직접 아이들을 찾아나서지 않는 게지요?"

허워드는 우유부단한 나머지 그 귀족의 이름을 미처 말하지 못하고 있었다. 최악의 순간을 지연시켜보자는 심산이었다. 그 귀족이 십자군으로 참전하여 성지에서 비교적 안정적인 평화를 확보한 뒤 귀환한 지 얼마 지나지 않았다는 영광이 진실을 가리고 있는 동안은 아무 탈 없었다. 그러나 마침내 진실을 밝혀야 하는 순간이 다가온 것이었다.

허워드는 한숨을 내쉬며 말했다.

"장관님, 로렌스 댄저스는 기꺼이, 그리고 열렬히 조카와 조카딸을 찾으려 할 겁니다. 그러나 그러기 위해서는 장관님의 허락이나 국왕 폐하의 특별한 사면이 필요합니다. 왜냐하면 그는 앙주 혈통이어서 귀국하자 수하들을 이끌고 글로스터의 황후의 군대로 들어갔으니까요."

그는 장관의 눈 위에 고요히 자리잡고 있던 눈썹이 돌연 뻣뻣이 곤두서 한데 모아지면서, 두 눈이 날카롭게 번득이기 시작하는 것을 보며 자기에게 진술이 허용되는 동안 얘기를 마치기 위해 서둘러 말을 이었다.

"그 사람이 글로스터에 도착한 것은 그 공격이 있은 지 일주일 만이었어요. 그는 공격과는 무관했고, 그 공격에 대해 알지도 못했지요. 그러니까, 그 공격에 대해서는 어떠한 책임도 없습니다. 그가 그곳에 도착했을 때에 발견한 것은 친척 아이들이 사라져버렸다는 사실이었습니다. 그는 그 아이들이 어디 있는지, 안전한지 그렇지 않은지 알고 싶어 안달하고 있지요. 하지만 글로스터 측 사람인 그가 우스터에 접근하기란 이제 불가능한 일이 되고 말았

습니다. 국왕 폐하의 사면이 없는 한 우스터에 들어온다는 건 불가능한 일이지요."

프레스코트 장관은 한동안 위압적인 침묵을 지키다가 입을 열었다.

"그러니까 수사께서는 지금 그자, 다시 말하자면 국왕 폐하의 적을 대신하여 여기 온 것이로군요."

허워드는 용기를 내어 말했다.

"장관님, 난 아직 아이에 불과한 소녀와 소년을 대신하여 온 겁니다. 그 아이들은 국왕 폐하에게도 황후에게도 적으로 취급당할 어떠한 행위도 저지른 바 없습니다. 난 파벌에는 관여하지 않습니다. 다만 이 사악한 일이 벌어지기 전까지 우리 교단에 맡겨졌던 두 아이의 운명에 관여하고자 할 따름이지요. 그 아이들에 대해 우리가 책임을 느낀다는 건, 그래서 그 아이들을 찾아내기 위해 최선을 다한다는 건 지극히 당연한 일 아닐까요?"

장관은 냉정하게 말했다.

"지극히 당연한 일이지요. 또한 수사 자신이 우스터 출신일진대 국왕 폐하의 적에 대해 동정을 품기는 어려울 것이요, 폐하의 적들에게 도움이나 원조를 베푸는 일 역시 할 수는 없겠지요."

"우리 역시 우스터의 다른 주민들과 마찬가지로 그들 때문에 고통을 겪었습니다, 장관님. 스티븐 국왕 폐하는 우리의 군주십니다. 우리는 그 사실을 받아들입니다. 지금 내가 느끼는 유일한 의무는 아이들에 대한 겁니다. 그 아이들의 보호자가 얼마나 당황하고 초조해할지 고려해주십시오! 그 사람이 요청하는 것은—우리가 그 사람을 대신해 요청하는 것은—그저 그 사람이 무장을 해제한 채 국왕 폐하의 영토에 들어와 아무 방해도 받지 않고 조

카와 조카딸을 찾을 수 있게 해달라는 것뿐입니다. 그 사람이 비록 이번 습격은 물론이요 국왕 폐하께 위해를 끼치는 어떠한 행위나 음모에도 전혀 관여하지 않았다고는 하지만, 우리 영역, 그러니까 장관님의 영역에서 아무런 위협도 받지 않으리라고 장담할 수는 없을 겝니다. 그러나 그는 기꺼이 그 위험을 감수하고자 하는 겁니다. 만일 장관님께서 안전을 보장해주신다면 그는 그 목적을 수행할 뿐, 다른 어떤 목표도 추구하지 않겠다고 서약할 것이고, 무장을 완전히 해제한 채 그저 수행원 한두 사람만 데리고 아이들을 찾아다닐 겁니다. 아이들을 찾고자 할 뿐 그밖에는 어떠한 행동도 하지 않을 테고요. 장관님, 나는 아이들을 대신하여 장관님께 간곡히 청원하는 바입니다."

라덜푸스 원장도 지극히 조심스러운 태도로 간청했다.

"성지 전쟁을 통해 한 점 오점 없이 명예를 지켜낸 사람인 만큼 그런 청원은 더이상의 의심 없이 받아들여져야 한다고 봅니다."

장관은 입을 다문 채 음울한 얼굴로 생각에 잠겼다. 몇 분이 지난 뒤 그는 냉정히 대답했다.

"아니오, 난 안전을 보장해줄 수 없소이다. 설령 국왕 폐하가 여기 계셔서 그렇게 해주시려 한다 해도 반대할 겝니다. 일단 사태가 이 지경이 된 이상 저쪽 파벌에 속하는 사람은 그 누구라 할지라도 내 관할지역에서 발각되는 경우 첩자, 또는 전쟁포로로 간주될 겝니다. 형편이 좋지 않을 때 눈에 띈다면 생명을 잃을지도 모르고, 최소한 자유는 박탈되겠지요. 그건 의도가 무엇이었느냐 하는 것과는 별개의 문젭니다. 설령 그 사람이 서약을 한다 할지라도, 그 서약을 충실히 지킨다 할지라도, 그는 이곳을 떠날 때에 성이나 수비대에 관한 지식을 가지고 돌아가게 될 것이요,

25

그것은 후에 적들에게 이용될 수 있을 테니까요. 더 나아가서 기회만 닿으면 폐하의 적과 싸워 적의 전투력을 약화시키는 건 내 의무입니다. 난 적들에게서 훌륭한 기사를 제거할 수 있다면 기꺼이 그렇게 할 겁니다. 물론 로렌스 댄저스 경을 모욕할 생각은 없소이다. 그의 명성을 익히 알고 있고, 그가 영예로운 사람이라는 것도 알고 있으니. 그러나, 그의 안전을 보장해줄 수는 없어요. 그러한 보장 없이 이곳으로 들어온다면 그의 머리는 베어지고 말겠지요. 댄저스 경이 감옥에서 썩어죽으려고 성지에서 돌아오지는 않았을 겁니다. 그런 위험을 무릅쓸 것인지는 그 스스로가 선택할 일이에요."

허워드는 낙심에 빠져 다시 애원했다.

"하지만 에르미나라는 소녀와 그 동생은 그저 어린아이들입니다. 그 아이들을 내버려둬야 한다는 말씀입니까?"

"내가 그런 말을 한 적이 있던가요? 난 물론 그 아이들을 수색하는 일에 최선을 다할 겁니다. 허나 내 부하들을 시키겠소이다. 아이들을 찾게 되면 안전하게 외숙에게 보내주지요. 내 관할지역의 모든 성주들과 관리들에게 그 세 사람을 찾아보라는 명령을 내릴 것이요, 그들을 찾아내기 위한 적절한 조사를 시작하라고 명령하겠소이다. 그러나 국왕 폐하를 대신하여 내가 지키고 있는 영토에 황후의 기사를 들여놓는 일은 허락할 수 없어요."

그것이 그들이 장관으로부터 얻어낼 수 있는 최선의 것이었다. 그들은 그의 어조와 표정을 통해 그것을 알 수 있었다. 이제 그것만으로 최선을 다해보는 수밖에 없었다.

라덜푸스는 순순히 말했다.

"허워드 형제가 그 세 사람의 인상착의를 장관께 말씀드리면

도움이 될 겝니다. 하지만 허워드 형제가 그 소녀나 그 아이들의 가정교사인 수녀에 대해서는 얼마나 잘 알고 있을지 그건 나로서도 알지 못하겠군요."

허워드가 대답했다.

"그 소녀와 수녀는 소년을 만나러 몇 번이나 우리 수도원으로 찾아왔었으니 그들 세 사람을 정확히 묘사할 수 있습니다. 장관님의 관리들이 찾아야 할 사람은 이 셋입니다. 이베스 휴고닌, 열세 살, 사내아이, 부친으로부터 상당한 재산을 상속받게 되어 있고, 나이보다 많이 큰 키는 아니지만 튼튼하고 단단한 몸집이에요. 장밋빛이 도는 둥근 얼굴에 눈도 머리칼도 짙은 갈색입니다. 그 혼란이 벌어지던 날 아침 내가 그 아이를 보았을 때에는 엷은 푸른색 셔츠에 망토를 걸치고, 두건을 쓰고 있었으며, 회색 반바지를 입고 있었어요. 힐라리아 수녀는 복장을 보면 쉽게 알 수 있겠지요. 허나 먼저 젊은 여자라는 말씀을 드려야겠군요. 스물다섯이 채 안 된 여잡니다. 잘생기고 날씬하고 우아하지요. 에르미나라는 소녀는……"

허워드 수사는 장관의 어깨 너머를 바라보며, 별로 본 적 없는 사람, 그러면서도 강렬한 인상을 남긴 사람을 조금이라도 정확하게 기억해내려는 듯 잠시 망설였다.

"정확한 날짜는 모릅니다만 곧 열여덟이 됩니다. 동생보다 피부는 거무스레합니다. 머리칼도 눈도 거의 검은 색이에요. 키가 크고 생기발랄하고…… 영리하고 꾀가 많고 강한 의지력의 소유자라고 합니다."

그것은 소녀의 인상착의에 관한 자세한 묘사라고는 할 수 없었다. 그러나 그것은 사실상 그녀에 대한 놀라울 만큼 명료한 묘사

27

였다. 그러더니 허워드 수사는 거의 넋을 잃은 듯한 어조로 이렇게 덧붙였다.

"그리고 그 소녀는 아주 아름답습니다."

캐드펠 수사는 여러 성과 장원으로 파발꾼들이 급파되고, 시내에서 정식으로 그 내용이 공표된 뒤에야 휴 버링가를 통하여 그 얘기를 들었다. 프레스코트는 크리스마스를 가족들과 함께 평화롭게 지내기 위하여 자신의 장원으로 떠나기 전에 허워드 수사와 한 약속을 충실히 이행했던 것이다. 장관이 직접 사라진 남매에 대한 관심을 나타낸 것은, 이 지방에서 그들이 누구와 마주치건 그들에게 보호의 그림자가 드리워진 것이나 마찬가지였다. 그 무렵 허워드 수사는 부분적으로나마 임무를 성취하고서 우스터로 떠난 뒤였다.

"굉장한 미인이랍니다!"

휴는 거듭해서 말하며 미소지었다. 그러나 그것은 근심과 연민에 찬 미소였다. 그렇게 아름답고 사랑스럽고 강한 의지를 지닌 소녀가 분란에 휩쓸려서, 겨울이 다가오는 외딴 시골 마을에서 길을 잃고 헤매고 있다는 것은 슬픔을 불러일으키기에 족한 상황이었다.

캐드펠은 작업장 화로에서 거품을 내며 부글거리는 기침약을 휘저으며 말했다.

"그 부원장 보좌수사에게도 눈은 있었던 모양이오. 하지만 나이가 그 정도면 설혹 못생겼다 할지라도 위험하고말고. 어쩌면 그들은 지금쯤 안전한 피신처에서 아늑하게 숨어 있을지도 몰라요. 그 아이들의 외숙이 수색에 나설 수 없다는 건 안타까운 일이

오."

휴는 혼잣말처럼 중얼거렸다.

"예루살렘에서 이제야 돌아왔다…… 그러니 그 사람이 속한 파벌이 우스터에서 한 일에 대해서는 그 사람을 비난할 수 없는 일 아닙니까? 수사님이 십자군 전쟁에 종군할 때에 알고 지내던 사람은 아니겠죠?"

"세대가 다르지, 이 친구야. 내가 성지를 떠난 건 벌써 이십육 년 전의 일이오."

캐드펠은 화로에서 주전자를 내려 밤새 차츰 식도록 땅바닥에 비스듬히 기울여놓고 조심스럽게 허리를 폈다. 예순을 바라보는 나이였다. 그러나 그는 예순이 되려면 아직 십여 년은 더 살아야 할 사람처럼 보였다.

"아마 그곳도 지금쯤은 완전히 바뀌었을 게요. 광채는 곧 퇴색하게 마련이니까. 그 기사가 어떤 항구에서 떠나왔는지 그 얘긴 없었소?"

"허워드 수사 말에 따르면 트리폴리였답니다. 수사님도 저 되돌아갈 수 없는 젊던 시절에는 잘 알던 도시 아닙니까? 수사님은 한창때 거의 모든 해안지방을 돌아봤던 것 같던데요."

"내가 가장 좋아했던 곳은 세인트 시메온이었소. 그곳 조선소에는 훌륭한 기술자들이 많았지, 항구도 훌륭했고. 그곳에서 강을 따라 몇 킬로미터만 올라가면 안티오크였다오."

그가 안티오크를 잊지 못하는 데에는 이유가 있었다. 바로 그곳이 그가 십자군으로 첫발을 내디딘 곳이요, 퇴역하여 물러난 곳이었던 것이다. 또한 그곳은 그가 팔레스타인 여자와 사랑에 빠졌던 곳이기도 했다. 황금과 모래와 갈증의 땅, 사랑스럽고 불편

하고 잔인한 땅이었다. 그가 최종적으로 닻을 내리기로 작정한, 이 조용하나 분주한 항구에서는 젊은 날의 기억을 돌아볼 짬이 거의 없었다. 지금 그 도시의 생생한 모습이 되살아났다. 계곡을 흘러가던 저 청정한 녹색 물결, 거리의 작지만 고마운 그늘, 저자 거리의 왁자지껄한 소음들. 그리고 마리암. 그녀는 세일메이커스 거리에서 과일과 채소를 팔았다. 그녀의 젊고 아름다운 얼굴은 내리쬐는 햇빛 속에서 금빛 은빛으로 물들었고, 그녀의 윤기나는 검은 머리칼은 베일 속에서 반짝였다. 그녀는 동방에 도착한 캐드펠에게 내려진 축복이었다. 그곳에 도착할 때에 캐드펠은 열여덟의 소년이었으나 그곳을 떠날 때에는 서른세 살의 백전노장이며 뱃사람이 되어 있었다. 마리암은 젊고 열정적이고 외로운 여자, 그곳 토착민이었다. 사람들이 흔히 좋아할 만한 여자는 아니었다. 그녀는 너무도 여위고 너무도 강했으며 너무도 냉소적이었다. 죽은 남편이 남긴 견딜 수 없는 공허가 무척이나 고통스러웠던 것이다. 그런데, 그때에 낯선 젊은이의 가슴과 영혼이 그녀의 삶 속으로 스며들어 그 공허를 채워주었던 것이다. 십자군 부대가 예루살렘을 포위하러 떠나기까지 그는 일 년 내내 그녀를 만났다.

그녀 이전에도, 그녀 이후에도 캐드펠에게는 여자들이 있었다. 그는 그 여자들을 생각할 때마다 감사를 느꼈다. 죄의식은 전혀 없었다. 그는 그 여자들과 쾌락과 호의를 주고받았던 것이다. 어느 누구도 그를 원망하지 않았다. 설령 그것이 겉만 관찰한 데에서 나온, 남들도 다 하는 변명에 불과하다 할지라도 그는 그 변명으로 아무런 불편도 느끼지 않을 수 있었다. 마리암 같은 여자를 사랑했던 것을 후회한다면 그것은 차라리 모욕이었다.

캐드펠은 생각에 잠겨 말했다.

"그들은 결국 서로 평화를 보장받을 수 있는 동맹을 맺게 될 게요. 비록 일시적인 것일지는 모르지만 말이오. 앙주 혈통의 귀족이 그쪽보다는 이쪽에서 더 중요한 위치를 가질 수 있겠다고 생각한다 해도 무리는 아니지요. 그런데 문제는 바로 황후요. 그 기사는 내 듣기로는 명예로운 인물이랍디다. 증오가 최고조에 달했을 때에 돌아왔다는 것이 그 사람에게는 안된 일이지."

휴는 얼굴을 찡그리며 말했다.

"그렇게 훌륭한 사람들 사이에서도 증오의 이유가 있다는 게 안된 일이겠죠. 난 국왕의 신민이에요. 두 눈 똑바로 뜨고 그분을 내 국왕으로 받아들인다는 거죠. 난 스티븐 왕이 마음에 들어요. 어떤 유혹이 있어도 그분을 저버리진 않을 거예요. 하지만 난 앙주의 귀족들이 왜 내가 스티븐 국왕께 바치는 충성과 조금도 다름없는 충성을 황후에게 바치기 위해 이 나라로 몰려드는지, 그 이유도 너무나 분명히 알아요. 수사님, 우리의 가치관들이란 정말 광기나 다름없어요. 결국 이런 내전이라니!"

캐드펠은 고집스레 말했다.

"다 그런 건 아니지. 내 배우기로, 산다는 게 편하고 평화스러웠던 적은 단 한 번도 없었다오. 당신의 아이들은 자라면 좀더 정연한 세상에서 살게 되겠지요. 자, 그 얘기는 오늘은 이만 그칩시다. 곧 종이 칠 때가 된 듯하니."

그들은 나란히 춥고 어두운 정원으로 나갔다. 그해 겨울의 첫눈이 그들의 얼굴 위로 차갑게 떨어졌다. 대기는 불안감으로 가득차 있었으나, 눈송이는 가볍게 흩날리며 떨어져내렸다. 눈은 북서풍을 타고 멀리 남쪽으로 퍼붓기 시작했고, 밤은 하얗게 소용돌

이치는 장막으로 뒤덮여갔다. 눈은 수의처럼 모든 것을 뒤덮었다. 길들이 묻히고, 산은 파도처럼 굽이진 윤곽만을 남겼다. 바람이 더욱 거세게 불고 눈보라가 칠 때마다 파도의 곡면은 모습을 바꾸었다. 계곡은 눈으로 덮여 평평해졌고, 언덕도 마찬가지였다. 현명한 이들은 덧창이며 문을 굳게 닫아걸고 그 사이사이로 눈보라의 가늘고 긴 손가락이 파고들 틈까지 막아버린 뒤에 집 안에 틀어박혔다. 첫눈이 왔고, 첫 얼음이 얼었다. 캐드펠은 마지막기도를 알리는 종소리를 들으며 하느님 감사합니다, 하고 중얼거렸다. 허워드 수사와 그의 동료들은 멀리 떨어진 집을 향해 떠난 지 이미 오래였으니 잠시만 이런 날씨를 견디면 곧 도착할 것이었다.

그러나 이곳과 우스터 사이 어딘가에서 길을 잃은 채 헤매고 있을 에르미나와 이베스 휴고닌, 그리고 아무것도 모르면서 용감하게도 그들을 안전하게 수도원까지 데려가겠다고 자청하여 길을 따라나선 젊은 베네딕트회의 수녀에게는 과연 무슨 일이 벌어지고 있는 것일까?

기억 너머로 사라진 진실

2

12월 5일 정오 무렵, 남쪽에서 출발하여 간밤을 수도원에서 약 35킬로미터 떨어진 브롬필드 수도원에서 보내고, 운좋게도 사람이 다닐 수 있을 만한 길을 찾아낸 여행자 한 사람이 마침내 시루즈베리 수도원에 도착하여 황급한 소식을 전했다. 브롬필드의 레오나드 수도원장은 승진하기 전까지는 시루즈베리의 수사였고, 캐드펠의 오랜 친구였다. 또한, 그는 캐드펠의 능력을 잘 알고 있는 사람이었다.

사자(使者)의 보고는 이러했다.

"밤에 선량한 사람 몇이 부상당한 한 남자를 수도원으로 데리고 왔습니다. 길가에서 옷이 벗겨진 채로 부상을 입고 쓰러져 있는 걸 발견했다고 하더군요. 그 짓을 저지른 범죄자들은 거기 내

버려두면 남자가 죽을 거라고 생각했던 겁니다. 실제로 그 사람은 반쯤 죽은 상태였어요. 부상이 몹시 심했거든요. 밤새도록 그 추위 속에 내던져져 있었다면 아침이면 뻣뻣이 얼어버렸을 겁니다. 레오나드 원장님은 제게 시루즈베리로 가서 캐드펠 수사께 말씀을 전하고 치료법을 알아 오라고 하셨지요. 이런 문제는 원장님 능력 밖의 일이니까요. 원장님은 수사께서 전쟁을 겪으셔서 이런 문제에 경험이 많으니 그 남자를 구할 수 있을지도 모른다고 하셨어요. 뻔뻔스러운 부탁이지만, 수사님께서 저와 같이 그곳으로 가실 수 있다면, 그리고 그 사람이 그때까지 버텨준다면—어쩌면 그 불쌍한 이는 이미 절명했을지도 모릅니다!—진심으로 감사하겠다고 말씀하셨습니다."

캐드펠은 근심에 잠겨 말했다.

"이곳 원장님과 부원장님이 허락하신다면 기꺼이 가겠소. 루들로 성에서 그렇게 가까운 대로상에 노상강도들이 설치다니 놀라운 일이군요! 그 남자는 어떤 사람이오?"

"그 불쌍한 남자는 수도자랍니다. 삭발한 머리를 보고 알게 된 거지요."

"나와 같이 로버트 부원장*께 가보십시다."

부수도원장 로버트는 깊은 동정심을 나타내며 얘기를 경청했고, 그 간청에 대해 아무런 이의도 제기하지 않았다. 그 머나먼 거리를, 이 매서운 겨울 날씨 속에서 황급히 떠나야 하는 것은 그 자신이 아니었기 때문이었다. 부원장은 직접 원장을 찾아가 허락을 받고 돌아왔다.

"원장께서 형제에게 훌륭한 말을 가져가 쓰라고 하셨소. 필요한 만큼 오래도록 거기 머물러도 괜찮아요. 당분간은 성 자일스

에 있는 마크 형제를 불러들이도록 사람을 보내겠소. 오스윈 형제는 아직 캐드펠 형제의 일을 대신할 만큼 솜씨가 숙달된 것 같지 않으니."

캐드펠은 열심히 고개를 주억거렸으나 한편으로는 침울했다. 오스윈 수사는 헌신적이고 자발적이기는 했지만 겨울에 발생할 수 있는 온갖 질병을 스승 없이 혼자서 처리할 만큼 능란하지는 못했다. 그러니 마크는 내키지 않는 마음으로 시 외곽에 자리잡은 나병 치료소를 떠나와야 할 것이었다. 그러나, 하느님의 가호가 있다면 그 기간은 오래지 않으리라.

캐드펠은 사자에게 물었다.

"길은 어떻소? 여기까지 오는 데 시간이 꽤 걸렸을 게요. 그러니까 나도 시간이 꽤 걸린다고 봐야겠지요?"

캐드펠이 말을 고르는 동안 자기 말을 돌보고 있던 사자가 대답했다.

"가장 고약한 건 바람입니다, 수사님. 하지만 바람 덕분에 큰길은 거의 깨끗이 드러나 있습니다. 몇 군데 형편이 나쁜 곳이 있습니다만. 샛길 같은 건 완전히 눈에 뒤덮여버렸습니다. 지금 떠나신다면 그렇게 힘들지는 않을 겁니다. 북쪽으로가 아니라 남쪽으로 가는 것만도 다행이지요. 바람이 등 쪽에서 불어오니 맞바람은 맞지 않을 테니까요."

캐드펠은 곰곰 생각하며 짐을 꾸렸다. 그는 다른 진료소의 약장이나 브롬필드처럼 평범한 수도원에서는 쉽게 찾을 수도 없고 마련할 수도 없는 약품과 연고, 해열제 등을 간직하고 있었다. 짐을 적게 가져갈수록 여행은 빨라질 터였다. 그는 튼튼한 장화를 신고 수도복 위에 두꺼운 여행용 망토를 걸치고 나서 허리띠를 단

단히 묶었다. 그에게 맡겨진 일이 그처럼 음울한 일이 아니었다면 그는 여행을 떠나 바깥 세상으로 나가게 된 것을 차라리 기꺼워했을 것이었다. 게다가 마구간에서 마음대로 말을 골라 탈 수 있다는 것은 좀처럼 얻기 힘든 기회였다. 그는 뜨거운 폭염 속에서도 무시무시한 추위 속에서도 종군한 적이 있었다. 물론 폭설을 우습게 여기는 것은 아니요, 당연히 조심스럽게 접근해야 한다는 것을 알고 있었지만, 눈보라는 그에게는 별로 두려운 대상이 아니었다.

첫눈이 내린 이후 나흘 동안의 날씨는 똑같은 양상이 되풀이되었다. 정오 무렵에 잠깐 햇빛이 나고, 그러다가 먹구름이 모여들었으며, 저녁에는 다시 눈이 쏟아지기 시작하여 밤늦게까지 계속되어 꽁꽁 얼어붙었다. 시루즈베리 인근에 내리는 눈송이는 가루처럼 가늘었다. 바람이 불면 흰 눈송이와 검은 흙이 만들어낸 무늬는 끊임없이 바뀌었다. 그러나 캐드펠이 남쪽을 향해 들판을 질러 말을 달려감에 따라 세상은 더욱 흰 빛이 되었다. 구덩이란 구덩이는 모두 눈으로 뒤덮여 있었다. 나뭇가지들은 눈의 무게에 눌려 땅을 향해 축 늘어져 있었고, 하늘에는 검푸른 먹구름이 가득 뒤덮여 있었다. 만일 이런 날씨가 계속된다면 늑대들이 먹이를 찾아 산에서 내려와 인가를 헤매고 다니는 일이 일어날 터였다. 산울타리 관목숲 밑에서 잠을 자며 겨울을 나는 고슴도치나 엄청난 먹이를 쌓아 놓고 구멍 속에 틀어박혀 한가하게 지내는 다람쥐가 훨씬 나은 팔자였다. 지난 가을에는 호두와 도토리가 넘쳐났으니까.

캐드펠에게는 말을 타는 것은 언제나 즐거운 일이었다. 이런 엄혹한 날씨 속에서 혼자 말을 타는 것도 즐거운 일이었으나, 그런

기회란 이제는 좀처럼 얻을 수 없었다. 밀폐된 조용한 생활을 선택하고 그곳이 그의 진정한 휴식이 있는 곳이라고 느끼면서, 그는 그런 즐거움을 포기했다. 어떠한 결정에도 서운한 점은 있는 법이었다. 그는 길을 떠난 뒤 처음으로 흩날리는 눈발을 맞으며 악의에 찬 바람에 맞서 몸을 깊숙이 숙였다. 먼지처럼 미세한 눈발이 그가 탄 말을 지나 그를 휩싸고 돌아 스쳐갔다. 그러나 두터운 옷과 망토 덕분에 별다른 느낌이 없었다. 그는 여행의 목적지에서 그를 기다리고 있을 사람에 대해 생각해보았다.

사자의 말로는 수도자라고 했다. 브롬필드에서 수도하던 사람일까? 물론 그렇지는 않을 것이다. 만일 그가 브롬필드 수도원에서 기거하던 사람이었다면 틀림없이 이름을 알려주었을 테니까. 수도자가 한밤중에 혼자서 길을 나서 헤매고 다닌다? 무슨 일로? 무엇인가로부터 달아나던 중이었을까? 강도나 살인자 따위의 위협으로부터? 그렇다면 우스터에서 벌어진 약탈로부터 탈출하였던 다른 사람들도 시골 여기저기를 헤매고 다녔을 텐데 그들은 지금 어디 있을까? 승복을 입은 방랑자도 바로 그 도륙질로부터 탈출하기 위하여 고통스럽게 길을 재촉했던 것일까?

눈보라는 점점 심해졌다. 끊임없이 미세한 눈보라의 장막이 그의 탄탄한 몸 앞에서 마치 엷은 망사로 짠 스카프처럼 둥글게 휘돌아치다가 그의 몸에 부딪혀 두 갈래로 갈라져 지나갔다. 말을 타고 가는 동안 그는 네 번쯤 다른 사람들과 마주쳤다. 그들 모두는 아마도 자기네들 집 근처에서 인사를 건넸을 것이었다. 이런 날씨에 길을 떠난다는 것은 반드시 화급한 이유가 있게 마련이니까.

캐드펠이 자그마한 오니 강 위에 놓인 인도교를 건너 브롬필드

수도원의 정문에 이르렀을 때에는 이미 날이 어두워진 뒤였다. 말은 지칠 대로 지쳐 있었다. 살을 에일 듯 휘몰아치는 찬바람 속에서 말의 어깨와 옆구리가 못 견디겠다는 듯 경련하였다. 캐드펠은 정문 앞에 양쪽으로 놓인 횃불꽂이 사이에서 진심으로 기꺼운 마음으로 말을 내려, 미리 기다리고 있던 수사에게 고삐를 넘겨주었다. 시루즈베리의 정원보다 한층 곧은 낯익은 정원이 펼쳐져 있었다. 여기저기 켜진 횃불의 빛을 받아 수도원 건물들이 모습을 드러냈다. 어둠 속에서 희미하게 보이는 성모예배당은 소박한 정원과 다른 건물들에 견주어 유독 장대하고 위풍당당했다. 정원 건너편의 어둠 속에서 이쪽으로 급히 다가오고 있는 사람은 수도원장 레오나드였다. 큰 키에 왜가리처럼 다리가 긴 사람이었다. 그는 두 팔을 날개처럼 휘저으면서 연신 무어라고 중얼거리며 휘적휘적 다가오고 있었다. 이미 낮에 몇 번이나 쓸어냈을 텐데도 그의 발 아래에는 또다시 눈과 얼음이 덮여 있었다. 바람이 휩쓸어가지 않는 한 아침 무렵이면 눈은 단단하고 두껍게 얼어붙어 있게 될 것이었다.

"캐드펠 형제?"

수도원장은 근시였다. 그는 한낮에도 눈을 가늘게 뜨고 뚫어지게 봐야만 겨우 사람을 알아보았다. 그러나 원장은 이내 그가 누구인지 알아보고 손을 내밀었다.

"형제가 오다니 정말 다행이오! 하느님의 가호예요! 난 그 사람에게 무슨 일이 생기지는 않는지 두려워서…… 이런 길을 말을 타고 와주다니…… 어서 들어오시오, 어서. 형제를 맞을 준비를 미리 해뒀소. 음식도 준비해뒀고. 지금 무척 지치고 시장하겠구려!"

"먼저 그 환자부터 좀 보여주십시오."

그는 시원스레 말하고 정원의 경사진 쪽으로 발을 옮겼다. 그가 발을 디딜 때마다 새로이 쌓인 눈 위에 장화 자국이 선명히 남겨졌다. 레오나드 원장도 그의 곁에서 걸어갔다. 그의 긴 다리는 캐드펠의 짧은 다리와 보조를 맞추기 위해 어색하게 느려졌으나, 입만은 여전히 부지런히 움직이고 있었다.

"그 환자는 외따로 떨어진 방에 눕혀두었어요. 주위가 조용해야 할 테니까. 우린 그 환자를 지속적으로 관찰했어요. 숨은 쉬는데, 꼭 어디 구멍이라도 뚫린 것처럼 소리가 요란해요. 여기로 실려 들어온 이래 입 한 번 연 적 없고, 눈도 한 번 뜬 적이 없어요. 온몸이 멍투성이이긴 하지만 그건 곧 괜찮아질 거요. 헌데 칼을 맞았고, 피를 너무 많이 흘렸어요. 상처가 아물기 시작한 것 같기는 하지만. 이쪽으로, 이쪽은 좀 덜 추워서……."

진료소는 건물들로 바람이 차단되는 외딴 곳에 마련되어 있었다. 그들은 안으로 들어갔다. 묵직한 문이 닫히며, 적의에 가득 찬 밤도 차단되었다. 레오나드 원장은 아무 장식이 없는 작은 방으로 앞장서서 들어갔다. 작은 기름 등잔이 침대 옆에서 타고 있었다. 그들이 들어서자 젊은 수사 한 사람이 무릎을 꿇고 있다가 일어섰다. 그는 그들에게 자리를 내주고 환자의 침대 저편으로 물러났다.

환자는 관에 든 사람처럼 똑바로 누워 있었다. 환자의 몸 위에는 이불이 잔뜩 덮여 있었다. 숨을 쉬는 것은 분명했다. 그러나 고통스러운 호흡이었다. 그가 숨을 들이쉴 때마다 가슴에 덮인 이불들이 조금씩 들썩였다. 베개 위에 똑바로 눕혀진 머리는 꼼짝도 하지 않았다. 눈은 감겨 있었고, 뺨은 움푹 꺼져 있었으며,

광대뼈 부위는 푸르게 멍이 들어 있었다. 머리에는 붕대가 감겨져 있어 삭발한 정수리는 보이지 않았다. 붕대 밑의 이마는 부어 있었으며, 그곳에 상처가 있었다. 중상이었다. 뭉개진 살점 속에 한쪽 눈이 움푹 파묻힌 형상이었다. 부상당하기 전에는 어떻게 생겼을지 짐작도 할 수 없었다. 그러나 캐드펠의 판단으로는 그다지 늙지 않은, 잘생긴 사람이었을 것 같았다. 나이는 서른다섯쯤이나 되었을까.

원장이 속삭였다.

"경이로운 일은 뼈는 전혀 다치지 않았다는 점이오. 이 사람 두개골이…… 괜찮기만 하다면…… 형제가 나중에 이 사람을 철저히 진찰해보면 알겠지만……."

"지금보다 더 좋은 때는 없습니다."

캐드펠은 실제적으로 말했다. 그는 가져온 짐을 돌바닥에 내려놓고, 망토를 벗고서 곧바로 작업을 시작했다. 구석에 작은 화로가 타고 있었다. 그러나 그뿐이었다. 캐드펠은 이불 밑으로 손을 넣어 환자의 옆구리와 넓적다리, 발을 만져보았다. 환자의 몸은 아무런 반응도 나타내지 않았다. 그저 시체처럼 차가울 따름이었다. 이불에 꼭꼭 싸여 있긴 했으나 그것만으로는 충분치 않았던 것이다.

"조리실 화덕에 돌을 넣어두었다가 뜨거워지면 꺼내서 천으로 꼭꼭 싸서 가져와야겠어요. 그걸로 환자를 따뜻하게 녹여줘야 할 것 같습니다. 돌이 식으면 다시 뜨거운 돌로 갈아주고 하면서요. 환자의 몸이 이렇게까지 찬 건 겨울의 추위 때문만은 아닙니다. 환자를 잘못 다룬 탓이지요. 이 찬 기운을 없애야 합니다. 그러지 않으면 다시는 환자의 체온을 회복시킬 수 없을 겝니다. 난 공포

나 잔혹행위로 정신을 잃은 사람이 치명적인 상처를 입지 않았는데도 세상을 등진 채 죽어가는 걸 몇 번이나 본 적이 있습니다. 이 환자에게 음식이나 마실 것을 주어본 적은 있습니까?"

"주어보기는 했는데, 이 사람이 삼키지를 못해요. 포도주도 좀 줘봤는데 입술 밖으로 흘러내릴 뿐이었고."

주먹이나 곤봉으로 맞아 입술이 깨진 것이었다. 치아도 상했을지 몰랐다. 캐드펠은 조심스럽게 환자의 윗입술을 손가락으로 들어올렸다. 굳게 맞물린 건강한 흰 치열이 나타났다.

젊은 수사는 소리 하나 내지 않고서 돌이며 벽돌을 조리실로 가져 가려고 빠져나간 뒤였다. 캐드펠은 환자의 몸에 덮인 이불을 걷어내고 벌거벗은 남자의 몸뚱이를 머리 끝부터 발 끝까지 살펴보았다. 이곳 형제들이 환자의 몸에 난 수많은 상처들이 오염되지 않도록 환자를 벌거벗겨 깨끗한 새 시트 위에 눕혀둔 것이었다. 심장 아래쪽의 칼로 찔린 상처에는 붕대가 단단히 감겨 있었다. 캐드펠은 붕대를 풀지 않았다. 이곳의 형제들이 모든 상처를 깨끗이 씻고 소독했으리라는 것에는 의심의 여지가 없었다. 그는 손가락으로 붕대 위를 쓰다듬어 그 밑의 뼈들을 촉진해보았다.

"이 사람을 죽일 작정이었군요. 하지만 칼날이 갈비뼈에 막혔어요. 범인들은 끝장을 내지는 못한 겁니다. 건강한 상태였다면 꽤 당당한 남자였을걸요. 잘 발달된 몸을 보세요. 이런 짓을 하려면 한꺼번에 서너 사람이 덤벼들어야 했을 겁니다."

그는 곪기 시작하는 기미가 보이는 상처들에는 이미 오랜 세월 동안의 경험을 통해 효과가 입증된 연고를 바르고, 그 밖의 찰과상에는 물약을 발라주었다. 수사들이 뜨겁게 달군 돌을 가지고

들어왔다. 젊은 수사 두셋이 부지런히 몸을 움직여 천에 싼 뜨거운 돌을 환자의 몸 가까이에 조심스레 늘어놓았다. 그 일을 끝내자 그들은 더 많은 돌을 달구기 위해 조용히 물러갔다. 차가워진 발을 그대로 방치하면 몸 전체가 더워지지 않는다고 하며, 캐드펠은 길고 뼈만 남은 다리 근처에는 더욱더 뜨겁게 달군 벽돌을 놓게 했다. 다음은 몽둥이질을 당한 머리였다. 원장이 환자의 어깨를 붙잡아주자 캐드펠은 붕대를 풀었다. 환자 정수리의 삭발한 부분이 선명히 드러났다. 숱많고 뻣뻣한 갈색 머리칼이 자라나고 있는 정수리 부분에 두어 개의 상처가 나 있었다. 상처는 여전히 부풀어 있었다. 숱많은 머리칼은 왕성한 생명력으로 너무도 뻣뻣하게 자라나고 있었다. 어쩌면 바로 그 뻣센 머리칼 덕분에 두개골이 깨어지지 않을 수 있었는지도 몰랐다. 캐드펠은 두개골 전체를 세밀하게 촉진하였다. 적어도 촉진으로는 함몰된 부분이 발견되지 않았다. 그는 조심스럽게 희망을 품으며 한숨을 내쉬었다.

"이 사람 머리는 충격 때문에 이 지경이 된 모양이고, 두개골은 다친 것 같지 않습니다. 머리에 붕대를 다시 감아두어야겠어요. 그래야 이 사람이 편안히 쉴 수 있을 테고, 머리도 따뜻해질 테니. 깨진 곳은 없는 것 같군요."

그들은 그 일을 끝내고 환자의 몸을 전과 마찬가지로 눕혀놓았다. 환자는 여전히 꼼짝도 하지 않았다. 그를 처음 발견한 이들로부터 넘겨받은 직후와 거의 아무것도 달라지지 않은 듯했다. 그러나 뜨거운 돌들은 식기 시작하여 효력을 잃으면 그 즉시 열심히 교체되었다. 환자의 살갗은 점점 더 부드러워졌다. 손으로 만지면 사람 살갗의 기운이 느껴졌다. 그것은 곧 환자가 치료될 가능성이 있다는 것을 의미했다.

캐드펠은 생각에 잠겨 환자를 내려다보며 말했다.

"이제 환자는 여기 조용히 남겨두십시다. 내가 밤을 새워 환자를 지켜보고 있겠습니다. 잠은 내일 낮에, 환자가 나아지는 기미를 보이면 그때 자기로 하지요. 내 생각에 이 사람은 살아날 겁니다. 원장님, 이제 자리를 옮기실 생각이시라면, 아까 약속하신 그 저녁을 먹을 준비가 되었다는 말씀을 드려야겠네요. 그 전에 우선 이 장화를 벗겨줄 젊은이가 필요한데요. 난 온몸이 굳어버려서 혼자 할 수 있을 것 같지가 않아요."

캐드펠이 저녁을 먹는 동안 레오나드 원장은 그 곁에 앉아 있었다. 원장은 수많은 경험을 가진 탁월한 의사가 가까이 있다는 것에 대해 대놓고 안도의 뜻을 표했다.

"나에게 형제 같은 지식이 있소, 그런 지식을 이용하는 방법을 아오? 내 방문 앞에 죽어가는 생명이 놓여 있는데, 내가 그다지도 무력하다는 걸 느끼며 얼마나 노심초사했는지는 하느님이 잘 아실 게요. 나는 저 환자를 맞아들여 출혈을 막고 이불을 덮어주고 하기 전에는 당연히 저 사람이 죽은 거라고 생각했다오. 저 사람이 어떤 일로 여기 오게 되었는지도 전혀 모르겠고."

캐드펠이 물었다.

"저 환자를 데려온 사람들은 누굽니까?"

"헨레이 근처에 사는 우리 교구민 레이너 더튼이라오. 선한 사람이지요. 눈보라가 치고 기온이 뚝 떨어진 첫날 밤이었어요. 그날 레이너는 암송아지 한 마리를 잃었답니다. 모험심이 강해서 저 혼자 아무데나 돌아다니다가 길을 잃는 그런 송아지 가운데 하나였겠지요. 그래서 레이너는 친구들 몇을 데리고 송아지를 찾

43

으러 길을 나섰다가, 그 불쌍한 사람이 길가에 쓰러져 있는 걸 발견했대요. 그래서 만사 제쳐두고 될 수 있는 대로 신속히 그 남자를 떠메고 여기로 온 거랍니다. 끔찍한 밤이었지요. 그 사람들이 도착했을 때에는 돌풍이 몰아치고 우박까지 쏟아져 앞을 볼 수 없을 지경이었거든요. 저 환자가 길가에 오래 쓰러져 있었을 거라고는 생각하지 않아요. 그랬다면 이미 죽었겠지요. 날씨가 워낙 찼으니."

"저 환자를 데려온 사람은 근처에서 노상강도를 보지 못했답니까? 여기까지 오는 동안 누가 방해를 했다거나 하지도 않았고요?"

"그런 건 없었다던데. 허나 열 발자국 이상은 앞을 볼 수가 없는 밤이었으니. 그런 밤에는 바로 옆을 스치면서도 뭐가 있는지 모르게 마련이지요. 그 사람들 역시 비슷한 불행을 겪지 않은 것만도 다행이라고 해야지요. 하기야 세 사람이었으니 어떻게 대적해볼 수 있었겠지만. 그 사람들은 이곳 지리를 자기 손바닥처럼 잘 알아요. 초행인 사람이야 어딘가 숨어 엎드려서 길이 확실해질 때까지 기다려야 했겠지요. 그런 눈보라와 거친 돌풍 속에서는 하루에도 몇 번씩이나 길이 나타났다가 사라져버리고 하지 않겠소. 표지가 될 만한 것들을 모두 기억해두었다고 생각하면서 일 킬로미터쯤 걸어갔대도, 돌아가는 길에 보면 그런 표지란 아무것도 눈에 띄지 않게 되고 말지요."

"저 환자 말씀입니다, 이곳 사람 중에 저 환자가 누군지 아는 사람은 아무도 없습니까?"

원장은 화들짝 놀랐다.

"이런, 무슨 말씀을! 알고말고요! 내가 그걸 아직까지도 얘기

하지 않았던가요? 하기야 시루즈베리로 보낼 심부름꾼을 워낙 서둘러 찾았으니, 그 사람과 긴 얘기를 할 시간이 없었어요. 그래요, 저 환자는 우리와 마찬가지로, 베네딕트 교단의 형젭니다. 퍼쇼 출신이에요. 퍼쇼 수도원장의 심부름으로 여기 오는 길이었지요. 우리는 그쪽에서 보유하고 있는 이드버가 성인 유골의 손가락뼈 문제로 그쪽과 협상하고 있는 중이에요. 그곳 원장은 저 형제를 신임하여 저 형제에게 그 뼈를 우리에게 전달해주라고 지시한 거지요. 며칠 전에 저 형제가 그걸 가져다주었어요. 이번 달 초하루였지요. 저 형제는 증인으로서 우리가 그 유골을 안치하는 걸 지켜보았어요."

캐드펠은 놀라 입을 다물지 못했다.

"그렇다면 하필이면 그렇게 눈보라치는 날 길을 떠났다가 겨우 하루이틀 뒤에 정신을 잃고 벌거벗은 채 다시 이곳으로 돌아왔다는 겁니까? 손님 대접을 너무 소홀히 하신 것 아닙니까?"

"하지만 저 사람이 자청하여 떠나겠다고 한걸요! 떠나기 전날부터 저 사람은 다음날 날 밝는 대로 떠날 준비를 해야겠다고 말했소. 꼭 가야 할 곳이 있다면서요. 그래, 아침식사를 하자마자 곧 떠났지요. 단언하지만 출발할 때엔 충분한 여행 준비를 갖추고 있었어요. 저 사람이 다시 이곳으로 실려 온 경위에 대해서는 형제와 마찬가지로 나도 별로 아는 게 없다오. 형제도 알다시피 저 사람이 말을 못하고 있으니 말이오. 새벽부터 그 밤중까지 저 사람이 어디에서 뭘 하고 있었는지는 아무도 몰라요. 하지만 처음 발견된 바로 그 지점에 줄곧 있지 않았으리라는 것만은 명백하지요. 그렇지 않았다면 우린 치료를 하는 게 아니라 장사를 치러야 했을 테니까."

"저 사람이 누구인지 아신다고요. 저 사람에 대해 얼마나 아십니까? 자기 이름을 말해주던가요?"

원장은 어깨를 으쓱 치켜올렸다. 이름만으로 한 사람에 대해 얼마나 알 수 있다는 말인가?

"저 환자 이름은 엘라이어스요. 직접 그런 말을 한 적은 없지만, 내 생각으로는 수도생활을 시작한 지 얼마 되지 않았을 거요. 별로 말이 없는 사람이었어요. 특히 자기 자신에 대해서는 거의 입을 열지 않았지요. 어째선지 날씨를 아주 열심히 살폈어요. 다시 돌아가야 할 테니까 그때에는 그걸 당연한 일이라고 생각했지만 지금 돌이켜보면 그 이상의 이유가 있지 않았을까 하는 생각도 들어요. 클레오버리에서 오는 길에 폭스우드에서 헤어진 어떤 사람들에 대해 얘기한 적이 있거든요. 우스터에서 급히 탈출하는 사람들이었다고 하는데, 폭스우드에서 마주쳤답니다. 이곳으로 피하는 게 안전할 테니 같이 가자고 했다는데, 그 사람들은 시루즈베리를 향해 급히 산을 넘어갔다고 하더군요. 한 소녀가 있었는데, 그 소녀의 의지가 아주 결연했답디다. 그 소녀가 자기 생각대로 다른 사람들에게 지시를 내렸다더군요."

캐드펠은 몸을 곧추세우며 귀를 곤두세웠다.

"소녀라고 하셨습니까? 그 소녀가 그들을 지휘했다고요?"

"그런 것 같더라는 뜻이었지요."

원장은 그런 일에 대해서까지 관심을 나타내는 캐드펠을 보고 깜짝 놀라 눈을 끔벅거렸다.

"그 소녀가 어떤 사람과 동행이었는지는 얘기하지 않던가요? 어떤 소년 이야기는 하지 않았습니까? 또 그들을 보호하는 것으로 보이는 수녀에 대해서는요?"

46

그렇게 말하면서도 캐드펠은 전혀 앞뒤가 맞지 않는 표현이라고 생각했다. 일행을 지휘하는 것은 그 소녀였다고 하지 않는가!

"아녜요. 그 이상의 얘기는 한 적이 없어요. 하지만 난 저 사람이 그들에 대해 몹시 불안해하고 있다는 느낌이 들었어요. 형제도 알다시피 저 사람이 도착한 뒤로 곧바로 눈이 쏟아지기 시작했고, 돌풍이 불었고……. 그 소녀가 걱정이 되었던 게지요."

"저 사람이 바로 그 일행을 찾아보기 위해 떠났다는 생각은 안 해보셨습니까? 그들이 눈보라와 돌풍 속을 아무 일 없이 여행하여 시루즈베리에 도착했는지 그걸 알아보러 떠났던 건 아닐까요? 그곳으로 가는 길은 저 사람이 가려던 길과 크게 다르지 않으니까요."

"그럴 수도 있겠지요."

원장은 그 말뿐 입을 다물었다. 그는 걱정스러운 표정으로 캐드펠의 얼굴을 살피며 캐드펠이 궁금증을 풀어주기를 기다렸다.

"저 사람이, 저 사람이 말입니다, 그들을 찾아낸 건 아니었을까, 하는 생각이 들어요. 저 사람이 그들을 찾아내어 안전한 피신처인 이곳으로 데려오는 도중에 그런 일을 당한 건 아니었을까, 하는 생각이 들어요!"

원장은 혼잣말처럼 중얼거리는 캐드펠을 지켜보며 참을성있게 기다리고 있었다. 캐드펠은 혼자 생각에 빠져들었다. 만일 저 사람이 그 소녀 일행을 데려오는 도중이었다면 그들은 도대체 어떻게 되었을까? 그들이 의지할 만한 유일한 구원자요 보호자가 부상을 당하여 의식을 잃은 채 길바닥에 쓰러져 있었다면 그들 일행 세 사람은? 그러나 아직은 엘라이어스가 만난 이들이 바로 저 불운한 휴고닌 남매와 젊은 수녀라는 증거는 없었다. 소녀를 포

함한 수많은 가엾은 사람들이 도륙당한 우스터로부터 탈출하였던 것이다.

하지만 의지가 강한 소녀가 있었고, 그 소녀가 지휘를 했다? 그러나 캐드펠은 그런 여자들이 성에서도 농촌에서도, 가난한 집 안에서도 부유한 집안에서도, 하다못해 최하층 가장 비천한 집안에서도 태어날 수 있다는 것을 알고 있었다. 여자들 역시 남자들 못지않게 다양한 법이니까.

마침내 캐드펠은 식탁 너머로 몸을 기울이며 진지하게 물었다.

"원장님, 장관에게서 우스터에서 탈출한 두 아이와 그들을 보호하는 젊은 수녀 한 사람을 찾는다는 공문을 받은 적 없으십니까?"

원장은 영문을 알 수 없다는 얼굴로 애매하게 고개를 저었다.

"난 그런 공문은 생각나지 않는데…… 없어요. 형제 얘기는 그 사람들이……. 엘라이어스 형제가 몹시 초조해 보인 건 사실이에요. 그러니까, 형제 생각으로는 엘라이어스 형제가 만났던 그 소녀 일행이 바로 장관이 찾는 사람들이었으리라는 겐가요?"

캐드펠은 그에게 모든 얘기를 해주었다. 우스터로부터의 탈출, 도주, 그들을 찾아내기 위한 노력, 그들 외숙부의 맹세, 그러나 만일 그가 그들을 찾기 위해 국왕의 땅에 발을 들일 경우에는 사로잡아 감금하겠다는 장관의 위협……. 원장은 얘기를 듣는 동안 점점 더 놀라움에 휩싸였다.

"정말 그럴지도 모르겠군요! 저 정신을 잃은 형제가 입을 열 수만 있다면 얼마나 좋겠소!"

"허나 저 형제는 말을 한 겁니다. 폭스우드에서 그 사람들과 헤어졌다고 했고, 그 사람들은 시루즈베리를 향해 산을 넘을 작정

48

이었다고 했어요. 그렇다면 그 사람들은 클레의 변경을 돌아 갓 스톡으로 가야 했을 테고, 그곳부터는 웬록 수도원의 영역이니까 아마 선량한 이들의 보호를 받을 수 있었겠지요."

원장은 대경실색하여 서글픈 어조로 말했다.

"하지만 그 밤에, 그 끔찍스러운 눈보라 속에서 산을 넘어갔다니……."

캐드펠은 조심스럽게 말했다.

"확실한 건 아무것도 없습니다. 그저 그럴지도 모른다는 추정에 불과하지요. 우스터 시민의 사분의 일 가량이 학살을 피해 이 길로 도주했습니다. 불확실한 궁리를 계속하며 시간을 낭비하는 것보다 우선은 환자를 지켜보는 데에 최선을 다하는 게 좋을 듯합니다. 저 사람만이 우리에게 얘기를 해줄 수 있으니까요. 적어도 우리가 저 사람을 데리고 있으니 다행입니다. 우리 침상에 아직 살아 있는 저 사람을 뉘어놓고 있으니까요. 우린 저 사람을 살려내야 합니다. 가셔서 마지막기도를 바치십시오, 원장님. 저 사람을 위해 기도를 올려주십시오. 난 저 사람 침대 곁에서 최선을 다할 테니까요. 초조해하지 마세요. 난 눈을 부릅뜨고 저 사람을 지키고 있다가 저 사람이 정신을 잃은 상태에서 내뱉는 헛소리라 해도 한 마디도 놓치지 않고 기억해두겠습니다."

밤 사이에 첫번째의 갑작스러운, 그러나 미세한 변화가 발생했다. 캐드펠 수사는 오래 전부터 한 눈을 뜨고 두 귀를 열어둔 채 잠을 자는 것에 익숙해져 있었다. 침대 옆 야트막한 의자에 앉은 그는 팔짱을 끼고서, 일정한 정도 이상 몸이 기울어지는 것을 막기 위해 한쪽 팔꿈치는 침대 틀에 걸치고 고개를 숙인 채로 졸음

에 빠져들었다. 그를 자극하여 잠에서 깨어나게 한 것은 무엇보다도 그의 귀에 들려온 어떤 소리였다. 그는 긴장하여 숨을 죽였다. 엘라이어스 수사가 이제 막 처음으로 깊은 숨을 길게, 그리고 한층 편안하게 들이쉬었던 것이다. 그 호흡은 목구멍에서 시작하여 여태 쓰이지 않고 버려졌던 온몸을 지나 발끝까지 퍼져나갔고, 그 호흡과 더불어 그는 피가 엉겨붙은 온몸의 상처로 인한 통증으로 고통스레 신음하기 시작했다. 목에서 들리던 그 끔찍하게 끓어오르는 소리가 잦아들었다. 그는 공기를 깊이 들이마셨고, 그와 더불어 끔찍스러운 통증에 시달렸다. 그러나 그는 마치 굶주린 사람이 음식을 탐하듯 열렬히 숨을 들이쉬었다. 캐드펠은 뭉개진 얼굴과 부어오른 입술을 따라 경련이 스쳐가는 것을 보았다. 바싹 마른 혀 끝이 물기를 찾아 움직인다 싶더니, 통증 때문에 경련하며 멈추었다. 벌려진 입술 사이로 건강한 치아가 벌어지면서 한숨처럼 긴 신음이 새어나왔다.

캐드펠은 따뜻하게 데우기 위해 화로 옆에 두었던 달콤한 포도주가 담긴 항아리를 들어 몇 방울을 환자의 부어오른 입술 사이로 떨어뜨렸다. 의식을 잃은 채로 환자는 얼굴을 찡그리더니 그 포도주를 삼키려고 목구멍을 꿈틀거렸다. 캐드펠은 적이 만족스러웠다. 환자의 입술이 닫히자 캐드펠은 손가락을 갖다대었다. 그러자 그 입술은 이내 갈증을 호소하듯 다시 벌어졌다. 캐드펠은 그 입술 사이로 포도주를 한 방울 한 방울 끈질기게 흘려넣었다. 마침내 환자가 더이상의 반응을 보이지 않게 되어서야 캐드펠은 그러기를 그만두었다. 아무것도 의식하지 못하고 차디차게 굳어 있던 몸이 안팎으로 공급된 온기로 조금씩 풀려나가면서, 환자는 잠 속으로 빠져들었다. 온전한 의식을 되찾으려면 며칠 동안은

이렇게 꼼짝도 못한 채 누워 있어야 할 것이라고 캐드펠은 생각했다. 그러나 결국은 그는 의식을 회복할 것이요, 그리하여 산 자들 곁으로 돌아올 것이었다. 그가 자신에게 일어났던 일들을 얼마나 기억할지는 또다른 문제였다. 캐드펠은 그처럼 머리에 부상을 입은 사람들이 어린 시절이나 몇 년 전 일은 세밀한 것까지도 기억하면서도, 최근 벌어진 일에 대해서는 까맣게 망각하고 있는 경우를 몇 번이나 본 적이 있었다.

캐드펠은 환자의 발치에서 식은 벽돌을 꺼내 조리실에서 막 가져온 뜨거운 것으로 바꿔놓고서 철야를 하기 위해 다시 의자에 앉았다. 이제 환자가 혼수상태가 아니라 잠을 자고 있다는 것은 분명했다. 그러나 그 잠은 너무나 불편한 잠이었다. 잠은 기묘한 비명과 신음소리, 그리고 갑자기 온몸을 훑고 내려가는 경련으로 끊임없이 방해받았다. 한두 번, 엘라이어스는 목과 입술과 혀를 고통스럽게 꿈틀거리며 무슨 말인지 내뱉으려 안간힘을 썼으나, 정작 입 밖으로 새어나온 것은 아무것도 없거나 전혀 알아들을 수 없는 고통스러운 소리뿐이었다. 캐드펠은 무언가 의미를 지니고 있을 법한 말을 포착하기 위해 그의 입 가까이에 고개를 대고 기다렸다. 그러나 그날 밤은 그렇게 지나가버렸다. 철야를 통해 얻은 것은 아무것도 없었다.

수도원의 일상생활을 알리는 소리는, 만신창이가 되어 의식을 잃은 이의 내면 깊은 곳에 묵묵히 자리잡은 존재의 핵심에까지도 이를 수 있는 것일까. 아침기도를 알리는 종소리가 돌연 정적을 깨뜨리고 울리기 시작하자 환자의 눈썹이 갑자기 경련을 일으키며 번쩍 열리더니, 쨍한 빛에 찔끔하여 다시 닫혔다. 환자의 목구멍이 꿈틀거린다 싶더니 입술이 무언가 말을 하려는 듯 움직이기

51

시작했다. 캐드펠은 고개를 숙여 안간힘을 다하는 환자의 입술 가까이 귀를 대었다.

"……미친 짓……"

엘라이어스는 그렇게 말했다. 아니, 적어도 캐드펠이 듣기로는 그랬다. 환자는 계속해서 고통스럽게 중얼거렸다.

"클레를 넘다니…… 이런 눈 속에서……"

환자는 베개 위에서 고개를 이리저리 돌리며 고통스러운 신음을 내뱉었다.

"너무 어리고…… 고집스럽고……"

환자는 다시 잠이 들었다. 이번에는 훨씬 더 편안한 잠이었다. 환자의 잠을 방해하는 고통과 신음은 훨씬 줄어들었다. 잠시 후 엘라이어스 수사는 돌연 너무나 뚜렷한 음성으로 말했다.

"그 아이는 날 따라오려 했는데."

그것이 다였다. 환자는 다시 꼼짝 않고 누운 채 입을 다물었다.

아침기도를 마치자마자 레오나드 원장이 밤 사이의 경과를 알아보기 위해 찾아왔다. 캐드펠은 말했다.

"환자는 이제 생명을 향해 움직였습니다. 회복은 더디겠지만요."

철야를 한 캐드펠의 뒤를 이어받기 위해 조용히 기다리고 서 있는 젊은 수사를 보며 캐드펠은 말했다.

"환자가 몸을 꿈틀거리면 포도주와 꿀을 주게. 이제 받아먹을 수 있다네. 환자 가까이 앉아 있다가 무슨 말이든 하면 곧 내게 알려주게. 그 밖에 내가 눈을 붙이는 사이에 형제가 환자에게 해줄 일은 거의 없을 걸세만, 혹시 필요로 할지 몰라서 저기 물병을 놓아두었네. 환자가 땀을 흘리기 시작하면 몸을 잘 덮어주게나.

얼굴은 자주 씻어주고. 그래야 환자가 편안해지니까. 하느님의 가호로 그의 잠이 편안해지기를. 잠이야말로 어떤 의사보다도 훌륭한 치료자니까."

캐드펠과 나란히 밖으로 걸어나오며 원장은 초조히 물었다.

"그래, 환자의 상태는 양호하오? 살아나겠소?"

"시간과 평온만 있으면 환자는 건강을 회복할 겝니다."

캐드펠은 쩍 하품을 했다. 그는 먼저 아침을 먹고, 오전 내내 잘 생각이었다. 그런 뒤에 환자의 머리와 배의 붕대를 확인하고, 화농의 우려가 있는 크고 작은 상처들을 확인할 터였다. 그 일이 끝나면 엘라이어스를 간호하는 일에 대해서도, 실종된 아이들을 찾는 일에 대해서도 더 좋은 궁리가 있을 것 같았다.

원장이 물었다.

"환자가 무슨 말 하지 않았소? 알아들을 수 있는 말 말이오."

"어떤 아이에 대해 말했고, 이런 눈보라 속에서 산을 넘는다는 것이 미친 짓이라는 말을 했지요. 그렇습니다, 난 엘라이어스 형제가 휴고닌 남매와 그 수녀를 만났다고 생각해요. 엘라이어스 형제는 그들을 데리고 이곳으로 오려고 노력했지요. 하지만 소녀는 자기 목적지를 향해 가겠다고 고집한 겝니다."

캐드펠은 눈보라와 돌풍 속에서도 산을 넘어야겠다고 고집하는, 얼굴 한 번 본 적 없는 어린 처녀를 생각하며 덧붙였다.

"어리고 고집스러운 아가씨지요."

그러나 그들이 아무리 정신나간 짓을 했다 해도 아무리 골치아픈 일을 벌였다고 해도 무고한 그들을 버려둘 수는 없었다.

"우선 먹어야겠습니다."

캐드펠은 가장 근본적인 욕구로 되돌아갔다.

"그리고 침대도 좀 주십시오. 다른 문제는 나중으로 미뤄야겠어요. 나는 엘라이어스 형제가 필요로 하는 한 그 곁에 머물러 있겠습니다. 하지만, 원장님, 여기 방문자들 가운데 오늘 시루즈베리로 떠날 예정인 사람이 있다면 한 가지 부탁할 일이 있습니다. 휴 버링가에게 가서 실종된 아이들에 관한 최초의 단서가 여기에서 포착되었다는 사실을 알려달라고 좀 해주십시오."

"그렇게 하다마다요. 마침 크리스마스 성찬에 참석하러 집으로 돌아가는 옷감 상인이 있어요. 식사를 하고 나면 곧 출발할 거요. 가능한 한 일찍 출발해야 시간을 벌 수 있을 테니까. 지금 당장 그 사람에게 가서 그 소식을 전하라고 하겠소. 형제는 어서 가서 쉬세요."

밤이 오기 전에 엘라이어스는 두번째로 눈을 떴다. 이번에는 빛 때문에 몇 번 깜빡이기는 했어도 다시 감지 않았다. 한동안 그는 눈을 뜬 채 영문을 알 수 없다는 표정으로 이쪽 저쪽을 둘러보았다. 캐드펠의 어깨 바로 옆에 서 있던 원장이 고개를 숙이자 환자의 눈에 비로소 알겠다는 기색이 환히 떠올랐다. 환자는 아, 이 얼굴은 아는 얼굴이다, 하고 생각하는 모양이었다.

"원장님……?"

환자가 입을 열자 쉰 음성이 새어나왔다. 그것은 희망 섞인 물음이기도 했다. 원장은 달래듯 말했다.

"그렇다네, 형제. 형제는 우리와 함께 있어. 여긴 브롬필드일세. 이제 아무 걱정할 것 없네. 쉬면서 기운을 회복하게. 형제는 심한 부상을 당했어. 하지만 이제 친구들과 함께 안전한 곳에 누워 있네. 아무 문제도 없고……. 필요한 게 있으면 뭐든 말만 하게."

엘라이어스는 얼굴을 찡그리며 중얼거렸다.

"브롬필드라고요……? 제가 여기로 심부름을 왔는데……."

그는 안간힘을 다하여 베개에서 머리를 들어올리려 했다.

"성물을 모시고…… 아, 그걸 분실한 건 아니겠죠?"

원장은 서둘러 말을 받았다.

"아니야. 형제는 아무 일 없이 성물을 우리에게 전달했어. 성물은 이제 우리 교회의 제대에 잘 모셔져 있네. 우리가 성물을 안치한 다음 형제는 우리와 더불어 철야기도까지 올렸어. 기억이 안 나나? 형제의 임무는 완전무결하게 수행되었어. 형제가 해야 할 일을 착오 없이 해낸 걸세."

"하지만…… 머리가 왜 이리 아픈지……."

신음소리가 새어나왔다. 불안과 통증으로 그는 눈썹을 찡그렸다.

"이게…… 왜 이리 마음이 무거울까요? 제가 어쩌다 이렇게 된 거죠?"

그들은 엘라이어스 수사에게 그 동안 벌어진 일들을 조심스럽고 신중하게 얘기해주었다. 그가 수도원을 떠나 길을 떠나 자신이 소속된 퍼쇼의 수도원을 향했다는 것, 그러나 온몸에 부상을 당하고 정신을 잃은 채 길가에 버려져 있다가 동네 주민들에게 발견되어 이곳으로 실려오게 되었다는 것. 퍼쇼라는 지명이 나오자 그는 안도의 한숨을 쉬었다. 그곳이 그가 소속된 곳이었다. 그는 그 지명으로부터 자신이 이드버가 성인의 손가락 성골을 전하기 위해 브롬필드로 떠나왔다는 것을, 우스터를 질러가는 위태로운 길을 피하여 이곳에 도착했다는 것을 기억해냈다. 브롬필드라는 지명 역시 그는 기쁜 마음으로 기억해낼 수 있었다. 그러나 브

롬필드에서 떠난 이후 벌어진 일에 대해서는 아무것도 기억해내지 못했다. 그를 그처럼 가혹하게 죽이려 한 자들이 누구였는지는 모르지만, 그들은 그의 혼란스러운 정신으로부터 완전히 빠져나가버린 것이었다. 캐드펠은 그를 향해 몸을 기울이고 부드럽게 다그쳤다.

"그 사람들을 다시 만난 적 없나? 소년과 소녀, 산을 넘어 갓스톡으로 가겠다고 고집하던 남매 말이네. 멍청하게도 소녀는 계속해서 가겠다고 고집을 부렸지. 소년은 그 소녀의 고집을 꺾을 수 없었고……."

"소년과 소녀라니 누구를 말씀하시는지요?"

엘라이어스는 아무것도 모르겠다는 얼굴로 눈을 껌뻑거렸다. 그의 이마가 더욱 고통스럽게 일그러졌다.

"또 수녀 한 사람도 있었네. 그 소년 소녀와 함께 여행 중이던 수녀가 기억나지 않나?"

그는 기억해내지 못했다. 기억을 되살리려 노력할수록 불안해질 뿐이었다. 그는 기억을 되살리기 위해 안간힘을 다했으나 공포와 불안과 절망스러운 좌절감만이 되살아났다. 그 좌절감에는 죄의식이 짙게 드리워져 있었다. 온갖 형태의 이제 결과를 돌이킬 길 없는 책임감은 그 겁에 질린 눈동자 너머의 눈으로 볼 수 없는 영역에 감춰져 있었고, 그것을 포착한다는 것은 불가능했다. 그의 이마에 진땀이 배어나왔다. 캐드펠은 그 땀을 부드럽게 닦아주었다.

"초조해할 것 없네. 하느님께, 그리고 우리에게 모든 걸 맡기고 편안히 쉬시게. 형제 할 일은 끝났네. 이제 쉬시게나."

그들은 환자의 육체적 필요를 해결해주고, 크고작은 상처에는

약을 발라주었으며, 진료소의 간소한 고기 저장실에서 가져온 음식으로 묽은 수프를 만들어 약초와 오트밀과 함께 먹이고, 침대 앞에 서서 기도문을 낭송하였다. 그러는 동안에도 엘라이어스 수사의 찌푸려진 이맛살은 좀처럼 풀어지지 않았다. 그는 줄곧 달아나버린 기억을 추적하고 있었으나, 그 기억은 좀처럼 그의 의식의 덫에 걸려들지 않았다. 밤이 되어 정신이 이 세계의 문지방을 넘어가거나 저만치 뒷걸음질하고 나면 잠이 든 수사는 기억과 꿈에 시달렸다. 그러나 그런 때에 그가 내뱉는 말들은 파편적이거나 그저 입 안에서 우물거리는 소리뿐이었고, 그 와중에도 그는 크나큰 고통에 시달리고 있었다. 아무리 사소한 말 한 마디라 해도 놓치지 않고 포착하려고 곁에서 지켜보던 캐드펠은 환자의 마음으로부터 그 고문과도 같은 고통을 몰아내고 환자가 다시 편안한 잠 속으로 돌아갈 수 있도록 하는 데에 온갖 힘을 기울여야 했다. 캐드펠은 새벽녘이 되어서 엘라이어스 수사가 잠 속으로 빠져든 뒤에야 한시름 놓았다. 환자의 몸은 체력을 회복하고 있었고, 치유되고 있는 중이었다. 그러나 그의 정신은 기억하기를 거부한 채로 여전히 사방을 떠돌고 있었다.

캐드펠이 잠이 들었다가 정오 무렵에야 깨어나 보니 환자는 마치 잠을 잔 적도 없는 듯 완전한 의식을 되찾아 휴식을 취하고 있었다. 엘라이어스 수사는 환자를 간호하는 일에 오랜 경험을 가진 나이든 수도사의 보살핌을 받으며 편안하게 쉬고 있었다. 날씨는 청명했고, 햇빛은 오래도록 쏟아질 것 같았다. 그러나 여전히 얼음은 얼어 있고, 밤이 오면 또다시 틀림없이 눈이 쏟아질 터였으니, 낮 시간 동안 쏟아지는 햇빛은 일시적인 것이었다.

캐드펠은 레오나드 원장에게 말했다.

"환자는 훌륭한 간호를 받고 있습니다. 몇 시간 동안은 불안해하지 않고 떠나 있어도 무방할 듯싶어요. 내 말도 충분한 휴식을 취했고, 또다시 눈이 내리거나 바람이 불기 전까지는 길도 괜찮을 것 같군요. 갓스톡까지 가볼 생각이에요. 거기 가서 그 남매와 수녀 일행이 그곳에 도착한 적이 있는지 알아봐야겠습니다. 그들이 그곳에 들렀다 떠났다면 어느 길로 갔는지도 알아봐야겠지요. 엘라이어스 형제가 그들과 헤어진 건 엿새 전쯤일 겁니다. 원장님 말씀대로 그 장소는 폭스우드였을 게고요. 만일 그들 일행이 웬록 수도원 경계까지 안전하게 갔다면 지금쯤이면 웬록이나 시루즈베리에 도착해 있어야 합니다. 그렇기만 하다면 그들과 관련된 모든 혼란은 정리되는 셈이지요. 우린 모두 안심하고 평온 속으로 되돌아갈 수 있을 테고요."

얼음 속에 갇힌 소녀

갓스톡은 숲이 우거진 골짜기 깊숙이 자리잡은 곳이었고, 웬록 수도원의 교구였다. 그곳 교구 장원의 3분의 1 정도는 수도원이 직접 경작하였고 나머지는 그곳에 사는 교구민들이 경작하고 있었다. 농사가 잘 되어 이제 견실히 자리잡아가는 거주지였다. 겨울철을 무사히 지낼 수 있도록 모든 시설들이 잘 갖춰져 있었고, 연료도 부족함이 없었다. 거센 바람을 막아주는 산을 넘어 집들이 자리잡은 곳으로 들어서기만 하면 피난민 몇 정도야 편안히 휴식을 취할 수 있었을 테고, 서두를 것도 쫓길 것도 없이 수도원이 소유한 드넓은 땅 곳곳에 있는 장원으로 조용히 이동할 수도 있었을 터였다.

그러나 그 피난민들은 갓스톡에는 도착한 적이 없었다. 수도원

장 보좌수사는 확신에 차서 말했다.

"그런 사람들을 찾는다는 소식은 우리도 들었습니다. 하지만 그 사람들이 이곳으로 향했으리라는 생각은 해보지 않았어요. 아마 루들로나 다른 길로 갔겠지요. 우리도 사방을 수색해봤습니다. 내 말을 믿어도 좋습니다, 형제. 그들은 이곳에는 오지 않았어요."

캐드펠이 말했다.

"그 일행이 마지막으로 목격된 곳은 폭스우드였습니다. 그들은 클레오버리에서부터는 우리 교단의 수사 한 사람과 동행했지요. 그 형제는 그들에게 같이 브롬필드로 가자고 권했지만 그들은 산을 향해 북쪽으로 여행을 계속했답니다. 내 생각으로는 그들이 틀림없이 이곳에 도착했어야 하는데요."

"그렇겠군요. 하지만 이곳에는 오지 않았습니다."

캐드펠은 생각에 잠겼다. 그 자신은 이곳 지리에 능통하지는 않았지만 그런데도 길을 찾아올 수 있었다. 만일 그들이 이곳을 지나지 않았다면 그것은 오히려 앞으로의 수색에서 작은 이점으로 작용할 수도 있었다. 그들이 이곳에 닿기 위해 걸었을 길들을 거꾸로 되짚어 수색해볼 수도 있을 테고, 그 길에서 그들의 자취를 추적해볼 수도 있을 성싶었다. 그것은 이튿날로 미루는 수밖에 없었다. 날이 이미 저물어가고 있었다. 사방에 저녁 어스름이 어슴푸레하게 깔리고 있었다. 캐드펠은 우선 지름길로 해서 브롬필드로 돌아가는 것이 현명하겠다고 생각했다.

"무슨 소문이 없는지 주의를 기울여주십시오. 난 다시 브롬필드로 돌아가겠습니다."

그는 올 때에는 사람들이 가장 많이 다니는 길을 이용했으나,

그 길은 지름길이라기보다는 오히려 우회로에 가까웠다. 그는 시골 지형을 살피는 데에는 웬만큼 자신이 있었다.

"여기에서 곧장 남서쪽으로 가는 것이 브롬필드로 가는 가장 빠른 지름길일 듯싶은데요. 그 길은 괜찮습니까?"

"그 길을 택하신다면 클레 삼림을 관통해야 합니다. 그렇지만 해가 지는 방향을 오른쪽으로 두고 계속해서 가기만 하면 되니 길을 잘못 들 염려는 없지요. 개울은 함부로 건너지 마십시오. 얼음이 얼기 시작한 뒤로는 무척 위험하니까요."

원장의 보좌수사는 캐드펠이 가야 할 길을 가리켜주었다. 그는 캐드펠이 숲이 벌채된 빈터를 지나 완만한 언덕 사이의 좁고 곧은 길을 따라가다가, 브라운 클레의 거대한 봉우리를 등지고 방향을 바꿔 왼쪽으로 웅장하고 험준한 티터스톤 클레를 끼고 멀어져가는 것을 지켜보았다. 햇살은 이미 사라진 지 오래였으나 해가 지려면 아직은 상당한 시간이 남아 있었다. 해는 엷은 회색 구름 너머에서 어렴풋한 붉은 공처럼 떠 있었다. 틀림없이 눈은 내릴 테지만 아직 한두 시간 지나야 쏟아지기 시작할 것이었다. 바람 한 점 없는 대기는 차디찼다.

1킬로미터쯤 가서 캐드펠은 숲으로 들어섰다. 나뭇가지에는 아직도 얼어붙은 눈들이 뒤엉켜 있었고, 낮 사이 햇살이 파고들 틈이 있었던 곳에 늘어뜨려진 가지 밑에는 고드름이 기다랗게 매달려 있었다. 발 밑의 땅에는 낙엽과 침엽이 두껍게 깔려 말을 타고 가기에 어려움이 없었다. 나무들은 심지어는 어느 정도의 온기를 뿜어주기까지 했다. 클레는 왕실 소유의 삼림이었으나 이제 잉글랜드의 대부분과 마찬가지로 방치되어 있었다. 국왕과 황후가 왕권을 장악하기 위해 싸움을 벌이는 동안, 그곳은 기회주의적인

지방 토호들이 제 맘대로 착복하거나 전유할 수 있는 땅이 되어 버렸다. 그곳은 사방 15킬로미터 안에는 성도 마을도 없는, 외롭고 황량한 시골이었다. 개간지는 거의 없었고, 드문드문 있는 것들은 서로 막막하게 떨어져 있었다. 들짐승들이 서로 쫓고 쫓기며 그곳을 지배하고 있었으나, 이런 겨울에는 사슴마저도 현명한 사람들의 보살핌이 없으면 굶어죽고 말 터였다. 농부들에게야 사료는 들짐승에게 내놓기에는 너무나도 귀중한 것일 테니, 사료를 내어놓는 이들은 가장 끔찍한 계절에도 사냥을 즐기려는 귀족들일 것이었다. 캐드펠은 바로 그런 사료 더미 옆을 지났다. 굶주린 짐승들이 뒤적이는 바람에 사료가 사방에 흩어진 자취가 보였고, 짐승의 발자국들이 근방 눈 위에 마구 찍혀 있었다. 왕권을 놓고 경쟁하는 두 지배자 가운데 누가 이곳의 소유권을 차지하게 될지는 모르지만, 세습직인 삼림감독관은 여전히 자신의 의무를 다하고 있었던 것이다.

나무 사이로 이따금씩 모습을 드러내는 해는 이제 무척이나 낮게 떠 있었다. 저녁이, 낮게 깔린 구름처럼 서서히 다가오고 있었다. 그러나 지면에는 아직은 빛이 충분했다. 눈앞에서 나무들이 갈라지면서, 약해지는 빛을 한 시간쯤 더 머물게 할 수 있을 정도의 빈터가 나타났다. 누군가가 숲을 개간한 것이었다. 작은 뜰과 밭이 나타나더니, 야트막한 움막 한 채가 보였다. 한 남자가 울을 두른 조그마한 땅뙈기 안으로 염소 두어 마리를 몰아넣고 있었다. 얼어붙은 눈과 낙엽을 걷어차는 말발굽소리를 듣고서 남자는 화들짝 놀라 고개를 들었다. 단단하고 땅딸막한 몸집의 농사꾼이었다. 마흔이 채 안 된 것 같았다. 그는 질좋고 수수한 갈색 수제품 상의와 집에서 무두질한 가죽으로 만든 바지를 입고 있었다. 혼

자서 농사일을 거뜬히 해내는 솜씨있는 농부였다. 그는 염소를 울 안에 가두고 몸을 일으켜 다가오는 여행자를 마주하였다. 그의 가늘게 뜬 눈은 이내 다가오는 이가 수사의 복장을 하고 있다는 것을 알아보았고, 크고 기운 좋은 말을 타고 있다는 것을 알아보았으며, 두건 밑에서 넓적하고 늙은 얼굴이 이쪽을 넘겨다보는 것도 알아보았다.

캐드펠은 울타리 앞에서 고삐를 당기며 말했다.

"하느님이 이 집과 이 집의 주인을 축복하시기를."

"하느님이 수사님과 함께 하시기를!"

그의 음성은 깊고 평온했다. 그러나 그의 눈에는 불안감이 감돌고 있었다. 그가 다시 물었다.

"어디로 가시는 길입니까?"

"브롬필드로 가는 길이오. 이 길이 맞소?"

"맞고말고요. 계속해서 가시면 됩니다요. 일 킬로미터 정도 가시면 합튼 시내가 나오지요. 그 시내를 건너면 그것보다 훨씬 작은 지류가 두 곳 나오는데, 그것들도 건너세요. 그것까지 건너시고 나면 세 갈래 길이 나옵니다. 오른쪽 길로 들어서십시오. 언덕을 따라 난 길이에요. 그 길을 따라가다 보면 루들로에 이르고 거기에서부터 수도원까지는 일 킬로미터 거리밖에 안 됩니다요."

남자는 베네딕트회 수사가 말안장에 올라 이런 시간에 이렇게 한적한 길을 다니고 있는지 묻지 않았다. 그는 전혀 아무것도 묻지 않았다. 그는 울타리 사이에 난 문 앞에서 마치 성의 격자문처럼 떡 버티고 서 있었다. 그러나 어디까지나 무척 예의바른 표정에 겸손한 어조였다. 그가 무엇인가를 감추고 싶어한다는 것을 캐드펠이 눈치챌 수 있었던 것은 그의 눈빛 때문이었다. 누가 어

디에서 무슨 말을 해도 오직 진실만을 얘기한다는 듯한 그 어조 역시 수상쩍었다. 그럼에도 불구하고 이 삼림지대에서 이와 같은 밭과 집을 일구어낸 사람이라면 근면하고 정직한 사람일 것은 분명했다.

캐드펠은 말했다.

"알려줘서 고맙소이다. 한 가지만 더 도와주시오. 나는 시루즈베리 소속의 수사요. 지금은 퍼쇼에서 온 우리 형제 한 사람을 간호하기 위해 브롬필드 수도원의 진료소에 와 있지요. 그 부상당한 형제는, 우스터가 습격을 받았을 당시에 그곳에서 피신하여 시루즈베리로 가는 길이라는 한 일행을 만난 적이 있답니다. 그 사람들은 서쪽으로 방향을 틀어 브롬필드로 우리 형제와 동행하려 하지 않고, 북쪽으로 가던 길을 계속해서 갔다는군요. 그런 사람들을 본 적이 있거나 소문을 들은 적이 있거든 좀 알려주시오."

캐드펠은 자신의 육감에 반신반의하면서 그들의 인상착의를 설명해주었다. 농부는 어깨 너머로 오두막 쪽을 힐끗 돌아보더니 눈도 깜빡이지 않은 채 다시 캐드펠을 마주 바라보았다. 그는 지극히 태연한 어조로 말했다.

"그런 사람들은 이 산 속으로 들어온 적 없습니다. 누가 어째서 이런 산 속으로 들어오겠습니까요? 여긴 무척이나 외진 곳이에요."

"낯선 땅에서 눈보라에 휩쓸리다 보면 외진 곳에도 들어서게 되는 법이오 게다가 이곳은 갓스톡에서 그다지 멀지도 않고. 난 이미 그곳을 살펴보고 오는 길이라오. 좋소이다, 이들 세 사람, 혹은 그 가운데 한 사람이라도 만나게 되면 우스터와 시루즈베리 근처의 모든 수도원에서 그들을 찾아 헤매는 중이라는 말을 좀

전해주고, 수도원 사람들 눈에 띄면 그들의 안전은 확실히 보장될 거라는 말도 꼭 좀 전해줘요. 우스터에는 이제 새로운 수비대가 배치되었고, 혼란을 수습하느라 열심이랍디다. 그 사람들을 만나면 이 말을 꼭 전해줘요."

농부는 신중한 눈길로 생각에 잠겨 캐드펠을 쳐다보다가 고개를 끄덕였다.

"그렇게 전하겠습니다. 그런 사람들을 만나게 되면요."

그는 문을 막아선 채 움직이지 않았다. 캐드펠은 고삐를 당겨 길을 따라 움직이기 시작했다. 그가 나무들이 우거진 곳에 이르러 뒤를 슬쩍 돌아보았을 때에 농부는 미룰 수 없는 화급한 일이라도 있는 듯 재빨리 돌아서서 집 안으로 들어가고 있었다. 캐드펠은 계속해서 말을 몰았다. 그러나 그는 앞으로 가지 않고 옆으로, 느리게 말을 몰았다. 캐드펠은 은폐물에 이르자 말을 멈추고 안장에 앉아 꼼짝도 않고 귀를 기울였다. 잠시 후에 뒤쪽에서 조심스러운 조그마한 소리들이 들려오기 시작했다. 몸이 가벼운 누군가가 서두르는 발걸음으로, 그러나 들키지 않도록 조심하면서 그를 뒤따르고 있었다. 캐드펠은 조심스럽게 뒤를 돌아보았다. 푸른색 망토를 입은 사람이 은폐물 뒤로 얼른 몸을 감추는 것이 보였다. 캐드펠은 꼼짝도 하지 않고 그 사람이 가까이 오기까지 기다렸다가 돌연 고삐를 옆으로 틀어쥐어 뒤쪽으로 돌아섰다. 그와 함께 모든 소리가 사라졌다. 그러나 너도밤나무 가지 하나가 흔들리고 있었다. 그 가지 위에서 하얀 눈발이 흩어져내렸다.

캐드펠은 상냥한 어조로 말했다.

"가까이 와도 괜찮다. 난 시루즈베리 소속의 수사야. 네게도 그 누구에게도 해를 끼치지는 않는다. 그 선량한 이가 네게 한 말은

65

사실 그대로야."

한 소년이 숨어 있던 곳에서 모습을 나타냈다. 소년은 위협을 받으면 당장이라도 달아나겠다는 듯 두 다리를 충분히 벌리고 섰다. 땅바닥을 두 다리로 억세게 틀어쥐고 있는 듯한 모습이었다. 작고 땅딸막한 소년이었다. 갈색 머리칼과 당당하고 구김살 없는 갈색 눈, 고집스럽게 다물린 입, 그러나 통통한 뺨에서는 아직 어린아이 같은 기미가 엿보였다. 연한 푸른색의 윗도리와 망토는 그 옷을 입은 채로 들판에서 노숙이라도 했는지 구겨지고 흙이 묻어 있었다. 아마도 그랬을 것이었다. 회색 반바지는 찢어져 있었으나 소년의 태도에서는 귀족 출신의 당당함과 자신감이 엿보였다. 허리띠에는 단검을 차고 있었다. 칼집에 놓인 은장식만 보아도 적지 않은 이들이 그 소년을 탐냈을 성싶었다. 그때까지 무슨 일을 겪었는지는 몰라도, 결국 소년은 다행히도 선량한 사람의 호의로 피난처를 마련할 수 있었던 것이었다.

"저 아저씨 말이⋯⋯"

소년은 한두 걸음 앞으로 걸어나오더니 다시 용기를 내어 말을 이었다.

"저 아저씨 이름은 서스턴이에요. 아저씨와 아주머니는 저에게 친절하게 대해주셨죠. 아저씨가, 제가 믿을 수 있는 분이 있다고 하시더군요. 베네딕트 교단의 수사님이시라구요. 아저씨는 수사님이 저희를 찾고 계시다고 했어요."

"그 사람 말 그대로지. 네가 이베스 휴고닌이로구나."

"네, 그래요. 수사님과 함께 브롬필드로 가도 되나요?"

"물론 가도 되고말고, 이베스. 너희들을 찾아다니는 무수한 사람들이 따뜻이 널 환영할 게다. 너희들이 우스터를 탈출한 이래

66

외숙이신 댄저스 경이 성지에서 돌아와 글로스터에 도착하셨어. 댄저스 경은 너희들이 사라졌다는 소식을 듣고 너희들을 찾기 위해 시루즈베리로 사람을 보내셨지. 너희들이 안전히 돌아간다면 경은 더없이 기뻐하실 게야."

소년의 얼굴은 반가움과 의구심 사이를 오락가락했다.

"댄저스 외숙께서요? 글로스터에 오셨다구요? 하지만…… 바로 글로스터에서 온 사람들이 우리를……?"

"그랬지. 글로스터에서 온 사람들이 우스터를 습격했지. 하지만, 너희들의 외숙은 그런 짓을 하지 않으셨다. 외숙이 직접 이곳으로 올 수 없었던 이유 따위를 생각하느라고 골머리 앓지는 말아. 그래봐야 너도 나도 어쩔 수 없는 일이었으니까. 하지만 네 외숙은 너희들을 안전히 데려다달라고 우리에게 간청하셨지. 내 말을 믿어라. 그런데 우리가 찾는 사람은 세 사람이야. 여기에서 널 만난 건 다행이지만, 어쨌든 너 하나뿐이로구나. 누이와 수녀는 어디 있느냐?"

"저도 몰라요!"

소년은 마치 울음을 터뜨리듯 부르짖었다. 소년의 의연하던 뺨이 순간 파르르 떨렸다. 그러나 곧 소년은 당당한 모습을 되찾았다.

"제가 클레톤에서 힐라리아 수녀님을 떠났을 때까지 수녀님은 무사했어요. 아직까지 그곳에서 무사히 지내고 계셔야 할 텐데. 하지만 혼자 남겨졌다는 걸 알고 수녀님이 어땠을지는……. 그리고 누나…… 누나가 문제를 일으킨 장본인이에요! 누나는 애인하고 같이 한밤중에 떠나버렸어요. 애인이 누나를 찾아왔거든요. 틀림없이 누나가 애인에게 데려가달라고 소식을 보냈을 거예요.

전 그 뒤를 따라가려 했는데, 하지만 눈보라가 쏟아지는 바람에……."

캐드펠은 의아스러움, 실망, 그리고 안도감이 뒤얽힌 심정으로 숨을 크게 내쉬었다. 그들 세 사람 가운데 적어도 한 사람은 안전하게 숨어 있었던 것이 확인되었다. 또 한 사람 역시 아직 클레톤에 머물러 있기만 하다면 아무 일 없이 지내고 있을 것이었다. 그리고, 마지막 세번째 사람은 아마도 그녀를 사랑하는 사람의 품안에, 그녀에게 오직 선의만을 품고 있을 사람의 품 안에 숨어 있는 것 같았다. 어쩌면 모든 사람들에게 행복한 결말이 될지도 모른다. 이 길고 복잡한 이야기가 성공으로 끝맺을 가능성이 높아지고 있었다. 게다가 지금은 어둠이 내리기 시작하고 있었다. 태양의 한쪽 끝이 이미 산의 능선 밑으로 모습을 감추었는데, 갈 길은 아직 몇 킬로미터 더 남아 있었다. 지금 그가 할 수 있는 최선의 일은 이 소년 하나만이라도 데리고 브룸필드로 돌아가는 것, 소년이 더이상 낯선 땅을 헤매고 다니다가 다시금 실종되지 않도록 조처하는 것뿐이었다.

"가자. 밤이 되기 전에 널 안전한 곳으로 데려가주마. 이리 내 앞으로 올라타거라. 네 몸무게를 더해봐야 이 말은 꿈쩍 안 할 게야. 여기 발을 올려놓고……."

소년은 두 손을 높이 들어올려 기다렸다는 듯 반갑게 캐드펠의 손을 잡았다. 소년의 손아귀 힘은 강했다. 소년은 공이 튀듯이 순식간에 뛰어올라 편안히 말 등에 앉았다. 소년의 몸은 처음에는 몹시 긴장하고 있었으나 곧 긴 한숨과 더불어 평온해졌다.

"서스턴 아저씨에게는 고맙다는 말도 하고, 작별인사도 했어요."

소년을 재빨리 자기가 한 일을 되짚어보고 이렇게 말했다. 소년은 쉰 목소리로 나직하게 말을 이었다.

"지갑에 남은 돈 가운데 반을 주었지만 별로 많진 않았어요. 아저씨는 필요없다고 받지 않으려고 했어요. 제가 온 게 그저 반가웠을 뿐이라고 했죠. 전 더이상 아저씨에게 줄 게 없었어요. 그래도 아무것도 주지 않고 떠날 수는 없었죠."

캐드펠은 소년을 안심시켰다.

"언젠가 다시 찾아볼 수 있는 날이 올 게야."

소년은 훌륭한 교육을 받은 것이 분명했다. 제 지위와 그에 걸맞는 의무를 잘 알고 있었다. 수도원에서의 교육에 대해 칭찬을 아끼지 않아도 좋을 것 같았다. 소년은 몸을 움직여 캐드펠의 어깨 사이로 따뜻하게 몸을 밀착시켜왔다.

"전 이 단검이라도 주고 싶었어요. 하지만, 아저씨는 이 단검은 제게 필요할 거라고 했죠. 자기 같은 사람은 이런 단검으로 할 일이 별로 없다면서요. 이런 걸 가지고 있어봤자 도둑맞을 염려 때문에 남들에게 보여줄 수도 없을 거라나요."

소년은 이제 비로소 안심할 수 있는 처지가 된 것에 들뜬 나머지 눈 속에서 헤어진 두 여자에 대한 걱정을 잠시 잊은 듯했다. 소년의 나이는 열셋이라고 했다. 그러니 보호자가 나타났을 때에 즐거워하는 것도 당연하지 않겠는가.

"그들과 얼마나 같이 있었지?"

"나흘 동안요. 서스턴 아저씨는 누군가 믿을 만한 사람이 나타날 때까지 기다리는 게 최선이라고 했어요. 이 산과 숲, 게다가 이런 눈보라 속에서라면 강도들이 더욱 날뛴다는 말이 있대요. 제가 다시 혼자서 길을 나선다면 또 길을 잃고 말 거랬어요. 전

이틀 동안이나 내내 길을 잃고 헤맸거든요."

이베스의 눈에 그 공포스러운 기억이 고스란히 떠올랐다.

"늑대가 무서워서 나무에 올라가서 잠을 잤어요."

하지만 소년은 불평을 하는 것이 아니었다. 소년은 오히려 자랑스러운 기색을 보이지 않기 위해 최선을 다하고 있었다. 소년이 계속해서 저 하고 싶은 얘기를 하도록 내버려두는 편이 좋을 듯했다. 위험한 여행을 끝낸 사람이 따뜻한 불가에서 다리를 쭉 펴듯이, 소년은 이제 저 외로움과 두려움으로 긴장에 차 있던 가슴을 마음껏 풀어놓으려 하는 것이었다. 소년이 진정 해야 할 얘기는 나중에 소년의 외로움과 두려움이 충분한 보상을 받은 뒤에 들어도 늦지 않았다. 매사가 원만히 처리되기만 하면 소년은 사라진 두 여자들의 향방을 가리켜줄 수 있을 것이었다. 그러나 지금 가장 큰 문제는 캄캄해지기 전에 브롬필드로 돌아가는 일이었다.

그들은 빽빽했던 숲이 성기어지면서 아직 남아 있는 빛이 길을 비춰주는 곳을 향하여 서둘러 말을 몰았다. 합튼 시내에 이르렀을 때에 처음으로 눈발이 날리기 시작했다. 캐드펠은 말을 조금이나마 편하게 해주기 위해 말에서 내려 얼음이 덮인 시내를 건넜다. 시내를 건넌 뒤에 그들은 왼쪽으로 서서히 방향을 틀었다. 머지않아 첫번째 지류가 나타났고, 오른쪽으로 완만한 경사를 이룬 길고 긴 언덕이 보였다. 지류의 물은 벌써 며칠째 꽁꽁 얼어 있었다. 이제 해는 넘어가고 서쪽 하늘에는 붉은 석양만이 남아 있었다. 잿빛 어스름이 밀려들기 시작했다. 바람이 불기 시작하면서 눈보라가 그들의 얼굴에 얼어붙었다. 그곳에서부터는 삼림 사이로 여기저기 흩어진 농토와 밭, 그리고 이따금씩 양우리들이

보였다. 그 모든 것들이 거친 바람에 뒤흔들리고 있었다. 사물의 형태가 희미한 어둠 속에 녹아들어가고 있었으나, 바닥에 쌓인 얼음의 표면으로부터, 눈이 더미를 이루고 쌓인 언덕으로부터 희미한 푸른빛이 반사되어 간신히 길을 알아볼 수는 있었다.

두번째 지류가 나타났다. 그것 역시 얼어붙어 있었다. 갈대가 뒤엉킨 그 가느다란 물줄기는 땅 위에 뱀처럼 구불구불 놓여 있었다. 캐드펠은 개울을 건너려고 다시 말에서 내렸다. 사방이 허옇게 번쩍이는 얼음과 눈보라로 뒤덮여 있어 어느 쪽도 제대로 보이지 않았다. 온 신경을 눈에 집중하고 한참이나 들여다보아야 겨우 사물의 형태를 희미하게 알아볼 수 있을 정도였다. 캐드펠은 장화가 낡아 미끄러질까봐 발끝을 내려다보며 조심조심 앞으로 나아갔다. 바로 그때에 무언가가 그의 눈을 끌었다. 순간에 불과했으나 말이 잠시 비틀하다가 균형을 되찾은 찰나, 그의 시선은 왼쪽 발 밑 얼음 속에서 유령처럼 창백한 무엇인가를 포착했다. 말은 허둥거리며 얼음 위를 기우뚱기우뚱 걸어 건너편으로 움직여갔다.

캐드펠은 자신이 본 것이 무엇이었는지 서서히 깨닫기 시작했다. 믿을 수가 없었다. 30분만 더 지난 뒤였으면 그것이 무엇인지 전혀 알아볼 수 없었을 것이었다. 쉰 발짝쯤 더 걸어가자 비로소 잡목이 뒤얽힌 숲이 나타났다. 캐드펠은 발을 멈췄다. 그러나 캐드펠은 이베스의 생각과는 달리 다시 말에 올라 말고삐를 넘겨받지 않았다. 캐드펠은 침착한 어조를 잃지 않으려 애쓰면서 말했다.

"여기서 잠깐만 기다려라. 아니, 길을 틀려면 좀더 가야 해. 여기는 길이 갈라지는 곳도 아니고. 저기에서 뭔가를 본 것 같구나.

기다려라!"

이베스는 궁금했으나 얌전히 기다리기로 했다. 캐드펠은 돌아서서 얼어붙은 개울을 향해 걸어갔다. 그 창백한 물체는 환상이 아니었다. 그것은 얼음 밑에서 꼼짝 않고 있었다. 그는 얼음 위에 무릎을 꿇고 앉아 그 물체를 들여다보았다.

목덜미에서부터 머리칼이 쭈뼛 곤두섰다. 그가 잠시 생각했던 것과는 달리 그것은 어린 양이 아니었다. 더욱 길고 더욱 맵시가 있었으며, 더욱 늘씬하고 더욱 희었다. 그 창백하고 유리처럼 번쩍이는 갸름한 얼굴에서 커다랗게 뜬 두 눈이 똑바로 그를 보고 있었다. 작고 섬세한 손은, 마치 항의라도 하려는지, 물이 얼어붙기 전까지 잠시 떠올랐던 듯 양 옆구리 위쪽으로 약간 올라가 있었다. 몸 전체가 희었고, 입고 있는 찢겨진 속옷 역시 희었다. 걸친 것이라고는 그것이 전부였다. 캐드펠은 그녀의 가슴 부근에서 흙빛이 번져나간 자취를 언뜻 본 듯했다. 그러나 그것은 너무도 희미한 나머지 열심히 들여다보면 볼수록 차츰 형태를 바꾸더니만 마침내 뿌옇게 흐려지고 말았다. 얼굴은 연약하고 섬세하고 어렸다.

양은 양이었다. 잃어버린 어린 암양, 하느님의 어린 양이 옷이 벗겨진 채 폭행당하고 살해당했던 것이다. 열여덟이라고 했던가? 그쯤의 나이일 것 같았다.

이렇게 그는 에르미나 휴고닌을 찾았으나 곧 다시 잃고 말았다.

4 시신의 정체

이런 시각에, 이런 장소에, 더구나 혼자였으니 캐드펠로서도 더 이상 할 수 있는 일이란 없었다. 시간을 지체하면 무엇 때문인지 알아보러 소년이 이쪽으로 올지도 몰랐다. 캐드펠은 서둘러 무릎을 펴고 일어나, 말이 마구간으로 어서 돌아가지 못해 발굽을 차며 안달하고 있는 곳으로 돌아갔다. 소년은 호기심에 찼다기보다는 오히려 조심스러운 얼굴로 캐드펠을 찬찬히 살펴보았다.

"무슨 일이에요? 뭐가 잘못되었나요?"

"네가 두려워할 일은 아니다."

그는 가슴이 에는 듯한 슬픔을 느끼며, 아직까지는, 네가 꼭 알아야 하는 때가 오기 전까지는, 하고 마음속으로 덧붙였다. 적어도 소년이 음식을 먹고, 몸을 따뜻이 하기까지는, 소년이 자신의

생명이 틀림없이 안전하다는 확신을 얻기까지는 이런 일에 대해서는 알 필요가 없을 터였다.

"얼음 속에 양이 갇혀 있는 줄 알았다. 하지만 내가 잘못 본 거였지."

그는 말에 올라 소년의 몸을 감싸안고 두 손을 뻗어 말고삐를 넘겨받았다.

"서둘러야겠다. 브롬필드에 닿기도 전에 캄캄해지겠어."

길이 갈라지는 곳에 이르자 그들은 들은 대로 오른쪽 길로 접어들어 곧장 언덕을 넘어갔다. 어렵지 않은 길이었다. 캐드펠의 품 안에 안긴 소년의 뻣뻣한 몸이 차츰 무거워지고 부드러워졌다. 소년은 졸음이 쏟아지자 갈색 머리를 캐드펠의 어깨에 기대었다. 캐드펠은 생각했다. 이제 마침내 분노와 슬픔 가운데에서 침묵에 빠져드는구나. 비록 네 누이를 구해낼 수는 없지만 우리가 널 안전히 지켜주마.

"수사님 성함을 아직 알려주지 않으셨어요. 전 수사님을 어떻게 불러야 하는지도 모르고 있네요."

이베스는 이렇게 말하며 하품을 했다. 캐드펠은 대답했다.

"내 이름은 캐드펠, 트레프뤼 출신으로 웨일스 사람이지. 그러나 지금은 시루즈베리 수도원의 수사란다. 너희들이 목적지로 삼았던 곳도 그곳이라고 들었는데."

"그래요. 시루즈베리 수도원이었어요. 하지만 에르미나—이게 누나 이름이에요—누나는 언제나 자기 방식대로만 하려고 해요. 누나보다 제가 훨씬 더 사려분별이 있는데도요! 누나가 제 말을 들었으면 우린 헤어질 필요도 없었을 테고 지금쯤은 시루즈베리 수도원에서 안전하게 쉬고 있었을 거예요. 전 엘라이어스 수사

님—혹시 수사님도 아시는 분이세요?—과 함께 브롬필드로 가고 싶었어요. 힐라리아 수녀님도 마찬가지 생각이었구요. 하지만 에르미나 누나는 자기 멋대로 계획을 세웠어요. 이건 다 누나의 잘못이에요!"

캐드펠 수사는 자신의 품 안에 따뜻하고 편안하게 안긴 채 천진난만하게 누나를 비난하는 소년의 얘기를 들으며 마음속으로 의구심을 품었다. 우리의 사소한 잘못에는 그처럼 크나큰 처벌이 뒤따르지는 않는 법 아닌가. 생각할 시간도, 뉘우칠 시간도, 잘못을 교정할 시간도 없이 그녀는 엄청난 처벌을 받고 말았다. 젊음은, 성숙과 사려분별에 이르는 과정에서, 사정만 허락되면 늘 어리석은 행동을 저지르게 마련 아닌가.

그들은 루들로와 브롬필드 사이의 깨끗하고 곧은 길로 다가섰다. 캐드펠은 부르짖었다.

"하느님을 찬송할지어다!"

수도원 누대의 횃불이 보였던 것이다. 그것은 가늘지만 억센 눈보라 사이로 노란 색의 머나먼 별처럼 떠 있었다.

"마침내 도착했구나!"

그들은 문 안으로 들어섰다. 커다란 정원 안에서는 뜻밖에도 수많은 사람들이 분주히 움직이고 있었다. 수도원 정원 안에 깔린 눈 위에는 말 두어 마리의 말발굽이 뒤엉켜 찍혀 있었고, 마구간 부근에서는 수도원 소속이 아닌 것이 분명한 하인 두엇이 갈기를 빗질하며 말들을 마구간으로 데리고 들어가고 있었다. 접객소 문가에서는 레오나드 원장이 우뚝 서서, 중키에 호리호리한 몸집의 젊은이와 진지하게 얘기를 나누고 있었다. 망토를 걸치고 두건을 쓴 그 젊은이는 여전히 이쪽을 등지고 있었으나, 그것은 캐드펠

이 아는 사람의 등이었다. 휴 버링가였다. 실종된 휴고닌 남매에 관한 최초의 소식에 접하자 직접 사실을 알아보고자 이곳으로 달려온 것이었다. 아마도 두어 사람의 관리를 대동하고 온 모양이었다.

그의 청각은 예나 이제나 예민했다. 휴는 갓 도착한 사람들을 향해 돌아서더니 말이 멈춰서기도 전에 이쪽으로 똑바로 걸어왔다. 원장이 그 뒤를 따랐다. 한 사람이 갔다가 두 사람이 되어 돌아오는 것을 발견한 그는 기대와 흥분으로 들떠 있었다.

그들이 다가오자 캐드펠은 말에서 내렸다. 이베스는 젊은 귀족의 출현으로 제 안전이 더욱 확실해졌다는 것을 깨닫자 기대와 흥분에 차서 졸음에서 깨어났다. 이베스는 포동포동한 두 발로 안장 끝에 서더니 눈 속으로 뛰어내렸다. 짧은 신장으로는 땅바닥까지 제법 거리가 있었으나, 소년은 곡예사처럼 몸을 휙 날려 꼿꼿이 선 버링가의 앞에 우뚝 내려섰다. 버링가는 흥미롭다는 눈길로 그 소년을 지켜보았다.

캐드펠이 말했다.

"이베스, 이곳 행정장관의 보좌관이신 휴 버링가께 예를 갖추어라. 널 맞이해주실 브롬필드 수도원의 레오나드 원장께도 인사를 올리고."

소년이 황급히 예를 갖추는 사이, 캐드펠은 이번에는 휴를 향해 서둘러 말했다.

"아직은 이 아이에게 아무것도 질문하지 말아주시게. 우선 아이를 안으로 데리고 가십시다!"

그들은 긴 얘기를 나누지 않고도 의사를 소통할 줄 알았다. 캐드펠의 말은 곧 적절한 응답을 얻었다. 레오나드 원장은 뼈만 남

기는 했으나 인자한 손을 소년의 어깨에 얹고 소년을 안으로 받아들였다. 소년은 곧 따뜻한 곳으로 인도되었고, 음식을 먹었으며, 곧 잠자리까지 마련되었다. 아직 어리니까 오늘밤은 푹 잘 수 있을 것이었다. 수도원에서 교육을 받았으니 소년은 아침이면 수도원의 공적인 생활을 알리는 종소리에 따라 잠에서 깨어날 것이요, 이곳이 안전한 곳이라는 사실을 새삼 확인할 수 있게 될 것이며, 그 사실을 깨닫는 즉시 다시 잠들 것이었다.

캐드펠은 소년이 시야에서 사라지자 길게 한숨을 내쉬었다.

"아아, 하느님이 도와주셨소. 어서 안으로 들어가십시다. 어디 조용한 곳으로 가서 얘기 좀 해요. 난 당신이 여기 직접 나타나리라고는 상상도 못했소. 더구나 집에 그런 경사가 기다리고 있는 이때에……."

버링가는 절친한 벗답게 캐드펠을 팔로 감싸안았다. 그들은 원장의 거처로 서둘러 걸어갔다. 버링가는 장화와 망토에 덮인 눈을 털어내느라 캐드펠에게서 팔을 떼면서도 그에게서 시선을 옮기지 못했다.

캐드펠이 말했다.

"우리가 찾던 사람들에 관한 최초의 소식을 들었으니 정말 얼마나 고마운 일이오. 헌데 난 당신이 그곳을 떠나올 수 있으리라고는 상상도 못했소."

휴가 대답했다.

"아주 엄한 명령을 남겨놓고 왔죠."

그는 좋은 소식을 듣게 되리라는 기대를 품고 친구를 만나기 위해 이곳까지 찾아왔으나, 여태껏 음울한 얘기뿐, 좋은 소식이라고는 전혀 듣지 못했던 것이다.

"수사님, 여기서도 시루즈베리 일 때문에 마음이 무거우시다면 적어도 한 가지에 대해서만은 마음을 놓으셔도 좋아요. 수사님이 우리 곁을 떠난 바로 그날, 우리 아들이 태어났어요. 제 어미처럼 금발을 지닌 아주 튼튼하고 잘생긴 아들이죠. 아이는 제 어미와 함께 건강하게 잘 있습니다. 또 하나 좋은 소식이 있어요. 바로 그 다음 날 우스터에서 온 그 여자도 남편에게 아들을 낳아주었죠. 지금 그 집은 해산한 여자로 가득해요. 그러니 앞으로 며칠 동안은 날 그리워할 사람은 없을 겁니다."

"아, 휴! 정말 좋은 소식이오! 나도 기뻐요."

캐드펠은 그것이야말로 훌륭하고 합당한 일이라고 생각했다. 하나의 죽음 뒤에 하나의 탄생이 이어진 것이다.

"그래, 부인이 어려움을 겪지는 않았소? 순산이었소?"

"아, 앨린은 축복을 받았어요. 아이를 낳는 것 같은 즐거운 일에 통증이 있을 수 있다는 걸 알지도 못할 정도로 순진한 사람이죠. 그리고 정말 별 진통도 없었어요. 내가 이번 일 때문에 마음이 들떠 이곳으로 달려오지 않았다 해도 앨린은 아무렇지도 않게 날 팔꿈치로 밀어 내 집에서 쫓아냈을걸요. 정말입니다. 수사님네 원장께서 마침 적절한 때에 소식을 알려주신 거죠. 난 세 사람을 데리고 왔어요. 또 루들로 성의 조스케 드 디넌에게 스물두 명을 더 대기시켜두라고 했습니다. 만일의 경우 즉시 그 병력을 사용할 수 있도록요. 혹시 그 사람이 두 마음을 품고 있다가 진영을 바꿀 생각을 하는 경우에는 즉시 혼구멍을 내어 정신을 차리게 하기 위해서이기도 하고요. 그 사람 이제 내가 자길 감시하고 있다는 걸 의심의 여지 없이 깨달았을 겁니다."

휴는 수도원장의 거처에 들어서자 의자를 벽난로 앞으로 끌어

다놓으며 얘기를 계속했다.

"자, 이제 수사님이 얘기를 들려주실 차롑니다. 도대체 무슨 얘기를 듣게 될지 상상도 안 가지만요. 우리가 그토록 찾아다니던 아이를 수사님이 안장에 앉혀서 데리고 돌아오시다니, 이게 대체 어찌 된 일입니까? 얼굴 가득 환히 웃고 있어야 할 분이 찌푸린 하늘 같은 표정인 것도 이상한 일이고요. 게다가 아이가 곁에 있을 때에는 한 마디 하시지 않으려는 것도 이상하지 않나요? 그래, 그 아이를 어디에서 찾아내셨어요?"

캐드펠은 얼어붙는 추위 속을 오랫동안 말을 달려온 탓으로 몸이 뻣뻣이 굳은데다가 짙은 피로감을 느끼고 있었다. 그는 의자에 기대앉으며 끙 신음소리를 냈다. 지금 당장 서둘러 행동에 나설 필요는 없었다. 밤이 되었으니, 그 장소를 찾아낼 수도 없을 터였다. 더구나 바람이 불고 새로이 눈이 쏟아지고 있었으니, 지형마저 알아볼 수 없을 만큼 뒤바뀌어버렸을 것이 분명했다. 바람은 이쪽 눈언덕을 휩쓸어 없애버리고, 저쪽 구덩이를 메워버려 어제 드러났던 것들을 감춰버릴 터였다. 이제 다리에 따뜻한 불을 쬐며 편안히 앉아 서두를 것 없이 찬찬히 얘기를 해도 무방하리라. 내일 날이 밝기까지 그들이 할 수 있는 일이란 전혀 없으니까.

"클레 삼림 속에 있는 아주 깨끗한 오두막에서 찾았다오. 선한 농부가 아내와 함께 살고 있었지요. 그 농부는 믿을 만한 여행자가 나타나 데리고 갈 때까지는 아이를 놓아 보내려 하지 않았답디다. 그 농부는 나라면 그 일을 맡길 만하다고 판단했고, 아이는 기꺼이 나를 따라나선 거요."

휴는 얼굴을 찌푸리며 중얼거렸다.

"그 아이가 거기 혼자 있었단 말입니까? 참 안된 일이네요. 그러니까 이번 여행에서 그 소년의 누이는 발견하지 못하신 셈이군요?"

따뜻한 불을 쬐자 캐드펠은 눈꺼풀이 차츰 무거워졌다.

"이렇게 함부로 말할 일이 아닌지도 모르겠소만, 아이의 누이를 찾은 것 같소."

일순 방 안을 휩쓴 정적은 그들의 생각보다는 한층 짧은 시간 지속되었는지도 몰랐다. 그 마지막 말이 얼마나 중대한 의미를 지닌 것인지는 누구나 알 수 있었다.

"죽었습니까?"

불쑥 그 정적을 깨고 휴가 물었다. 캐드펠은 대답했다.

"그렇소, 차디차게."

얼음 속에서, 얼음처럼 찬 시체가 되어버린 것이었다. 쏟아진 눈이 그 소녀의 관이 되었고, 그녀의 육신은 살인을 고발하기 위해, 티 한 점 없이 원래 모습 그대로 얼어버렸다.

휴는 정신을 바짝 차리고 캐드펠을 쳐다보며 재촉했다.

"얘기해보세요."

캐드펠은 자기가 본 것을 얘기해주었다. 그 모든 얘기는 조금 뒤에 레오나드 원장이 오면 다시 되풀이해야 할 터였다. 누이가 죽었다는 사실을 소년이 갑자기 알게 되었을 때에 받게 될 충격을 완화시키는 일을 원장 역시도 도와야 할 것이기 때문이었다. 그러나, 적어도 당분간은 그 무거운 마음의 짐을 벗어놓을 수 있다는 것이 캐드펠에게는 적잖은 위안이 되었다. 또한, 이 문제를 해결하는 것이 그 자신의 할 일이면서 동시에 휴가 할 일이기도 하다는 사실 역시 그에게는 크나큰 위안이 되었다.

"그 장소를 다시 찾아가실 수 있겠어요?"

"낮이 되면 찾아갈 수 있겠지. 어둠 속에서는 찾아나서봤자 헛일이오. 무서운 일이지……. 해빙이 되지 않는 한, 그 소녀를 얼음에서 꺼내려면 도끼를 써야 할 게요."

휴는 침울한 어조로 말했다.

"일이 눈앞에 닥치면 맞닥뜨리는 수밖엔 없죠. 오늘 밤 아이가 아는 모든 얘기를 들을 수 있게 최선을 다해봅시다. 그래서 그 소녀가 수사님이 말씀하신 지점에 이르게 된 경위를 추적해봐야죠. 그건 그렇고, 소녀와 함께 우스터를 떠난 수녀는 도대체 어떻게 되었나요?"

"이베스 말에 따르면, 자기가 클레톤에서 자매 곁을 떠났다고 합디다. 자매는 그때에 전적으로 안전한 상태였대요. 그리고, 그 소녀는—불쌍한 것 같으니!—연인을 따라 도망했다고 했소. 난 더이상의 얘기를 끌어낼 생각은 없었어요. 날이 어두워오고 있었고, 그때에 가장 긴급한 일은 최소한의 안전이 확보되는 곳으로 어서 이동하는 일이었으니까."

"그건 그렇죠. 잘 하셨습니다. 원장님이 오실 때까지 기다리기로 하죠. 아이가 음식을 먹고 몸을 녹이고 해서 평온을 되찾기까지는 그저 기다리는 수밖에요. 그 다음 아이가 아는 걸 모두 털어놓도록 애써봐야죠. 될 수 있으면 아이가 자기가 안다고 여기는 것보다 더 많은 걸 알아내보도록 해야죠. 누이가 죽었다는 사실은 가능한 한 감추는 편이 낫겠어요. 어차피 조만간 알리는 수밖에 없겠지만요."

휴는 내키지 않는 어조로 덧붙였다.

"그 불행한 소녀의 얼굴을 아는 사람이 아이말고는 없잖습니

까?"

캐드펠은 무거운 마음으로 말했다.

"오늘밤에는 안 돼요. 오늘밤엔 아이가 평화롭게 잘 수 있도록 내버려둡시다. 시간은 충분해요. 소녀의 시신을 이리로 옮겨오고, 그 시신에 적당한 조처를 취한 뒤에 아이에게 누이를 보여줘도 무방할 테니."

저녁 식사와 평안한 분위기, 그리고 그 무엇보다도 놀라운 회복력 덕택에 이베스는 곧 기력을 되찾았고, 저녁기도가 시작되기 전에 이미 원장의 거처에 앉아 있었다. 소년은 휴 버링가, 레오나드 원장, 캐드펠과 마주 앉았다. 그들이 주의깊게 살펴보는 가운데 소년은 간결하고 명료하게 제가 겪은 일들을 얘기해주었다.

"누나는 굉장히 용감해요."

첫마디를 꺼내는 소년의 어조는 누이에 대한 예의를 지키기는 했지만 냉정하고 비판적이었다.

"하지만 너무나 고집스러워요. 자기 뜻을 굽힐 줄을 몰라요. 우스터에서 도망쳐 여행을 계속하는 내내, 전 누나가 뭔가를 감추고 있다는 느낌을 지울 수 없었어요. 누나가 혼자 달아나려고 궁리하고 있다는 생각이 들었죠. 처음에 저희는 우회로를 골라 천천히 움직여야 했어요. 도시에서 몇 킬로미터나 떨어진 곳에도 벌써 병사들이 출몰하고 있었거든요. 그래서 클레오버리까지 가는 데에도 시간이 많이 걸렸어요. 저희는 그날 밤을 클레오버리에서 지냈어요. 그리고 그곳에서 엘라이어스 수사님을 만났죠. 그분은 저희하고 같이 폭스우드까지 가셨는데, 안전한 브롬필드로 같이 가자고 권하셨어요. 전 그렇게 하고 싶었어요. 힐라리아

수녀님도 그렇게 하고 싶어하셨구요. 브롬필드에서는 저희를 안전하게 시루즈베리까지 데려다줄 사람을 찾을 수도 있을 테고, 또 먼 길도 아니었으니까요. 하지만 에르미나 누나가 싫다고 했어요! 누나는 언제나 제 뜻대로만 하려고 하죠. 누나는 산을 넘어 갓스톡으로 가겠다고 했어요. 제가 아무리 말려도 소용없었어요. 들은 체도 하지 않았죠. 누나는 자기가 나이가 많으니까 더 현명하다고 믿었거든요. 저하고 힐라리아 수녀님이 엘라이어스 수사님과 함께 떠난다고 해도 누나는 혼자서라도 산을 넘어가려고 했을 거예요. 그러니 어떻게 하겠어요? 누나와 함께 가는 수밖에 없었죠."

소년은 생각만 해도 넌더리가 난다는 듯 숨을 몰아쉬었다. 휴는 소년의 말에 동의해주었다.

"당연히 넌 누이 곁을 떠날 수 없었을 테지. 그래서 너희들은 계속해서 산을 넘어갔고, 다음 날 밤에는 클레톤에서 보낸 거냐?"

"클레톤 가까운 곳이었어요. 어떤 사람의 집이었죠. 에르미나 누나의 유모 중에서 그쪽 장원의 소작인과 결혼한 사람이 있거든요. 저흰 거기로 가면 잠자리를 얻을 수 있을 거라는 걸 알고 있었어요. 그 집 주인 이름은 존 드루얼이에요. 저희는 오후에 도착했어요. 누나가 그 사람 아들과 얘기를 하고 있는 걸 본 기억이 나요. 그리고, 그 아이는 어디론가 갔구요. 그러고는 저녁때까지 그 아이를 못 봤어요. 전 그때는 그 일에 대해서 별 신경 안 쓰고 있었는데, 지금 다시 생각해보니까, 누나가 줄곧 그럴 생각을 하고 있다가 그 아이를 통해 소식을 전한 게 틀림없어요. 그날 저녁에 어떤 남자가 나타났거든요. 그 남자는 말을 가지고 와서 누나를 태우고 가버렸어요……. 말이 두 마리 있었어요. 그 남자는

누나가 말에 오르는 걸 도와주고……."

휴가 물었다.

"어떤 남자라고? 네가 아는 사람이었니?"

"모르지만 본 적 있는 사람이었어요. 아버님이 살아 계실 때에
가끔 우리집에 찾아왔었죠. 사냥이 있다거나 크리스마스라거나
부활절 같은 때예요. 그럴 때면 손님들이 많이 왔었어요. 저희는
언제나 친구들에 둘러싸여 살았죠. 그 남잔 아마 아버님 친구분
의 아들이나 조카쯤 되었을 거예요. 전 그 사람을 특별히 신경써
서 본 적은 없어요. 그 남자도 그랬을 거구요. 전 그때에 너무 어
렸거든요. 하지만 그 남자 얼굴은 기억하고 있었어요. 아마……
제 생각이지만, 그 사람은 우스터로 종종 찾아와 에르미나 누나
를 만났을 거예요."

그것이 사실이라면 그들은 꾕장한 격식에 맞춰 만나야 했을 것
이다. 언제나 에르미나를 보호하는 수녀가 그들 곁에서 지켜보고
있었을 테니까. 휴가 다시 물었다.

"그러니까 네 생각에는 네 누이가 그 남자에게 자기를 데려가
달라는 말을 전했다는 거지? 혹시 납치된 건 아니었니? 누이가
자발적으로 따라나섰어?"

이베스는 치욕스럽다는 듯 말했다.

"누난 기뻐 날뛰면서 따라나섰어요! 웃어대는 소리도 들렸다구
요. 그래요, 그렇다니까요. 누나가 소식을 보낸 거고, 그래서 그
남자가 온 거예요. 누나가 그 길로 가야겠다고 고집한 것도 바로
그 때문이었어요. 그 남자가 바로 그 근처 장원에 있었기 때문이
라구요. 누나는 자기가 그 남자를 꾈 수 있다는 걸 알고 있었던
거예요. 누나는 엄청난 유산을 받게 되어 있거든요."

남작의 상속자는 태연히 말했지만 어린아이 같은 둥근 뺨은 분노로 붉게 타올랐다. 소년은 말을 이었다.

"누나는 자기가 하고 싶은 결혼이 아니면 정해진 대로 잠자코 결혼하지 않을 거예요. 누나는 규칙이란 규칙을 죄다 깨버렸죠. 부끄러운 줄도 모르고 누나는……."

소년의 턱이 떨리기 시작했다. 그러나 소년은 이내 나약한 모습을 떨쳐버렸다. 앙주와 잉글랜드의 모든 봉건 귀족 가문의 거만과 자존심이 바로 이 작은 몸뚱이를 통하여 표상되고 있었다. 소년은 누이를 증오하는 것만큼이나, 아니 어쩌면 그 이상으로 사랑하고 있었다. 이런 아이에게, 폭행을 당하고 이제 결코 입을 열수 없게 된 벌거벗은 누이를 보일 수는 없는 노릇이었다.

휴는 놀라울 만큼 침착한 어조로 소년에게 질문을 던졌다.

"그래서 너와 다른 사람들은 어떻게 했지?"

갑자기 던져진 실제적인 질문 앞에서 이베스는 곧 정신을 되찾았다. 아이는 활기차게 말했다.

"저말고는 아무도 두 사람이 떠나는 소리를 못 들었어요. 누나 심부름으로 그 소식을 전한 아이는 봤을지도 모르지만요. 하지만, 그 아이야 아무것도 못 들은 척해야 한다는 지시를 받았을 게 뻔하잖아요. 전 그때도 옷을 입고 있었어요. 그 방에는 침대가 하나뿐이라서 여자들이 썼거든요. 그래서 전 누나와 그 남자를 못 가게 하려고 그대로 밖으로 뛰쳐나갔죠. 누나가 저보다 나이는 많지만 전 아버님의 상속자이고 장남이니까요! 이제 집안의 가장은 저거든요."

휴는 다시금 현실로, 안타까운 상황으로 소년을 되돌려놓았다.

"하지만 도보로는 두 사람을 따라잡기 어려웠을 텐데. 네가 고

함도 질러보기 전에 벌써 멀리 달아났을 것 아니냐?"

"그래요. 따라잡을 수는 없었어요. 하지만 따라갈 수는 있었죠. 눈이 내리기 시작했기 때문에 눈 위에 발자국이 남았거든요. 게다가 전 두 사람이 멀리 가지 못했다는 걸 알고 있었어요. 절 못 볼 정도로 멀리 가지는 못했다는 걸요!"

소년은 사실을 인정하면서도 어찌 해야 할지 모르겠는지 입술을 깨물며 얘기를 계속했다.

"전 꽤 멀리까지 두 사람의 자취를 따라갔어요. 그 자취는 산으로 향하고 있었죠. 그런데 바람이 심하게 불어온데다가 눈이 너무 많이 내리는 바람에 곧 사라지고 말았어요. 전 앞으로 가는 길도, 되돌아갈 길도 찾을 수가 없었어요. 전 두 사람이 갔을 거라고 생각되는 방향을 찾아서 그쪽으로 가려고 애썼어요. 하지만 제가 어느 정도나 걸어왔는지, 어디로 가는지 알 수가 없었죠. 길을 잃고 만 거예요. 전 밤새도록 숲속을 헤맸어요. 이튿날 밤에야 서스턴 아저씨가 절 찾아내서 집으로 데리고 간 거죠. 그 다음은 캐드펠 수사님이 아실 거예요. 서스턴 아저씨는 바깥에는 범법자들이 나돌아다니고 있으니까 믿을 만한 여행자가 지나갈 때까지는 떠나지 말고 집 안에 머물러 있으라고 했어요. 그래서 전 아저씨가 하라는 대로 했죠."

이베스는 곧 눈에 띄게 제 나이에 어울리는 태도가 되어 얘기를 이어나갔다.

"지금은 저도 에르미나 누나가 애인하고 어디로 갔는지, 힐라리아 수녀님이 어떻게 되었는지 몰라요. 수녀님이 아침에 우리가 떠난 걸 알고 어떻게 하셨을지 전 상상도 못하겠어요. 하지만 수녀님 곁에는 아저씨와 아줌마가 있었으니까 두 사람이 수녀님에

게 위험한 일이 생기지 않도록 해주었을 거예요."

버링가는 다시 물었다.

"네 누이를 데리고 간 그 남자 얘기를 좀더 해보자. 이름은 모른다고 했지? 하지만 그 남자가 네 부친 집에서 손님으로 대접받았다는 건 기억하고 있다고 했어. 만약 그 남자가 산 속 어딘가에 장원을 가지고 있고 그 장원이 클레톤에서 가깝다면 우리는 틀림없이 그 사람을 알아낼 수 있어. 내 추측이기는 하다만, 그 남자는 네 부친이 살아 계셨을 때에 부친께서 사윗감으로 생각하신 사람 중에 하나 아니었을까?"

소년은 진지하게 대답했다.

"아, 그래요. 아마 그랬을 거예요. 집에는 젊은 남자들이 많이 드나들었어요. 에르미나 누나는 열네 살, 열다섯 살쯤 되었을 때 그런 남자들 중에서 가장 멋진 사람들과 말을 타기도 하고 사냥을 다니기도 했어요. 다들 하나같이 재산가거나 거대한 토지의 상속자들이었죠. 누나가 그 중에서 누구를 가장 좋아했는지는 전 모르겠어요."

소년은 그 무렵에는 장난감 병정을 가지고 놀거나 첫번째로 얻은 조랑말을 타다가 떨어지는 경험을 하는 그 정도 나이였을 터였다. 누이나 누이를 연모하는 사람들에 대해서는 전혀 관심이 있었을 리가 없었다. 소년은 감탄을 섞어 말했다.

"그 남자는 아주 멋있었어요. 저보다 훨씬 잘생겼어요. 키는 보좌관님보다 크구요."

그런 사람이야 드물다고는 할 수 없을 터였다. 버링가는 강철같이 견고하고 근육으로 덮인 육체를 지니고 있었으나, 신장은 작은 편에 속했다. 소년은 계속해서 말을 이었다.

"제 생각에 나이는 스물대여섯쯤 되었을 거예요. 이름은 모르겠어요. 우리집에 찾아오는 사람은 하나둘이 아니었거든요."

캐드펠이 입을 열었다.

"이베스, 네가 우리를 도와줄 일이 한 가지 있구나. 난 엘라이어스 형제를 침상에서 잠시 동안만 일으켜 앉혔으면 싶은데. 이베스, 너 아까 엘라이어스 형제 얘기를 했지? 폭스우드에서 너희들과 헤어진 그 사람 말이다."

이베스는 호기심을 느끼는 듯 열심히 고개를 끄덕거렸다.

"엘라이어스 형제는 지금 이곳 진료소에 있다. 할 일을 마친 뒤 출발했는데, 한밤중에 강도들에게 습격을 당해 목숨을 빼앗길 뻔했지. 마침 이 지방 농부들이 발견해 이리로 데려와, 지금 치료를 받고 있어. 이제 차츰 건강을 회복하고 있단다. 하지만 엘라이어스 형제는 자기에게 무슨 일이 벌어졌는지 얘기하지 못하고 있어. 최근 며칠 동안의 기억을 상실한 거란다. 잠들었을 때에만 반쯤 기억을 떠올려 알아들을 수 없는 소리를 중얼거리는 정도야. 잠에서 깨어나면 형제의 정신은 텅 비어버리는 듯하지. 그런데 엘라이어스 형제가 자다가 네 얘기를 한 적이 있단다. 네 이름을 말한 건 아니지만 말이다. 형제는, 그 아이는 나를 따라오려 했는데, 하고 중얼거렸지. 만약 형제가 널 보고 네가 아무 탈 없이 살아 있다는 걸 확인하게 되면 어쩌면 그 덕분에 기억을 되찾게 될는지도 모르겠다는 생각이 드는구나. 나와 함께 형제를 한번 만나보겠느냐?"

이베스는 당장 가겠다는 듯 일어서더니 어딘가 걱정스러운 얼굴로 버링가를 쳐다보았다. 마치 제가 지금 나타내는 반응이 적절한지 그렇지 않은지 확인해보고 싶은 듯한 표정이었다.

"그 수사님이 다치셨다니 정말 안됐군요. 그분은 정말 친절하셨고……. 그래요, 그분을 위해 할 수 있는 일이 있다면 뭐든지 저는……."

진료소로 가는 사이 소년은 겁에 질린 아이처럼 캐드펠의 크고 따뜻한 손 안에 제 조그만 손을 살짝 밀어넣었다.

"엘라이어스 형제가 상처투성이고 몰골이 형편없다 하더라도 겁을 먹을 필요는 없다. 내 단언하지만 형제는 곧 건강을 회복하게 될 게야."

엘라이어스 수사는 꼼짝도 않고 조용히 누워 있었고, 그 곁에서 젊은 수사 한 사람이 레미기우스 성인의 생애를 읽어주고 있었다. 엘라이어스의 상처와 부상은 벌써 치유되어가는 중이었다. 그는 이제 통증도 느끼지 않는 듯했고, 낮에는 음식도 잘 먹었으며, 수도원의 종무를 알리는 종이 울리자 그의 입술은 비록 소리는 내지 않았으나 조용히 기도문을 따라 암송했다. 소년이 들어서자 엘라이어스의 두 눈은 누구인지 알아보지 못하는 듯 무의미하게 소년에게 머물렀다가 이내 다시 방안의 어두운 구석 쪽으로 미끄러져갔다. 이베스는 두 눈을 커다랗게 뜨고서 발꿈치를 든 채 소리 없이 침상으로 다가갔다.

"엘라이어스 형제, 여기 이베스가 형제를 보러 왔네. 이베스가 기억나나? 클레오버리에서 형제가 만난 적 있는 그 아이라네. 형제와 폭스우드에서 헤어진 바로 그 아이."

엘라이어스는 아무런 반응도 나타내지 않았다. 전혀 아무런 반응이 없었다. 그저 그 인내심 강한 얼굴에 안타까운 초조감과 고통이 얼핏 떠오를 뿐이었다. 이베스는 좀더 가까이 다가가 침대 시트 위에 놓인 엘라이어스의 길고 부드러운 손 위에 제 작은 손

을 가만히 올려놓았다. 그러나 엘라이어스의 손은 아무 반응 없이 그저 차갑게 놓여 있을 뿐이었다.

"수사님이 다치셨다니 정말 안됐어요. 우리는 몇 킬로미터쯤 같이 여행을 했잖아요. 전 수사님이 계속해서 우리와 동행해주시길 바랐는데……."

엘라이어스는 소년을 똑바로 쳐다보려고 애썼으나 그 시선은 눈에 띄게 흔들리고 있었다. 그는 이내 고개를 저었다.

캐드펠은 한숨을 내쉬며 말했다.

"아니다. 그냥 내버려두는 편이 낫겠다. 우리가 강요하면 점점 더 고통스러워질 게다. 괜찮아, 시간은 충분하니. 우선 형제가 회복되도록 최선을 다하자꾸나. 기억은 차츰 돌아오겠지. 기대할 만한 징조는 충분하니까. 하지만 지금은 우리에게 아무 도움도 줄 준비가 되어 있지 않은 것 같구나. 가자, 너도 곧 잠자리에 들어야 할 테니. 내가 널 침대까지 데려다주마."

그들 일행, 캐드펠 수사와 휴 버링가, 그리고 그의 부하들은 날이 밝기가 무섭게 밤새 모습을 바꾼 세계로 나섰다. 야트막한 언덕은 평평해지고 그 사이의 골은 메워져 있었다. 차츰 바람이 잦아드는 중이었으나 눈가루는 언덕 꼭대기에서 깃털처럼 끊임없이 날리고 있었다. 그들은 도끼와 가죽으로 된 들것과 시체를 덮을 리넨을 들고 입 한 번 열지 않고 걸음을 재촉했다. 아무 할 말이 없었다. 지금 그들에게 필요한 말이라야 곧 처리해야 할 우울한 일에 관한 것이 전부였던 것이다. 아침 햇살이 비치기 시작하면서 눈은 차츰 멎었다. 날씨는 이베스가 엉뚱한 생각에 사로잡힌 누나의 뒤를 쫓아 어둠 속을 헤매었던 그날 밤 이래 언제나 마찬

가지였다. 그리고 그 이튿날 밤에는 강철처럼 단단한 얼음이 얼기 시작했고, 같은 날 밤 한 야행성 짐승이 나타나 소녀를 죽이고 이제 막 얼기 시작하는 개울물 속에 소녀의 시체를 처넣었을 것이다. 이제 그들은 소녀를 찾아 얼음에서 끌어내야 했고, 소녀에게 그런 만행을 저지른 자들을 찾아내야 했다. 캐드펠이 확신할 수 있는 것은 살인자들이 얼어붙기 시작하는 냇물 속에 소녀의 시체를 던져넣었으리라는 것뿐이었다.

새로 덮인 눈 때문에 여기저기를 기웃거리고 탐색한 끝에 비로소 그들은 소녀를 찾아낼 수 있었다. 그들은 얼음 위에 새로이 덮인 눈을 치우고 거울 속의 소녀, 유리로 빚어진 소녀를 내려다보았다.

휴는 경외에 차서 부르짖었다.

"아, 하느님! 이 소녀는 그 아이보다도 더 어린데!"

아직 어둠이 가시지 않은 탓인지 소녀는 너무나 조그맣고 너무나 어려 보였다. 그러나 이제 그들은 강제로 소녀의 휴식을 방해하기 위하여 여기에 와 있었다. 비록 그것이 파괴적인 행동처럼 여겨진다 할지라도 그들은 그녀를 감금하고 있는 매끄러운 얼음을 깨부수어 그녀에게 기독교도에게 합당한 장례식을 치러줘야 했다. 그들은 얼음에 감금된 섬세한 피부를 다치지 않기 위하여 조심스럽게 작업을 시작했으나, 곧 그것이 몹시도 힘든 일이라는 것을 깨달았다. 추위가 물어뜯을 듯 덤벼들고 있었는데도 불구하고, 소녀와 그녀의 몸뚱이가 감금된 무거운 얼음덩이를 떼어내어 들어올렸을 때에 그들의 몸은 진땀으로 흥건히 젖어들고 있었다. 그들은 소녀의 몸을 가죽끈과 막대로 된 들것에 올리고 그 위에 리넨을 덮은 뒤에, 들것을 들고 천천히 브롬필드로 향했다. 그들

이 수도원의 써늘한 시체안치소에 들것을 내리기까지 그녀의 얼음 관으로부터는 물 한 방울 떨어져내리지 않았다. 시체안치소에 도착한 뒤에야 비로소 얼음관의 모서리가 녹기 시작하면서, 시체를 씻을 때에 물이 흘러가는 하수도로 물방울이 똑똑 흘러들기 시작했다.

소녀는 꼼짝도 않고 누워 있었다. 투명한 수의 속에 감춰진 그녀의 몸은 창백하기 짝이 없었으나, 차츰 죽음이라는 운명을 타고난 모든 인간이 겪지 않을 수 없는, 고통과 연민과 폭력 앞에서는 연약하기 이를 데 없는 존재인 살아 있는 사람의 모습을 닮아갔다. 캐드펠은 그 자리를 오래 비울 엄두를 내지 못했다. 왕성한 호기심으로 무엇에 대해서든 꼬치고치 캐묻는 이베스가 이미 잠에서 깨어나 돌아다닐 시간이었다. 그 아이가 다음 순간 어디에 고개를 들이밀지 아무도 짐작할 수 없었다. 좋은 교육을 받아 훌륭한 예절을 지닌 것은 사실이었으나, 머릿속에 뿌리박혀 있는 귀족의식과 열세 살짜리 소년에게는 당연하기 짝이 없는 활동력 때문에 갑자기 어떤 일을 저지를지는 알 수 없는 노릇이었으니까.

열시가 지나 대미사가 진행 중일 때에 커다란 얼음 조각 하나가 떨어져나가면서 마침내 소녀의 몸이 얼음덩이 속에서 모습을 드러내기 시작했다. 가늘고 창백한 손가락, 발가락, 작은 진주 같은 코, 그러고는 굽이진 머리칼이, 그러고는 이마 양쪽을 가린 섬세한 레이스가 얼음덩이 속에서 빠져나왔다. 처음 캐드펠의 시선을 끈 것은 그 머리칼이었다. 머리칼이 너무도 짧았던 것이다. 그는 머리칼 몇 올을 손가락에 감아보았다. 손가락에 한 바퀴 반 정도 감길 정도의 길이었다. 머리칼은 담황색이라고도 할 수 없을 만큼 옅은 금발이었다. 물기가 마르면 색깔은 더욱 옅어질 것이

있다. 캐드펠은 허리를 굽히고 소녀의 훤히 열린 두 눈을 자세히 들여다보았다. 눈 위에는 아직도 얇은 얼음이 덮여 있었다. 눈동자 색깔은 붓꽃 같은 흐린 자주색이거나 라벤더 꽃 같은 진한 회색 같았다.

미사가 끝날 무렵에 이르러서야 얼굴이 고스란히 드러났다. 공기와 접촉하자 소녀의 얼굴과 입술에 난 상처들은 점점 짙은 색깔을 띠었다. 소녀의 작은 젖가슴에 솟은 유두의 끝부분이 선명히 드러났다. 이제 캐드펠은 소녀의 살갗에 나타난 얼룩을 알아볼 수 있었다. 몸에 덮인 수의에도 불구하고 오른쪽 어깨부터 가슴께까지 붉은 흔적이 희미하게 나 있었다. 캐드펠은 피가 남기는 흔적을 알고 있었다. 흐르는 물이 그 흔적을 몸에서 씻어내기도 전에 얼음이 그녀를 고스란히 보존했던 것이다. 이제 남은 얼음이 녹기 시작하면서 그 흔적도 같이 씻겨갈지도 모를 일이었다. 그러나 캐드펠은 그 피의 흔적이 어떻게 해서 거기 남게 되었는지, 그 흘러내린 피의 원천이었을 상처를 찾기 위해 어디를 살펴봐야 하는지 짐작할 수 있었다.

정오가 되기 전에 소녀의 몸은 얼음관에서 완전히 벗어났다. 캐드펠은 아직 얼어붙은 그녀의 몸을 손으로 부드럽게 녹였다. 날씬하고 젊은 여자였다. 작고 아름다운 두상을 짧게 깎은 구불구불한 담황색 머리칼이 후광처럼 덮고 있었다. 마치 수태고지의 성모 같은 모습이었다. 캐드펠은 레오나드 원장을 찾아와, 두 사람이 함께 소녀의 시신을 보살폈다. 그들은 아직 소녀의 시신을 씻어줄 수는 없었다. 그 전에 휴 버링가가 시신을 보아야 했다. 그러나 소녀의 영원한 평온에 최소한의 품위를 갖춰줄 필요가 있었다. 그들은 목까지 리넨 시트를 덮어, 소녀의 시신이 참관인을

맞을 준비를 갖춰주었다.

휴는 시체안치소로 들어서자 아무 말 없이 소녀 곁에 멈춰섰다. 열여덟이라는 나이. 너무도 희고 너무도 연약하고 너무도 섬세했다. 그런 소녀가 그들을 훨씬 앞서서 가버린 것이었다. 허워드 수사의 말대로 눈부시게 아름다운 소녀인가? 그랬다. 그녀는 아름다웠다. 그러나, 바로 이 소녀가 귀족의 따님, 잔꾀 많고 고집스럽고 제멋대로 행동하던 그 소녀일까? 이 겨울 추위와 전쟁과 그밖의 온갖 악조건 속에서도 제 고집을 굽히지 않고 산을 넘으려 했던 그 소녀일까?

"보시오!"

캐드펠은 수의를 벗기고 얼음 속에서 빠져나온 상태 그대로의 소녀의 몸을 보여주었다. 그녀의 오른쪽 어깨에 붉은 흔적이 드러났다. 팔 끝에도, 오른쪽 젖가슴의 융기가 시작되는 부분에도 그 흔적은 남아 있었다.

휴는 캐드펠의 얼굴을 쳐다보며 물었다.

"칼에 찔린 건가요?"

"상처는 없소. 봐요!"

캐드펠은 수의를 걷어내려 몸의 아랫부분을 보여주었다. 소녀의 창백한 피부에는 그저 한두 군데 얼룩이 져 있을 뿐이었다. 캐드펠은 그 얼룩을 지웠다. 오점 하나 없는 깨끗한 피부가 드러났다.

"칼에 찔린 건 아니오. 밤이 되고 기온이 떨어지자 순식간에 얼음이 얼어 이 소녀의 몸을 결박했소. 그래서 이런 것들이 비록 희미하지만 그대로 남겨지게 된 게요. 하지만 이 소녀는 피를 흘리지는 않았소."

캐드펠은 담담하게 말을 이었다.

"피를 흘렸다고 해도 칼에 찔려서 그런 건 아니오. 그보다는 살인자—살인자, 아니, 살인자들일지도 모르오. 그런 늑대를 사냥할 기회가 온다면 얼마나 행복하겠소! —에 저항하여 싸웠기 때문일 게요. 이 소녀는 손톱으로 살인자를 할퀴었을 테고, 살인자를 뿌리치기 위해 손이며 팔을 휘둘러댔을 게요."

캐드펠은 다시 경건하게 소녀의 시신에 수의를 덮어주었다. 석고처럼 흰 얼굴은 꼼짝도 하지 않고 공허한 눈으로 아치 천장을 멍하니 올려다보고 있었다. 머리칼이 마르기 시작하면서 그녀의 머리는 후광처럼 빛을 발하기 시작했다.

"시신에 멍이 나타나기 시작하는군요."

휴는 손가락으로 소녀의 뺨을 쓰다듬다가, 입술 주위에 희미하게 변색이 시작되는 부분을 쓰다듬어내리며 말을 이었다.

"목에는 아무런 자취도 없군요. 목이 졸린 건 아녜요."

"강간당하는 사이에 질식한 게지요."

그들 세 사람은 죽은 소녀의 몸을 살피느라 열중한 나머지 닫힌 문 너머에서 다가오는 발자국 소리를 의식하지 못했다. 그들이 주위를 기울이고 있었다 할지라도 그 발자국 소리는 너무나도 가벼워 잘 들리지 않았을 터였다. 은폐할 의도가 없는 태연한 소리였는데도 그 소리는 너무나 작았다. 그들이 소년이 들어왔다는 것을 알게 된 것은 문이 활짝 열리면서 바깥에 쌓인 흰 눈에 반사된 빛이 시체안치소 안으로 환히 쏟아져 들어왔을 때였다. 이베스는 귀족 출신의 자제 특유의 당당하고 자신있는 걸음걸이로 안으로 들어왔다. 주눅든 태도도 아니고 그렇다고 아첨하려는 빛도 없었다. 아이가 한 일은 전혀 의식된 행동이 아니었다. 돌연 일변

한 분위기와 세 사람의 대경실색한 표정을 보고, 소년은 무안한지 곧 발을 멈추었다. 휴와 레오나드 원장은 동시에 아이 앞을 막아서며 시신이 누운 가로대를 가로막았다.

원장이 당황한 목소리로 말했다.

"넌 여기 들어오면 안 된다."

"왜 안 되나요, 원장님? 여기 들어오면 안 된다고 한 사람은 하나도 없었는데요. 전 캐드펠 수사님을 찾고 있어요."

"캐드펠 형제는 좀 있다가 널 만나러 나갈 게다. 그러니 어서 방으로 가서 그곳에서 형제를 기다리도록 해라……"

그러나 아이를 쫓아보내기에는 이미 늦고 말았다. 아이는 앞을 가로막은 어른들 뒤에 놓인 것이 무엇인지 짐작하기에 어렵지 않을 만큼을 이미 보았다. 비록 어른들이 재빨리 리넨 수의를 다시 덮기는 했으나, 그 윤곽만으로도 그것이 무엇인지 짐작할 수 있었으며, 황급히 씌워진 수의 자락 한쪽 끝으로 짧은 담황색 머리칼이 늘어져 있었던 것이다. 아이의 얼굴은 차츰 뻣뻣이 굳어갔고, 눈은 휘둥그렇게 커졌으며, 혀는 말을 잃었다.

원장은 조용히 손을 뻗어 소년의 어깨에 올려놓고 소년을 돌려세워 밖으로 나가려 했다.

"이리 가자. 나와 같이 나가자꾸나. 네게는 나중에 꼭 얘기해주마. 지금은 안 되겠다. 우선은 나가자."

이베스는 꼼짝도 않고 그 자리에 선 채 그저 눈만 휘둥그레 뜨고 지켜보고 있었다. 그때 캐드펠이 불쑥 말했다.

"아닙니다. 아이를 데리고 이리 오세요."

캐드펠은 시신이 놓인 가로대 뒤에서 나와 소년을 향해 한두 걸음 앞으로 나갔다.

"이베스, 너도 이제 사려분별이 있는 사내 대장부야. 넌 그처럼 위험한 여행을 했고, 폭력과 위험과 잔인한 일도 겪었다. 그러니 네게 거짓으로 꾸밀 필요는 없겠지. 여기에 시신이 한 구 있다. 우리는 모르는 사람이야. 네가 보겠다면 시신을 보여줄 테니 네가 아는 사람인지 이야기해주려무나. 네가 보게 될 모습이 끔찍할까 두려워하지는 않아도 괜찮아."

소년은 긴장한 얼굴로 천천히 앞으로 나왔다. 수의로 덮인 시신을 지켜보는 아이의 모습에서는 오직 외경뿐, 두려움은 엿보이지 않았다. 캐드펠은 아이가 그 순간 이 시체가 어쩌면 제 누이일지도 모른다는 생각, 아니, 여자의 시신이라는 생각조차 하고 있지 않으리라고 생각했다. 아이의 휘둥그레 뜬 눈동자는 시신의 금발을 지켜보고 있었다. 아이는 그 시신을 젊은 남자의 것이라고 생각하고 있을 터였다. 캐드펠은 아이를 지켜보며 마음속으로 막연하게나마 의심하고 있는 것, 즉 이 시신이 누구인지는 모르지만 이베스의 누이 에르미나 휴고닌은 아닐지도 모르겠다는 생각이 점점 더 굳어지는 것을 느꼈다. 캐드펠이 지금 느끼는 것은 오직 연민에 찬 의구심뿐이었다. 그러나 이베스라면 사실을 알려줄 수 있으리라.

캐드펠은 수의를 벗겨내고 죽은 소녀의 얼굴을 드러냈다. 아이는 두 손을 앞으로 모아 꽉 움켜쥐었다. 아이는 깊이 한숨을 들이쉬었으나, 그러고는 꼼짝도 하지 않은 채 우뚝 서 있을 뿐이었다. 아이는 약간 몸을 떨었지만 그것도 오래 계속되지는 않았다. 아이는 여전히 휘둥그레 뜬 눈을 들어 캐드펠의 의문에 찬 얼굴을 쳐다보았다. 그 얼굴에는 믿을 수 없다는, 영문을 알 수 없다는 표정이 떠올라 있었다.

"하지만…… 어떻게 이런 일이 있을 수가 있죠? 제 생각에는…… 도저히 이해가 안 돼요! 이 사람은……."

아이는 말을 중단하고 갑자기 있는 힘을 다해 고개를 저어대더니, 충격과 연민이 가득 찬 얼굴로 다시 죽은 여자의 얼굴을 오랫동안 내려다보았다.

"제가 아는 사람이에요. 알고말고요. 하지만 어떻게 여기에 와 있죠? 왜 죽었을까요? 이 사람은 힐라리아 수녀님이에요. 저희와 함께 우스터를 탈출한 바로 그분이요."

폐허가 된 농장

5

그들은 소년을 달래기도 하고 위로하기도 하며 눈이 덮인 정원으로 데려갔다. 이베스는 좀처럼 충격에서 벗어나지 못했다. 아이는 얼굴을 찡그리고서 힐라리아 수녀가 시체가 되어 이곳에 다시 나타났다는 충격적이고 불가해한 사실을 어떻게 이해해야 할지 생각에 생각을 거듭했다. 그들이 헤어진 곳은 이곳에서 몇 킬로미터나 떨어진 친구의 집이었던 것이다. 아이는 처음에는 너무도 큰 충격을 받아서 자기가 지금 막 본 것이 무엇을 의미하는지조차 제대로 이해하지 못하고 있었다. 그러나 방으로 가는 도중 깨우침이 아이의 머리를 강렬하게 내리쳤고, 아이는 우뚝 발을 멈추었다. 아이는 쏟아져나오는 울음을 삼키기 위해 숨을 들이마셨으나 이내 눈물을 쏟기 시작했다. 레오나드 원장이었다면 기겁한

암탉처럼 화들짝 놀라 얼른 어깨를 끌어안으려 했겠지만, 캐드펠은 그저 아이의 어깨를 툭툭 두드리면서 실제적으로 말했다.

"네가 견뎌내야 한다. 우리에게는 네가 필요해. 우리가 그 악당을 찾아내야 하니까. 그 악행을 저지른 자를 찾아내어 잘못을 되돌려야지. 힐라리아 자매와 헤어진 곳을 우리에게 안내해줄 수 있는 사람이 너말고 또 누가 있겠느냐? 그곳이 아니라면 우리가 어디에서부터 시작하겠느냐?"

울음은 시작되었을 때와 마찬가지로 갑자기 멈추었다. 이베스는 허겁지겁 옷소매로 통통한 뺨을 문질러 눈물을 닦더니 곧 정신을 차렸다. 아이는 그 표정을 통해 뭔가 읽어낼 수 있을까 싶어 경계하는 눈빛으로 휴 버링가의 얼굴을 살폈다. 상황의 주도권은 버링가에게 있었다. 수도원의 역할은 피난처를 제공하고 조언을 해주고 기도를 올려 주는 것일 뿐 정의를 수호하고 법을 집행하는 것은 바로 그의 업무였다. 이베스가 남작의 상속자라는 것은 허울좋은 명목만이 아니었다. 아이는 위계질서의 모든 것을 금세 이해하고 있었다.

"네, 그래요. 전 여러분을 폭스우드에서 존 드루얼 아저씨 집까지 데려다드릴 수 있어요. 그 집은 클레톤 마을보다 더 고지대에 자리잡고 있어요."

소년은 간절한 몸짓으로 휴의 옷소매를 붙잡더니, 영리하게도 요구가 아니라 청원하는 말투로 말했다.

"저도 같이 가면 안 될까요? 제가 길을 안내할게요."

"같이 가도 좋다. 우리 곁을 떠나지 않겠다고 약속하고, 내 말을 따르겠다면 말이다."

캐드펠이 보기에 휴는 벌써 자기가 해야 할 일에 몰두하고 있

었다. 이베스로서는 이곳에 혼자 앉아 하릴없이 시간을 보내는 것보다는 어른들과 함께 밖으로 나가는 편이 훨씬 나았다. 휴는 계속해서 이베스에게 말했다.

"네가 타기에 적당한 조랑말을 찾아보마. 그러니 어서 달려가서 옷을 가지고 마구간으로 오너라."

이베스는 무언가 의미있는 일을 하게 되었다는 생각으로 기운을 되찾아 맹렬히 달려갔다. 휴는 생각에 잠겨 소년의 뒷모습을 물끄러미 쳐다보았다.

"원장님, 괜찮으시다면 저 아이를 따라가보세요. 오늘 시간이 꽤 걸릴 테니 저 아이가 반 시간 전에 식사를 얼마나 많이 했든 간에 먹을 것도 좀 챙겨주시고요. 오늘 아마 몹시 배가 고플 겁니다."

휴는 마구간을 향해 걸어가면서 캐드펠에게 말했다.

"수사님은 하고 싶은 일이라면 아무리 이상해 뵈는 일이라도 꼭 하실 테고, 난 언제든 수사님 성무일과가 허락만 하면, 수사님과 동반하는 게 좋아요. 하지만 수사님은 지난 며칠 동안 말을 타고 힘든 여행을 했으니까……."

"늙은이로서는 제법 힘들었지."

"그 말을 한 사람이 내가 아닌 게 천만다행이네요! 수사님이 날 따라올 수 있을지 의문인걸요. 오랜 세월의 무게까지 짊어지고 계시니까요. 그건 그렇고, 엘라이어스 수사는 어떤가요?"

"그 형제에게 이제 나는 필요없는 사람이오. 하루에 한두 번씩 가서 들여다보고 악화되지는 않았는지, 뭔가 잘못된 곳은 없는지 살피기만 하면 되지. 형제는 지금 건강을 회복하고 있소. 정신이야 아직은 회복될 기미가 보이지 않지만, 거야 내가 여기 머물러

있는다 해도 별 도움이 되겠소? 머지않아 제 힘으로 정신도 되찾을 게요. 형제는 훌륭한 보호를 받고 있소. 허나, 저 여자는 아무 보호도 받지를 못했으니!"

캐드펠은 서글픈 어조로 말을 맺었다. 휴가 물었다.

"수사님은 그 여자가 저 아이의 누이가 아니라는 걸 어떻게 아셨죠?"

"우선 시신의 짧은 머리를 보고서 알았소. 그들이 우스터를 떠난 건 지금부터 한 달 전이었소. 그러니 머리칼이 그 정도 자랄 시간이 됐지. 이베스의 누이야 머리칼을 그렇게 짧게 자를 이유가 없잖소? 또 하나, 머리칼 색깔이오. 허워드 형제 말로는 에르미나는 눈도 머리칼도 아주 짙고, 이베스보다 훨씬 더 짙다고 했소. 그런데, 저 여자는 그렇지가 않았지. 또, 같이 떠난 그 자매가 아주 젊다고도 들었소. 스물다섯, 적게 보면 스물 정도밖에 안 되어 보인다고 했지. 그래요, 난 이베스에게 엄청난 짐을 지우게 되지는 않으리라는 확신이 있었소."

캐드펠은 냉정하게 얘기를 이어나갔다.

"이제 우리는 에르미나를 찾아야 하오. 이베스가 또다시 시신을 보고서 얼굴과 이름을 확인하는 일은 없어야잖소. 나 역시 당신과 똑같은 의무를 지니고 있다오. 그러니 당연히 동행해야지요."

휴는 놀라지도 않고 말했다.

"그럼 어서 가서 장화를 신고 준비를 갖추세요. 수사님께는 우리 말을 한 마리 내드리죠. 수사님이 날 어떤 곤경에 빠뜨릴지 알수가 없어서 내가 미리 준비를 철저히 해왔죠. 난 수사님을 오래전부터 잘 알잖아요."

폭스우드까지의 길은 제법 편했다. 사람들이 많이 통행하는 큰 길이었다. 그러나 폭스우드부터는 가파른 산길을 올라가야 했다. 도로는 군데군데 끊어져 있고, 경사도 급했다. 그들의 왼쪽, 고지대 초원 너머로 거대한 티터스톤 클레의 측면이 머리를 짓누를 듯 높다랗게 솟아올라 있었다. 오후가 저물어가면서 고지대 주위에는 구름이 뒤덮이기 시작했다. 이베스는 휴 버링가의 바로 옆에서 조금은 우쭐한 기분으로 열심히 조랑말을 몰아갔다.

"우리 오른쪽으로 촌락이 보일 겁니다. 그 집은 이곳보다 더 높은 곳에 있어요. 이 봉우리를 넘어가면 존 아저씨의 밭이 나타날 거고, 산 너머로 양 우리도 보일 거예요."

휴가 갑자기 말고삐를 잡아당기더니 허리를 곧추세우고 콧구멍을 벌름거리며 냄새를 맡았다.

"이 냄새, 이 냄새는 뭐지? 이런 계절에 도대체 어떤 농부가 무엇 때문에 뭘 태운 걸까?"

대기 속에 희미하지만 불길한 악취가 떠돌고 있었다. 바람은 그 냄새를 실어 허공으로 치달려갔다. 무장한 채 버링가의 뒤를 따르던 부하 한 사람이 자신있게 말했다.

"사나흘 지난 겁니다. 태운 흔적 위에는 눈이 덮였습니다. 하지만 이 냄새는 분명히 나무 탄 냄새입니다."

휴는 갑자기 경사진 오솔길을 치달려 올라갔다. 그는 눈으로 뒤덮인 관목숲과 땅이 구덩이처럼 푹 꺼져들어간 언덕빼기 사이까지 말을 달렸다. 우묵하게 꺼진 땅에서 자라는 나무들은 방풍림의 구실을 하여 외양간과 헛간과 집을 바람으로부터 보호하고 있었고, 어느 정도는 사람들의 시야에서 차단하는 구실도 하고 있

었다. 나무가 무성한 작은 숲을 거지반 지나간 뒤에야 존 드루얼이 소작하는 농토와 그 건너편 땅에 자리잡은 양 우리의 돌담이 나타났고, 그들은 모두 기겁하여 그 자리에 멈춰섰다. 이베스는 소리를 내지르며 캐드펠의 팔을 붙잡았다.

시커멓게 타버린 건물들의 뼈대가 눈 벌판 한가운데에 쓸쓸하게 서 있었다. 지붕과 헛간의 목재는 온데간데없고, 겨우 남아 있는 것들은 그 자리에 고스란히 붕괴되어 마구 뒤엉켜 있었다. 아무것도 움직이지 않았다. 아무것도 살아남지 못한 폐허였다. 근처의 나무들까지 타죽어 있었다. 드루얼의 집과 토지는 가축도, 먹을 것도, 사람도, 심지어는 그 자취조차 남김없이 철저히 불타 사라져버린 뒤였다.

그들은 쓸쓸한 폐허 사이를 음산한 침묵 속에서 이리저리 누비고 다녔다. 휴는 날카로운 눈매로 세세한 것까지 놓치지 않고 살펴보았다. 최악의 악취를 막아주는 것은 화재라기보다는 강철같이 단단한 얼음이었다. 집에서 기르던 두 마리의 개가 만신창이가 되어 어지럽혀진 뜰 위에서 발견되었는데도 악취는 심하지 않았다. 살육이 벌어진 뒤 벌써 두어 차례 새로운 눈이 와서 현장을 덮어주었는데도 불구하고, 열두엇 되는 무도한 침입자들이 이곳에 나타나 양들과 소들을 끌어내고, 곡물 헛간과 어쩌면 집 안까지도 말끔히 비워내고, 운반할 수 있는 것은 모조리 끌어내고, 가금들은 다리를 묶어 모조리 묶어 끌고 가고 한 흔적이 역력했다. 깃털들이 시커멓게 탄 들보에 달라붙어 있거나 바람에 흩날리고 있었다.

휴는 말에서 내려 집과 헛간의 폐허를 서성거렸다. 그의 부하들은 담장 안팎을 드나들며 폐허의 자취를 살펴보았다.

이베스는 겁에 질린 음성으로 나직하게 속삭였다.

"그놈들이 그들을 죽였어요. 존 아저씨와 아줌마와, 피터도, 목동도요. 모두 죽인 거예요. 아니면 끌고 가버렸던가요. 힐라리아 수녀님한테 그랬던 것처럼요."

캐드펠이 말했다.

"자, 자세히 알아보기 전에는 서둘러 최악의 결론을 내리는 법이 아니다. 그자들이 무엇을 찾고 있었는지 알겠소?"

수색자들은 고개를 돌려 서로를 쳐다보고는 어깨를 으쓱 치켜올렸다 내렸을 뿐 다시 뜰 이곳저곳으로 흩어져갔다.

"시체였을 거요! 허나 그자들은 전혀 찾지 못했지요. 불쌍한 개들만 빼고는 말이오. 그자들은 일을 철저히 수행한 셈이오. 충분한 경고를 한 거지요. 이제 우린 그자들이 적절한 시기에 그 짓을 마쳤기를 기대하는 수밖에 없을 게요."

휴는 손바닥에 묻은 진흙을 문지르며 헛간에서 나왔다.

"시체는 어디에도 없어요. 도주했거나 침입자들이 모조리 끌고 간 모양이에요. 하지만, 그런 오합지졸들이 인질을 끌고 갈 생각을 했을 성싶지는 않으니 아마도 죽여버렸을 겁니다. 이런 소작인들을 인질로 잡아간다는 건 거의 있을 수 없는 일이죠. 그자들은 어느 길로 왔을까요? 그걸 모르겠어요. 우리가 온 길로 왔을까요 아니면 저 위쪽 산을 넘어 다른 길로 왔을까요? 그자들의 일당은 여남은 명은 되었을 거예요. 그렇지 않다면 나름대로 계산을 해보고 클레톤 마을을 노략질하기에는 자기들의 힘이 충분치 못하다고 생각했을 테니까요."

휴의 부하 한 사람이 산 너머에서 돌아와 보고했다.

"양 우리에 죽은 양 한 마리가 있습니다. 그리고 저쪽 경사면

너머로 오솔길을 발견했습니다. 클레톤을 피해 방어가 약한 집을 강탈하려 했다면 그 길을 이용했을 것 같습니다."

"그렇다면 드루얼은 가족들을 데리고 마을 쪽으로 피신했을지도 모르겠군."

휴는 생각에 잠겨 얼굴을 찌푸렸다. 그는 사람과 짐승들의 발자취를 모조리 지워버리는 눈보라를 침울하게 지켜보며 말을 이었다.

"만일 개들이 양떼에게 침입자를 경고할 틈이라도 있었으면 피할 수 있었을 테지. 마을로 가서 혹시 뭔가 아는 사람이 있는지 확인해봐야겠다. 어쩌면 살아 있는 그들을 찾을 수 있을지도 모르니까."

그는 이베스의 어깨를 격려하듯 두들기며 덧붙였다.

"비록 집과 물건들을 다 잃기는 해도 목숨은 부지하고 있을지 모르잖니."

이베스는 따지듯이 말했다.

"하지만 힐라리아 수녀님은 목숨까지도 잃었잖아요."

그러나 아무도 바로 반론을 제기하지 않자 아이는 그는 씁쓰레한 말투로 중얼거렸다.

"만약에 그 사람들이 달아날 수 있었다면 어째서 힐라리아 수녀님을 구해주지 않았을까요?"

휴는 말했다.

"그건 하느님의 은총으로 우리가 그들을 찾아내게 되면 네가 직접 물어보려무나. 나도 힐라리아 수녀를 잊은 건 아냐. 가자. 여기에서 알아내야 할 건 다 알아냈어."

캐드펠이 말했다.

"한 가지 사소한 문제가 있소. 이베스, 네가 말이 달리는 소리를 듣고 한밤중에 네 누이를 따라잡으려고 뛰쳐나갔을 때에 누이는 어느 길로 갔지?"

이베스는 고개를 돌려 황량한 잔해를 돌아보았다.

"오른쪽이었어요. 저기, 집 뒤쪽요. 저쪽으로 시냇물이 흘러내려가고 있어요. 그때까지만 해도 아직 얼지 않았죠. 그 사람들은 그 옆의 비탈길로 갔어요. 산꼭대기를 향해서가 아니라 산 측면을 돌아가는 쪽으로요."

"좋다! 우리도 나중에 그 길을 한번 수색해보기로 하자꾸나. 다 됐소, 휴. 이제 가도 좋아요."

그들은 말에 올라, 약탈당해 폐허가 되어버린 분지를 떠나 처음 올라왔던 길로 내려가기 시작했다. 그들은 나무가 우거진 숲을 지나 클레톤 촌락을 향하여 오솔길을 내려갔다. 척박한 땅, 농사를 짓기에는 너무나 황량한 곳, 애써 경작해봐야 소출은 보잘 것 없는 곳이었으나 양을 치기에는 좋은 땅이었다. 고원에서 방목한 양은 고기로는 별 쓸모없지만 긴 양모를 얻을 수 있었다. 마을과 경계를 이루고 있는 산을 넘어가자 견고한 방책이 나타났다. 누군가 낯선 사람들이 다가오는 것을 지켜보고 있었던 듯, 일행이 집들이 늘어선 곳으로 다가서기도 전에 찢어지는 것 같은 날카로운 휘파람 소리가 들려왔다. 일행이 인가에 다다랐을 때에는 몸집이 단단한 사내 서넛이 그들을 맞을 만반의 준비를 갖추고 기다리고 서 있었다. 휴는 미소를 지었다. 범법자들은 수적으로 자신이 없고 무기도 충분하지 않은 때에 클레톤의 주민들을 대적하여 싸움을 벌일 만큼 어리석지는 않았던 모양이다.

휴는 그들에게 인사를 건네고 자신의 신분을 밝혔다. 외딴 곳에

사는 사람들은 어쩌면 왕이나 황후의 보호에 대해서는 기대하는 바가 별로 없을지도 모르고, 오히려 의구심을 품을지도 몰랐다. 그러나, 자기들이 사는 곳의 높은 관리가 생사가 걸린 싸움에서 자기들의 편에 서리라는 희망은 또다른 문제였다. 그들은 마을의 행정 책임자를 데리고 와서 일행의 질문에 열심히 대답했다. 그랬다, 그들은 존 드루얼의 집이 약탈당하는 것을 알고 있었다. 또한, 존 드루얼은 무사히 마을에서 기거하고 있었다. 마을 사람들이 그에게 거처를 내주고 음식도 내주고 있었다. 그는 모든 것을 잃기는 했으나 목숨만은 잃지 않았다. 그의 아내와 아들도 그와 더불어 지내고 있었다. 그의 집에서 일하던 목동들도 모두 다 살아 있었다. 다리가 기다란 아이 하나가 존 드루얼을 데리고 오려고 신나게 뛰쳐나갔다. 이제는 드루얼이 직접 질문에 답변할 차례였다.

호리호리하지만 단단한 몸집의 농부가 다가오자 이베스는 어쩔 줄 몰라하다가 조랑말에서 뛰어내려 그에게 달려갔다. 농부는 소년에게 다가가 두 팔로 어깨를 감싸안았다.

"보좌관님, 이 꼬마 도련님이 보좌관님께서 제 집이 있던 곳까지 올라가셨다고 하시더군요……. 제가 이 마을의 마음씨 좋은 분들에게 얼마나 고마워하는지 하느님은 아실 겁니다요. 저희는 식량도 생활도구도 다 잃어버렸는데 이곳 분들이 저희가 굶어죽지 않도록 돌봐주셨어요. 하지만 평생 동안 일해 모은 재산이 하룻밤새 사라져버린다거나 불타버린다면 우리 같은 불쌍한 것들은 어떻게 살아야 합니까요? 산 속에서 외따로 살기가 안 그래도 힘이 드는데, 범법자들은 우리 같은 사람들을 좋아하는 모양입니다."

휴 버링가는 음울하게 말했다.

"자네도 내가 이런 일이 벌어지기를 바랐다고 생각하지는 않을 걸세. 자네가 잃은 모든 것을 되찾아줄 수 있다는 보장은 난 못하지만, 우리가 신속히 그 약탈자들을 추적한다면 자네가 잃은 것들 가운데 일부는 되찾을 수 있을 걸세. 이 아이와 그 누이, 그러니까 며칠 전 자네 집으로 왔던……"

존은 찌푸린 얼굴로 이베스를 돌아보며 말을 가로챘다.

"그랬다가 한밤중에 감쪽같이 사라져버렸지요."

"그건 이 아이가 말해줘서 우리도 알고 있는 일이네. 하지만 거기에는 이유가 있었지. 이 아이는 그후 엄청난 일을 겪어야 했네. 어쨌든 우리가 지금 듣고 싶은 얘기는 이번 습격에 관해서일세. 그 일이 벌어진 게 언제인가?"

"아가씨와 이 꼬마 도련님이 왔다가 감쪽같이 사라진 지 이틀 지난 밤, 그러니까 4일이었습니다. 새벽이 다가올 때였어요. 개들이 미친 듯이 짖어대는 소리에 잠에서 깨어났습니다. 저희는 늑대라도 나타난 줄 알고 그 날씨에 대뜸 밖으로 달려나갔지요. 개들은 줄에 묶여 있으니까요. 정말 늑대는 늑대였습니다요. 하지만 두 다리로 걸어다니는 늑대였지요! 밖으로 나가자 양들이 산으로 치달려 올라가는 게 보였고, 그곳에서 횃불이 타오르는 것도 보였어요. 그러고서 그놈들은 산을 달려내려왔어요. 개들 때문에 저희가 잠에서 깨어났다는 걸 안 거죠. 그놈들이 몇 명이나 되었는지는 모르겠습니다. 열두엇, 어쩌면 그보다 더 많았을지도 몰라요. 저희는 그 자리에 서 있을 수가 없었어요. 그래, 무작정 달아나기 시작했죠. 저 봉우리에 도착했을 때에 헛간이 불타오르는 걸 볼 수 있었어요. 그렇게 이 꼴이 된 겁니다요. 아무것도 없

이 빈 손으로 다시 시작해야 하는 지경이 말씀입니다요. 어떤 영주님에게서든지 소작지라도 좀 얻을 수 있으면 좋으련만! 도대체 어떻게 살아야 할는지. 아아, 하느님!"

휴가 물었다.

"그러니까 처음 그놈들은 자네들의 양 우리를 습격했다 이거지? 언덕 어느 쪽에서 나타났나?"

존은 곧 대답했다.

"남쪽에서요. 하지만 도로 쪽에서 나타난 건 아니었어요. 꼭대기 쪽에서 나타났죠. 그놈들은 우리를 향해 달려내려왔습니다요."

"그놈들이 어떤 놈들인지 전혀 모르겠나? 어디 출신인지도 짐작 가는 데가 없고? 근처 어디든 범법자들이 은거하고 있다는 소문을 들은 적은 없나?"

전혀 없었다. 그때까지는 강도들에 관한 소문은 전혀 없었다. 4일 밤부터 5일 동이 트기 전까지, 사건은 청천하늘의 날벼락처럼 벌어졌던 것이다.

휴가 다시 물었다.

"한 가지 더 물어야겠네. 자네는 가족들과 함께 목숨을 구해 이곳까지 왔네. 그렇다면 2일 밤에 이 아이와 그 누이와 함께 우스터를 떠나 자네 집으로 찾아들었던 그 수녀는 어떻게 되었나? 우리도 이 아이와 그 누이가 그날 밤 자네 집을 떠났다는 건 알고 있네. 그런데 수녀는 어떻게 되었나?"

존 드루얼은 반갑다는 듯이 대답했다.

"그 수녀님은 그놈들한테 아무 일도 당하지 않고 저희 집을 떠났습니다. 그놈들이 쳐들어왔던 그날 밤에는 그 수녀님 생각은 해보지도 않았어요. 수녀님은 그 전에 떠났으니까요. 한낮에 떠

났지요. 그다지 멀리 가지는 못했을 테지만 안전한 동행까지 있었는걸요. 제가 보기엔 그 수녀님은 아무 일도 없을 것 같았습니다요. 불쌍하게도 그 수녀님은 혼자 남겨지고 나자 굉장히 서글 퍼했죠. 도련님과 아가씨를 찾으려면 어디를 가봐야 하는지 짐작도 할 수 없었으니까요. 그건 저희도 마찬가지였죠. 그 수녀님이 뭘 어떻게 할 수 있었겠습니까요?"

휴가 물었다.

"그 수녀를 찾아온 사람이 있었다고?"

"베네딕트 교단의 수사 한 분이 왔더랬습니다. 수녀님도 그분을 알더군요. 전에 수녀님 일행과 함께 얼마 동안 동행한 적이 있다고 했어요. 그분들께 브롬필드로 가자고 권했던 분이라더군요. 그때도 그 수사님은 수녀님께 같이 떠나자고 권했어요. 수녀님이 혼자 남겨졌다고 얘기하자 수사님, 수녀님 자신은 물론이요 수녀님께 맡겨진 책임까지도 일단은 다른 사람 손에 넘겨야 한다고 했어요. 수녀님을 대신해 도련님과 아가씨를 찾아줄 사람이 있을 거라면서요. 그러니 우선 수녀님이 안전한 곳으로 피신해서 도련님과 아가씨를 찾을 때까지 기다려야 한다고 했지요. 그분은 수녀님을 찾느라고 묻고 또 물어가며 폭스우드에서 저희 집까지 왔다고 했어요. 수녀님이 그때에 얼마나 고마워했는지 모릅니다요. 결국 수녀님은 수사님과 함께 떠났지요. 전 수녀님이 브롬필드에 안전히 도착했을 거라고 생각했는데요."

이베스는 할 말을 잃고 말았다. 휴가 조용히 대답했다.

"브롬필드에 도착하기는 했지."

그것은 남들에게 하는 얘기라기보다는 혼잣말 같았다. 안전히? 그렇다. 그 말이 지닌 가장 광범위한 의미로 얘기하자면 수녀는

안전히 도착한 셈이었다. 아무 죄도 지은 바 없이, 순결한 양심을 지닌 채 용감하게. 지금 이 순간 힐라리아 수녀보다도 더 안전할 수 있는 사람이 어디 있으랴? 그녀는 순결한 채로 곧장 하느님의 품으로 갔던 것이다.

드루얼의 얘기는 계속되었다.

"그런데 그 뒤에 좀 이상한 일이 있긴 했어요. 이튿날 저희가 당한 일을 얘기하고 있을 때였지요. 착한 사람들이 저희가 거처할 수 있는 방을 마련해줬거든요. 선한 기독교도들이지요. 어떤 젊은 사람 하나가 저 위쪽에 있는 길을 통해 이곳으로 걸어와서는 제 집에 기거하려 했던 바로 이 꼬마 도련님 일행일 거라고 생각되는 사람들에 관해 물었습니다요. '여기 있는 사람 중에 시루즈베리로 가는, 우스터 출신의 수녀 한 사람과 귀족 출신으로 보이는 어린 오누이 일행을 본 사람 없습니까?' 하고요. 저희는 저희 문제만으로도 머리가 복잡했지만 그 사람에게 저희가 아는 걸 다 얘기해주었지요. 그 사람들이 어떻게 사라졌는지, 그 뒤에 저희에게 무슨 끔찍한 일이 닥쳤는지 모두다요. 그 사람은 저희 말을 다 듣고 떠났습니다. 처음엔 불타버린 제 집 쪽으로 가고 있었는데, 그 뒤로는 어디로 갔는지 저로서는 알 수 없는 노릇이죠."

휴는 그들 주위에 둘러선 사람들을 돌아보며 물었다.

"이곳에서 그 사람을 아는 사람은 전혀 없소?"

클레톤의 모든 사람들, 아낙들이며 아이들까지 모두 나와 그들을 둥글게 에워싸고 서 있었다. 마을의 행정 책임자가 대답했다.

"이제까지 한번도 본 적 없는 사람이었습니다."

"그 사람의 태도는 어떻던가요?"

"옷차림으로 보아서는 우리네들과 마찬가지로 농부나 양치기

같았습니다. 집에서 짠 천으로 만든 갈색 옷을 입고 있었죠. 나이는 서른, 아니, 기껏해야 스물다섯이나 여섯쯤일 겁니다. 키는 보좌관님보다 크고 몸집은 보좌관님처럼 단단했어요. 호리호리하고 길쭉한 체격이었죠. 눈은 매의 눈처럼 검은 띠가 있는 모양에, 눈동자는 노란 광채가 돌았습니다. 두건을 쓰고 있었는데, 머리칼은 검은색이었죠."

여자들이 호기심으로 눈을 빛내며 가만히 그들 곁으로 다가섰다. 틀림없이 마을 여자들은 그 낯선 이에 관해 깊은 관심을 지니고 있었다. 입 밖으로 내서 그렇다고 얘기한 것도 아니고, 그 남자에 관해 자세한 말을 늘어놓은 것도 아니지만, 누구였는지는 몰라도 그 남자가 클레톤 촌락의 여자들에게 깊은 인상을 남겨준 것만은 틀림없었다. 여자들은 그 남자에 대한 것이라면 아무리 사소한 것이라도 놓치지 않겠다는 태도였다. 아니, 벌써 알고 있는 것조차도 결코 흘려듣지 않겠다는 태도였다.

존 드루얼이 덧붙였다.

"피부는 거무스레했습니다. 매부리코에, 아주 잘생긴 남자였어요."

주의깊게 그들을 지켜보고 있던 여자들의 눈 역시 같은 이야기를 하고 있었다. 드루얼은 계속해서 말했다.

"지금 생각해보니 그 사람은 얘기를 할 때에 곰곰 생각을 하면서 말을 하는 것 같았는데요……."

그 말에 휴 버링가는 바싹 긴장했다.

"마치 고향이 이곳 잉글랜드가 아닌 것처럼 말인가?"

존 드루얼은 그런 생각은 미처 해보지 못했다. 그는 잠시 생각해본 뒤에 대답했다.

"그럴지도 모르겠네요. 아니면 말을 좀 더듬어서 그랬는지도 모르겠고요……."

잉글랜드어를 쓰는 사람이 아니라면 어떤 말을 쓰는 사람이었을까? 국경이 가까운 이곳에서는 흔히 있을 수 있는 일이었다. 그러나 웨일스 사람이 무슨 일로 우스터에서 도망나온 이들을 찾아다닌단 말인가? 그 남자는 혹시 앙주 혈통의 귀족이 아니었을까? 그렇다면 문제는 전혀 달라진다.

휴 버링가는 선언하듯 말했다.

"누구든 그 남자를 다시 보거나 그 남자에 관한 얘기를 듣게 되면, 난 루들로나 브롬필드에 있을 테니 곧 내게 알리도록 하시오. 그렇게만 하면 아무 일도 없을 것이오. 그리고 자네, 우리 사실대로 얘기하세. 자네가 잃은 것들 모두, 아니 그 대부분을 되찾을 가능성은 지극히 희박하네. 하지만 그 범법자들이 은신한 곳을 찾아낼 수만 있다면 그 가운데 일부는 되찾을 수 있겠지. 우리는 끝까지 최선을 다할 걸세. 그 점에 대해서는 걱정하지 않아도 좋네."

휴 버링가는 말을 몰아 오솔길 아래쪽으로 움직이기 시작했고, 캐드펠과 이베스도 그 뒤를 따랐다. 그러나 휴는 서두르지 않았다. 젊은 여자 하나가 슬그머니 마을 사람들 무리에서 빠져나가 그에게 의미심장한 눈길을 던지고 있었던 것이다. 휴 버링가가 곁을 스칠 때에 그녀는 다가서서 그의 말안장에 손을 얹었다. 그녀는 자신이 하는 말이 어떤 위험을 초래할 수 있는지 잘 알고 있었고, 그리하여 마을 사람들의 귀에 들리지 않을 정도로 거리가 떨어져 있다는 것을 확인한 다음에야 입을 열었다.

"보좌관님……."

그녀는 푸른 눈동자로 예리하게 휴를 올려다보며 의식적으로 음성을 낮추어 얘기했다.

"그 검은 피부의 남자에 대해 한 가지 더 말씀드릴 게 있습니다. 저말고는 아무도 보지 못한 거예요. 전 마을 사람들이 알게 되면 그 사람을 해칠까 걱정이 되어서 아무에게도 말하지 않았어요. 그 남자는 굉장히 잘생겼어요. 전 그 사람을 믿어요. 그 사람이 생긴 것과는 딴판인 사람이라 할지라도 전……"

휴는 조용히 되물었다.

"할 말이란 무엇이오?"

"그 사람은 망토로 몸을 꼭 여미고 있었습니다. 이런 추위에는 이상할 것 없는 일이지만요. 하지만 그 사람이 떠날 때에 전 그 사람을 조금 따라갔다가, 그 사람 왼쪽 옆구리에 뭔가 매달려 있는 걸 보았어요. 그 사람이 시골 사람인지 아닌지 그건 모르겠습니다만, 그 사람은 검을 차고 있었어요."

큰길을 향해 산길을 내려가는 도중에 이베스가 말했다.

"이쪽이 엘라이어스 수사님이랑 힐라리아 수녀님이 간 방향이에요."

해가 지기 전까지 얼마 남지 않은 시간을 제대로 이용하려면 큰길에서부터는 분주히 움직여야 했다. 조랑말 등에 앉은 이베스는 그때까지 아무 말도 않고 있었다. 새로운 사실이 밝혀질 때마다 사건의 양상은 더욱 복잡하고 기묘해지는 것 같았다.

"엘라이어스 수사님은 우리들 모두를 구하기 위해 이곳으로 돌아왔던 거예요. 그런데 힐라리아 수녀님만 남아 있는 걸 알게 된 거죠. 그땐 이미 저녁이었어요. 그러니까 자칫하면 어둠과 눈보

라 속에 고립될 수도 있을 거라고 생각했겠죠. 틀림없이 존 아저씨네 집을 습격하고 약탈한 그 강도들, 바로 그 살인자들이 엘라이어스 수사님과 힐라리아 수녀를 공격한 거예요. 그러고는 그분들이 죽었다고 생각하고 내버려둔 거죠."

휴는 우울한 어조로 말했다.

"그랬겠지. 역병이 시작되는 셈이다. 우린 그 역병이 창궐하기 전에 그 싹을 불태워 없애버려야지. 헌데, 망토 속에 검을 차고 있었다는 그 농부 같은 남자에 대해서는 어떻게 생각해야 할까?"

이베스는 그 남자를 새삼 떠올리자 다시금 화들짝 놀라 큰 소리로 외쳤다.

"그 사람은 우리 뒤를 추적하고 있었어요! 하지만 전 그 사람이 누구인지 짐작도 안 가요. 전혀 모르는 사람이에요."

"네 누이를 데려간 그 젊은 귀족은 어떻게 생겼지?"

"피부가 검지도 않고 매부리코도 아녜요. 하얀 피부에 금발이구요. 게다가 그 사람이 누나를 데려갈 때에 두고 간 우리 두 사람을 찾으러 왔다면 산 위쪽 길에서 왔을 리가 없어요. 제가 누나랑 그 사람을 뒤쫓아갔던 그 길로 왔겠죠. 또 그 사람은 농부 같은 차림이었을 리도 없어요. 혼자 오지도 않았을 거구요."

모두 일리있는 얘기였다. 게다가 다른 가능성도 있었다. 캐드펠은 이제까지 자신들이 획득한 것에 고무된 글로스터 측에서 변장한 첩자를 이 지역으로 들여보냈을지도 모르겠다는 생각이 들었다. 어쩌면 그 남자는 이 지역의 취약지점을 찾아내고, 그와 더불어 우스터가 습격당했을 때에 달아난 로렌스 댄저스의 외조카 오누이를 찾으라는 사명을 부여받고 이곳으로 파견된 첩자일지도 몰랐다.

116

버링가가 말했다.

"좀더 두고보기로 하자꾸나."

버링가는 반쯤은 불길한 기분이었고, 앞으로 다가올 흥미로운 일을 예견해서인지 반쯤은 기대에 찬 기분이었다. 그는 계속해서 말을 이었다.

"클레톤에 나타난 거무스레한 피부의 낯선 사내에 관해서는 틀림없이 더 많은 얘기를 듣게 될 거다. 우린 그 사내의 모습을 머릿속에 똑똑히 새겨두고 그저 가만히 기다리면 돼."

루들로까지 3킬로미터 남짓 남았을 무렵 예상했던 대로 눈이 쏟아지기 시작했다. 그들은 망토로 몸을 꼭 여미고 고개를 숙인 채 끈질기게 말을 달렸다. 다행히 목적지가 가까웠기 때문에 길을 잃을 걱정은 하지 않아도 되었다. 휴 버링가는 루들로의 성벽 아래에서 두 사람과 헤어져 그곳에 사는 지인을 방문하기 위해 혼자 말을 달렸다. 브롬필드로 가는 길은 그다지 멀지 않았으나 휴는 캐드펠과 소년을 보호하기 위해 부하 두 사람을 딸려 보냈다. 그 즈음 이베스는 완전히 말을 잃고 있었다. 아이는 차디찬 공기와 힘든 여정에 지칠 대로 지친데다가 점점 더 심해지는 허기로 반쯤 정신을 잃은 상태였다. 아이가 먹은 것이라고는 이미 소화된 지 오래인 빵 한 덩이와 딱딱한 베이컨 한 조각에 불과했던 것이다. 아이는 어깨를 잔뜩 웅크린 채 조랑말 위에 앉아서 말이 발을 옮길 때마다 둔감하게 흔들리고 있었다. 마침내 수도원의 너른 정원으로 들어서자 아이는 그제서야 두건 밑으로 사과처럼 발개진 얼굴을 내밀었다. 저녁기도가 끝난 지 오래였다. 이제 갓 깃털이 돋은 새끼 새를 날려보낸 기분으로 안절부절못하고 바

깥 동정에만 신경을 쓰고 있던 레오나드 원장은 그들이 들어서는 것을 보자 눈보라가 쏟아지는 정원으로 뛰쳐나오더니, 얼른 저녁을 먹일 요량으로 이베스를 끌어안다시피 하여 안으로 데려갔다.

버링가가 수도원으로 돌아온 것은 마지막기도가 끝났을 때였다. 그는 피로에 지친 말을 마구간으로 끌어가도록 조처하고서 곧바로 캐드펠을 찾았다. 캐드펠은 이미 저 은밀하고 황량하고 고통스러운 잠 속으로 빠져들어간 엘라이어스 수사의 침상 옆에 앉아 있었다. 피로에 지친 휴의 얼굴을 보자 캐드펠은 얼른 손가락을 입술에 가져다 대더니 조용히 일어나 옆방으로 갔다. 그곳이라면 잠든 사람을 방해하지 않고 얼마든지 얘기를 나눌 수 있었다.

휴는 판자벽에 기대 앉아 긴 한숨과 함께 입을 열었다.

"클레톤의 그 사람말고도 약탈자들의 습격을 받은 사람들이 또 있더군요. 수사님, 우리들 바로 옆에서 악마가 활약하고 있어요. 의문의 여지가 없는 일이죠. 루들로는 오늘 밤 난리법석이에요. 디넌의 궁수 중에서 헨레이 남쪽의 작은 촌락에 사는, 모티머 출신의 자영농인 아버지를 둔 사람이 있어요. 오늘 그 사람이 이 혹독한 날씨에 어떻게 지내는지 안부가 궁금해서 아버지를 찾아갔더랍니다. 벽촌이라고는 해도 루들로에서 겨우 삼 킬로미터쯤 떨어진 곳인데, 그 궁수가 본 건 우리가 드루얼의 집에서 본 것과 별반 다르지 않았답니다. 방화는 없었대요. 연기나 불꽃이 일었다면 루들로에서도 보였을 테고, 그랬으면 디넌이 전투력을 총동원해 성난 벌떼처럼 그곳으로 쳐들어갔겠죠. 그렇지만 모든 살아 있는 것이며 물건이며 장비며 할 것 없이 죄다 약탈당했어요. 그 궁수의 아버지는 달아나지도 못했어요. 학살당했죠. 한 사람 한 사람이 모두 말예요. 그저 천치 하나만 살아남아 이 집 저 집 기

웃거리며 먹을 것을 찾아다니다가 그 궁수에게 발견되었을 뿐이죠."

캐드펠은 충격을 받아 벌어진 입을 다물 줄 몰랐다.

"그놈들이 감히 그처럼 강한 수비대가 버티고 있는 곳에서 그렇게 가까운 곳까지 침입했단 말이오?"

"강한 수비대가 있는 곳이니 자기들의 침투력이 어느 정도인지 시험해볼 만하겠다고 생각한 거겠죠. 그곳에서 살아남은 그 사람은 침입자들이 떠날 때까지 숲속에 숨어 있었답니다. 온전한 정신은 아니어도 모든 걸 목격했고, 그 사람이 한 진술은 충분히 납득할 만했어요. 난 그 사람을 훌륭한 목격자라고 생각해요. 그 사람 말에 따르면 침입자들은 스무 명 가량이었고, 단검과 도끼와 검을 지니고 있었답니다. 말을 탄 사람은 셋이었죠. 그놈들은 자정 무렵에 나타나서는 단 두 시간 사이에 모든 재산을 약탈해 어둠 속으로 깨끗이 사라져버렸대요. 그 사람은 자기가 그 숲속에서 굶주리면서 며칠 동안이나 숨어 있었는지 정확히 기억하지 못하더군요. 하지만 그 사람은 날씨의 변화 같은 것에는 지극히 민감했는데, 그 사람 말이, 사건이 벌어진 건 개울이 모두 얼어붙은 날 밤, 그러니까 첫번째 강한 한파가 몰아친 그날이었답니다."

캐드펠은 깊은 생각에 잠겨 무심결에 손가락 마디를 잘근잘근 씹었다.

"무슨 뜻인지 알 것 같소. 그러니까 똑같은 다리 두 개 달린 늑대들이 저지른 짓이었다는 게지요? 물론 같은 날 밤이었을 테고. 첫번째 한파라! 한밤중에 학살을 벌이고 헨레이를 약탈한다······ 마치 계획적으로 디넌의 얼굴에 재를 뿌리듯이!"

휴는 우울하게 중얼거렸다.

"또는 내 얼굴에요."

"또는 스티븐 왕의 얼굴에! 그렇소. 그들은 그렇게 자정이 지난 지 두 시간 만에 전리품을 가지고 깨끗이 사라져버렸소. 재빨리 움직일 수는 없었을 거요. 가축과 음식과 식량들을 가지고 있었으니까. 그리고 새벽이 오기 한참 전에 그들은 클레톤 근처 산속에 있는 존 드루얼의 거처를 방화하고 약탈했소. 게다가 그 사이에—당신도 나와 같은 생각 아니오, 휴?—그들은 엘라이어스 형제와 힐라리아 자매와 마주치자 잔혹하게 즐긴 다음에 죽어버린 그들을, 또는 죽어가는 그들을 내던진 채 떠나버린 거요. 같은 날 밤에 두 무리의 떼강도가 같은 짓을 하고 다녔다고 생각할 수 있겠소? 혹독한 밤, 얼어붙은 밤, 그런 밤이면 웬만한 도둑들이나 방랑벽이 있는 사람이라도 집 안에 처박혀 지내게 마련이오. 이 약탈자들은 이 지역을 자기 손바닥처럼 잘 알고 있는 무리들이오, 휴. 눈도 얼음도 그들의 습격을 막을 수 없었지요."

휴 버링가는 음울하게 생각에 잠겼다.

"두 무리의 약탈자들이라? 아뇨, 생각해볼 여지도 없는 일이에요. 그날 밤 그놈들이 이동한 궤적을 생각해보세요. 그날 밤의 이동은 바로 우리들 코밑에서 시작되었어요. 거기가 그놈들이 침입할 수 있었던 가장 먼 곳이었죠. 그놈들은 동쪽으로 움직여 근거지로 돌아가는 길에 일을 저지른 거예요. 큰길을 가로질러—바로 그곳 어딘가에서 엘라이어스 수사가 발견되었죠—새벽이 오기 전에는 티터스톤 클레에 올라가 있었어요. 그곳에서 그들은 존 드루얼의 집을 불태웠죠. 어쩌면 그건 처음 계획에는 없었던 일이었는지도 몰라요. 성공에 도취되어 난장판을 벌여본 거겠죠. 그곳은 그놈들의 근거지로 가는 길목에 자리잡고 있었던 걸 거예

요. 그러니까 그놈들은 새벽에 자기들이 근거지로 돌아가는 걸 목격하는 사람이 생길지도 모른다는 점을 우려했던 거죠. 동의하세요?"

"동의해요. 휴, 지금 당신도 나와 같은 생각을 하는 건 아니오? 이베스는 누이의 엉뚱한 짓을 막으려고 누이를 소리쳐 부르며 방에서 뛰쳐나왔소. 아이는 산 위에 있는 드루얼의 집에서 뛰쳐나와 누이를 뒤쫓아 달렸소. 고도야 다를지 몰라도 그 방향은 이틀 뒤에 그 약탈자들이 근거지로 돌아가느라 택했던 방향과 동일했을 게요. 저 고원지대 어딘가에 이베스의 누이가 연인과 더불어 도피한 장원이 있소. 어떻게 생각하오? 에르미나의 연인은 그녀를 그 악마들의 근거지와 너무도 가까운 곳으로 데려간 것 아니겠소? 그 자신에게도 그녀에게도 결코 안전하다고는 하기 힘든 곳으로 데려간 것 아니오?"

휴는 음울한 기분을 느끼면서도 두 사람의 생각이 일치한 것에 만족해하며 말했다.

"그 점을 염두에 두고 벌써 병사들을 파견해놓았죠. 그 고원지대에는 굉장히 넓은 빈터가 있어요. 일부는 숲으로, 일부는 바위로 둘러싸인 죽음처럼 황량한 곳이죠. 양떼에게도 불모지나 마찬가지인 곳이에요. 그 지역에서 경작이 가능한 땅은 드루얼의 집이 있던 곳이 한계라고 할 수 있어요. 그곳에서도 경작지는 여건이 괜찮은 곳에 한정되어 있지만요. 내일 아침 날이 밝자마자 난디넌과 함께 이베스가 갔던 바로 그 길을 따라 움직여보려고 해요. 이베스가 찾다 찾다 길을 잃어버린 그곳, 그러니까 정체불명의 연인이 이베스의 누이를 데리고 간 그 장원을 찾아볼 생각이에요. 그 장원을 찾아내면 우선 그 처녀를 안전하게 구출하고, 법

의 면전에 침을 뱉어대는 그놈들을 추적할 겁니다. 인질이 있더라도 다치는 일은 없도록 하겠어요."

캐드펠은 엉겁결에 외쳤다.

"이베스는 여기 남겨두고 가야 하오!"

휴는 얼굴을 찡그리며 고통스럽게 미소지었다.

"저 아이가 눈을 뜨기도 전에 우린 멀리 떠나 있을 겁니다. 또 하나의 사랑하는 사람이 시체가 되어 있는 꼴을 목격하게 될지도 모르는 위험한 일을 내가 저 아이에게 시킬 것 같아 그러세요? 저 아이가 처참한 표정으로 날 돌아보는 걸 내가 견딜 수 있을 거라고 생각하시는 건 아니겠죠? 천만에요. 행운이 따라주면 우리는 저 아이의 누이를 데리고 오게 될 겁니다. 떠날 때 그대로일지, 그 남자 아내가 되어 있을지는 모르겠지만요. 그러면 저 아이와 누이와 그 연인 사이에 한바탕 싸움이 벌어지겠죠? 운이 따라주지 않으면 그땐 수사님이 필요할 겁니다. 하지만 일단 그 소녀 문제를 제외하면 이건 전적으로 내 책임이에요. 수사님은 환자나 보살피면서 편히 앉아 기다리세요."

캐드펠은 그날 밤을 엘라이어스 수사 옆에서 꼬박 새웠다. 캐드펠은 이미 알고 있는 것 외에는 아무것도 더 얻어낼 수 없었다. 장벽은 여전히 꿈쩍도 않고 있었다. 한 책임감 강한 수사가 찾아와 교대해주어서야 캐드펠은 비로소 잠자리에 들었다. 그는 머리를 눕히자마자 곧바로 곯아떨어졌다. 그것은 그의 재주라고 할 수 있었다. 무슨 일이 있든 간에 잠들지 못하고 엎치락뒤치락 밤을 새워봤자 아무 이득이 없다는 것을 캐드펠은 알고 있었으며, 그 무의미하고 무익한 버릇을 버린 지 이미 오래였다. 그런 버릇

은 이제 곧 엄청난 일을 해야 하는 사람에게서 너무나 많은 것을 앗아가게 마련이었다.

캐드펠은 레오나드 원장이 깨울 때에야 잠자리에서 일어났다. 벌써 오후로 접어들기 시작하는 시각이었다. 잠에서 깨어나 하루를 시작하려고 마음먹었던 시각에서 적어도 두 시간이 지나 있었다. 그리고 휴 버링가가 이미 산 속 수색을 마치고 돌아와 그 결과를 이야기하기 위해 지치고 우울한 얼굴로 그를 기다리고 있었다.

"드루얼의 집이 있는 곳에서 클레의 산허리를 사분의 일쯤 돌아가니까 캘롤리스라고 불리는 장원이 있더군요. 고도는 거의 비슷해요."

휴는 말을 고르느라 잠시 멈추었다가 계속했다.

"아니, 이제는 그런 장원이 '있었다'고 해야겠군요! 깨끗이 사라져버렸어요. 완전히 파괴되었죠. 살을 깨끗이 발라내고 남은 생선가시처럼 말예요. 우리가 본 건 드루얼의 집과 마찬가지 몰골이었어요. 하지만 차원이 달랐죠. 그 장원은 굉장히 넓고 부유한 곳이었는데, 이제는 눈보라만 휘날리는 황무지가 되어버렸어요. 묻혀 있거나 꽁꽁 얼어 있는 시체 몇 구만 빼고 아무것도 없었어요. 살아 있는 건 단 하나도 남아 있지 않았죠. 처음 발견한 시체 한 구를 루들로로 운구해왔어요. 버려진 시체들을 수습하라고 몇 명을 남겨두고 왔어요. 시체를 몇 구나 더 찾아내게 될지 아직은 알 수 없는 일예요. 덮여 있는 눈으로 보건대 그곳이 습격을 받은 건 처음으로 한파가 몰아닥쳐 얼음이 얼기 이전이었던 것 같아요."

캐드펠은 깜짝 놀라 그를 쳐다보았다.

"그게 사실이오? 우리가 이미 아는 습격과 약탈이 있기도 전에, 우리의 어린 자매가 피살되기도 전에, 엘라이어스 형제가 공격을 받아 지금의 참담한 몰골이 되기 전에 그곳이 약탈당했다고요? 휴, 당신은 지금 한곳을 정확히 집어냈소. 그곳과 관련된 사람들의 이름이나 지주에 대한 이야기는 없소? 디넌은 자기에게 속해 있는 모든 소작인들을 알 테고, 그 장원은 아마 레이시 가문의 문서에 의해 운영되었을 텐데요."

"그래요. 캘롤리스 장원을 운영한 사람은 디넌에게서 권한을 위임받은 한 젊은이였죠. 그 사람이 디넌 부친의 밑으로 들어온 지는 겨우 이 년밖에 안 되었어요. 운도 좋고, 사람도 좋고, 나이도 적당했던 거죠. 그 사람 이름은 에브라드 보테럴이에요. 훌륭한 가문 출신은 아니지만 그런대로 존경받는 가문 출신이죠. 여러 가지 측면에서 보면 바로 그 사람이 우리가 찾는 그 남자일 겁니다."

"그 장원의 위치는? 에르미나가 연인과 함께 달아난 그 방향 어디에 그 장원이 자리잡고 있는 게요?"

무서운 상상이었다. 그러나 휴는 그런 절망스러운 생각에 대해 고개를 강하게 저었다.

"아, 하지만 아직은 그렇게 생각하지 마세요. 아무것도 확인된 건 없으니까요. 이베스는 그 사람 이름을 기억하지 못했어요. 그렇지만 설령 그 사람이 바로 에르미나를 데리고 간 남자였다 할지라도—난 틀림없이 그럴 거라고 생각하지만요—아직 에르미나가 죽었다고 속단하진 마세요. 디넌의 말에 따르면 보테럴은 레드위치에도 장원을 지니고 있다고 하더군요. 도그디치 개울이 흐르는 계곡에 있는 장원이죠. 캘롤리스에서 그곳까지는 잘 단장

된 길도 있어요. 빽빽한 숲을 통과하는 길인데, 그 두 장원 사이의 거리는 오 킬로미터 남짓 된답니다. 장원에서 일하던 사람들 가운데 몇이 그 길로 탈출했다 해도 무슨 자취가 남았으리라는 기대는 안 했지만, 난 아무튼 그 길을 따라 내려가봤어요. 기대했던 것보다는 행운이 있었죠. 아니면 우리 노고에 응답이 있었던지요. 보세요. 이걸 찾아냈어요!"

휴는 상의 안주머니에서 뭔가를 꺼내 손 위에 올려놓았다. 그것은 망을 둘러 머리를 고정시킨 후에 그 둘레를 빙 둘러 이마 위에서 묶는 수놓인 리본이었다. 그 리본에는 순금으로 된 세공품이 달려 있었다. 리본은 세공 장식 바로 옆에서 끊겨 있었고, 장식을 고정시키는 핀은 한쪽으로 비스듬히 구부러져 있었으나 풀려 있지는 않았다.

"그 길을 한참 내려가다가 무성한 숲속에서 찾아낸 겁니다. 누가 그 길을 통과했는지는 모르지만 몹시 서둘렀던 모양이에요. 지름길로 언덕을 내려가느라 빽빽한 숲을 통과했으니까요. 여기저기 부러진 나뭇가지들이 그걸 증언해주더군요. 두 사람이 말한 필을 같이 타고 있었을 거예요. 낮게 뻗은 나뭇가지 하나가 여자의 머리에 걸렸고, 그래서 이걸 떨어뜨린 거죠. 그러니까 이 물건을 머리에 달고 있던 사람은 침입자들에게서 안전히 탈출했을 거라는 희망을 품어도 될 겁니다. 이걸 이베스에게 보여주고 어떻게 찾아냈는지 설명해줘야겠어요. 이베스가 이 물건이 에르미나의 것이라고 확인해주면 난 레드위치로 가서 행운의 여신이 우리 편인지 알아볼 생각이에요."

한 순간의 머뭇거림도 없었다. 이베스는 그 금세공 머리 장식을

보자마자 눈을 휘둥그레 뜨고 희망으로 얼굴을 붉히며 외쳤다.

"우리 누나 거예요! 여행을 할 때에 장식하기에는 어울리지 않는 물건이죠. 하지만 전 누나가 이걸 가지고 출발했다는 걸 알고 있었어요. 누나는 그 남자를 위해 이걸 둘렀을 거예요! 어디에서 찾아내셨어요?"

소녀의 6 행방

휴 버링가 일행은 이번에는 이베스를 데리고 떠났다. 그것은 한 편으로는 설령 휴가 동행을 허락하지 않아 이베스가 그의 지시를 고분고분 받아들인다고는 해도 기다리는 동안 잠시도 마음을 놓지 못하고 초조해하리라는 점 때문이었고, 한편으로는 이베스가 그들이 에르미나의 연인을 찾아냈을 때에 그를 알아볼 수 있는 유일한 사람일 뿐만 아니라, 현재 이곳에서 휴고닌 가문을 대표할 유일한 사람이므로 실종된 누이를 수색하는 데에 참여할 당연한 권리가 있다는 사실 때문이었다. 이제 그들은 에르미나가 생존해 있을 가능성이 높다고 판단하고 있었다.

그들이 코브 강 다리 옆의 큰길로 꺾어들었을 때에 이베스가 말했다.

"이 길은 우리가 서스턴 아저씨네 집에서 내려왔던 바로 그 길이잖아요. 이 길로 계속 가야 하나요?"

캐드펠은 소년의 불편한 마음을 짐작할 수 있었다.

"당분간은 이 길로 가야 해. 우리가 마주친 그곳만 지나면 곧 다른 길로 접어들게 될 게다. 애써 외면하려 하지 말아라. 그곳에 사악한 것이 존재하는 건 아니니까. 그곳의 땅도 물도 대기도, 인간의 악한 행동과는 아무 상관도 없단다."

소년은 여전히 두려운 표정이었다. 캐드펠은 그 얼굴을 조심스레 찬찬히 들여다보며 얘기를 계속했다.

"네 마음은 몹시 슬프겠지. 허나 자매가 죽었다고 원한을 품어서는 안 된다. 자매는 하늘에서 환영받았을 게야."

이베스는 갑자기 열변을 토했다.

"그분은 우리들 누구보다도 좋은 분이었어요. 수사님은 모르세요! 결코 화내는 법이 없이 언제나 참았어요. 친절하고 착하고 굉장히 용감했어요. 에르미나 누나보다도 더 아름다웠구요!"

이베스는 열세 살이었지만 훌륭한 교육과 타고난 천성 덕분에 제 나이에 견주어 생각이 깊었다. 게다가 힐라리아 수녀와 며칠씩 함께 여행하면서 그녀의 용감한 태도와 착한 마음씨를 가까이에서 지켜보았을 터였다. 소년이 힐라리아 수녀를 통해 성숙한 사랑이라는 것이 무엇인지 어렴풋하게나마 느낄 수 있었다면 그것은 아마도 가장 순결하고 가장 아름다운 사랑이었을 것이다. 비록 그 사랑의 상대자가 무참히 피살당했다 할지라도 소년의 가슴에는 그때의 그 느낌이 고스란히 남아 있을 터였다. 지난 이틀이 소년에게는 아무 해도 끼치지 않았던 것이었다. 그 이틀 동안 소년은 훌쩍 자라, 어린애 같던 시기를 훨씬 넘어서버린 듯했다.

그들이 개울가에 도착했을 때에 이베스는 고개를 돌리지는 않았지만 두번째의 개울을 건너기까지 입을 굳게 다물고 있었다. 그 지점에서부터 그들은 오른쪽으로 방향을 바꾸어 탁 트인 삼림지대로 들어섰다. 새로운 풍경이 나타나자 이베스는 다시 밝은 눈으로 주변의 세상에 관심을 갖고 둘러보기 시작했다. 처마와 나뭇가지에 고드름을 드리운 짧은 겨울날의 햇살은 이미 움츠러들기 시작했으나 빛은 여전히 맑았고 바람은 아직 불지 않고 있었다. 흰 눈과 검은 흙, 짙은 푸른색이 빚어내는 무늬와 색깔은 그 나름의 아름다움으로 보는 이들의 눈을 현혹시켰다.

그들은 여전히 얼어붙어 흐르지 않고 있는 합튼 시내를 따라 1킬로미터쯤 내려와 갓스톡에 닿았다.

"우린 너무나 가까운 곳에 있었군요."

이베스는 그들이 그 운명의 날에 거의 마주칠 수 있을 정도로 가까운 곳을 스쳐가면서도 그것을 알지 못했었다는 것을 깨닫고 놀라움을 감추지 못했다.

"아직 일 킬로미터쯤은 더 가야 해."

"누나가 거기 있었으면 좋겠어요!"

휴가 말했다.

"우리도 그러기를 바라고 있단다."

일행은 곧 작은 봉우리에 자리잡은 레드위치 장원에 이르렀다. 일행은 삼림지대를 빠져나와 레드위치 개울을 향해 완만하고 부드러운 경사를 이루고 있는 땅을 내려다보았다. 개울은 수많은 지류에서 흘러나오는 물을 받아 남쪽으로 몇 킬로미터를 쉬지 않고 흘러가 마침내 테메 강과 합류하는 것이었다. 물이 흐르는 계곡 너머에서는 땅이 다시 구릉을 이루고 있었고, 일행의 바로 맞

한편 저 멀리에는 꼭대기에 구름이 걸린 티터스톤 클레의 거대한 봉우리가 우뚝 솟아 있었다. 그러나 그 사이에 자리잡은 계곡은 사방에서 불어오는 차디찬 바람으로부터 안전하게 보호를 받는 지형이었다. 장원 주위의 나무들은 밭들과 가축들을 보호하기 위한 방풍림을 제외하고는 말끔히 벌목되어 있었다. 일행이 올라선 봉우리에서는 줄지어 선 건물들이 내려다보였다. 급한 경사를 이룬 지붕을 이고 있는 기다란 저택은 낮게 웅크린 저장실 너머에 자리잡고 있었다. 시야에 들어오는 토지 안에 헛간이며 외양간이며 창고가 가득 들어차 있었다. 훌륭한 장원이었다. 물론 쉽사리 약탈하기에는 너무도 많은 사람들이 거주하고 있을 테지만 요즘 같은 무법천지에 굶주린 이들이나 탐욕스러운 이들을 마땅히 유혹할 만한 장원이었다.

그 장원의 주인은 태평스레 재산을 관리하고 있지는 않았다. 장원을 향해 접근해가면서 일행은 장원 앞을 흐르는 작은 개울에 걸쳐진 좁은 나무 교량 위에서 통나무를 쌓고 있는 사내들을 목격할 수 있었다. 오래 되어 거무스레해진 방책 위쪽으로, 특히 동쪽으로는 더욱더 견고하게, 쌓은 지 얼마 되지 않은 새 방책이 빛을 받아 번쩍거리고 있었다. 장원의 주인이 울타리를 높이고 있는 것이었다.

휴 버링가는 건물들을 내려다보며 말했다.

"그들은 틀림없이 여기 있을 겁니다. 여기 사는 사람은 경고를 받아들일 줄 아는군요. 같은 일로 두 번 놀라지 않을 각오가 되어 있어요."

그들은 기대가 점점 더 커지는 것을 의식하며 방책 사이로 열린 문을 향해 말을 몰았다. 그들이 접근하는 서쪽의 방책은 가슴

높이 정도에 불과했지만, 어깨에 화살통을 맨 궁수 한 사람이 활시위에 화살을 건 채 우뚝 서 있었다.

궁수는 꽤 예리한 사람이었다. 휴 버링가의 뒤를 따르는 이들이 훌륭한 무장을 갖추고 있다는 것을 재빨리 간파하자 궁수는 이내 걱정스러운 표정을 지우고 얼굴에 미소를 떠올렸다. 버링가가 자신의 성명과 직위를 밝히기도 전에 궁수가 먼저 외쳤다.

"어서 오십시오. 장관님의 보좌관께서 왕림해주시다니 더없이 기쁜 일입니다. 제 주인께서 보좌관님이 오실 줄 알았다면 마중할 사람을 내보내셨을 텐데요. 지금은 형편이 좋지 않아 직접 마중하시지는 못하셔도……. 하지만 어서 들어오십시오, 보좌관님. 여기 제 자식놈이 곧 달려가 집사를 불러올 겁니다."

소년은 벌써 방책 안의 다져진 땅을 치달려가고 있었다. 일행이 다리를 건너 저택으로 통하는 거대한 문으로 이어지는 돌계단을 향해 다가가고 있을 무렵, 풍채좋고 나이 지긋한 집사가 황급히 달려나와 일행을 맞았다. 집사는 황갈색 수염을 기르고 있었지만 머리는 대머리였다.

휴 버링가는 뒤축에 묻은 눈을 털어내며 말했다.

"난 에브라드 보테럴을 만나러 왔소. 안에 계시오?"

"계십니다, 보좌관님. 하지만 건강이 좋지 못하십니다. 고열에 시달리고 계시지요. 하지만 차츰 나아지시는 중입니다. 곧 뵙게 되실 겁니다."

집사는 급한 경사를 이룬 계단을 앞장서서 올라갔다. 그 뒤로 휴 버링가와 캐드펠, 이베스가 뒤따랐다. 널따란 응접실에는 어둠이 무겁게 내려앉아 있었다. 그곳을 사용하는 사람은 아무도 없었고, 횃불 하나 내걸려 있지 않았다. 그저 벽난로만이 희미한 열

기를 내며 타고 있을 뿐이었다. 장원의 모든 남자들은 방책을 쌓는 데에 매달려 있었다. 한 중년 부인이 응접실 밖 휘장 너머에서 열쇠를 절그럭거리며 복도를 걸어갔고, 하녀 두엇이 부엌 쪽에서 일행을 건너다보며 귀엣말을 속삭였다.

집사는 화려한 몸놀림으로 응접실에 잇닿아 있는 작은 방으로 일행을 안내했다. 그곳에는 한 남자가 쿠션이 놓인 거대한 의자에 노곤한 듯 앉아 있었다. 남자가 앉은 의자 옆 탁자 위에는 포도주병과 연기가 모락모락 피어오르는 램프가 놓여 있었다. 덧창이 열린 것은 작은 창문 하나뿐이었다. 그러나 그 창을 통해 흘러드는 빛은 희미했고, 램프의 노란 불꽃은 그 방에 드리운 그림자를 더욱 짙게 만들고 있었다. 일행이 문을 열고 들어서자 남자는 고개를 돌려 그들을 향했으나, 그들이 볼 수 있었던 것은 어둠에 가려진 윤곽뿐이었다.

"주인님, 루들로에 오신 장관님의 관리분들이 이곳까지 와주셨습니다."

집사의 근엄하던 어조는 마치 아이에게, 또는 몹시 아픈 사람에게 하듯이 부드럽고 달래는 듯한 어조로 바뀌어 있었다. 집사는 계속해서 말했다.

"휴 버링가 님께서 주인님을 뵙고자 몸소 찾아오셨습니다. 필요하다면 저희에게 도움을 주실 수 있으실 테니, 주인님께서는 크게 마음 쓰지 마시고 편안히 쉬고 계십시오."

길고 강인하지만 조금씩 떨리는 손을 내밀어 환자는 램프를 가까이 끌어다놓았다. 손님들의 얼굴이 좀더 분명히 드러났다. 가쁜 숨을 내쉬며 환자는 낮은 음성으로 말했다.

"정말 잘 와주셨습니다. 우리에게 보좌관님이 얼마나 필요한지

는 하느님만이 아실 겁니다."

환자는 이번에는 집사를 향해 말했다.

"불을 더 가져오게. 다과도 내오고."

그는 의자에 앉은 채로 몸을 추스르기 위해 애를 썼다. 환자는
앞쪽으로 몸을 약간 기울이며 말했다.

"꼴이 말이 아니어서 죄송합니다. 며칠 동안 고열에 시달렸다고
하더군요. 이제 고열에서는 벗어났습니다만 기운은 온전히 회복
하지 못했습니다."

휴가 말했다.

"그런 것 같아 유감입니다. 다른 것보다 우선 이걸 먼저 이야기
해야겠군요. 난 이곳으로 병사들을 데리고 왔습니다. 우연히 캘롤
리스에 들렀다가 그곳에서 무슨 일이 벌어졌는지 알게 되었지요.
당신과 당신의 주민들이 그 학살로부터 적어도 일부분은 살아남
을 수 있었으니 다행입니다. 나는 그렇게 엄청난 짓을 저지른 극
악무도한 자들의 근거지를 찾아내어 뿌리를 뽑을 생각입니다. 장
원을 방어하기 위해 많이 애쓰고 있더군요."

"최선을 다하고 있습니다."

한 여자가 불붙인 초를 가지고 들어와 벽에 설치된 촛대에 꽂
고는 물러갔다. 방안이 갑자기 밝아지면서 모든 사물들이 생생히
모습을 드러냈다. 그들은 눈을 커다랗게 뜨고 방안을 둘러보았다.
자신의 적과 대적할 만반의 준비를 갖추고 캐드펠 곁에 뿌리박힌
듯 꼼짝도 않고 서 있던 꼬마 귀족 이베스는 갑자기 자신이 없어
졌는지 캐드펠의 옷소매를 거머쥐며 주춤거렸다.

커다란 의자에 앉아 있는 남자는 스물넷, 기껏해야 스물다섯쯤
으로밖에는 보이지 않았다. 남자가 몸을 앞쪽으로 기울이는 바람

133

에 의자등받이 앞에 덧대어져 있던 쿠션이 아래로 떨어졌다. 환한 불빛 아래 드러난 남자의 얼굴은 창백했다. 움푹 꺼진 뺨과 상처처럼 깊게 파인 눈 속의 크고 검은 눈동자에는 아직도 열에 시달리는 자취가 역력했다. 헝클어진 숱많은 금발이 남자가 머리를 받치고 있는 베개 밖으로 흘러내려 있었다. 그러나 남자가 아주 잘생기고 매력적인 젊은이라는 것에는 의심의 여지가 없었다. 건강을 회복하기만 한다면 키가 크고 단단한 몸집의 강인한 젊은이로 되살아날 것이 분명했다. 옷을 제대로 차려입고 장화까지 신은 것으로 보아 주위의 충고를 무시하고 낮 동안에는 주민들과 함께 밖에 나가서 일을 한 것 같았다. 그의 장화에는 눈이 녹은 축축한 자취가 남아 있었다. 그는 눈살을 찌푸리며 세 사람의 방문객을 주의깊게 살펴보았다. 그의 시선이 소년에게 이르자 그는 한동안 소년을 뚫어져라 쳐다보았다. 확신이 서지 않는지 남자는 고개를 갸우뚱하더니 다시 한번 소년을 쳐다보며 생각에 잠겨 얼굴을 찌푸렸다.

휴가 부드럽게 물었다.

"이 아이를 압니까? 이 아이는 이베스 휴고닌입니다. 잃어버린 누이를 찾기 위해 이곳에 왔지요. 당신이 우리를 도와줄 수 있다면 우리, 그러니까 이 아이와 나는 마음을 놓을 수 있을 겁니다. 내 짐작이지만 당신은 캘롤리스에서 혼자 피신해오지는 않았을 겁니다. 이곳에 이르는 숲 사이로 난 길에서 이걸 발견했지요."

휴는 작은 금세공품을 꺼냈다.

"알아보겠습니까?"

"알고말고요!"

에브라드 보테럴은 쉰 음성으로 대답하더니 눈을 감아버렸다.

크고 밝은 두 눈이 두터운 눈꺼풀에 완전히 가려졌다. 다시 눈을 뜨자 그는 이베스를 똑바로 쳐다보았다.

"네가 그 남동생이로구나? 알아보지 못해 미안하다. 너라는 확신이 없었다. 내가 널 본 건 딱 한 번뿐이었을 게다. 네가 아직 어린아이일 때였지. 그래, 이건 네 누이 것이다."

휴는 질문이 아니라 선언하듯 말했다.

"당신은 그 습격에서 안전하게 보호하려고 그 아가씨를 데리고 이리로 왔지요?"

"안전하게라…… 그렇죠. 그렇습니다. 난 그녀를 이곳으로 데려왔습니다."

에브라드의 훤한 이마에 굵은 땀방울이 맺혔다. 그의 커다란 눈은 맑디맑았다. 휴가 말했다.

"우리는 그 아가씨와 아가씨의 동행을 찾기 위해 이곳까지 온 겁니다. 우스터의 수도원에서 보낸 특사가 시루즈베리로 찾아와 우스터를 탈출한 이래 그들의 종적이 묘연하다며 행방을 물었지요. 그 아가씨가 여기에 있다면 지금 불러주었으면 합니다."

에브라드는 무겁게 말했다.

"그녀는 여기에 없습니다. 그녀가 지금 어디에 있는지는 나도 모릅니다. 지난 며칠 동안 나는 물론이요, 내 종복들도 그녀를 찾기 위해 사방을 수색하고 있었습니다."

그는 기다란 손으로 의자 팔걸이를 붙잡고 떨리는 몸을 간신히 일으켜 세우며 덧붙여 말했다.

"그간의 경위를 말씀드리지요."

그는 끊임없는 열정으로 가득 찬, 그러나 며칠 동안의 고열로

기력을 잃은 수척한 몸을 이끌고 방안을 서성이며 말했다.

"나는 그녀 부친의 집을 자주 방문했습니다. 그분들은 나를 환영해주셨지요. 그 점은 이 소년도 알 겁니다. 그녀는 아름다운 여성으로 성장했고, 난 그녀를 사랑했습니다. 난 그녀를 사랑했고, 지금도 사랑하고 있습니다! 그녀가 고아가 된 뒤 나는 세 번 우스터로 가서 그녀를 만났습니다. 나는 그곳에서 내게 요구되는 모든 의무에 따랐습니다. 그녀에게 어떠한 사악한 의도도 품은 적이 없습니다. 다만 기회가 오면 그녀의 손을 잡게 해달라고 요청했을 뿐이지요. 이제 그녀의 합법적인 보호자는 외숙이었는데 그분은 성지에 계셨어요. 우리가 할 수 있는 일이란 그분이 돌아오기를 기다리는 것뿐이었지요. 우스터가 약탈당했다는 소식을 들었을 때에 나는 오직 그녀가 무사히 그곳에서 탈출할 수 있기만을 기도했습니다. 내가 그 일로 뭔가를 얻게 되리라는 기대를 품은 것도 아니고, 그녀가 탈출해 이쪽으로 오리라고 생각하지도 않았습니다. 그런데 그녀가 클레톤에서 어떤 아이를 보내 소식을 전해온 겁니다……."

휴가 날카롭게 물었다.

"그게 언제였습니까?"

"이번 2일이었습니다. 그녀는 밤에 와서 데리고 가달라고, 지금 날 기다리고 있다고 했습니다. 누구와 같이 있다는 말은 전혀 없었어요. 나는 그녀가 한 얘기만을 알고 있었고, 그녀가 요청한 대로 말을 한 필 끌고 그녀를 찾아가 캘롤리스로 갔습니다. 그녀는 나를 정말 놀라게 했지요."

그는 무력하게 고개를 꺾으며 말을 이었다.

"내가 그녀에게 원하는 것은 오직 결혼이었습니다. 그녀 역시

마찬가지였지요. 나는 그녀를 그곳으로 데려가 최상의 경의를 다 바쳤습니다. 그녀의 동의를 얻어 우리는 결혼을 하기로 결정했고, 난 의식을 주관할 사제를 데려오라고 사람을 보냈습니다. 그런데 바로 이튿날 밤, 사제가 도착하기도 전에 습격을 받은 겁니다."

휴가 말했다.

"그 자취는 나도 보았어요. 그자들은 어느 쪽에서 나타났습니까? 몇이나 되던가요?"

"우리가 대적하기에는 너무나 많았지요! 무슨 일이 벌어졌는지 미처 깨닫기도 전에 그자들은 벌써 성의 외벽을 넘어 집 안까지 들어와 있었어요. 어느 쪽으로 넘어왔는지도 모르겠습니다. 그자들은 우리의 방책을 이미 반 가량이나 파괴하고 여기저기서 우리를 포위하고 있었으니까요. 아마 내가 에르미나에게 너무나 열중한 나머지 주의를 게을리한 모양입니다. 하지만 나는 어떤 경고도 받은 적이 없었고, 약탈자들이 횡행한다는 소문도 들은 적이 없었습니다. 습격은 마치 전광석화 같았지요. 그자들이 몇이나 되었는지도 추측하기 어려울 정도였습니다. 하지만 아마 서른 명 정도 되었을 겁니다. 무장도 잘 갖추고 있었어요. 우리는 그들의 반 정도에 불과했습니다. 게다가 저녁 식사를 끝내고 편안하게 쉬고 있을 때에 습격을 당한 겁니다. 우리는 최선을 다했습니다. 나는 부상까지 당했고……."

캐드펠은 이미 그가 왼쪽 팔과 어깨를 고정시킨 채 움직이지 못하고 있다는 것을 알고 있었다. 오른손잡이인 적이 그의 심장을 향해 공격을 가할 때에 부상을 당한 모양이었다.

"나는 에르미나를 보호해야 했습니다. 더이상의 일은 할 생각도 못했지요. 나는 에르미나를 찾아 말을 타고 달렸습니다. 언덕

아래쪽 길은 아직 포위당하지 않은 상태였습니다. 그자들은 다른 일로 바빠 우리 뒤를 추적하진 않았습니다."

그의 입술이 고통스러운 기억으로 뒤틀렸다.

"우리는 안전하게 달아날 수 있었지요."

"그 다음에는요? 어쩌다가 그녀를 잃게 된 겁니까?"

에브라드는 지친 어조로 말했다.

"내가 나 자신을 비난한 것에 비하면 당신의 책임추궁은 아무 것도 아닙니다. 나는 여기 있는 이 소년을 보기도 부끄럽습니다. 어쩌다가 그녀가 내 손에서 그렇게 빠져나가도록 방치했는지 기가 막힐 뿐입니다. 사실대로 말씀드려봐야 변명도 안 될 겁니다. 나는 피를 너무 많이 흘려 움직일 수도 없을 지경이었지요. 그 상태로 나는 바로 침대로 기어들었습니다. 의사가 치료를 받아야 한다고 했지만 듣지 않았지요. 그런데 이튿날 어깨 부상이 악화되기 시작했고, 열이 펄펄 나기 시작한 겁니다. 저녁 무렵 정신이 조금 들었을 때에 나는 에르미나의 안부를 물었습니다. 그랬더니 사람들이 대답하기를, 그녀가 눈물을 흘리며 남동생을 찾아야 한다고 미친 듯이 부르짖더니 내가 그녀에게 마련해준 집에서 뛰쳐나가버렸다는 것이었습니다. 에르미나는 이곳에 그런 살인마들이 날뛰고 있다는 것을 알게 되자 남동생이 무사하다는 것을 알기 전에는 안심을 할 수 없었던 겁니다. 그녀는 한낮에 클레톤으로 가서 남동생의 안부를 알아보겠다는 말을 남기고 말을 타고 떠났다고 했습니다. 그후 에르미나는 돌아오지 않았어요."

캐드펠의 곁에 서 있던 이베스가 창처럼 꼿꼿해져서 부들부들 떨며 외쳤다.

"그런데 당신은 누나를 찾아보지도 않았군요! 누나가 혼자 떠

나도록 내버려둔 채 다친 곳만 치료하기 바빴던 거예요!"

에브라드 보테럴은 슬픔에 잠겨 작은 소리로 대답했다.

"그렇진 않다. 난 에르미나를 혼자 떠나도록 내버려두지 않았어. 나는 네 누이가 떠나는 걸 알지도 못했다. 네 누이가 떠났다는 걸 알게 되었을 때에—이건 내 종복들도 얘기해줄 테지만—나는 병상에서 일어나 네 누이를 찾아 수색에 나섰어. 그날 밤의 추위와 옷이 닿아 상처가 덧친데다가 오랫동안 말을 탔기 때문에 나는 그날 이후 앓아 누워야 했어. 수색하는 도중에 유감스럽게도 나는 정신을 잃고 말에서 떨어지고 말았다. 내가 데려간 사람들이 나를 집까지 데려와야 했지. 나는 클레톤에는 도착해보지도 못하고 정신을 잃고 돌아온 거야."

휴는 냉정하게 말했다.

"당신에게는 다행이었습니다. 바로 그날 밤에 그녀가 목적지로 삼았던 바로 그 집은 약탈당하고 고스란히 타버렸으니까요. 그 가족들은 달아났고요."

"그 얘기는 나도 들었습니다. 내가 상황이 그 지경이 되었는데 에르미나를 찾으려는 노력을 포기했을 거라고 생각하십니까? 그 집이 습격당할 때에 에르미나는 그곳에 없었습니다. 보좌관님이 그곳에 가셔서 그녀에게 피난처를 제공했던 사람들과 얘기해보셨다면 아실 수 있을 겁니다. 에르미나는 그곳에 없었어요. 비록 여기 무력하게 누워 초조감으로 부들부들 떨고 있었지만 나는 그동안 내내 사람들을 내보내 에르미나를 찾아보았습니다. 그녀를 찾을 때까지 난 계속할 겁니다!"

그는 격렬히 부르짖더니 이를 악다물며 말을 멈추었다. 이제 이곳에는 알아내야 할 것이 더이상 없었다. 더이상 얻을 것도, 비난

할 것도 없었다. 맹목적으로 연인의 품에 뛰어들어 이 모든 재앙에 불씨를 당겼던 에르미나는 연인이 부상을 입자 처음의 잘못을 바로잡기 위해 저 혼자 나섰던 것이다.

휴가 말했다.

"그녀에 관해 무슨 소식이라도 듣게 되면 브롬필드로 사람을 보내 내게 알려주십시오. 나는 지금 그곳에 기거하고 있어요. 루들로에도 내 부하들이 있으니 그곳으로 알려주어도 됩니다."

"그렇게 하겠습니다. 틀림없이 그렇게 하고말고요."

에브라드는 고통스레 얼굴을 찡그리며 베개에 다시 머리를 기대었다. 캐드펠이 입을 열었다.

"떠나기 전에 그 상처에 내가 다시 붕대를 감아도 될까요? 내보기에 몹시 고통스러워하는 듯한데, 어쩌면 처치가 미숙해 더 큰 고통을 겪을지도 모른다는 생각이 들어서 그럽니다. 여기에 당신을 돌보아주는 의사가 있습니까?"

젊은 주인은 친절한 관심에 눈을 커다랗게 떴다.

"내가 내 주치의라고 부르는 사람이 있기는 합니다. 사실 의사는 아닙니다만 의술을 약간 압니다. 경험이지요. 그 사람이 나를 제법 잘 보살피고 있다고 생각합니다. 수사님은 의술을 잘 아십니까?"

"당신의 의사와 마찬가지로 오랜 경험으로 아는 정돕니다. 종종 악화되어가는 부상을 깨끗이 치료한 적이 있지요. 그 의사가 상처에 어떤 처치를 했습니까?"

캐드펠은 다른 사람의 처방에 관심이 많았다. 상처에는 깨끗한 면 붕대가 감겨져 있고, 벽의 선반에 놓인 유리 항아리에 연고가 담겨 있었다. 캐드펠은 뚜껑을 열어 안에 담긴 갈색 약의 냄새를

맡아보았다.

"수레국화 연고인 것 같군요. 쐐기풀도 섞었고요. 둘 다 좋습니다. 그 사람은 약초를 잘 아는 사람이고, 더이상의 좋은 약이란 없다고 할 수 있을 겝니다. 하지만 지금 그 사람이 여기 없어서 몸이 불편한 듯하니 내가 한번 봐도 될까요?"

에브라드는 캐드펠에게 상처를 보이기 위해 고분고분 한쪽으로 돌아누웠다. 캐드펠은 상의 단추를 풀고 셔츠를 내려 젊은 지주의 왼쪽 어깨를 드러냈다.

"이 붕대가 젖었다가 말라붙어 주름이 생긴 걸 보니 오늘 밖에 나가서 움직인 모양이군요. 그러니 통증이 오는 건 당연한 일이지요. 아직 하루나 이틀 정도 조용히 누워서 휴식을 취해야 합니다."

그것은 캐드펠의 내부에 살고 있는 의사의 음성이었다. 그 의사는 실제적이고 자신있으며 신중했다. 환자는 가만히 그의 말에 귀를 기울였다. 캐드펠은 상처에 감긴 붕대를 풀기 시작했다. 붕대의 끝부분이 심장 위쪽으로부터 팔 아래에 이르는 긴 상처에서 흐른 피로 더럽혀져 있었다. 핏자국은 바깥쪽으로 퍼져나가면서 차츰 희미해지며 말라들어갔다. 캐드펠은 조심스럽게 손을 움직여 상처에 닿아 있는 붕대를 가만가만 떼어냈다. 마침내 붕대가 완전히 풀어졌다.

길게 베인 상처는 목숨을 위협할 만큼 심장에 가까운 곳이었지만 다행히 바깥으로 빗나가 팔 쪽으로 길게 상처를 남기고 있었다. 칼자국은 깊지도 않았고 목숨을 위협할 정도도 아니었다. 그러나 지혈을 하기까지 상당히 많은 양의 피를 흘렸을 터였다. 더구나 환자는 바로 그날 밤 오랫동안 말을 달려야 했기 때문에 심

각한 쇠약증세를 나타냈을 터였다. 칼자국은 양쪽 끝부분으로부터 차츰 깨끗이 회복되어가고 있었다. 그러나 불결한 물질이 들어가 감염된 때문인지 아니면 상처가 도졌기 때문인지 고약하게 곪았던 것이 분명했다. 아직까지도 상처의 중앙 부위에서는 살이 붉은 색을 띤 채 악화될 조짐을 보이고 있었다. 캐드펠은 붕대조각으로 상처를 깨끗이 닦아내고 약초 고약을 새로 발랐다. 그 동안 젊은이는 눈도 깜빡이지 않고 입을 꾹 다문 채 눈을 빛내며 창백한 얼굴로 캐드펠을 바라보고 있었다.

캐드펠은 상처에 새 붕대를 감으며 말했다.

"다른 부상은 없습니까? 하루나 이틀 정도 이대로 둬야 해요. 불안하더라도 될 수 있는 대로 평온한 마음을 갖도록 해요. 우리 역시 당신과 같은 목적으로 이곳에 왔으니까요. 한낮에는 해가 들면 바깥 공기를 마셔도 좋습니다. 하지만 추위는 피해야 합니다. 몸에도 휴식할 시간을 줘야 해요. 자, 여기 소매에 팔을…… 이쪽도…… 이 장화는 벗는 게 좋겠군요. 편한 실내복으로 갈아입도록 해요. 마음을 느긋이 가져야 합니다."

젊은 지주는 퀭한 눈으로 지시를 받아들였다. 그는 할 말을 잊고 찬탄이 담긴 눈길로 캐드펠을 바라보았다. 그들이 떠날 때가 되어서야 에브라드는 비로소 입을 열어 감사의 인사를 했다.

"수사님의 손길은 축복 같습니다. 벌써 상처가 훨씬 편해진 것 같아요. 하느님이 함께 하시기를 빕니다!"

그들은 밖으로 나가 말에 올라, 차츰 희미해지는 빛 속으로 나섰다. 이베스는 말을 잃고 말았다. 적의를 품고 이곳에 왔으나 제 의지에 반해 에브라드에 대한 연민을 품고 있었던 것이다. 소년은 부상이나 고통, 질병에 대해서는 잘 알지 못했다. 우스터의 충

격 이전까지는 소년은 온갖 보호 아래 저 하고 싶은 대로 살 수 있었다. 지금 아이는 누이 때문에 깊은 절망과 초조감에 사로잡혀 있었다. 어느 누구로부터도 격려의 말조차 듣고 싶은 기분이 아니었다.

캐드펠은 산봉우리에 올라 삼림을 향해 들어서며 말했다.

"저 젊은 지주의 말은 사실인 듯하오. 습격은 그에게는 큰 충격이었을 게요. 그 다음에는 미숙한 치료를 받아 부상이 감염된 거지요. 고열에 시달리는 건 당연한 일이오. 통풍(痛風) 때문에 고통이 생기는 것은 정한 이치지. 저 사람의 말은 모두가 사실이오."

휴가 말했다.

"하지만 그 소녀를 찾아내는 데에는 전혀 진전이 없었죠."

밤이 되면서 구름이 끼기 시작했다. 그들의 머리 위 하늘이 꾸물거렸고 불길한 바람이 불어오기 시작했다. 그들은 눈이 쏟아지기 전에 브롬필드에 도착하기 위해 서둘러 길을 갔다.

7 한밤의 여행

그날 밤 저녁기도가 끝난 뒤부터 바람이 거칠게 휘몰아치기 시작했다. 허공에서 눈발이 사방팔방으로 어지럽게 흩어졌다. 눈보라는 채찍처럼 날카롭게 허공을 가르고 벽에 부딪쳤으며, 지나는 길목마다 하얀 눈을 새로이 쌓아놓았다. 저녁식사가 끝날 무렵, 캐드펠은 환자를 보기 위해 정원을 가로질러 진료소로 갔다. 바깥 세상은 암흑으로 뒤덮인 채 눈보라가 미친 듯이 퍼붓고 있었다. 시간이 갈수록 눈보라는 더욱 거세지고 있었다. 폭설이 될 것 같았다. 이 밤에는 틀림없이 늑대들이 다시 출몰할 터였다. 그자들은 근처의 지형을 잘 알고 있었고, 순진한 사람이라면 누구나 겁낼 날씨라 해도 그들에게는 아무런 공포의 대상이 되지 않을 터였다.

144

엘라이어스 수사는 처음으로 앉아도 좋다는 허락을 받고 베개에 기대어 앉아 있었다. 뼈만 앙상히 남은 몸에 너무도 헐렁한 승복을 입은 모습이었다. 머리의 부상은 완치되었고, 몸 역시 기력을 회복해가는 중이었다. 그러나 그의 정신은 여전히 온전한 상태를 회복하지 못하고 있었다. 조용히 침묵을 지키면서 그는 허락된 모든 일을 했으며, 작고 초조한 음성으로 모든 이들에게 감사하다는 말을 거듭하고 있었다. 그러나 엘라이어스 수사는 이마를 잔뜩 찌푸린 채 움푹 파여 들어간 퀭한 눈으로, 자신에게서 박탈되어 결코 되돌아오지 않는 기억을 멀리서 지켜보듯이 혹은 상상하듯이, 병실 벽 너머를 멍하니 바라보곤 했다. 잠이 들었을 때에, 특히 잠에 빠져드는 순간이나 깨어나는 순간에, 그는 격렬한 흥분 속에서 부들부들 떨며 알아들을 수 없는 소리를 늘어놓았다. 죽음과 유사한 잠이 든 상태와 깨어 있는 삶이 엇갈리는 지극히 짧은 순간에 그의 기억을 차단하고 있는 장막이 얇아지는 것 같았다. 그러나 그 장막은 얇아지기는 해도 결코 완전히 걷히지는 않았다.

이베스는 초조하고 불안한 마음으로 캐드펠을 뒤따라 정원을 가로질러갔다. 캐드펠이 밖으로 나왔을 때에 아이는 병실 문 밖에서 안절부절못하고 서성거리고 있었다.

"지금 자야 할 시간이 아니냐, 이베스? 게다가 오늘은 무척이나 길고 힘든 날이었는데!"

소년은 애걸하듯 말했다.

"전 아직 자고 싶지 않아요. 피곤하지도 않구요. 마지막기도가 끝날 때까지만 수사님 대신 제가 엘라이어스 수사님 곁에 머물러 있도록 해주세요. 뭔가 할 일이 있는 편이 나을 것 같아요."

캐드펠도 어쩌면 그 편이 나을지도 모르겠다고 생각했다. 다른 사람을 위해 무언가를 하면서, 엘라이어스 수사에게 약을 떠먹이면서, 어쩌면 이베스는 절망감을 가라앉힐 수 있을지도 모를 일이었다.

"엘라이어스 수사님은 아직 우리에게 도움이 될 만한 얘기는 하지 않았죠? 우리를 기억해내지 못했죠?"

"아직은 그렇단다. 잠이 들었을 때에 누군가의 이름을 부르는 적은 있지만. 허나 우리가 아는 이름이 아니야."

엘라이어스는 크나큰 상실감을 느끼는 듯 그 이름을 불렀고, 그때마다 그는 도저히 돌이킬 수 없는 슬픔에 빠져드는 것처럼 보였다. 그 이름을 가진 이가 어떤 고통이나 위험도 미치지 못하는 곳에 존재하는 듯한 어조였다.

"허니드라고 한다. 형제는 깊은 잠에 빠졌을 때면 허니드라는 이름을 부르지."

이베스는 의아한 표정으로 말했다.

"모르는 이름이에요. 남자일까요, 여자일까요?"

"여자 이름이란다. 웨일스식 여자 이름이지. 잘 모르기는 해도 내 생각에 엘라이어스 형제의 아내였던 것 같구나. 형제는 아내를 지극히 사랑했던 모양이다. 그 여자는 너무나 큰 사랑을 받은 나머지 조용히 남편 곁을 떠날 수 없는 것 같구나. 세상을 떠난 지도 얼마 되지 않은 듯하고. 레오나드 원장님 말씀으로는, 엘라이어스 형제는 수도원에 들어온 지 얼마 되지 않는다더구나. 아마 혼자서는 감당하기 힘든 짐을 피하려고 수도원으로 들어왔는지도 모르겠다. 허나 아무리 동료 수사들이 많다 해도 그 일을 견디기는 결코 쉽지 않다는 걸 깨달았을 게다."

이베스는 어른처럼 강하고 음울한 눈으로 캐드펠을 쳐다보았다. 아이는 여전히 슬픔에 사로잡혀 있었으나 캐드펠의 말을 이해하고 있었다. 캐드펠은 다정하게 아이의 어깨를 다독거렸다.

"그래라. 원한다면 환자를 지켜봐도 좋아. 마지막 기도가 끝나면 다른 사람을 보내 교대해주마. 내가 필요한 일이 생기면 난 멀리 있지 않을 테니 곧 찾을 수 있을 게다."

엘라이어스는 잠에 빠졌다가 눈을 떴다가 다시 잠에 빠지곤 했다. 이베스는 침대 옆에 꼼짝도 않고 앉아서, 수척하지만 강인하며 고요한 얼굴에 생기는 지극히 작은 변화까지 낱낱이 지켜보았다. 환자가 물을 청하거나 부축해달라고 하거나 편안히 눕혀달라고 하면 소년은 곧 기꺼이 도움을 베풀었다. 엘라이어스가 눈을 떴을 때면 이베스는 자기에게만큼은 폐쇄적이지는 않을 환자의 마음 깊은 곳에 접근하기 위해 조심스럽게 얘기를 꺼냈다. 겨울 날씨라든가 수도원 담 안에서 이루어지는 하루하루의 생활에 대한 얘기였다. 환자는 퀭한 눈으로 머나먼 물체를 바라보듯, 그러나 주의깊게 소년을 지켜보았다.

"참 이상하구나."

엘라이어스 수사가 갑자기 입을 열어 말했다. 오랫동안 말을 해보지 않은 탓으로 그의 음성은 갈라졌고 무척 낮았다.

"넌 꼭 내가 아는 사람인 듯한 느낌이 든다. 이 수도원의 수사는 아닐 테지?"

이베스는 기대를 품고 열심히 말했다.

"수사님은 날 알아요. 잠깐 동안이기는 했지만 우리는 여행길에서 동행이었어요. 기억나세요? 우리는 클레오버리에서 함께 왔어요. 폭스우드까지요. 내 이름은 이베스 휴고닌이에요."

147

그 이름은 엘라이어스 수사에게 아무 의미도 없었다. 그러나 소년의 얼굴, 그것이 차단된 기억의 뒤엉킨 갈래 하나를 자극하는 것 같았다.

"눈이 엄청나게 내리고 있었어. 나는 여기에 전달할 물건이 하나 있었지. 이곳 형제들이 그러는데 내가 그 물건을 무사히 전달했다더군. 그래, 그렇게 말했어! 내가 아는 것이란 그 형제들이 해준 말뿐이야."

이베스는 진지하게 말했다.

"하지만 기억나실 거예요. 틀림없이 선명히 기억하실 거예요. 그분들이 하시는 말씀은 믿어도 좋아요. 수사님을 속일 사람은 아무도 없어요. 제가 몇 가지 더 말씀드릴까요? 사실 그대로, 제가 아는 일들을요."

의구심에 사로잡힌 얼굴로 환자는 소년을 바라보았다. 그는 소년을 말리지 않았다. 이베스는 가까이 다가앉아 심각하고 진지하게 지난 일들을 이야기했다.

"수사님은 퍼쇼에서 오셨어요. 하지만 우회로로 오셨죠. 우스터에서 벌어진 사태를 피하기 위해서요. 우리는 우스터에서 탈출하는 길이었어요. 시루즈베리로 갈 예정이었죠. 클레오버리에서 수사님과 우리는 하룻밤을 같이 지냈어요. 수사님은 그곳이 근처에서 가장 안전한 곳이라면서 우리에게 같이 브롬필드로 가자고 권하셨어요. 나는 수사님과 같이 가고 싶어했는데, 우리 누나는 그렇지 않았어요. 누나는 산을 넘어가야 한다고 우겼고, 우리는 폭스우드에서 헤어졌어요."

베개에 얹힌 엘라이어스 수사의 얼굴에서는 아무 반응도 나타나지 않았지만 희미하게나마 희망이 되살아나는 것 같았다. 바람

148

이 창문을 가린 견고한 덧창을 뒤흔들었다. 미세한 눈발들이 방 안으로 스며들었다가 이내 녹아 사라져버렸다. 촛불이 흔들렸다. 밖에서 돌풍이 몰아치는 소리가 날카롭고 황량하게 울려퍼졌다.

엘라이어스가 말했다.

"하지만 너는 여기 와 있어. 여전히 시루즈베리에서 멀리 떨어져서! 게다가 넌 혼자야! 어떻게 그렇게 되었니? 왜 혼자 떨어지게 되었지?"

"우리는 헤어지고 말았어요."

이베스는 마음이 편치 않았다. 그러나 환자가 머리를 움직여 질문을 시작한다는 것은 어쩌면 사라진 기억의 씨줄을 찾아냈다는 뜻일지도 몰랐고, 그것을 실마리로 하여 모든 기억을 되살려낼 수 있을지도 모를 일이었다. 좋은 일과 나쁜 일 모두를 알리는 편이 나았다. 엘라이어스가 죄의식을 느낄 필요는 없을 터였다. 그는 비난받을 일이 없는 피해자였다. 따라서 사실을 아는 것은 회복하는 데에 도움이 될 터였다.

"어떤 시골 사람들이 우리에게 피난처를 제공해주었죠. 하지만 누나는…… 우리는 지금 누나를 찾는 중이에요. 누나는 자기 고집만 부리다가 우리 곁을 떠났어요!"

이베스는 도저히 소리치지 않고는 배길 수 없었다. 그러나 더이상 누이를 비난하지는 않기로 했다. 소년은 남자답게 말했다.

"난 우리가 누나를 찾아낼 수 있을 거라고 믿어요."

그때에 엘라이어스 수사가 너무나 작은 소리로, 마음 속 깊은 곳을 들여다보는 것 같은 음성으로 혼잣말처럼 중얼거렸다.

"하지만 세 사람이었는데…… 수녀가 한 사람 있었는데……."

그는 이베스를 보고 있지 않았다. 눈을 커다랗게 뜬 채 눈앞의

천장을 올려다보고 있었다. 그의 입술이 부지런히 움직이기 시작했다. 이베스는 몸이 떨리는 것을 의식하며 대답했다.

"그분은 힐라리아 수녀님이에요."

"우리 교단의 수녀였지……."

엘라이어스는 두 손을 내밀어 침대 모서리를 붙잡고 일어나 앉았다. 망령에 사로잡힌 듯한 그의 눈 깊은 곳에서 무엇인가가 번쩍거렸다. 촛불에 반사된 듯한 노란 빛줄기가 그의 눈 속에서 빛나고 있었다.

"힐라리아……."

엘라이어스는 마침내 그 이름이 지닌 의미, 그 참혹한 뜻을 깨달았고, 이베스는 두 손을 뻗어 그의 어깨를 붙잡아주었다. 소년은 엘라이어스 수사를 다시 자리에 눕혔다.

"죄책감 느끼실 거 없어요. 수녀님은 실종되지 않았어요. 그분도 여기 와 있어요. 경건하게 보살핌을 받으며 관에 안치되었죠. 그분이 돌아오기를 바라는 건 불경한 일이에요. 그분은 하느님과 함께하고 계시니까요."

이베스는 다른 수사들이 엘라이어스에게 그 사실을 틀림없이 알렸을 것이라고 생각했다. 다만 엘라이어스가 그것을 이해하지 못한 것뿐일 터였다. 죽음은 감춰질 수 없는 일이었다. 그가 슬퍼하는 건 당연했다. 슬픔을 느끼는 것에 무슨 잘못이 있겠는가. 캐드펠이 말하지 않았던가. 힐라리아가 우리를 떠났다 하여 안타까워해서는 안 된다고.

엘라이어스 수사는 끔찍하고 무시무시한 소리를 내질렀다. 그러나 그 소리는 여전히 작아 덧창을 뒤흔드는 바람 소리에 묻혀 들리지 않았다. 그는 뼈만 남은 두 손을 움켜쥐더니 주먹으로 자

신의 가슴을 내리쳤다.

"죽었다고! 죽었다고? 그 젊은 나이에, 그렇게 아름다운 사람이…… 나를 믿었는데! 죽었다니! 아아, 이 집의 돌이여, 내 위로 무너져내려 나를 덮어다오! 이럴 수는 없다! 사람들이 나를 보지 못하도록 제발 뒤덮어다오!"

반도 채 알아들을 수 없을 만큼 엘라이어스의 말은 마구 뒤엉켜서 격렬히 쏟아져나왔다. 그는 숨이 막히는 듯 쉬지 않고 말들을 토해냈다. 이베스는 깜짝 놀라 어찌 할 바를 모르고, 알아들을 수도 없는 말을 듣고 서 있다가, 자기가 아무런 악의 없이 불러일으킨 그 격정을 진정시키기 위해 전력을 다했다. 아이는 한 팔로 엘라이어스의 가슴을 안고 그를 다시 베개에 눕히려고 애썼다. 아이는 혼신의 힘을 다해 미친 듯한 격정으로 몸부림치는 젊은 수사를 진정시켰다.

"자, 참으세요. 진정하세요. 자, 수사님 잘못이 아녜요. 어서 누우세요. 일어나 앉기에는 수사님은 아직 약해요……. 아아, 제발 그러지 마세요. 수사님이 그러시니까 겁이 나잖아요! 어서 누우세요!"

엘라이어스 수사는 꼿꼿이 일어나 앉은 채 불끈 쥔 두 주먹으로 가슴을 치며 벽 너머를 바라보며, 기도인지, 스스로를 책망하는 소리인지, 되살아난 기억에 대한 소리인지 알 수 없는 말들을 중얼거렸다. 수사의 강박을 달래려고 이베스는 전력을 다 기울였으나 아무 효과도 없었다. 엘라이어스는 이제는 이베스를 의식하지도 못했다. 엘라이어스가 하는 말은 천상의 존재에게나, 보이지 않는 그 무엇에게 하는 이야기였다.

이베스는 그곳을 떠나 도움을 청하기 위해 밖으로 나섰다. 아이

151

는 병실을 나와 문을 꼭 닫고는 있는 힘을 다해 달려나가 눈보라와 바람이 휘날리는 정원으로 나섰다. 아이는 회랑을 지나 이 시간쯤에는 언제나 사람들이 있게 마련인 교회로 달려가다가 그만 넘어지고 말았다. 아이는 부르르 떨면서 일어나 눈을 비볐다. 하늘 가득 흰 눈이 휘날리고 있었다. 추위와 바람이 마치 칼끝처럼 아이의 얼굴에 날카롭게 덤벼들었다. 아이는 교회의 문 앞에서 멈춰서서 안에서 들려오는 찬미가 소리에 귀를 기울였다. 짐작보다 훨씬 늦은 시각이었다. 이미 마지막기도가 시작되고 있었다.

아이가 수도원에서 받은 예절 교육은 엄격한 것이었고, 따라서 어떤 이유에서든지 미사가 진행되는 도중에 대뜸 안으로 뛰쳐들어가 고함을 질러 도움을 청할 수는 없었다. 아이는 그곳에 잠시 멈춰서서 가쁜 숨을 몰아쉬며 머리칼과 옷에 묻은 눈을 털어냈다. 마지막기도는 길지 않았다. 그러니 돌아가서 저 넋을 잃은 환자를 돌보면서 미사가 끝나기를 기다리는 편이 나을지도 몰랐다. 그 다음에는 도와줄 사람이 수도 없이 많았다. 그저 15분 정도 조용히 지키기만 하면 될 터였다.

아이는 돌아섰다. 정원으로 나서자마자 아이는 아무것도 볼 수 없게 되었다. 아이는 투우처럼 고개를 숙이고 밀어닥치는 바람에 맞서면서 짧고 탄탄한 다리를 재게 놀려 눈보라를 헤치고 부지런히 걸음을 옮겼다.

진료소의 현관문은 활짝 열려 있었다. 이베스는 자기가 너무나 서두른 나머지 문을 열어놓은 채 나왔나보다고 생각하면서, 얼굴에 들러붙은 눈발을 털어내며 휘청휘청 통로를 따라 걸어갔다. 그러나 병실 문 역시 활짝 열려 있었다. 아이는 기겁해서 다시 달리기 시작했다.

병실은 텅 비어 있었다. 침대 시트는 바닥에 늘어져 있고, 머리맡에 단정히 놓여 있던 엘라이어스 수사의 샌들은 온데간데없었다. 엘라이어스 수사도 보이지 않았다. 침대에서 일어난 모습 그대로, 속옷과 승복은 걸쳤지만 망토나 외투도 없이, 엘라이어스 수사는 죽음에 이르기 직전의 부상을 입은 채 이곳으로 실려왔던 그 밤, 그의 은밀한 기억을 환기시키는 유일한 사람인 힐라리아 수녀를 죽음에 이르게 그 밤처럼 돌풍과 눈보라가 휘몰아치는 12월 9일의 밤 속으로 사라져버렸던 것이었다.

이베스는 다시 현관으로 치달려나가 돌풍 속으로 들어섰다. 들어올 때는 그런 것이 있으리라고는 상상도 하지 못한 탓으로 미처 보지 못했으나 사람이 걸어간 자취가 남겨져 있었다. 그 자취는 바람과 눈에 묻혀 오래가지 않을 터였다. 그러나 아직은 자취가 남아 있었다. 큰 발이 남긴 발자국은 정원을 가로질러 교회 쪽이 아니라 수도원 입구 쪽으로 향하고 있었다. 문지기 수사 역시 마지막기도에 참석하기 위해 자리를 비웠을 것이었다.

아직도 교회 안에서는 찬미가가 울려퍼지고 있었다. 엘라이어스는 아직 멀리 가지 못했을 터였다. 이베스는 접객소 현관으로 달려가 제 망토를 찾아들고는 겁먹은 산토끼처럼 본능적으로 수도원 입구를 향해 치달리기 시작했다. 발자취는 순식간에 사라져가고 있었다. 흰 눈벌판 위의 어렴풋한 발자국은 몇 개의 횃불이 내비치는 불빛 아래서 간신히 분간할 수 있을 정도였다. 그러나 그 발자국은 분명히 입구를 향하고 있었다. 온 세상이 흰 눈으로 뒤덮여 있었다. 눈이 깊이 쌓여 키가 작은 아이는 걸음을 옮기기 힘들 지경이었다. 그러나 아이는 끈질기게 걸음을 재촉했다. 발자취는 희미해졌다. 이베스의 모습도 희미해졌다.

길을 따라 장님처럼 얼마 동안을 더듬더듬 걸어가자 어디가 어딘지 분간할 수도 없게 되었다. 고개를 어느 쪽으로 돌리건 쏟아지는 눈보라는 똑같을 따름이었다. 그러나 발 밑의 땅 위에는 희미하게나마 발자국이 남아 있었고, 아이는 눈보라의 변덕이 잠깐 숨을 돌리는 틈을 타서 저 앞에서 실룩이는 검은 그림자를 볼 수 있었다. 아이는 두 눈을 부릅떠 그 그림자를 바라보면서 힘을 다해 그 뒤를 쫓았다.

그를 따라잡는 데에는 오랜 시간이 걸렸다. 엘라이어스의 걸음은 놀랄 만큼 빨랐다. 그는 끈질기게 긴 다리를 거침없이 떼어놓으며 앞으로 나아가고 있었다. 이제는 눈벌판 위에 밭고랑 같은 자취가 남겨지고 있었다. 샌들을 신고 머리에는 아무것도 쓰지 않은 병든 사람이 오직 알 수 없는 열정과 절망감만으로 그렇게 엄청난 힘을 발휘하고 있었다. 그 어떤 것보다도 이베스를 두렵게 한 것은 엘라이어스가 자신이 어디로 가야 하는지 알고 있는 듯 보인다는 것이었다. 그렇지 않다면 그는 자기도 모르는 사이에, 자기 의지와는 하등 상관없이, 어떤 장소로 이끌려가는 것 같았다. 그가 눈벌판 위에 남기는 자취는 화살처럼 일직선이었던 것이다.

이베스는 한 발자국 옮길 때마다 발버둥을 치다시피 해서 마침내 엘라이어스를 따라잡았다. 아이는 두 손을 뻗어 검은 승복의 커다란 소매를 움켜쥐었다. 엘라이어스의 팔은 규칙적으로 흔들리고 있었다. 그는 소매에 매달리다시피 한 이베스를 전혀 의식하지 못하는 듯했다. 그는 그저 열심히 두 팔을 휘두르며 앞으로 나아갈 뿐이었다. 이베스는 두 손으로 소매를 악착같이 부여잡고는 끈질기게 걸음을 옮기는 수사 앞으로 돌아가서 두 팔로 그의

허리를 꽉 붙잡았다. 아이는 있는 힘을 다해 엘라이어스의 앞을 막아섰다. 얼굴로 덤벼드는 눈보라는 얼음처럼 차디차고 데드마스크처럼 냉혹했다.

"엘라이어스 수사님, 나와 같이 돌아가요! 돌아가야 해요! 이러다가는 여기서 죽는다구요!"

엘라이어스 수사는 전혀 동요하지 않고 계속해서 걸었다. 그는 자신의 앞길을 방해하는 아이를 밀치면서 똑바로 앞으로 나아갔다. 이베스는 그를 붙잡고 매달리다시피 하며 계속해서 애걸했다.

"수사님은 아파요! 침대로 돌아가야 해요. 나와 같이 돌아가요! 도대체 어디로 가시려는 거예요? 이제 제발 돌아서세요. 내가 모셔다드릴게요⋯⋯."

그러나 그는 어디론가 가려는 것은 아닌 듯했다. 어쩌면 어딘가로부터, 누군가로부터, 혹은 그 자신으로부터 벗어나려고 안간힘을 쓰고 있는지도 모를 일이었다. 엘라이어스는 번개처럼 돌연 그에게 나타난 무엇인가로부터 벗어나기 위해, 그를 미치게 만드는 무엇인가로부터 벗어나기 위해 발버둥치고 있는 것 같았다. 이베스는 숨가쁘게 애원하며 돌아가자는 말을 반복했으나 아무 소용없었다. 아이는 엘라이어스를 돌려세울 수도 없었고 그를 설득할 수도 없었다. 이제 그를 따라가는 수밖에 다른 도리가 없었다. 아이는 검은 승복 소매를 꽉 움켜쥐고 엘라이어스의 빠른 보폭을 따라가려 애썼다. 오두막이라도 나타나거나, 혹시 이런 때에 여행을 하는 사람이라도 운좋게 만나게 되면 도피처를 구하거나 도움을 받을 수 있으리라. 엘라이어스 수사도 결국은 기운이 다하여 포기하게 될 테고, 도움을 받아들이는 수밖에 없을 터였다. 그러나 이런 밤에 누가 밖을 나돌아다니겠는가? 미쳐버린 사람과

그를 지켜야 하는 불쌍한 소년이 아니면 누가 이런 때에 길을 나서겠는가! 그렇지만 엘라이어스 수사를 돌보겠다고 자청한 사람은 바로 그 자신이었다. 그러니 엘라이어스를 포기할 수 없었다. 설령 열광에 사로잡힌 엘라이어스를 보호하지 못한다 하더라도 적어도 그가 받을 형벌을 나눠받을 수는 있을 것이었다. 한동안 그들은 기이하게도 한 사람처럼 나란히 움직여갔다. 엘라이어스 수사의 얼굴은 여전히 무엇엔가 사로잡힌 듯 뻣뻣이 굳어 있고 수수께끼 같은 표정을 짓고 있었으나, 그는 한 팔로 이베스의 어깨를 안아 바싹 끌어안았다. 두 사람 사이에 자리잡고 있는 작지만 따뜻한 친밀감이 추위와 힘든 걸음과 외로움을 위무해주고 있었다.

이베스는 더이상 어디로 가고 있는지 알 수가 없었다. 아이가 아는 것은 이미 오래 전에 그들이 도로를 벗어났다는 사실뿐이었다. 다리를 건넌 것도 같았다. 그렇다면 그 강은 코브 강이었을 테고, 그러니까 그들은 지금 고원의 비탈 어딘가에 와 있는 것이었다. 이런 곳에서 오두막을 찾는다는 것은 설사 눈이 그쳐 길을 분간할 수 있게 된다 하더라도 거의 기대할 수 없는 일이었다.

그러나 엘라이어스 수사는 길을 아는 듯했다. 또는 무엇인가가 그를 이끌어 그저 가고 있을 뿐인지도 몰랐다. 그곳에는 엘라이어스 자신만이 아는 끔찍한 그 무언가가 기다리고 있는지도 몰랐다. 눈으로 뒤덮인 가시나무 숲이 나타나 그들의 옷자락을 잡아끌었다. 이베스는 딱딱하고 검은 물체에 부딪쳐 쓰러지면서 거친 나무 표면에 손을 긁혔다. 그것은 새끼를 낳는 어미 양을 돌보는 양치기가 머물기도 하고 사료 따위를 저장해두기도 하는 야트막하고 견고한 움막이었다. 문은 커다란 통나무로 막혀 있었다. 그

러나 엘라이어스 수사는 간단히 통나무를 내던지고 문을 열었다. 그들은 축복 같은 집 안의 어둠 속으로 뛰쳐들었다. 엘라이어스는 들보에 닿지 않도록 고개를 숙여야 했다. 바람이 문을 떠밀어 요란한 소리와 함께 닫아버렸고, 그들은 돌연 캄캄한 어둠과 추위와 정적 속에 갇혀버렸다. 눈보라가 없는 곳으로 들어선 것만으로도 따뜻한 느낌이 들 지경이었다. 발 밑에서는 그들이 깔고 덮고 하기에 충분한 오래된 건초의 냄새가 피어오르고 있었다. 이베스는 눈을 털어내며 희망으로 가슴을 설레었다. 아이는 생각했다. 이곳에서라면 엘라이어스 수사님도 죽지 않고 살 수 있을 거다. 새벽이 되기 전, 수사님이 깨어나기 전에 몰래 빠져나가 문을 다시 통나무로 막은 뒤에 도와줄 사람을 찾아 오면 될 거야. 적어도 나 대신 소식을 전해줄 사람을 찾을 수는 있겠지. 이렇게 멀리까지 쫓아온 이상 절대로 수사님을 놓치지 않겠어.

엘라이어스 수사는 아이에게서 팔을 뗐고, 아이는 남자의 몸이 건초 위로 나가떨어지는 듯한 소리를 들었다. 바깥에서는 신음 같은 바람 소리가 황량하게 들려오고 있었다. 이베스는 두 손을 내밀고 더듬더듬 걸어갔다. 눈으로 뒤덮인 웅크린 어깨가 만져졌다. 순례자는 이 기이한 사원에 도착해 무릎을 꿇고 앉아 있는 것이었다. 이베스는 검은 승복 위에 두껍게 쌓인 눈을 털어주고 엘라이어스의 떨리는 몸을 쓰다듬었다. 그는 깊고 고통스러운 울음을 참는 듯 온몸을 부들부들 떨고 있었다. 그들은 완전한 어둠 속에 던져져 있었고, 그로 인해 그들 사이를 묶어놓은 보이지 않는 끈이 더욱 강해진 듯했다. 무릎을 꿇고 앉은 사람은 거의 들리지 않는 속삭임을 중얼거리고 있었다. 아이는 한 마디도 알아들을 수 없었으나, 그것이 절망적인 탄식이라는 것만은 분명히

알 수 있었다.

이베스는 더듬더듬 옆에 놓인 커다란 건초더미로 다가갔다. 아이는 한 팔에 힘을 주어 엘라이어스를 그 위에 눕히려 했다. 그러나 엘라이어스는 뜻대로 움직여주지 않았다. 얼마간 시간이 흐른 뒤 비쩍 마른 몸뚱이에서 힘이 빠져나가면서 마침내 엘라이어스는 희미한 신음을 내지르며 앞으로 고꾸라졌다. 아이의 뜻을 받아들인 것인지 아니면 힘이 고갈되어 쓰러져버린 것인지는 알 수 없었으나 엘라이어스는 두 팔에 얼굴을 묻고 엎드려 있었다. 이베스는 그가 체온을 잃지 않도록 그의 몸뚱이 양쪽으로 건초를 쌓아올린 뒤에 그 옆에 누웠다.

잠시 후에 깊고 규칙적인 숨소리가 들려왔다. 마침내 그가 잠이 든 것이었다.

이베스는 엘라이어스 수사의 곁에 바싹 붙어 그를 껴안고 누워 있었다. 아이는 잠들지 않겠다고 마음먹었다. 날은 춥고 몸은 지칠 대로 지쳐 있었다. 이제 어떻게 해야 할지 생각해내야 했다. 그러나 소년의 정신은 마비된 것 같았고 의지는 어디론가 사라져버린 듯했다. 소년은 엘라이어스 수사가 한 말들을 기억하고 싶지 않았다. 그 의미를 캐내는 것은 더욱더 싫었다. 무슨 의미이든 간에 끔찍한 말들이었다. 아이가 지금 이 심신이 산산조각 나버린 남자, 참으로 기묘하게도 책임감뿐만 아니라 묘한 애정마저 느끼고 있는 이 남자를 위해 할 수 있는 일은, 남자가 또다시 밖으로 빠져나가 떠돌다가 길을 잃는 일이 없도록 잘 지키고 있다가 날이 밝으면 오두막을 나가 도와줄 사람을 찾는 것뿐이었다. 아이는 그때까지 깨어 있겠다고 마음먹었다.

그러나 소년은 저도 모르게 꾸벅꾸벅 졸다가, 곁에 누운 남자의

목소리를 듣고 화들짝 놀라 깨어났다. 엘라이어스는 이제는 속삭이고 있지 않았다. 그는 두 팔에 얼굴을 댄 채 중얼거리고 있었다.

"수녀님…… 나의 수녀님…… 내 사악함을 용서해줘요. 내 치명적인 악행을 용서해줘요…… 내가…… 당신의 죽음이었군요!"

그러고는 오랜 침묵이 이어지다가 중얼거리는 소리가 다시 들려왔다.

"허니드…… 허니드도 당신 같았어요. 내 팔에 안으면 그토록 따뜻하고 편안했는데…… 못 본 지 여섯 달이나 되었어요. 갑자기 그런 욕망에 사로잡혀서…… 나는 감당할 수가 없었어요. 불타오르는 몸과 영혼을!"

이베스는 엘라이어스를 꼭 안은 채 꼼짝도 않고 누워 있었다. 아이는 움직일 수도 없었고, 듣지 않을 수도 없었다.

"아닙니다, 날 용서하지 마세요! 어떻게 내가 감히 용서를 빌겠습니까? 흙이 나를 덮게 해줘요. 내가 정신을 잃을 수 있도록 해줘요…… 이 비겁하고 신의 없고 무가치한 자를……."

이번에는 훨씬 긴 침묵이 이어졌다. 엘라이어스 수사는 여전히 잠에 빠져 있었다. 그가 잠이 든 사이 그의 번민이 목소리를 얻어 밖으로 드러나고 있는 것이었다. 무참하게도 기억이 되살아난 것이었다. 그는 잠을 자면서 몸부림쳤다. 이베스는 이제까지 한번도 느껴본 적이 없는 참혹한 연민과 함께 자기가 이 남자를 보호해주어야 한다는 책임감을 느꼈다. 아이는 크나큰 공포감 속에서도 제 존재가 더욱 커지는 것을 느끼고 있었다.

엘라이어스는 고통스럽게 울부짖었다.

"그녀는 나에게 매달렸죠……. 나와 같이 있으면서도 아무 두려움을 느끼지 않았는데! 은총의 하느님이시여, 저는 사람입니다.

피로 가득 찬, 남자의 몸과 남자의 욕정을 가진 사람입니다! 그
녀는 죽었어요. 날 믿은 그녀는⋯⋯."

수도원에 나타난 두 사람

캐드펠 수사는 마지막기도가 끝나자 엘라이어스가 밤을 지낼 차비를 하기 위해 이베스를 교대할 젊은 수사 한 사람을 데리고 진료소로 갔다. 그러나 진료소 문은 활짝 열려 있었다. 침대는 엉망이 되어 있고, 병실은 텅 비어 있었다.

어쩌면 최악의 것보다는 덜 끔찍한 추측이 상황을 보다 잘 설명할 수 있는지도 모를 일이었다. 그러나 캐드펠은 곧장 수도원의 문으로 가서 들어올 때에 보지 못했던 어떤 자취가 있는지 살펴보았다. 마지막기도가 끝난 뒤 정원에는 새로운 발자국들이 사방팔방에 남겨져 있었고, 휘몰아치는 눈보라는 그것마저도 신속하게 뒤덮어가고 있었다. 그러나 누군가가 곧장 문으로 걸어간 자취가 여전히 남겨져 있었다. 흰 눈벌판 위에서 그것은 단순히

움푹움푹 파인 자취에 불과했으나 알아볼 수는 있었다. 소년까지 사라져버린 것이었다! 도대체 그 병실에서 무슨 일이 벌어졌기에 며칠 동안 아무 것에도 별다른 반응을 보이지 않고 그저 고분고분하기만 하던 엘라이어스가 이렇게 비이성적이고 위험한 행동을 취했을까? 만일 온전한 정신이 아닌 엘라이어스가 무언가를 하겠다고 마음먹고 나섰다면 아직 덜 자란 소년으로서는 그를 막을 수 없었을 터였다. 게다가 소년의 자존심으로 보아, 아무리 잠깐 동안이라고는 해도 제게 보호의 임무가 맡겨진 사람에 대한 책임을 저버린다는 것은 있을 수 없는 일이었을 터였다. 이제 캐드펠은 이베스를 제법 이해할 수 있었다.

캐드펠은 즉시 젊은 수사에게 지시했다.

"형제는 곧장 접객소로 가서 휴 버링가께 이들이 사라졌다는 것을 알리게나. 혹시 이들이 거기 있을지도 모르니 확인해보고. 난 레오나드 원장께 가서 다들 함께 찾아보도록 조처하겠네."

레오나드 원장은 그 소식을 듣고 무척이나 낙심하고 절망스러워하면서, 모든 수사들에게 수도원 경내며 수도원에 딸린 농장의 앞뜰과 헛간까지 샅샅이 살펴보라는 지시를 내렸다. 휴 버링가는 최악의 상황을 예상하고 있는 듯 앞길을 막는 사람들에게 큰 소리로 호통을 쳐가며 장화를 신고 망토까지 걸친 차림으로 부랴부랴 나타났다. 행정당국과 수도원이 동시에 수색을 벌인 결과 시간은 얼마 걸리지 않았으나 아무 소득도 없었다.

캐드펠은 쓰디쓰게 자책했다.

"다 내 책임이오. 내가 제정신이 아닌 환자를 거의 마찬가지로 제정신이 아닌 아이에게 맡긴 거요. 내가 왜 그렇게 지각이 없었을까. 그들 두 사람 사이에 무슨 일이 있었는지 짐작도 못하겠소.

두 사람 가운데 어느 쪽에게든 위험한 일이 벌어질 수 있는 일은 하지 말았어야 했는데. 내 어리석음 때문에 그들 둘을 한꺼번에 잃고 말았소. 이곳에서 가장 불안정한 두 사람을, 잠시도 보호의 눈길을 떼지 말았어야 할 두 사람을 모두 잃고 말았어요."

휴는 당장 부릴 수 있는 병사들을 이곳저곳에 배치하느라고 분주했다.

"그들이 혹시 지나갈지도 모르니 한 사람은 루들로로 가서 성문을 지켜라. 그들이 도착하면 안전하게 지키고 있고. 너도 같이 가서 성으로 곧장 가, 병사를 열 명쯤 지원받아 그들을 성문에 배치하라. 나도 그 성문으로 갈 테니. 가서 디넌을 깨워라. 그 친구도 땀 좀 흘리게 해줘야 해. 그 아이는 디넌이 아는 사람의 아들이 틀림없을 테고, 그 친구가 나중에 어떤 거래를 하게 될 사람의 외조카이기도 하니까. 난 이런 날씨에는 병사들을 일 킬로미터 이상 내보내는 위험을 감수할 생각이 없다. 두 사람 일개조로 짝을 지워서가 아니고는 아예 내보내지도 않겠다. 하지만 우리가 찾아야 할 두 실종자는 그다지 멀리까지 가지 못했을 거다."

그러고서 휴는 캐드펠을 붙잡아 강한 힘으로 돌려세우더니 캐드펠의 어깨를 후려쳤다.

"그리고 수사님, 내 친구 양반, 오만하고 어리석기 짝이 없는 소리 좀 그만하세요! 그 남자는 조용하고 고분고분했어요. 아이도 차츰 상황에 적응하는 듯했고요. 그러니 그들을 믿는 건 당연한 일예요. 수사님도 잘 아시잖아요? 설사 그들이 잘못을 저질렀다 해도 그건 수사님이 책망받을 일이 아녜요. 비난이나 찬사를 배분하는 건 하느님만이 하실 수 있는 일이니, 하느님의 역할을 대신 맡을 생각은 마세요. 비난이 수사님 어깨에 떨어져 마땅한

일이라도 마찬가지예요. 얼마나 오만한 짓이에요? 자, 이제 그만 두시고, 저놈의 연옥에서 어떻게 하면 그 두 사람을 구출해낼 수 있을지나 알아보십시다. 우선 여러분 모두에게 몇 가지 당부하겠습니다. 이건 루들로에 있는 내 동료들에게도 한 얘깁니다. 한 시간 이상 되는 거리 밖으로는 나가지 말 것. 어떻게든 서로 연락을 취할 것. 각자의 판단에 따라 한 시간 안에 돌아설 것. 나는 오늘밤 저놈의 눈보라 속으로 더이상의 사람을 잃고 싶지 않습니다. 새벽까지 아무 성과도 없으면 그때부터는 우리가 본격적으로 수색을 다시 시작하겠습니다."

그와 같은 지시를 받고 그들은 한 쌍의 실종자를 찾아 눈보라 속으로 걸어들어갔다. 캐드펠은 실종자가 한 사람이 아니라 한 쌍이라는 것을 상기하며 다소 위안을 받았다. 혼자서는 쉽사리 포기하고 추위 속에서 죽음을 받아들일 가능성이 높았다. 그러나 두 사람이라면 서로 껴안고 격려하며, 서로를 설득하고 의지하며, 서로의 인내력을 통해 체온과 의지를 나누며 버틸 수 있을 터였다. 극단적으로 말하자면 혼자가 되지 않는 것이야말로 살아남는 데에 가장 큰 힘이 될 것이었다.

캐드펠은 휴의 질책 역시 가슴 깊이 받아들였다. 그 충고는 그에게 자신감을 주었다. 사랑하는 사람에 대해 진지한 근심을 갖는 것은 쉬운 일이었다. 그러나 그렇다고 하여 자기가 보호자로 자처하며 모든 책임을 떠맡는 것은 신의 지위를 찬탈하는 것과 다름없었다. 자신이 절대무류(絶對無謬)의 존재가 되지 못한다는 점에 대해 스스로를 책망한다는 것 역시 스스로를 신으로 사칭하는 것과 다를 바 없었다. 캐드펠은 배울 것은 언제라도 기꺼이 받아들일 준비가 되어 있었다. 그는 언젠가는 자신이 바로 그 충고

를 해야 할 때가 올지도 모르니 잘 기억해두어야 한다고 스스로에게 타일렀다

캐드펠은 뚱뚱한 수련사와 짝을 이루어 장님처럼 비틀거리며 북쪽으로 걸어가 코브 강을 건넜다. 두 사람은 얼어붙은 새하얀 눈보라 속을 헤매다녔다. 캐드펠은 이것이 시간낭비에 불과하다는 것을 알고 있었다. 눈보라 속을 탐색하는 일이야 얼마든지 할 수 있을 테지만, 날씨는 그들을 비웃으며 세상의 모든 사물에 똑같은 옷을 입힐 터였다.

시간이 흐르자 그들의 임무가 불가능하다는 것을 깨달은 사람들은 모두 다시 브롬필드로 되돌아왔다. 문지기 수사는 피로에 지친 수색자들이 길을 잃지 않도록 수도원 입구의 아치 통행로에 횃불을 새로 내걸었고, 틈틈이 종을 울려 수도원의 위치를 알렸다. 수색자들은 눈으로 뒤범벅이 되어 지친 몸으로 돌아왔다. 소득은 없었다. 캐드펠은 새벽기도와 찬양을 마친 뒤에야 비로소 잠자리에 들었다. 무고한 사람들을 살리기 위한 수색이 벌어지는 와중에도 성무일과는 착오 없이 진행되어야 하는 법이었다. 이제 날이 밝기까지 사람이 할 수 있는 일은 아무것도 없었다. 그러나 신은 실종된 사람들을 어디에 가면 찾을 수 있을지 알고 있을 것이다. 그러니 인간이란 정말 무력한 존재라는 것을 인정하면서 기도로 그러한 말들을 낱낱이 얘기하는 것이 해가 될 리 없었다.

캐드펠은 아침기도를 알리는 종소리에 잠에서 깨어나 다른 수사들과 함께 한겨울의 어둠이 덮인 차디찬 교회로 걸어갔다. 눈은 지난 며칠간 그러했듯이 새벽이 되기 전에 그쳤고, 땅에 쌓인 눈은 미세한 빛까지도 반사하여 날이 밝기 전부터 순결하고 섬뜩

165

한 광채를 뿜어내고 있었다. 아침기도가 끝난 뒤에 캐드펠은 혼자서 눈을 헤치고 정문 앞으로 나갔다. 벽과 건물의 그림자만이 드문드문 드리워져 있을 뿐 사방 모든 세계가 하얗게 되었다. 문지기 수사는 희망을 버리지 않고 여지껏 문 앞에 횃불을 걸어놓고 있었다. 횃불은 돌벽에 붉은 광채를 드리우고, 그 너머의 풍경까지 붉게 물들이고 있었다. 그 횃불이 꺼지지 않도록 연료를 계속해서 넣어주려면 정문 한쪽에 달린 협문을 열고 밖으로 나가 죽 걸어가야 했다. 캐드펠이 그곳으로 다가갈 때에는 마침 문지기 수사가 다시 그 협문을 통해 수도원 안으로 들어서려는 순간이었다. 수사는 신발에 묻은 눈을 털고 안으로 들어서서 협문을 닫았다.

그렇기 때문에 그 순간 그 광경을 목격한 사람은 바깥쪽을 바라보고 서 있었던 캐드펠뿐이었다. 협문은 말을 타고 지나기 편리하도록 높게 만들어져 있었다. 키가 작고 호리호리한 문지기 수사가 상체를 굽히고 옷자락의 눈을 탁탁 털어내는 그 뒤쪽, 겨우 몇 걸음 떨어진 곳에서, 돌연 두 사람의 얼굴이 어둠에서 나와 횃불 빛이 희미하게 비추고 있는 곳으로 들어섰다. 그들의 갑작스러운 나타남, 그들의 아름다움에 캐드펠은 한순간 숨을 쉴 수 없었다. 마치 기적과도 같았다. 천국에서 온 사람들은 분명 아니었다. 그러나 그들의 모습은 이 세상의 것이라고 하기에는 너무도 선명하고 생생했다.

여자의 두건은 벗겨져 목덜미 쪽으로 늘어뜨려져 있었다. 붉은 광채가, 그녀의 뒤엉킨 머리다발과 넓고 맑은 이마와 부드러운 호(弧)를 그리는 오만한 눈썹과 단순히 검다고 하기에는 너무도 또렷한 크고 까만 눈동자를 비추었다. 불빛은 그 눈동자에 더욱

까맣고 더욱 붉은 갈색의 영상을 그려놓고 있었다. 누더기 같은 옷을 걸치고 있음에도 불구하고 꼿꼿이 치켜든 고개나 화살처럼 곧은 시선에서는 여왕과도 같은 당당함이 풍겼다. 뺨에서 시작되어 단단히 닫힌 풍염한 입술로 흐르다가 단호한 턱으로 이어진 선은 우아하고 귀족적인 품위로 빛나고 있었다. 캐드펠은 오래전 기억에 몸을 떨며 자신도 모르는 사이에 상상의 손을 내밀어 그 이마에서 목까지를 쓰다듬어내렸다.

또 하나의 얼굴은 여자의 왼쪽 어깨 너머에서 나타났다. 그 얼굴의 뺨은 여자의 이마에 닿을 듯 가까웠다. 여자도 키가 컸으나 그 뒤의 남자는 더욱 컸다. 남자는 엄호하려는 듯 여자 쪽으로 상체를 기울이고 있었다. 길고 여윈 얼굴, 넓은 이마, 초승달처럼 섬세하게 구부러진 콧날, 부드러운 입술의 선, 두려움을 모를 듯한 매의 것 같은 눈은 황금빛이었다. 아무것도 쓰지 않아 그대로 드러난 숱많은 검푸른 머리칼은 관자놀이로 아무렇게나 흘러내려 당당한 광대뼈 언저리까지 흩어져 빛나고 있었다. 캐드펠은 그 턱과 그 길고 예민한 입술 주위가 짧고 날카로운 턱수염과 콧수염으로 덮여 있는 듯한 느낌이 들었다. 그것은 그의 환상이었다. 캐드펠은 저와 같은 얼굴을 수도 없이 보았다. 그것은 공격 준비를 마치고 안티오크 외곽에 포진한 시리아인들의 자부심에 찬 얼굴이었다. 지금의 저 얼굴 역시 같은 거무스레한 피부와 동상처럼 선명한 선을 지니고 있었다. 그러나 저 얼굴은 노르만인 식으로 깨끗이 면도되어 있었으며, 풍염한 머리칼은 깎여 이 지방 농부들이 흔히 하는 것처럼 거친 암갈색의 천으로 묶여 있었다.

그렇다. 축복이라 할지 불운이라 할지는 알 수 없어도, 신의 전광석화와도 이 세상에 태어난 그들은 이 세상 어디에도 속할 수

없을 만큼 고귀했다. 인간들의 세상에서 인정받지 못한 성인들과 학자들은 너도밤나무가 자라는 풀밭과 숲속에서 돼지를 치며 살아가야 하는 법이었다. 타고난 전사요 왕자의 품격을 지닌 이라 할지라도 농노로 태어나거나 굶주려 사라져가는 부족의 일원으로 태어나면 밭고랑을 뛰어다니며 까마귀를 쫓으면서 어린 시절을 보내는 수밖에 없는 법이었다. 어리석은 자라 할지라도 왕궁의 요람에서 자라나면 아무리 터무니없는 통치라 할지라도, 저보다 수천 갑절 가치있는 이들을 지배하게 되는 것이었다.

그러나 이 사람은 결코 길을 잘못 든 이가 아니었다. 그것은 저 검은 속눈썹 아래 황금빛으로 번쩍이는 눈을 한번 쳐다보는 것만으로도 알 수 있는 일이었다. 그 두 눈은 그가 가고자 하는 곳이라면 그 어디가 되었든 앞을 가로막는 모든 것을 불태우며 길을 만들어내고 말 것이었다.

이 모든 생각은 문지기 수사가 옷자락의 눈을 털어내는 일순간에 캐드펠의 머릿속을 스쳐지나갔다. 그 다음 순간 문지기 수사는 안으로 들어서서 협문을 닫았으며, 그리하여 문 앞으로 성큼 나서는 품으로 보아 안으로 들어오기를 바라는 것이 분명한 그들 두 젊은이를 가려버렸던 것이다.

캐드펠은 눈을 감았다가 그들의 모습을 볼 수 있게 되기를 기대하며 다시 눈을 떴다. 그러고는 이내 다시 감고 말았다. 눈부신 광경이었다. 환상이 아니었을까. 새벽 어스름 속, 매서운 겨울 날씨에 횃불의 아늑하고 따뜻한 불빛 아래에서라면 어떤 꿈인들 꿀 수 없으랴!

문지기는 세 발짝 발을 내디뎠다. 그가 문지기실 문 앞에 이르기 직전 정문의 종이 울렸다.

문지기는 놀라 돌아섰다. 그는 높다란 횃불꽂이를 일일이 손보는 데에만 열중하고 있다가 갓 수도원 경내로 들어섰고, 그러느라 여전히 어두컴컴한 바깥에서는 아무것도 보지 못했으며, 그가 등을 돌리자마자 두 사람이─그들이 진정 현실에 살아 있는 이들일까!─빛의 영역으로 들어섰던 것이다. 문지기는 웅크렸던 어깨를 펴더니 밖에 누가 서 있는지를 알아보려 작은 격자창을 열었다. 문지기는 밖을 내다고 다시금 화들짝 놀랐지만 이내 커다란 빗장을 풀고 높다란 협문을 활짝 열어젖혔다.

거기에 여자가 서 있었다. 수직물로 만든 낡고 커다란 겉옷을 걸친 키가 큰 여자는 유순한 눈빛으로 이쪽을 보고 있었다. 거칠고 짧은 망토와 낡아 해진 두건이 여자의 머리 뒤쪽으로 늘어져 있었다. 검은 머리칼이 어깨 위에서 넘실거렸다. 평소였다면 우유처럼 희고 상아처럼 부드러웠을 여자의 뺨은 차디찬 날씨로 붉게 얼어붙어 있었다.

"안으로 들어가서 잠시 쉬어갈 수 있을까요?"

그녀는 부드러운 목소리로 한껏 겸손하게 말했으나 저절로 우러나는 당당함과 침착함은 감춰지지 않았다.

"추위와 실수와 전쟁의 재난으로 저 혼자 여기 오게 되었습니다. 수사님들이 저를 찾고 있다고 알고 있습니다. 전 에르미나 휴고닌이에요."

흥분한 문지기가 여자를 문지기실로 안내해 들이고는 서둘러 안으로 들어가, 레오나드 원장과 휴 버링가에게 실종되었던 여자가 돌연 수도원 문 앞에 나타났다는 사실을 알리는 사이에, 캐드펠은 재빨리 문 밖으로 나서서 날카로운 눈길로 텅 빈 시골 들판

을 둘러보았다. 어디를 봐도 텅 빈 들판일 뿐이었다. 그러나 젊고 민첩한 젊은이를 감춰주기에 충분한 건물 모퉁이며 잡목 숲이며 풀덤불 따위가 여기저기에 있었다. 그녀와 동행했던 사람은 그 사이로 사라져버리기로 마음먹은 것일까. 아니, 그 매가 진정 날개를 펴고 날아오른 것일까. 눈 위에 남은 자취만으로는 알 수 없었다. 문 앞에는 부지런한 이들이 벌써 양을 몰고 가거나 짐승에게 먹이를 주느라 오간 발자취들이 뒤엉켜 있었다. 그 가운데에서 한 남자의 발자국을 어찌 찾아낼 수 있으랴? 비록 미심쩍은 부분이 없진 않아도 에르미나의 말은 사실이었다. 그녀는 혼자 안으로 들어섰다. 그러나 종을 울려 안으로 들어오고 싶다고 청한 이는 하나였다 할지라도 문으로 다가섰던 것은 분명 두 사람이었다.

캐드펠은 깊은 생각에 잠겨 문지기실로 들어갔다. 문지기 수사가 황급히 불을 피운 난로 곁에 여자는 태연한 얼굴로 조용히 앉아 있었다. 그녀의 젖은 구두와 치마에서 서서히 김이 오르기 시작했다.

그녀는 검은 눈을 들어 캐드펠을 빤히 바라보았다.

"수사님도 이 수도원 소속이신가요?"

"아니오. 난 시루즈베리 소속이오. 앓아 누운 형제를 치료하러 이곳에 온 거지."

캐드펠은 엘라이어스 수사에게 벌어진 불행한 일에 관해 그녀가 혹시 들었을지 모른다는 생각에 그렇게 말했다. 그러나 그녀는 부상당한 수사에 대해서는 전혀 알지 못하는 듯했다. 캐드펠은 그 수사가 누구인지 밝히지 않기로 마음먹었다. 먼저 휴 버링가와 레오나드 원장 입회하에 그녀의 말을 들어봐야 했다. 그러

고 나면 어떤 입장을 취해야 할지 알 수 있을 터였다.

"아가씨가 우스터에서 탈출한 이후 사람들이 얼마나 애타게 찾아다녔는지 아오? 이 지방 행정장관의 보좌관인 휴 버링가께서 바로 이곳 브롬필드에 와 있소. 얼마간은 바로 아가씨 일 때문이라고 할 수 있어요."

"그 얘기는 저에게 거처를 제공해준 사람들에게서 들었습니다. 제 남동생이 여기에 와 있었다는 얘기도요. 저는 그 아이를 찾아다니고 있었어요. 이곳에 거의 다 이르러서야 제 동생이 다시 실종되었다는 걸 알게 되었죠. 한밤중에 그 아이를 찾아 수색을 벌였다는 소식도 들었구요. 이 근방의 모든 사람들이 그 사실을 알고 있더군요."

그녀는 갑자기 날카롭고 신랄한 어조가 되었다.

"저를 얻는 대신 이베스를 잃다니, 얼마나 어리석은 교환인지 모르겠어요. 저야말로 수사님들께 그 모든 시간을 소모하게 하고 온갖 폐를 끼친 장본인인데요."

캐드펠은 단호히 말했다.

"아가씨 남동생은 무사했고 건강도 좋았소. 지난 밤 마지막기도 때까지는 말이오. 다시 그 아이를 찾지 못하리라고 생각할 하등 이유가 없소. 그 아이는 그다지 멀리 가지 못했을 게요. 루들로에 파견된 보좌관의 부하들이 밤 사이에 명령을 받았을 테니 지금쯤은 수색을 시작했을 게요. 휴 버링가도 아가씨가 무사한지 직접 확인하고 들어야 할 얘기를 듣고 나면 그 즉시 수색에 나설 테고."

그때 휴 버링가가 문가에 나타났다. 그 사이 수사들이 정원에 쌓인 눈을 황급히 치워 만들어놓은 통로를 통해 에르미나는 접객

소로 안내되었다. 원장이 친히 그녀를 따뜻한 방으로 안내하여 음식과 난로가의 편안한 자리를 권했다. 원장은 손님이 옷을 갈아입을 수 있도록 시중을 들어줄 여자가 없다는 점 때문에 낙심하고 있었다.

버링가는 간단히 말했다.

"그 문제도 곧 처리될 겁니다. 조스케 드 디넌에게는 하녀가 셀 수도 없이 많으니까요. 그들 가운데 쓸 만한 사람을 찾아보지요. 그건 그렇고 우선 저 젖은 치마는 어떻게 좀 해야겠군요. 여긴 승복과 샌들밖에는 없을 텐데, 지금 입은 것말고 갈아입을 옷은 없소?"

그녀는 태연히 말했다.

"지금 입고 있는 것도 돈을 주고 산 겁니다. 여러 분들이 아무 보상도 바라지 않고 제게 베풀어준 여러 편의에 대해서도 성의를 표했습니다. 그렇지만 아직 제게는 약간의 돈이 약간 남아 있어요. 옷을 내주신다면 돈을 지불하겠어요."

그들은 그녀에게 수련사의 승복과 샌들을 내어주고 그녀가 옷을 갈아입을 수 있도록 자리를 비켜주었다. 문을 열어 그들을 맞아들이는 그녀의 태도는 마치 백작부인이 손님을 맞아들이는 듯 우아했다. 잘 빗질해 둥글게 말아 어깨로 늘어뜨린 숱많은 흑발이 그녀의 볼 양쪽에서 아름답게 번쩍이는 무거운 커튼처럼 드리워져 있었다. 검은 승복 허리에 띠를 두른 그녀는 다시 의자에 앉아 옷자락을 가다듬고는 태연자약한 얼굴로 그들을 마주 바라보았다. 그녀는 브롬필드에 들어온 가장 아름다운 수련사였다. 그녀의 젖은 옷은 불가의 벤치에 펼쳐져 있었다.

"보좌관님, 원장님, 간단히 말씀드리겠습니다. 제가 일으킨 문

제 때문에 여러분과 그 밖의 많은 다른 분들이 크나큰 수고를 치르셔야 했습니다. 그 점에 대해서 저도 잘 알고 있어요. 일부러 그런 것은 아닙니다만 결과적으로 그렇게 되고 말았죠. 이제 저는 제가 저지른 문제를 해결하기 위해 여기 왔습니다. 저는 여기 무사히 와 있어서 당연히 만날 수 있으리라 기대했던 제 남동생이 간밤에 다시 사라져버렸다는 소식을 들었어요. 저는 이것 역시 제 잘못이라고 생각합니다. 여러분들께 정말 죄송스럽게 생각합니다. 그 아이를 찾는 데에 미력이나마 도움이 될 수 있다면 저는……."

휴가 강경하게 말했다.

"당신이 우리 모두를 돕기 위해 할 수 있는 일이 한 가지 있어요. 적어도 한 가지 걱정거리를 덜어주는 일이오. 우리가 아가씨 남동생을 찾아 데려다줄 때까지 여기 조용히 남아 있어요. 이 수도원 벽 바깥으로는 한 걸음도 내지 말아요. 그러면 우리는 적어도 아가씨 한 사람만이라도 무사하다는 걸 확인할 수 있을 테고, 아가씨를 다시 잃어버리는 일은 벌어지지 않을 테니까."

그녀는 입술을 뾰로통 내밀고 그를 바라보았다.

"저로서는 그 이상을 바라지만, 그 명령에 따르죠. 적어도 당분간은요."

"자, 그렇다면 이제 얘기를 좀 들어야겠습니다. 먼저 얘기부터 듣고 다른 일은 나중으로 미루지요. 당신은 이곳에서 내가 처리해야 하는 업무 가운데 일부일 뿐이오. 국왕 폐하의 평화를 지키는 일 역시 내 소관이오만, 이 지역에서 지금 온전히 지켜지지 못하고 있다는 것은 당신도 잘 알고 있을 거요. 우선 우리는 당신이 클레톤에서 캘롤리스에 있는 에브라드 보테럴에게 당신을 데려가

달라는 연락을 보내, 이베스와 힐라리아 수녀의 곁을 떠난 경위
는 이베스에게서 들었소. 우리는 또 캘롤리스가 어떤 지경이 되
었는지 보고서 당신을 찾기 위해 레드위치에 갔다가, 그곳에서
보테럴로부터 당신이 그곳에 도착하기는 했지만 그 사람이 부상
으로 인해 열에 시달리는 사이에 당신이 클레톤에 버려둔 사람들
을 찾겠다고 떠났다는 얘기를 들었소. 캘롤리스에서 벌어진 일은
다른 곳에서도 벌어질 수 있는 일이니 당신이 불안과 초조감에
시달렸으리라는 건 당연하다 할 수 있겠지요."

그녀는 아랫입술을 잘근잘근 깨물며 이마를 잔뜩 찌푸리고서
똑바로 휴 버링가를 바라보고 있었다.

"그 얘기는 에브라드가 다 했을 테니 저는 그저 그 사람이 다
나았는지 한 가지만 확인하면 되겠군요. 그래요, 저는 다른 사람
들이 잘 있는지 불안했어요. 그럴 만한 이유도 있었구요."

"당신에게는 무슨 일이 있었소? 보테럴은 당신이 그냥 떠나버
렸다고 했소. 그 사람은 의식을 회복한 후 당신이 떠났다는 사실
을 알게 되자 그때부터 줄곧 당신을 찾고 있었소. 혼자 그렇게 떠
나는 건 어리석은 짓이오."

그녀는 놀랍게도 입술을 비틀며 쓰디쓴 미소를 지었다. 그녀는
이미 자기가 어리석은 짓을 저질렀다고 인정한 적이 있었다.

"그래요, 그 사람이 저를 찾아 사방을 헤맸을 거라는 것 알아
요. 이제 그 사람이 마음을 놓았으면 좋겠군요. 그래요, 저는 클
레톤에 도착하지 못했어요. 저는 여기 지리를 잘 몰라요. 게다가
밤이 되었고, 눈이 쏟아지기 시작했고…… 어두워지면서 저는
완전히 길을 잃고 말았어요. 눈이 엄청나게 퍼부었죠. 말은 놀라
제멋대로 날뛰기 시작했구요. 다행히 삼림감독관과 그 사람 아내

가 저를 발견해 집으로 데려갔어요. 평생토록 그 고마움을 잊지 못할 거예요. 저는 그 사람들에게 이베스가 몹시 걱정된다는 얘기를 했어요. 그러자 그 사람은 자기가 클레톤으로 사람을 보내 상황을 알아봐주겠다고 했고, 그 약속을 지켰죠. 심부름을 갔던 사람은 캘롤리스에서 그 일이 있고 난 바로 다음날 존 드루얼의 집이 완전히 파괴되어버렸다는 걸 알려왔어요. 그리고 그 일이 있기 전에, 제가 어리석기 짝이 없는 실수를 저지른 바로 그날 밤에 이베스가 사라졌다는 것도 알게 되었죠."

자신의 잘못을 이야기하면서도 그녀는 등을 꼿꼿이 세우고 고개를 당당히 치켜들고 있었다. 그녀의 시선은, 그곳의 누구라도 감히 그녀가 스스로를 비판하는 말에 동조하거나 그것을 비난할 수 없으리만큼 뜨겁고 강렬했다.

"존 드루얼과 그 가족들이 살았다는 건 정말 하느님께 감사드릴 일이에요. 그분들이 입은 피해에 대해서는 제가 개인적으로 감당할 부채로 생각하고 있고, 머지않아 보상할 생각입니다. 그렇지만 한 가지 클레톤에서 온 소식 가운데 저를 안심시킨 게 있었죠."

그녀는 어느 새 부드럽고 따뜻한 애정이 넘치는 어조로 바뀌었다.

"제가 듣기로는 침입자들이 오기 한참 전에 힐라리아 수녀가 그곳을 떠났다고 했어요. 퍼쇼에서 오신 선한 수사 한 분이 안전한 곳으로 데리고 떠났다구요."

순간 실내에는 죽음과도 같은 침묵이 흘렀으나 에르미나는 자신의 경솔함으로 촉발된 그 저주받은 사태에서 무고한 사람이 무사히 탈출할 수 있었다는 위안에 마음을 빼앗겨 분위기가 일변

한 것을 조금도 눈치채지 못했다.

"그 집에 머물면서 저는 이베스의 소식을 알아보기 위해 갖은 노력을 다했어요. 동생이 어떻게 되었는지 모르면서 어떻게 제가 움직일 수가 있었겠어요? 그런데 마침내 어제 아침에 그 아이가 이곳에 무사히 와 있다는 소식을 들었죠. 그래서 제가 여기로 온 거예요."

휴가 말했다.

"그런데 결국 그 아이가 다시 사라졌다는 것을 알게 되었군요. 자, 나는 그 아이를 찾는 데에 그리 오랜 시간이 걸리리라고는 생각지 않소. 우리가 당신에게 충분한 예의를 갖추지 못하고 떠난다 해도 그건 바로 이베스를 찾기 위해서라는 걸 알아주시오."

캐드펠은 부드럽게 물었다.

"이곳에 오는 길은 혼자서 찾았소? 아가씨 혼자 온 게요?"

그녀는 고개를 휙 돌리더니 그 까만 눈을 들어 도전적인 눈빛으로 캐드펠을 쏘아보았다. 그러나 그녀의 얼굴은 여전히 고요할 따름이었다.

"로버트가 길을 가르쳐주었어요. 로버트는 그 삼림감독관의 아들이에요."

휴가 말했다.

"고원지대의 집들을 약탈하고 다니는 범법자들을 찾아내는 것 역시 내 할 일 가운데 하나요. 그러면서 캘롤리스와 드루얼의 집을 수색해 당신을 찾아내는 일도 마찬가지로 내 일이었고. 그자들은 고원지대 어딘가에 근거지를 마련해두었을 거요. 그곳 곳곳에 부하들을 배치해 수색을 계속할 작정이오. 하지만 우리가 잃어버린 두 사람을 먼저 찾아야지요."

휴는 벌떡 일어서더니, 눈썹을 꿈틀거리며 따라나오라는 듯 캐드펠을 향해 의미심장한 고갯짓을 하고 밖으로 나갔다.

"저 아가씨는 힐라리아 수녀에게 벌어진 일도 엘라이어스 수사에게 벌어진 일도 전혀 모르는 것 같군요. 난 내 병사들은 물론이고 디넌에게서도 가능한 한 많은 병사들을 차출해 수색에 나설 생각이에요. 그래야 이 불행한 사건을 되도록 빠른 시간 안에 해결할 수 있을 테니까요. 수사님은 저 아가씨와 함께 이곳에 남아 계시면서, 저 아가씨가 다시 우리를 기겁하게 하지 못하게 해주시고…… 그 얘길 하세요! 저 아가씨도 알아야죠. 우리가 많은 걸 알아내면 알아낼수록 그 악마들이 어디에 진을 치고 있는지 좀더 정확하게 알 수 있겠죠. 그래야 크리스마스 때에 집으로 돌아가 갓 태어난 내 아들과 보낼 수 있지 않겠어요?"

캐드펠은 에르미나가 원래 왕성한 식욕을 지녔으며, 지금 몹시 허기져 있을 것이라고 판단했다. 그녀가 어린 암사슴처럼 늘씬한 몸매를 유지할 수 있었던 것은 몸을 부지런히 움직여온 덕분일 터였다. 여전히 보호막을 친 듯 쌀쌀한 얼굴로, 그녀는 맛있게 음식을 먹었다. 그러면서도 그녀는 어딘가 딴 곳에 정신을 둔 것처럼 생각에 잠긴 표정이었다. 캐드펠은 여자가 포만감을 나타내는 기분좋은 한숨을 내쉬며 물러날 때까지 가만히 내버려두었다. 그녀의 이마는 여전히 찌푸려진 채였고, 그녀의 눈은 바깥 세계보다는 내면을 향하고 있는 듯 보였다. 그러나 어느 순간 갑자기 그녀는 날카로운 주의력을 기울여 캐드펠을 쏘아보았다.

"이베스를 찾아 이곳으로 데려온 분이 수사님이신가요? 원장님께서 말씀해주셨어요."

"우연히 그렇게 되었지요."

"우연만은 아니겠죠. 수사님은 그 아이를 찾으러 다니셨으니까요."

그러면서 에르미나는 캐드펠에 대한 나름대로의 평가를 마쳤는지 표정이 일순 따뜻해졌다.

"어디서 찾으셨어요? 비참한 꼴로 추위에 떨고 있던가요?"

"어린 신사답게 전혀 흠잡을 수 없을 정도로 스스로를 잘 통제하고 있었소. 아가씨와 마찬가지로 그 아이도 평범한 시골 사람들 눈에 띄었지요. 그 사람들 역시도 아무 대가도 바라지 않고 그 아이에게 거처와 편의를 제공해주었다오."

"그리고 그 뒤부터 수사님과 제 동생이 함께 저를 찾았구요! 아아, 하느님! 이 모든 일이 제가 벌인 짓 때문에 시작되었어요. 너무나 큰 실수였죠! 전 저 자신마저도 온전히 알지 못했어요. 전 이제 그때의 그 여자가 아니에요."

캐드펠은 부드럽게 물었다.

"이제 에브라드 보테럴과 결혼하기를 원치 않는단 뜻이오?"

"그래요. 끝났어요. 전 그이를 사랑한다고 생각했어요. 정말 그렇게 생각했죠! 하지만 그건 아이들 장난이었어요. 그리고 이 참혹한 겨울은 현실이구요. 저 하늘 높이 맴도는 매도 현실이에요. 죽음도 현실이고, 매순간 죽음이 다가오고 있다는 것도 현실이에요. 전 너무도 어리석은 짓으로 제 남동생을 죽음의 위협으로 내몰았어요. 이제 전 제 동생이 에브라드보다 훨씬 더 소중한 존재라는 걸 알고 있어요."

그녀는 얼굴을 붉히며 말을 이었다.

"하지만 제가 이런 말을 하더라는 얘기는 아무에게도 하지 말

아주세요. 그 아이가 돌아와도 그 아이에게도 하지 마세요. 걘 벌써 꽤나 우쭐해 있을 거예요. 제가 무슨 짓을 했는지 동생이 말씀드렸나요?"

"그랬소. 아가씨를 따라가기 위해 얼마나 애를 썼는지도 말했고. 그러다가 길을 잃었다는 얘기도 들었소. 그러다가 내가 그 아이를 찾아낸 곳에서 땅을 개간하여 살아가는 농부에게 발견되었다는 말도 했지."

"동생이 절 원망하던가요?"

"입장이 바뀌었다면 당신은 어땠겠소?"

그녀는 스스로도 놀랍다는 듯이 말했다.

"정말 오랜 시간이 흐른 것처럼 여겨져요. 전 그 동안 정말 많이 변했어요. 일부러 그런 것도 아닌데 어떻게 그처럼 많은 잘못을 저지를 수 있었을까요? 그렇기 때문에 퍼쇼에서 온 수사분 — 처음부터 그분의 말씀을 따랐더라면 얼마나 좋았을까요! —이 힐라리아 수녀를 데리고 갔다는 걸 알게 되었을 때 전 정말 기뻤어요. 수사님이 시루즈베리에서 처음 오셨을 때에도 그분들은 아직 이곳에 있었나요? 힐라리아 수녀는 시루즈베리로 갔나요, 아니면 우스터로 돌아갔나요?"

캐드펠이 미처 마음의 준비를 갖추기도 전에 그녀는 그 간단한 질문에 도달해 있었다. 두 사람 사이에 갑자기 침묵이 자리잡았다. 그녀는 낯선 분위기를 감지했다. 캐드펠이 대답을 궁리하느라 보낸 단 몇 초도 그녀에게는 충분히 긴 시간이었다. 그녀는 꼿꼿이 몸을 곧추세우고 사려깊은 눈으로 캐드펠을 바라보았다.

"제가 모르는 무슨 일이 있군요?"

이젠 앞으로 나아가는 길밖에 다른 도리가 없었다. 캐드펠은 단

179

도직입적으로 말했다.

"기분좋은 얘기는 아닐 게요. 나 역시 그 얘기를 하려니 기분이 썩 좋지 않소. 저 고원지대에서 악마의 늑대들이 드루얼의 집을 약탈하던 그날 밤, 그자들이 그 전에 이미 외따로 떨어진 다른 촌락들을 습격했더랬소. 루들로에서 겨우 삼 킬로미터 떨어진 곳에서 같은 짓을 저질렀던 게요. 그 두 곳에서 근거지로 가는 길목에서, 참혹한 불운이지만, 당신이 말한 그들 두 사람이 바로 그들 약탈자들과 마주쳤던 것 같소. 두 사람이 드루얼의 거처에서 떠난 것은 이미 저녁 무렵이었소. 이내 밤이 닥쳤고, 거칠고 차가운 바람이 불기 시작했고, 눈이 쏟아지기 시작했지요. 아마 길을 잃었을 게요. 두 사람은 최악의 장소에서 피난처를 구하려 애썼던 듯하오. 그러다가 그 강도들, 그 살인자들과 마주친 거요."

그녀의 얼굴이 대리석처럼 창백해졌다. 비탄에 빠져 의자의 팔걸이를 움켜쥔 그녀의 두 손 역시 새하얗게 질렸다. 그녀는 실낱처럼 가는 음성으로 물었다.

"죽었나요?"

"엘라이어스 형제는 근근히 목숨만 부지한 채 이곳으로 옮겨져 왔소. 아가씨 남동생이 어젯밤 형제를 지켜보다가 두 사람 모두 눈보라 속으로 사라진 게요. 그 이유는 짐작도 할 수가 없소만. 힐라리아 자매는 시체로 발견되었소."

한참동안 그녀는 아무 말도 하지 않았다. 눈물도 비탄의 외침도 한숨도 없었다. 내부에서 어떤 슬픔이나 죄의식, 절망으로 가득 찬 분노가 들끓는지는 알 수 없었으나 그녀는 꼼짝도 하지 않고 앉아 있었다. 잠시 후에야 그녀는 조그맣고 메마른 음성으로 물었다.

"어디 있나요?"

"여기, 교회 안에 있소. 관에 안치되어 매장을 기다리는 중이오. 이런 매서운 날씨에는 땅을 팔 수가 없는데다가 우스터의 자매들이 적당한 때를 보아 그곳으로 옮겨가고자 할지도 모르는 일이니까. 원장님은 그때까지 교회를 자매의 무덤으로 허락하실 생각이라오."

에르미나는 슬픔이 밴 어조로 캐드펠을 다그쳤다.

"수녀께 무슨 일이 있었는지 다 얘기해주세요. 추측하는 것보다는 알아버리는 편이 나을 거예요."

캐드펠은 간단명료하게 죽음의 경위를 이야기해주었다. 한동안 입을 다물고 있던 에르미나는 마침내 이렇게 물었다.

"저를 힐라리아 수녀께 데려다주실 수 없을까요? 다시 보고 싶어요."

캐드펠은 주저하지 않고 아무 말 없이 일어서서 그녀를 안내했다. 캐드펠의 주저없는 행동에 대해 에르미나는 고마움을 표했고, 캐드펠은 에르미나의 신임을 얻었다는 것을 알았다. 에르미나는 울타리에 갇힌 것도 아니었고, 당연한 권리를 행사하는 데에 제약을 받아야 할 이유도 없었다. 힐라리아 수녀는 수사들이 운영하는 목재소에서 만든, 납으로 띠를 두른 나무 관에 안치되어 있었다. 교회 안은 바깥 못지않게 써늘했다. 시신에는 수녀의 아름다움을 훼손하는 어떠한 흠집도 없었다. 에르미나는 관대 앞에 오랫동안 꼼짝도 않고 서 있다가 마침내 흰 레이스 베일을 내려 그 섬세한 얼굴을 가렸다.

"전 이분을 몹시 사랑했어요. 그런데 제가 이분을 죽였군요. 이건 제가 저지른 짓이에요."

캐드펠은 강경하게 말했다.

"그것과는 하등 상관없는 일이오. 해야 할 의무 이상의 책임을 스스로에게 지워서는 안 되지. 당신이 저지른 일에 대해서는 마땅히 후회하고, 고백하고, 참회해야 할 테고, 그렇게 해야 영혼이 평화를 얻을 수 있을 게지만, 그렇다고 다른 사람의 죄를 스스로 짊어져서는 안 되오. 하느님의 평가만이 유일하고 정당한 것이라는 사실을 잊지 마시오. 이 짓을 저지른 이는 어떤 사내요. 그자가 자매를 강간한 뒤 살인했으니 이 일에 책임져야 할 사람은 그자, 오직 그자뿐이오. 우리의 자매가 거기에 이르기까지 다른 누군가가 어떤 계기를 제공했건 간에 자매를 강간하고 죽인 손을 지닌 자만이 책임을 져야 하는 게요. 그밖에는 어느 누구도 아니라오. 자매의 피를 보상할 사람은 오직 그자뿐이오."

처음으로 그녀의 몸이 파르르 떨렸다. 그녀가 다시 입을 열었을 때에 그녀의 음성은 더이상 강한 의지력의 통제 아래 놓여 있지 않았다. 그녀는 명료하고 단정한 어조를 되찾기 위해 감정을 억누르며 한동안 뜸을 들여야 했다.

"하지만 만일 제가 그 어리석은 결혼에 그렇게까지 마음을 빼앗기지 않았더라면, 제가 엘라이어스 수사님과 함께 이곳으로 오는 데에 동의했더라면 이분이 그런 일을 당하지는……."

"그걸 어찌 알겠소? 아가씨 역시 저런 지경이 되지 않았으리라고 누가 장담하겠소? 만일 사람들이 지난 5세기 동안 어떤 시기에 어떤 행동을 하지 않았더라면 물론 세상은 달라졌을 게요. 허나 그렇다고 좀더 나아졌을까? 만일이라고 아무리 해봐야 아무 이득도 없는 법이오. 현실에서 출발해야 하오. 우리는 우리 자신의 악한 행위에 대해서는 책임을 져야 하지만 선은 하느님께 맡

겨야 하는 법이오."

갑자기 에르미나는 걷잡을 수 없는 울음을 터뜨렸다. 그녀는 우
는 모습을 보이고 싶지 않은지 재빨리 돌아서서 제대 앞에 무릎
을 꿇었다. 그녀는 한동안 그대로 꼼짝도 하지 않았다. 캐드펠은
다가가지 않고 그녀가 일어서기를 잠자코 기다렸다. 마침내 다시
캐드펠의 곁으로 돌아왔을 때에 그녀의 얼굴에는 눈물 자국이 번
져 있었으나 벌써 침착을 되찾고 있었다. 그녀는 몹시 지치고 약
해 보였으나 몹시도 아름다웠다.

캐드펠이 말했다.

"난로가로 가요. 여기에 있다간 감기 걸리기 십상이지."

그녀는 고분고분 캐드펠의 말을 따랐다. 다시 벽난로 앞에 앉게
되자 그녀는 마음이 놓이는 듯했다. 떨림은 사라져 있었다. 그녀
는 의자에 등을 기대고 앉아 눈을 반쯤 감았다. 그러나 캐드펠이
자리를 떠나려 몸을 움직이자 그녀는 이내 고개를 들었다.

"캐드펠 수사님, 우스터에서 우리 소식을 알아보러 사람을 보냈
을 때에 제 댄저스 외숙부께서 잉글랜드에 와 계시다는 말씀은
없었나요?"

"물론 있었지. 허나 외숙께서는 잉글랜드가 아니라 글로스터에
와 계시오. 황후와 함께 있지요."

비록 접근하는 방식은 조심스러웠지만 그녀가 알고자 한 것은 바
로 그것이었다. 캐드펠은 계속해서 말했다.

"당연히 그분은 공개적으로 당당하게 국왕의 영토에 들어와 아
가씨 일행을 찾아볼 수 있도록 허락해달라고 요청했소. 그러나
그 요청은 거절당했지. 장관께서는 당신이 부하들을 데리고 수색
해보겠다고 약속했지만 황후의 사람이 국왕의 영토에 들어오는

것은 거부했소."

"황후의 편 사람이—우리를 찾으려고—이곳에 와 있다가 발각되면 어떻게 될까요?"

"전쟁포로로 취급될 게요. 국왕의 적이라면 어떤 경우이건 발견한 즉시 사로잡아야 하는 것이 장관의 임무지요. 전투에 참여하는 사람이라면 당연한 일일 게요. 그에 대해서는 당신도 뭐라할 수 없을 게요. 황후가 기사 한 사람을 잃는다는 건 국왕이 기사 한 사람을 얻는 것과 같으니 말이오."

에르미나가 얼마나 열중하여, 얼마나 초조한 눈빛으로 그를 살펴보는지 캐드펠은 알 수 있었다. 캐드펠은 미소지으며 말을 이었다.

"허나 그건 장관의 의무요. 내 의무는 아니지. 명예로운 기독교도로서 살아가는 내게 적이란 없소. 국왕의 진영에서나 황후의 진영에서나 마찬가지요. 내게는 다른 율법이 있소. 아이들을 구해 데려갈 요량으로 나타난 사람이라면 누구이건 간에 다툴 생각은 없다오."

그녀는 아이들이라는 말을 듣자 잠시 얼굴을 찌푸렸으나 곧 웃음을 터뜨렸다. 그녀는 그 표정이 자기가 화가 났다는 것을 너무나 정직하게 드러내고 있다는 것을 깨달았으며, 그것이야말로 자기가 아직 아이라는 것을 입증한다는 것을 본능적으로 알게 된 것이었다.

"그렇다면 수사님은 친구와의 신의를 위해서라 할지라도 그 사람을 고발하지 않으실 건가요?"

캐드펠은 그녀에게서 무엇인가 중대한 문제를 털어놓으려는 듯한 기색을 감지하고 그녀 맞은편에 편안히 자리잡고 앉았다.

184

"좀전에 말했듯이 나는 어느 진영의 편도 아니오. 휴 버링가 역시 내가 언제든, 아무리 특수한 경우라 할지라도, 그의 정책대로 행동할 거라는 기대는 하지 않을 테고. 그는 그의 일을 하는 게고, 나는 내 일을 할 따름이지. 그렇지만 이미 이 지역에 어떤 낯선 사람이 나타났다는 것을 휴 버링가도 어느 정도 알고 있다는 건 아가씨도 알고 있어야 할 게요. 그 낯선 이는 우스터를 떠난 당신네 세 사람을 찾기 위해 클레톤에 갔소. 시골 농부의 차림을 하고 있고, 젊고 키가 큰데다가, 매의 것 같은 눈과 코를 지녔고, 머리칼도 피부도 검은 사람이라 했소."

그녀는 아랫입술을 잘근거리며 주의깊게 듣고 있었다. 캐드펠이 한 마디 할 때마다 그녀의 얼굴은 발갛게 상기되었다가 어두워졌다가 했다.

"그리고 그 사람은 망토 밑에 검을 감추고 있었소."

그녀는 중대한 결정을 내리려는 듯 손가락 하나 까닥하지 않고 앉아 있었다. 그때에 캐드펠은 수도원 정문의 횃불빛 아래에서 보았던 그녀의 어깨 너머의 얼굴을 생생히 떠올렸다. 그와 함께 그때의 에르미나의 얼굴 역시 또렷이 상기되었다. 잠시 캐드펠은 에르미나가 어깨를 으쓱 치켜올리며 자기를 데려다준 사람은 삼림감독관의 아들이라고 다시 한번 발뺌하리라고 생각했다. 그러나 에르미나는 갑자기 허리를 앞쪽으로 바짝 기울이며 열정적으로 얘기하기 시작했다.

"말씀드리겠어요! 수사님께는 말씀드리겠어요. 아무 약속도 하지 않으셔도 말씀드리겠어요. 저에게 수사님이 필요하다는 걸 전 아니까요. 수사님은 그분을 저버리지 않으실 거예요. 제가 말씀드린 건 사실이에요. 전 삼림감독관에게 발견되어 그들 부부의

도움을 받았어요. 그런데 그 이튿날 제가 그 집에 있을 때에 한 젊은 남자가 나타나서 저와 우리 일행에 대해 아는 것이 없느냐고 물어왔어요. 물론 제가 산산조각으로 흩어버리기 전의 우리 일행 얘기였죠. 전 그때에 수사님이 절 처음 보셨을 때하고 같은 옷차림이었지만 그 사람은 한눈에 제가 귀족 출신이라는 걸 알아봤고, 저도 그 사람이 절 알아봤다는 걸 알았어요. 그 남자는 프랑스어를 자유자재로 구사했어요. 하지만 잉글랜드어는 약간 더 듬었죠. 그 사람은 제 외숙이 귀국해서 지금 황후와 함께 글로스터에 있다고 하면서, 외숙께서 저희를 찾으려고 자기를 비밀리에 보냈다고 했어요. 저희를 찾아내어 무사히 데려가는 게 자기에게 맡겨진 임무라면서요. 그 사람은 그저 그뿐이라고 했지만 그 사람에게는 사방에 위험이 깔려 있었어요. 그 사람도 자기가 언제 장관님 손에 들어가게 될지 모른다는 걸 알고 있었구요."

캐드펠은 조용히 말했다.

"그 사람은 장관과 그 부하들을 교묘히 따돌렸소. 그러니 끝까지 우리 손가락 사이에서 능란하게 숨바꼭질을 하다가 끝내 당신을 글로스터로 데리고 갈 수 있을지도 모를 일이오."

"하지만, 이베스 없이는 안 돼요. 전 남동생 없이는 떠나지 않을 거예요. 그건 그 사람도 알고 있어요. 전 여기 오고 싶지 않았지만 그 사람이 와야 한다고 고집했어요. 적어도 제가 안전한 곳에 머물러 있다는 걸 확인하고 난 다음에 자기가 남동생을 찾아다니겠다면서요. 전 그 사람이 하라는 대로 했고, 앞으로도 그럴 거예요. 하지만 전 그 사람이 저희 때문에 국왕의 병사에게 사로잡히는 것만은 결코 감당할 수 없어요. 그런 일이 생기게 할 수는 없어요. 그 사람을 감옥에 가게 할 수는 없어요."

캐드펠은 유쾌하게 말했다.

"자자, 일부러 재난을 찾아나서지는 말아요. 최선을 기대합시다. 신중하게 최선을 다해야 하오. 다음 일은 하느님께 맡겨야지요. 그 젊은이의 이름을 못 들었구려."

그랬다. 그러나 캐드펠은 그 젊은이의 얼굴, 그 잊혀지지 않는 얼굴은 뚜렷이 기억하고 있었다.

그녀는 젊고 낙천적이었다. 슬픔으로 가슴이 찢길 듯해도, 희망이나 기쁨도 그 슬픔만큼이나 강렬했다. 영웅에 대해 찬탄하는 심정도 그러했다. 자신의 기사에 대해 생각하는 것만으로도 그녀는 감정이 격앙되어 죄의식도 죽음도 잊었다. 그에 관하여 얘기하는 사이에 그녀의 얼굴은 발갛게 상기되었다.

"이름은 올리비에 드 브레타뉴라고 해요. 그이의 영지가 있는 곳을 따서 그렇게 부른대요. 그이는 혈통이 특이하거든요. 태어나기는 시리아에서 태어났고 모친은 그곳 사람이래요. 부친은 잉글랜드 출신으로 십자군에 종군한 프랑크족 기사였구요. 그이는 부친의 신앙을 따르게 되었고, 그래서 예루살렘으로 가서 부친과 같은 족속의 사람들에게 합류했죠. 육 년 전에 그이는 제 외숙과 함께 성전에 참전했는데, 제 외숙이 가장 아끼는 기사였기 때문에 외숙과 함께 귀국한 거예요. 그이처럼 깊은 신뢰를 받는 사람이 아니라면 누가 우리를 찾는 수색을 벌일 수 있었겠어요?"

캐드펠은 탄복했다.

"이곳에서 지낸 지가 고작 그 정도인 사람이, 게다가 잉글랜드어도 온전히 하지 못하면서 이 폭설이 몰아치는 곳으로 들어와 두려움도 없이 적들 사이에서 아가씨 일행을 찾아 헤매고 있었단 말이오?"

"그이는 그 무엇도 두려워하지 않아요! 그이는 용맹의 화신이에요! 아, 캐드펠 수사님, 수사님은 그이가 얼마나 잘생겼는지 모르세요! 단 한번이라도 그이를 보신다면 수사님은 틀림없이 그이의 친구가 되실 거예요!"

캐드펠은 이미 그 사람을 본 적이 있다는 말은 하지 않았다. 그녀의 영웅의 얼굴을 캐드펠은 아직도 선명한 꿈처럼 기억하고 있었다. 캐드펠은 아련한 향수와도 같은 호감을 품으며, 저 황량한 눈벌판을 한 십자군이 헤매고 있는 상상에 잠겨들었다. 그는 타오르는 태양과 모래와 바다의 나라를, 그가 사랑했던 여자를 생각했다. 만일 그녀가 그에게 저 같은 아들을 낳아주었더라면 캐드펠은 그 아들 역시 그녀에 못지않게 열렬히 사랑했을 터였다. 동방은 영광스러운 사생아들로 가득했다. 그 가운데 하나가 부친의 고국으로 와서 부친의 신앙을 따라 세례를 받았다는 것은 놀라운 일이 아니었다. 매혹적인 과실 너머에 무엇이 있는지까지 넘겨다볼 필요는 없는 법이었다.

"약속해달라고 청하지 않아도 내 약속하지요. 그 사람은 나와 함께라면 무사할 게요. 그의 신분을 노출시키는 어떤 일도 하지 않겠소. 아가씨나 그 사람이 나를 필요로 할 때면 언제든지 난 그대들의 친구로서 그대들 곁에 서 있을 게요."

포로가 된 소년

9

이베스는 저도 모르는 사이에 잠이 들었다가 인기척을 느끼고 잠에서 깨어났다. 인기척은 먼 곳에서 다가오는 듯 아직 어렴풋했다. 어쩌면 단순히 꿈의 자취인 듯 멀고 아득하게 느껴졌다. 아이의 팔 안에서는 탈진한 엘라이어스 수사가 잠들어 있었다. 엘라이어스는 꿈조차 꿀 수 없을 만큼 지쳐 있었고, 지금 일시적인 평화를 맛보고 있는 중이었다. 그의 호흡은 규칙적이고 고요했다. 소년은 그 호흡을 들어서라기보다는 직감으로, 하마터면 죽음을 맞이했을지도 모르는 지난 밤을 엘라이어스가 얼마나 강인하게 버텨냈는지 알 수 있었다. 엘라이어스는 삶이 그에게 고문이 되어 있는데도 끈질기게 삶을 붙들고 있었다.

이베스는 분명히 무슨 소리, 틀림없이 사람의 소리를 들었다는

생각을 버릴 수 없었다. 바람소리가 아니었다. 바람은 이미 잦아들어 있었고, 가만히 앉아 귀기울이면 완벽한 정적이 다가오는 것을 느낄 수 있을 지경이었다. 사람이 입을 열기 전까지는 깊이 쌓인 눈에 둘러싸였을 때처럼 사방이 고요한 때는 없는 법이었다. 다시 그 소리가 들려왔다. 작고, 멀리서 들려오는 소리였다. 그러나 분명히 환상은 아니었다. 사람들이 희미하게 웅성거리는 소리, 멀리에서 그 소리가 단편적으로 들려오고 있었다. 긴장된 몇 초가 지나자 다시금 금속이 서로 부딪는 소리, 말의 장신구들이 부딪는 소리가 들려왔다. 이베스는 잠든 사람을 깨우지 않게 조심하면서 뻣뻣이 굳은 몸을 일으켜 세워 더듬더듬 문 쪽으로 다가갔다. 밖은 아직 새벽이 찾아오기 전의 캄캄한 어둠이었으나 눈으로 뒤덮인 황량한 벌판은 희미하게 빛나고 있었다. 시간이 상당히 흐른 모양이었다. 벌써 밖에 사람과 말들이 돌아다니고 있었다! 이베스는 간밤에 오두막의 문을 닫았으나 빗장은 채우지 않았다. 아이는 도움을 받을 수 있는 기회를 놓치게 될지도 모른다는 걱정으로 재빨리 눈보라 속으로 뛰쳐나갔다.

산 아래 어디에선가, 두껍게 쌓인 눈더미와 노인의 백발처럼 눈 덮인 새하얀 고개를 숙인 숲 너머, 아이의 시야가 미치지 않는 곳에서, 누군가가 웃음을 터뜨리는 소리가 들려오더니, 다시 안장의 장신구들이 덜거덕거리는 소리가 들려왔다. 이베스가 기대했던 대로 여행자들은 루들로와 브롬필드 방향에서 오고 있었다. 그 사람들이 이런 곳에 있는 오두막 따위는 알아보지 못하고 그냥 지나쳐버릴지도 모른다는 생각에 조급해진 나머지 아이는 산 아래로 달려내려가기 시작했다. 데굴데굴 구르다시피 하면서, 눈밭에 빠져 발버둥치면서 산을 내려가던 아이는 바람이 얼마큼 눈을

쓸어낸 언덕빼기에 이르자 다시 맹렬히 달리기 시작했다. 이베스는 관목숲에 닿자 나무들이 빽빽이 늘어선 캄캄한 어둠 속을 두 팔을 한껏 치켜들고 달렸다. 누군가가 큰 소리로 부르는 노래소리, 누군가가 지르는 고함소리, 곧이어 웃음소리가 터져나왔다. 이베스는 당혹스럽고 화가 치밀었다. 그들은 실종된 사람들을 찾는 것치고는 사명을 완수하는 데에 그다지 열심인 듯 여기지지 않았던 것이다. 설령 그들이 휴 버링가의 병사들일 것이라는 이베스의 생각이 잘못이라 할지라도 무슨 상관있겠는가? 어찌 됐건 그들은 사람들이었고, 따라서 두 사람을 구해줄 수 있을 터였다.

숲의 끝자락에 이르렀을 무렵, 아이의 눈은 컴컴한 어둠에 적응이 되어 나무들 사이로 움직이는 물체들이 서서히 보이기 시작했다. 이베스는 달리던 기세 그대로 빈터로 뛰어나갔다. 사람들이 그 앞에 줄지어 늘어서 있었다. 그들은 생각보다 많았다. 적어도 열 명, 아니, 열두 명은 되어 보였다. 말 세 필과 짐을 잔뜩 실은 조랑말 네 마리가 얼어붙는 추위 속에서 허연 입김을 뿜어냈다. 그 어둠 속에서도 이베스는 그들의 칼이며 도끼며 활 따위를 알아볼 수 있었다. 밤이 끝나가는 시각에 그들은 중무장하고 길을 가고 있었다. 그들은 휴 버링가의 병사들과는 달리 질서정연한 체계를 갖추고 있지 않았다. 그들은 태평하고 분방했으며 어딘가 너저분했다. 희미하기는 했으나 그들에게서 풍겨오는 화재의 냄새는 또렷이 맡을 수 있었다. 조랑말 등에는 곡식자루와 술통, 항아리, 옷 무더기, 도살당한 양 따위가 가득 실려 있었다.

아이의 가슴이 공포로 오그라들었다. 아이는 황급히 물러나려 뒷걸음질했지만 이미 그들 눈에 띈 뒤였다. 일행 가운데 한 사람이 가짜 사냥나팔을 휙 벗어던지더니 이베스의 퇴로를 차단하기

위해 달려오기 시작했다. 또 한 사람이 큰 소리로 고함을 질렀다. 두 사람은 싱글거리면서 두 팔을 벌리고 이베스를 에워싼 채 다 가들었다. 잠깐 사이에 모두 여섯 명의 사람들이 아이를 사방에서 에워쌌다. 아이는 무슨 일이 벌어지더라도 가까이에 있는 엘라이어스 수사를 위험에 빠뜨려서는 안 된다는 생각에 사람들 사이로 빠져나가 본능적으로 오두막 반대편으로 달아나려 했다. 그러나 한 사내가 긴 팔을 죽 뻗어 아이가 입은 겉옷의 두건과 머리칼을 한번에 잡아채었다. 사내는 아이의 머리칼을 쥐고 빈터로 질질 끌고 갔다.

"이것 보라구, 이것 봐!"

사내는 이베스의 머리칼을 쥔 채로 아이를 돌려세웠다.

"요런 꼬마 새새끼가 한밤중에 이런 데서 뭘 하고 있었을까?"

아이는 발버둥쳤으나 그렇게 해보았자 아무것도 얻을 수 없으리라는 것을 곧 깨달았다. 발버둥치며 애걸하는 것은 자존심이 허락하지 않았다. 아이는 자기를 사로잡고 있는 큼지막한 손에 대한 저항을 멈추고 한껏 신중하고 침착한 말투로 말했다.

"놔줘요! 아프단 말예요. 난 아무 짓도 안 했어요."

한 사내가 비쩍 마르고 더러운 손으로 모가지를 비트는 시늉을 하며 말했다.

"조심성 없는 밤새는 모가지가 비틀리게 마련이거든. 특히 주둥이를 함부로 놀리는 경우엔 말이지."

말을 타고 그들을 지휘하던 사내가 멈춰서서 뒤를 돌아보더니 단호하고 높은 음성으로 물었다.

"거기에서 뭔 수작들을 하는 거냐? 그놈을 이리 데려와. 내가 보겠다. 마을로 돌아가는데 꼬리를 밟는 첩자놈이 어슬렁거리게

해서는 곤란하지."

그들은 일제히 손을 내밀어 이베스를 덥석 붙잡더니 세 마리 말 가운데 가장 키가 큰 말 앞으로 끌고 갔다. 말은 거의 흰 빛에 가까웠기 때문에 뚜렷이 알아볼 수 있었으나 그 말에 탄 사람은 그저 꺼먼 그림자일 뿐이었다. 남자가 안장에 앉은 채 포로를 찬찬히 뜯어보려고 자세를 바꾸자 희미한 빛이 쇠미늘 갑옷에 반사되어 사라져가는 번개처럼 번득였다. 말에서 내린다면 키는 썩 클 성싶지 않았다. 그러나 어깨와 가슴은 딱 벌어져 당당했고, 두 피를 덮은 검고 숱많은 머리칼이 사자의 갈기처럼 가슴까지 흘러내려 엄청난 거인처럼 보이게 하고 있었다. 남자는 마치 말과 한 몸이 된 듯 당당하고 힘차게 안장에 앉아 있었다. 얼굴이 그림자로 덮여 있어 표정을 읽을 수 없기 때문에 남자는 더욱 무시무시해 보였다.

사내가 성마르게 말했다.

"그놈을 이리 데려와. 내 무릎 바로 앞으로. 그놈 얼굴을 봐야겠다."

이베스는 누군가가 머리칼을 쥐어 끌어당기는 것을 느꼈다. 아이의 고개가 억세게 치켜올려졌다. 아이는 등을 꼿꼿이 세우고 입을 단단히 다문 채 말을 탄 사내를 올려다보았다.

"넌 누구냐? 네 이름이 뭐냐?"

음성은 평범한 시골 사람의 것이었으나 어조만큼은 명령을 내리고 복종을 얻는 데에 익숙해진 것이었다.

이베스는 제 평소의 말투를 드러내지 않으려고 애쓰면서 대답했다.

"전 제언입니다요."

193

"이런 시간에 여기에서 뭘 하고 있었던 거냐? 너 혼자 왔냐?"

"그렇습니다요, 나리. 아버지가 양떼를 저쪽에 풀어놓았거든요."

아이는 간절한 마음으로 엘라이어스가 아직도 깊은 잠에 빠져 있을 오두막 반대편을 가리켜 보이고 말을 이었다.

"어제 그 양 가운데 몇 마리가 길을 잃어서 일찍부터 양을 찾으러 나온 겁니다요. 아버지는 저쪽 다른 길로 가고, 전 이쪽으로 왔구요. 전 첩자가 아닙니다요. 제가 무얼 염탐합니까요? 저흰 그저 양 걱정뿐입니다요."

사내는 이베스의 머리 위에서 메마른 음성으로 말했다.

"그래! 양치기라? 아주 귀여운 꼬마 양치기로구먼 그래. 그 옷은 새 거라면 돈을 꽤 줘야 했을 텐데. 아주 비싼 옷을 입고 사는 양치기로군. 자, 다시 한번 숨을 쉬고 사실대로 말해봐. 넌 누구야?"

"나리, 전 사실을 말씀드렸습니다요! 전 제언입니다요. 위트배치 출신의 양치기의 자식이라구요……."

그곳이 코브 강 근처의 장원 중에서 이베스는 기억해낼 수 있는 유일한 장원이었다. 그들은 그 말을 듣고 왁자하게 웃음을 터뜨렸다. 소년은 그들이 웃는 이유를 짐작도 할 수 없었다. 머리 위에서 재미있어 못 참겠다는 듯한 날카로운 웃음소리가 터져나왔을 때에는 온몸의 피가 얼어붙는 것 같았다. 그러나 아이는 제가 겁을 먹었다는 것을 깨닫고 스스로에게 화가 치밀었다. 아이는 이를 악물고 그림자로 뒤덮인 얼굴을 쏘아보았다.

"전 정당한 일을 하는데다가 잘못을 저지른 적이 없으니까 나리는 제게 그런 질문을 할 권리가 없으세요. 부하들에게 절 놓아

주라고 하세요."

그러나 사내는 꿈쩍도 않고 흥미롭다는 듯한 음성으로 명령했다.

"이놈이 허리띠에 매단 그 장난감 이리 줘봐라. 올해 우리 양치기가 늑대를 상대로 얼마나 재미를 봤는지 한번 알아봐야겠다."

거친 손들이 이베스의 겉옷을 끌어올리더니 허리띠를 드러냈다. 허리띠에는 작은 단검이 대롱거리고 있었다. 그들은 그 단검을 풀어내어 말을 탄 사람에게 내밀었다.

그들의 두목은 재미있다는 듯 말했다.

"그래, 그놈들은 은을 좋아하지. 자루에는 보석까지 박아서 가지고 다니고. 아주 멋지군!"

사내는 고개를 들어 하늘을 올려다보았다. 동쪽 하늘에서 동이 트는 기미가 보이기 시작했다.

"이놈이 혓바닥을 놀려 헛소리를 늘어놓는 걸 듣고 있을 여유가 없다. 발도 얼기 시작하고. 놈을 데려가자! 산채로! 갖고 놀고 싶거든 그래도 좋지만 다치게 하지는 말아. 혹시 값이 꽤 나가는 놈일지도 모르니까."

사내는 돌아서서 앞으로 달려갔고, 사내의 양쪽 옆에서 말을 타고 서 있던 두 사람도 사내와 함께 달려갔다. 이베스는 이제 졸개들의 자비를 기대할 수밖에 없는 처지였다. 단 한 순간도 달아날 기회가 오지 않았다. 졸개들이 이베스의 가치를 알아보았는지 두목의 명령을 철저히 따르는 탓인지는 모르지만, 항상 그들 가운데 세 사람은 이베스를 움켜쥐고 있었다. 그들은 아이의 허리띠를 풀어내어 팔꿈치 바로 위를 묶어 팔을 옴쭉할 수 없게 만들었다. 꽤 긴 허리띠였는데도 너무나 단단히 결박하여 팔꿈치가

아프기 시작했다. 그들은 짧은 밧줄을 찾아서 아이의 팔목을 앞쪽으로 하여 묶더니 길다란 밧줄로 둥글게 올가미를 만들어서 아이의 목에 느슨하게 걸어 맨 뒤에서 따라오는 조랑말의 안장에 연결시켰다. 천천히 걸으면 올가미가 목을 조여들었다. 걸음을 빨리하면 두 손을 쳐들어 올가미와 조랑말의 안장 사이에 늘어진 밧줄을 움켜잡아 올가미가 조여드는 것을 막을 수 있었지만 그 밧줄을 잡을 수 있을 정도의 높이까지는 결박된 두 손을 치켜올릴 수 없었다. 아이는 자기가 쓰러지면, 두목이 가는 곳까지 산 채로 다치지 말고 끌고 오라는 명령을 받은 졸개들이 말을 멈추고 자기를 일으켜 세워주리라는 것을 알고 있었다. 그러나 그들은 갖고 놀아도 무방하다는 허락을 받았고, 따라서 기회만 생기면 기꺼이 그렇게 하려 들 것이 뻔했다.

그들이 망토자락을 머리에 뒤집어씌우려 하자 아이는 망토를 올가미 사이로 떨어뜨리려고 몸부림쳤다. 그러자 누군가가 큰 소리로 웃음을 터뜨리더니 아이의 귀를 잡아당겨 장애물을 올가미 밑으로 떨어뜨려주었다. 그 순간 이베스는 바로 그 망토의 깃 안쪽에 깃을 고정시키는 반지형의 브로치가 달려 있다는 것을 기억해냈다. 색슨식 골동품인 그 브로치에는 쓸 만한 핀이 하나 달려 있었다. 그것이야말로 아이가 지닌 유일한 무기였다. 어떻게 해서든 그것을 눈에 띄게 해서는 안 될 일이었다.

처음 이베스를 사로잡았던 사내가 껄껄 웃으며 소리쳤다.

"자, 꼬마 새야, 한번 날아봐라! 하지만 목에 올가미가 걸려 있다는 걸 잊어선 안 되지. 넌 못 날게 돼 있어."

사내는 웃으면서 두목의 뒤를 따라 행진하는 대열로 돌아갔다. 졸음과 두려움과 분노로 이베스는 제대로 정신을 차릴 수 없을

지경이었다. 조랑말 안장에 맨 올가미가 처음 목을 잡아채었을 때에 아이는 하마터면 질식할 뻔했다. 아이는 숨을 헐떡거리며 밧줄을 조금이라도 느슨하게 하려고 허둥지둥 발을 내디뎠다. 그 모습을 본 사내들은 쉰 소리로 웃음을 터뜨렸다.

그러나 이베스는 곧 자기가 어떻게 하느냐에 따라 그들이 재미있어할 수도 있고 지겨워할 수도 있다는 것을 깨달았다. 그들은 전리품을 가지고 신중하게 이동해야 했고, 따라서 그들을 뒤따라가는 데에는 큰 어려움이 없을 터였다. 그들의 짐은 무겁고 부피도 컸지만, 이베스에게는 짐이란 제 몸 하나뿐이었다. 아이는 그것을 깨닫자 정신을 수습하고 민첩하게 움직이기 시작했다. 처음 얼마 동안은 뒤에 처졌다가 목에 걸린 올가미가 목을 조이는 바람에 허겁지겁 뛰고 하기를 계속하느라 그들의 웃음거리가 되었지만 그러기를 몇 번 반복하는 사이에 아이는 올가미가 묶인 조랑말의 속도에 적응할 수 있게 되었다. 그 조랑말에는 엄청난 양의 곡식자루와, 틀림없이 술이 채워져 있을 커다랗게 부푼 염소가죽 주머니 두 개, 그리고 자루 뒤쪽으로 커다란 옷보따리며 항아리들이 가득 실려 있었다. 이베스가 가까이 가면 조랑말에 실려 말이 움직일 때마다 실룩거리는 커다란 염소가죽 주머니의 털이 뺨에 닿을 듯했다. 뿐만 아니라 그렇게 가까이 다가섰을 때에는 이 지루하고 끈질긴 행렬의 맨 뒤를 따르는 아이의 몸이 거대한 전리품에 감춰져 앞쪽에서 가는 사람들의 시선 밖으로 벗어나게 되었다. 그들은 사방에 덮인 흰 눈 속에서도 혼돈을 일으키지 않을 만큼 분명히 길을 잘 알고 있었지만 그래도 행렬이 지체되는 것은 어쩔 수 없는 일이었다. 그들은 오래지 않아 더이상 아이를 돌아보지 않게 되었다.

197

실룩거리는 짐 뒤에서 이베스는 묶인 두 손을 한껏 높이 들어 올려 망토의 깃 밑으로 손을 넣어 브로치를 잡았다. 아무도 아이를 보고 있지 않았다. 아이는 꾸준히 놀리고 있는 조랑말의 다리 바로 옆으로 다가섰다. 아이는 손으로 금속의 끝부분을 더듬어 핀을 찾아서, 브로치를 옷에서 떼기 위해 핀을 밀기 시작했다. 두 팔이 너무나도 단단히 결박된 탓에 그 자세를 유지한다는 것은 몹시 고통스러운 일이었다. 손가락 끝이 차츰 마비되었지만 아이는 악착같이 핀을 놓치지 않았다. 아이는 혹시 바닥에 떨어뜨릴까 조바심하며 브로치를 고정한 핀을 풀기 시작했다. 브로치를 완전히 떼낸 뒤에 내고 두 팔을 다시 늘어뜨리면 그때부터는 브로치를 움직이는 것은 어렵지 않은 일이었다.

핀 끝이 고정장치에서 갑자기 풀리면서, 아이는 하마터면 둥근 브로치를 놓칠 뻔했다. 이베스는 기겁해 주먹을 꽉 쥐다가 핀 끝에 손가락을 찔리고 말았다. 하지만 오히려 그 통증이 반가울 지경이었다. 상처에서 핏방울이 스며나와 손가락을 적셨지만 아이는 전혀 개의치 않고 팔과 손으로 피가 흐를 수 있게 들어올렸던 팔을 내렸다. 다시 손 끝에 신경이 되돌아왔다. 이제 단검 못지않게 날카로운 귀중한 물건을 확보하고 있었다. 아이는 감히 그것을 사용하기 전에 관절이 원래대로 민첩하고 원활하게 움직일 수 있도록 몇 분 동안 손가락을 구부렸다 폈다 하기를 반복했다.

팽팽하게 술이 담긴 염소가죽 주머니가 얼굴 바로 옆에서 흔들리고 있었고, 새벽의 어둠이 몸을 감춰주고 있었다. 여기저기 털이 벗겨져나간 염소가죽은 오래 쓴 탓에 썩 부드러워져 있기는 했지만 꽤나 질겼고, 아무리 움켜쥐려 해도 미끈미끈 손아귀에서 미끄러질 뿐이었다. 그러나 아이는 주머니를 어깨로 힘껏 떠받쳐

고정시킨 뒤에 핀을 찔러넣었다. 출렁거리는 주머니 아래로 숨어 들어가 그 일을 하기까지는 제법 시간이 걸렸다. 핀은 무척이나 날카로웠다. 브로치에 달린 핀은 끝부분까지 깊숙이 가죽 주머니 속으로 파고들었다.

아이는 핀을 다시 빼내고 검붉은 액체가 주머니에서 흘러나오기 시작하는 것을 만족스러운 표정으로 지켜보았다. 아이의 얼굴에는 기대와 자부심이 가득했다. 발 아래 새하얀 눈벌판 위에 피처럼 붉은 액체가 왈칵 쏟아져내렸다. 가죽 주머니에 뚫린 구멍의 크기는 조금 지나자 줄기 시작했으나 술의 무게 덕분에 완전히 막히지는 않았다. 그 구멍을 통해 술은 계속해서 가늘게 새어나와 눈 위에 떨어져내렸다. 이베스는 날이 추워 떨어지는 순간 고스란히 얼어버릴 테니 눈 속으로 스며들어 사라지지는 않을 것이라고 생각했다. 술은 아주 조금씩 흘러내리고 있었다. 목적지에 닿기까지는 계속해서 흐를 듯했다. 이베스는 술이 제발 모자라지 않기만을 바랐다. 종종 술방울이 너무 가늘어져 자국을 알아보기 힘들 지경이 되면 아이는 얼른 가죽주머니를 두드렸다. 그러면 잠깐이나마 술이 왈칵 쏟아져내렸다. 포도주가 눈 위에 남기는 자취는 끊이지 않고 이어졌다.

회색 정적 속에서 새벽 안개가 피어올라 사방이 이내 짙은 안개로 뒤덮였다. 차디찬 새벽이었다. 굶주린 새 몇 마리가 절망스레 하늘을 날고 있었다. 그들은 날이 완전히 밝기 전에 근거지로 돌아갈 수 있도록 미리 시간을 맞춰둔 모양이었다. 이베스는 이제 근거지에 가까이 이르렀다면 염소가죽 주머니의 술이 샌 것을 어물쩍 넘겨버릴 수 있으리라고 생각했다. 산을 타는 시간은 그리 길지 않았다. 티터스톤 클레에 자리잡은 높고 황량하고 험악

한 고원이 얼마 지나지 않아 그들을 맞았다. 짙은 안개 속에서도 그들은 거침없이 계속해서 길을 갔다. 그런 안개 속에서도 목적지에 가까워진다는 것을 아는 모양이었다. 그들은 짐을 진 짐승들에게 채찍을 내리쳐 행렬을 재촉했다. 그들은 은신처의 냄새, 음식과 휴식의 냄새를 맡았던 것이었다.

이베스는 그 소중한 브로치를 어떻게 처리할까 궁리하다가 짧은 상의의 옷단 뒤쪽에 찔러넣어 감추고 나서, 결박된 두 손으로 시달릴 대로 시달린 목을 걸핏하면 압박하는 올가미의 밧줄을 쥐었다. 아이는 이제 행렬의 뒤를 일정한 속도로 따르는 데에 온 힘을 쏟았다. 가야 할 길은 멀지 않았다. 그들은 보금자리의 냄새를 맡고 있었다.

안개로 뒤덮인 불모의 땅이었다. 아무리 둘러보아도 시선이 미치는 곳에서 살아 있는 것이라고는 아무것도 찾아볼 수 없었다. 오직 언덕과 산뿐이었다. 그러나 돌연 행렬은 야트막한 관목들이 있는 숲으로 들어섰다. 그 너머에 보이는 것은 희미하게 솟아오른 바위뿐이었다. 그곳을 지나자 정상에 이른 것 같았다. 그러고는 마침내 눈앞에 거대한 방책이 나타났다. 한쪽에 작은 문이 나 있는 방책 위로 시커멓게 도사리고 있는 감시탑이 보였다. 그들이 다가가자 감시탑을 지키던 파수들이 문을 열어주었다.

안에는 대강 지은 야트막한 건물들이 들어차 있고, 그 사이로 수많은 사람들이 움직이고 있었다. 감시탑 아래쪽으로는 길다란 홀이 펼쳐져 있었다. 이베스는 소와 양들의 애처로운 울음소리를 들었다. 모든 건물은 나무로 되어 있었고, 하나같이 새로 지은 것들이었다. 거칠고 조잡하기 짝이 없었지만 무척이나 견고해 보였다. 건물마다 경계가 삼엄했다. 그들이 컴컴한 밤에도 수월하게

움직이는 것도, 자기들이 수적 우세를 확신하는 것도 당연했다. 그들은 비밀스러운 요새의 힘을 확신하고 있었던 것이었다.

그들을 따라 문 안으로 들어서기 전에 이베스는 얼른 정신을 차리고, 구멍 뚫린 술 주머니로부터 올가미의 밧줄이 허용하는 한 될 수 있는 대로 멀찍이 물러섰다. 아이는 마치 지치고 겁먹은 사람처럼 고개를 푹 숙이고 비틀거리는 척했다. 방책을 본 뒤로는 술방울이 떨어지는 가죽주머니에 손을 대지 않았고, 그리하여 그들이 방책 안으로 들어섰을 때에 주머니에서 떨어져내리는 술방울은 지극히 작았다. 가죽주머니가 새는 것은 흔한 일이었고, 어쩌면 당연한 일이라고도 할 수 있었다. 게다가 행운이 이베스의 편이었다. 누군가가 붉은 술방울이 떨어져내리는 것을 눈치채거나 주머니가 줄어든 것을 보고 투덜거리기도 전에, 처음 이베스를 사로잡았던 사람이 서둘러 다가와, 목에 씌워진 올가미를 벗겨내더니 옷깃 뒤쪽을 틀어쥐고 아이를 질질 끌며 그 자리를 떠났던 것이다.

이베스는 홀로 들어가는 계단을 고분고분 끌려갔다. 홀 안은 따뜻했으며 연기가 가득 차 있었다. 온갖 소음들이 들려왔다. 벽을 따라 불이 옮겨 붙지 않도록 벽과 충분한 거리를 두고 횃불이 줄지어 늘어서 있었고, 한 가운데에는 돌로 된 난로에서 불이 이글거리고 있었다. 적어도 이십여 명은 될 성싶은 목소리들이 안개 속처럼 몽롱하게, 커다랗게, 쾌활하게, 무사태평하게 떠드는 소리가 들려왔다. 가구랄 것은 거의 없었다. 나무를 베어 만든 의자 몇 개, 거친 나무토막으로 다리를 붙여 만든 커다란 테이블. 꼬마 포로가 지날 때면 그들은 일제히 고개를 돌려 아이를 바라보며 히죽히죽 웃었다.

홀 안쪽 끝에는 나직한 단이 놓여 있었다. 여기저기 높다란 촛대에서 촛불이 타올랐다. 벽에는 태피스트리가 걸려 있고, 음식과 술잔과 에일 항아리가 놓인 테이블을 둘러싸고 근사한 의자가 놓여 있었다. 남자 셋이 테이블 주위에 앉아 술을 마시고 있었다. 이베스의 옷깃을 한 줌 움켜쥐고 질질 끌고 간 사내는 그 앞에 이르자 이베스를 반짝 들어올려 단 위에 앉히더니, 테이블 끝에 앉은 사람을 향해 무릎을 꿇고는 거의 얼굴이 단에 닿을 정도로 허리를 굽혔다. 사내는 두 손으로 바닥을 짚고 잠시 숨을 고른 후에 말했다.

"명령하신 대로 여기 양치기놈을 끌고 왔습니다. 이놈은 다친 데도 없고 튼튼합니다. 저희는 지금 짐을 내리는 중입니다. 다들 무사합니다. 오는 동안 아무와도 마주치지 않았습니다."

이베스는 간신히 정신을 차리고 일어서서 떨리는 무릎을 진정시키기 위해 심호흡을 했다. 아이는 마음을 좀 진정시키고 나서 고개를 들어 밤도둑떼 우두머리의 얼굴을 쳐다보았다.

동이 트기 전 어둠 속에서 말에 우뚝 올라앉았을 때에는 거대해 보였지만 이제 커다란 의자에 느른히 기대어 앉은 품을 보니 그저 보통 키일 뿐이었다. 그러나 힘은 상당할 듯싶었고, 떡 벌어진 어깨와 가슴이 무척이나 탄탄했다. 차림은 야만인이나 다를 바 없었으나 아주 잘생긴 외모였다. 촛불 아래 훤히 드러난 사내의 모습은 좀전보다도 더욱더 사자 같았다. 구불구불하고 숱많은 머리칼은 길게 흘러내려 있었고, 손질하지 않아 멋대로 자란 턱수염은 황갈색이었다. 두터운 눈꺼풀 아래에서는 같은 색깔의 커다란 눈동자가 고양이의 것처럼 예리하게 번득였다. 사내의 두툼한 입술은 자신만만하게 다물려 있었다. 사내는 말없이 이베스를

머리 끝부터 발 끝까지 훑어보았다. 이베스 역시 대담하게 사내를 쳐다보았다. 아이는 두려워서라기보다는 신중하게 처신하기 위해 입을 꼭 다물고 있었다. 이제 여지껏 겪은 것보다 한층 더 위험한 순간이 닥쳐올 터였다. 그러나 지금 이들은 또 한 차례의 성공적인 약탈을 끝내고 막 귀환한 길이었다. 전리품이 가득했고, 먹을 것과 마실 것이 충분했으며, 모두들 몹시 만족스러운 상태였다. 이 사자 역시도 기분이 좋은 모양이었다. 조롱일지는 몰라도 사내의 입술에 떠오른 것은 미소였다.

"풀어줘라."

사내의 명령이 떨어지기가 무섭게 이베스의 팔을 결박하고 있던 허리띠와 두 팔목을 묶었던 밧줄이 풀어졌다. 아이는 피를 통하게 하느라 저린 팔을 주무르면서 사자의 얼굴에 시선을 고정시킨 채 잠자코 기다렸다. 홀 안에 있던 몇 사내들이 뒤쪽에서 다가와 빙글빙글 웃으며 그들을 지켜보았다.

수염을 기른 사내가 친근한 투로 물었다.

"오는 동안 혀를 깨물기라도 한 게냐?"

"아닙니다, 나리. 할 말이 있으면 언제라도 말을 할 수 있습니다."

"도착하는 즉시 할 얘기를 생각해두라고 충고해줬을 텐데. 아까 한 거짓말이 아니라 진실에 가까운 얘기 말이다."

이베스는 두려운 마음에 신중히 행동해야겠다고 생각하면서도 용감하게 나가더라도 아무 해도 없으리라는 느낌이 들었다. 아이는 무뚝뚝하게 말했다.

"나리, 전 배가 고픕니다. 적어도 지금은 그것보다 더 진실한 얘기는 없을 겁니다. 그리고 전 나리께서 손님에게 음식을 대접

할 줄 아는 신사분이라고 생각합니다."

사자는 황갈색 머리를 뒤로 젖히고 웃음을 터뜨렸다. 그 웃음소리가 홀을 가득 메우고 메아리쳤다.

"난 그걸 네 고백으로 받아들이겠다. 신사분이라. 네가 귀족 출신인 것 아니냐? 이제 좀더 얘기해봐라. 그러면 먹을 걸 주겠다. 잃어버린 양을 찾으러 나왔다는 얘기 따위는 할 생각도 말아. 넌 누구지?"

사내는 기필코 알아내겠다는 태도였다. 비록 지금 평안한 기분이기는 해도 한번 하려고 마음먹은 일에 방해를 받으면 무슨 짓이라도 할 수 있는 사람이었다. 이베스는 어떤 말을 해야 할지, 계속해서 밀고 나가면 저들이 어떻게 나올지 생각해보았다. 곧 길다란 팔이 뻗어나와 이베스의 팔을 움켜쥐고 비틀었고, 이베스는 그 힘에 눌려 무릎을 꿇어야 했다. 또다른 한 손이 머리칼을 움켜쥐더니 고개를 뒤로 끌어당겼다. 이베스는 여전히 미소짓는 얼굴을 쳐다보는 수밖에 없었다.

"내가 질문을 하면 현명한 사람은 대답을 하게 마련이지. 넌 누구지?"

이베스는 이를 악물고 대답했다.

"일어나게 해주면 말하죠."

"어서 대답해, 꼬마야. 그러면 일어날 수 있게 해주마. 어쩌면 밥까지 줄지도 모르지. 제법 거들먹거릴 줄 아는 귀족 꼬마라 이거지? 허나 수많은 수탉이 목청껏 우는 바람에 목졸려 죽었다는 걸 알아야지."

이베스는 조금이나마 아픔을 덜려고 몸을 좀 움직여보았다. 그러고서 목청을 골라 제 이름을 정확히 밝히기 위해 숨을 깊이 들

이마셨다. 이제 영웅심을 발휘하고 어쩌고 할 계제가 아니었다. 품위를 잃지 않겠다고 고집피우고 있을 여유도 없었다.

"난 이베스 휴고닌이에요. 귀족 출신입니다."

마침내 아이를 붙잡았던 손들이 물러났다. 턱수염을 기른 사내는 의자에 편안히 기대어 앉았다. 그의 얼굴은 변하지 않았다. 심지어는 화가 난 표정도 아니었다. 사내가 하는 일에서 분노가 차지할 수 있는 부분은 극히 적었다. 사내의 일이란 지극히 냉정하지 않으면 도저히 할 수 없는 일이었다. 육식동물들이란 제 제물이 되는 동물들에게 적의도 연민도 느끼지 않는 법이었다.

"휴고닌 가문이라고? 그래, 이베스 휴고닌, 거기에서 뭘 하고 있었지? 우리가 널 발견한 그 산 속에서, 이 추운 겨울날 꼭두새벽부터 뭘 하고 있었던 게냐?"

"루들로로 가는 길을 찾고 있었습니다."

이베스는 일어서서 얼굴에 흘러내린 머리칼을 치우려고 고개를 흔들었다. 자기 신상에 관한 이야기 외에는 단 한 마디도 해서는 안 될 일이었다. 이베스는 진실과 거짓 사이에서 교묘하게 통로를 만들어야 했다.

"난 우스터에서 수사님들에게서 교육을 받고 있었습니다. 우스터가 습격당했을 때에 수사님들은 살인과 약탈로부터 보호하기 위해서 나를 탈출시키기로 했죠. 어디든 안전한 마을로 피난할 생각으로 다른 사람들과 함께 길을 떠났지만 폭설 때문에 헤어지고 말았습니다. 시골 사람들이 내게 먹을 것과 잠자리를 내주었습니다. 나는 될 수 있으면 루들로로 가려고 애쓰고 있는 중이었습니다."

아이는 제 말이 그럴듯하게 들려 세세한 부분까지 말을 꾸며내

야 하는 일은 벌어지지 않기를 바랐다. 이베스는 위트배치 장원 이야기를 꺼냈을 때에 이들이 왁자하게 웃음을 터뜨렸던 것을 잊지 않고 있었다. 아이는 여전히 그 이유를 알 수 없었다.

"그렇다면 간밤에는 어디에서 잤지? 산에서 자지는 않았을 테고!"

"들판에 있는 헛간에서 잤습니다. 밤이 오기 전에 루들로에 도착할 작정이었어요. 하지만 눈이 내리는 바람에 길도 잃고 말았죠. 바람이 잦아들고 눈도 그치자……."

아이는 더이상의 자세한 부분을 어물쩍 넘길 생각으로 얼른 말을 이었다.

"난 다시 밖으로 나왔습니다. 그러다가 당신들 소리를 듣고, 당신들이 길을 가르쳐줄 수 있을 거라고 생각했던 겁니다."

턱수염의 사내는 생각에 잠겼다. 그는 일그러진 미소를 지은 채 위압하는 표정으로 이베스를 내려다보았다. 그의 미소에는 온정이라고는 찾을 길 없는 흥미가 배어 있었다.

"그렇게 해서 이리 오게 되었군. 머리 위에는 든든한 지붕이 있고, 등 뒤에는 따뜻한 불이 있고, 게다가 처신만 잘하면 따뜻한 음식과 마실 것까지 준비되어 있는 이곳으로 말이다. 물론 넌 잠자리와 식사에 대해 걸맞는 값을 지불해야 한다, 휴고닌! 우스터라…… 그렇다면 네가 몇 년 전에 죽은 조프리 휴고닌의 아들이냐? 내 기억으로는 그 사람 영지의 대부분이 우스터에 있을 텐데?"

"내가 자유를 찾아 그걸 상속할 수 있을진 모르겠지만 난 그분의 아들이고 상속자입니다."

턱수염의 사내는 눈을 가늘게 뜨고 웃음을 지었다.

"아! 그렇다면 넌 약간의 여흥을 위한 대가를 지불하는 데에 아무 어려움도 없겠군. 네 보호자는 누구지? 그 사람이 어째서 이런 겨울날에 널 준비도 없이, 혼자 몸으로 떠나도록 방치했느냐?"

"내 보호자는 이제 막 성지에서 돌아왔고, 내가 어떻게 되었는지 아무것도 모릅니다. 당신이 소식을 보내면 글로스터에서 답이 있을 겁니다. 그분은 황후의 편이니까요."

사내는 무관심하게 어깨를 으쓱했다. 그는 내란의 양쪽 어디에도 속하지 않았고, 따라서 누가 어느 편이건 전혀 관심없었다. 사내는 저만의 편을 만들었고, 그 밖의 것은 인정하지 않았다. 그러나 어느 쪽이 되었든 간에 몸값만은 충분히 빼앗아낼 작정이었다. 이베스는 말을 이었다.

"그분의 이름은 로렌스 댄저스입니다. 내 외숙입니다."

그들은 그 이름을 알고 있었다. 그들은 그 말을 듣자 기뻐하는 것 같았다.

"나를 돌려보내면 그분이 충분히 보상할 겁니다."

턱수염의 남자는 웃음을 터뜨렸다.

"그렇게 자신있게 말할 수 있나? 외숙들이 언제나 조카의 몸값을 기꺼이 지불하지는 않아. 더구나 그 조카가 언젠가 엄청난 유산을 상속하게 되어 있는 경우에는 더 그렇지. 전혀 이익될 것 없는 일은 일찌감치 포기하고 자기가 유산을 받으려고 아예 몸값을 지불하지 않는 쪽을 택하는 외숙도 있어."

"그분은 그럴 수 없습니다. 누나가 있으니까요. 누나는 이런 벽촌에 와 있지는 않아요."

갑자기 새로운 절망감이 아이를 엄습했다. 아이는 지금 이 순간

누이가 어디서 무엇을 하고 있는지도 알지 못했다. 어쩌면 누이 역시 지금 위기에 빠져 있는지도 몰랐다. 그러나 아이는 어조와 안색이 변하지 않게 하려고 애쓰면서 참을성있게 말했다.

"또 우리 외숙은 명예를 아는 분입니다. 그분은 내 몸값을 지불할 거고, 결코 후회하지 않으실 겁니다. 나를 산 채로, 다치지 않은 채로 그분께 돌려보내주기만 하면 말입니다."

사자는 다시금 웃어댔다.

"값만 적당하면 머리카락 한 올 다치지 않고 보내줄 수 있지."

그는 이베스의 어깨 너머에 서 있는 사내에게 손짓을 했다.

"이 녀석을 네 책임에 맡긴다. 음식을 주고, 불가에서 따뜻이 지낼 수 있도록 해줘. 하지만 이 녀석을 놓치는 경우에는 네 모가지가 성하지 못할 줄 알아라. 이 녀석이 음식을 다 먹고 나면 탑에 감금해둬. 우리가 위트배치에서 가져온 어떤 것보다 훨씬 더 가치있는 놈이니까."

엘라이어스 수사는 꿈도 없는 깊은 잠에 평화롭게 빠져들었다가 고통스러운 현실의 세계로 되돌아왔다. 이미 날이 밝아 있었다. 아침의 창백한 햇빛이 오두막 판자 틈으로 밀려들었다. 차갑고 흰 빛이었다. 그는 혼자였다. 그러나 누군가가 틀림없이 곁에 있었다. 그는 그것을 기억하고 있었다. 남자아이 하나가 악착같이 그를 따라왔다. 그 아이가 그의 몸 위에 건초를 덮어 주었고, 곁에 누워 그를 따뜻하게 해주었다. 그런데 이제 그 소년은 보이지 않았다. 엘라이어스는 그 소년이 보고 싶었다. 그들 두 사람은 더없이 친밀하게 서로에게 매달려 눈보라 속을 걸었다. 그렇게 하여 그들이 이겨내고자 한 것은 추위나 비정한 바람만이 아니었

다. 그 소년이 어떻게 되었는지는 모르지만 그는 그 소년을 찾아 내야 했다. 그 소년에게 나쁜 일이 벌어지지 않았다는 것을 확인 해야 했다. 아이들은 삶에 대해 권리가 있다. 그러나 어른들은 너무도 간단히 그 삶의 권리를 빼앗고 짓밟는다. 실수로, 어리석음으로, 때로는 죄악으로. 그는 죄지어 추방당해 마땅했으나, 그 소년은 무고하고 순결했다. 그 소년을 위험이나 죽음으로 내몰아서는 안 될 일이었다.

엘라이어스는 일어나 문으로 갔다. 밤새 바람이 파고든 문 앞에는 다른 곳보다 눈이 얇게 쌓여 있었고 그 위에 작은 발자국이 선명히 찍혀 있었다. 그 발자국 부근에는 마지막까지 내린 눈발만이 간간이 흩뿌려져 있을 뿐이었다. 그 발자국은 오른쪽으로 방향을 틀어 산 아래쪽으로 이어져 깊은 눈 속으로 빠져들어갔다. 눈벌판에서 구르다시피 하여 내려간 자취가 밭고랑처럼 깊게 파여 있었다. 그 자취는 관목숲을 끼고 돌아 나무들이 빽빽한 숲으로 이어졌다.

엘라이어스는 소년이 남긴 자취를 따라 발을 옮겼다. 나무들이 줄지어 늘어선 곳 너머에 밟아 다져진 흔적이 여기저기서 발견되었다. 그 흔적은 동쪽으로 완만한 곡선을 그리며 이어졌다. 말들이 지나간 자리였다. 사람들이 걸어서 지나간 흔적도 있었다. 눈벌판이 다져질 정도로 많은 사람들이 지나간 듯했다. 그들이 온 방향은 서쪽이었다. 이 사람들이 소년을 데리고 동쪽으로 간 것일까? 거기에서부터는 한 아이의 발자취를 추적할 길이 없었다. 그러나 틀림없이 아이는 오두막에서 달려나와 산을 뛰어내려와 그 사람들과 합류했을 터였다.

엘라이어스는 꿈을 꾸었다. 추위도 고통도 그 꿈을 깨울 수는

없었다. 오직 한 소년에 대한 기억만이 그 꿈을 파고들 수 있었다. 그 꿈 속에서 엘라이어스는 동쪽으로 방향을 틀어 누군지 알 수 없는 동행들이 함께한 흔적을 따라 계속해서 걸어갔다. 황무지의 눈벌판 위에 그들이 만들어놓은 흔적은 넓고 평평했다. 그것은 길고 완만한 곡선을 그리며 산 위로 이어졌다. 삼백 걸음쯤 그리로 발을 옮겼을 때에 엘라이어스는 발 아래 흰 눈벌판 위에 남겨진 붉고 큰 얼룩을 보았다.

누군가가 피를 흘렸다. 적은 양의 피였다. 그러고는 한층 작아진 핏방울이 계속해서 이어지다가 잠시 후에는 또하나의 커다란 얼룩이 보였다. 이제 해가 떠오르기 시작하고 있었다. 안개 속에서 창백한 햇빛이 나타나더니 시간이 흐를수록 선명해졌다. 눈 위에 떨어진 붉은 얼룩이 번쩍였다. 한낮의 햇빛도 그 붉은 얼룩을 녹여 없애지는 못할 터였다. 그러나 바람이라면 그 위로 눈을 휩쓸고 와 가려버릴 수 있을 터였다. 엘라이어스는 누군가가 흘린 한 방울 한 방울의 피를 따라 걷고 또 걸었다. 피는 피로 갚아야 하는 법이었다. 만일 누군가가 아이를 죽였거나 다치게 했다면 이미 절망감으로 죽음을 각오한 한 남자가 죽기를 각오하고 그 앙갚음을 하게 될 터였다.

그는 추위도 고통도 공포도 더이상 의식할 수 없었다. 샌들을 신은 발이 얼어가는 것도 그는 느끼지 못했다. 엘라이어스 수사는 이베스를 찾아 끈질기게 걸음을 옮겼다.

숨겨진 요새

캐드펠은 대미사를 마치고 레오나드 원장과 함께 나란히 교회에서 나와 한낮의 강렬한 햇빛이 내리쬐는 정원으로 나섰다. 둑처럼 쌓인 눈이 햇빛을 반사하고 있었다. 수도원의 수많은 소작인들이 눈이 그치고 햇빛이 내리쬐는 틈을 타 사라진 두 사람을 찾는 수색에 참가했다. 레오나드 원장은 그들 가운데에서 덩치가 크고 당당한 사내를 뽑아 그들을 지휘하게 했다. 이제 막 은빛으로 물들기 시작하는 붉은 머리칼, 세월에 풍화된 거친 얼굴, 산에서 오래 산 사람 특유의 시야가 넓은 푸른 눈의 남자였다.

"저 사람은 레이너 더튼이오. 엘라이어스 형제를 처음 이곳으로 옮겨온 사람이지요. 저 사람이 기분이 어떨까 생각하니 죄책감이 느껴질 정도요. 그 불쌍한 형제가 다시 우리들 곁에서 사라

져버렸으니."

캐드펠은 음울하게 말했다.

"원장님이 비난받을 일이 아닙니다. 비난을 받아야 할 사람이 있다면 오히려 나지요. 잘못은 내가 저질렀으니까요."

캐드펠은 생각에 잠긴 표정으로 탄탄한 몸집의 더튼을 살펴보다가 말했다.

"원장님, 엘라이어스 형제와 이베스가 사라진 것에 대해 곰곰 생각해봤습니다. 참 이상한 일이 아닙니까? 우리는 그들을 쫓지 않았지요. 그런데 엘라이어스 형제는 무엇엔가 쫓긴 것 같아요. 그래서 어렵사리 결단을 내려 떠난 것처럼 여겨진단 말입니다. 침대에서 빠져나와 갑자기 사라져버리는 건 단순한 일이 아녜요. 겨우 십오 분 사이에 두 사람은 멀리 사라져버렸어요. 그 아이가 엘라이어스 형제를 돌아오게 하거나 설득할 수 없었다는 건 분명합니다. 그래서 형제가 어디까지 가든지 따라갈 작정을 했던 게지요. 형제에게는 뭔가 목표가 있었어요. 그 목표가 꼭 합리적이냐 아니냐 하는 건 중요하지 않습니다. 하지만 그 목표가 형제에게 중대한 의미를 지녔으리라는 것만은 분명한 일이지요. 형제는 갑자기 기억을 되살려내어 자기를 죽음으로 몰아넣을 뻔했던 그 습격이 있었던 장소를 알아냈고, 그래 무작정 그곳으로 가려 했던 것은 아니었을까요? 그건 형제의 기억력과 하마터면 생명까지 빼앗아갈 뻔했던 그 사건이 벌어지기 전에 형제에게 일어났던 마지막 사건이었지요. 형제는 어쩌면 정신의 암흑 속에서 그곳으로 돌아가야 한다는 충동에 사로잡히게 되었는지도 모릅니다."

원장은 생각에 잠겼다가 미심쩍은 어조로 말했다.

"그럴지도 모르지요. 아니면 퍼쇼를 떠날 때에 형제에게 맡겨

212

졌던 임무를 돌연 기억해내어 그 임무를 마저 수행해야 한다는 생각에 떠났는지도 모르는 일이고. 정신이 아직까지도 온전치 못한 형편이니 형제가 돌연 그런 생각에 시달렸을 수도 있지 않겠소?"

캐드펠은 진지하게 말했다.

"이제야 엘라이어스 형제가 습격을 당한 장소에 여지껏 못 가봤다는 생각이 드는군요. 그곳이 힐라리아 자매가 피살된 지점으로부터 그다지 먼 곳은 아니리라는 생각은 해봤지만 말씀입니다. 다시 한번 내 불찰이라는 생각에 가슴이 아픕니다."

그러나 그는 그 사건의 미묘한 부분에 대해서는 더이상 얘기하지 않기로 했다. 레오나드 원장은 어린 시절부터 수도원에서 자라고 살아온 사람이었다. 그는 완전한 순결을 지니고 살아가는 것을 진지하고도 만족스러운 목표로 삼아 살아가고 있었다. 그런 사람에게 힐라리아 수녀가 피살된 날 밤이 바로 어젯밤과 마찬가지로 눈보라와 추위가 혹독했던 날이었으며, 그러니 누구라 할지라도 욕정을 충족시키는 것보다는 피난처를 찾는 데에 더 분주했을 텐데 그녀가 묻힌 얼음 무덤 근처에서는 피난처가 될 만한 곳이란 전혀 눈에 띄지 않았었다는 점을 들추어내어 그의 마음을 더욱 불편하게 만들 필요는 없었다. 바람의 울부짖음으로 뒤덮인 눈과 얼음으로 된 침대. 그곳은 강간의 장소로는 너무나도 부적당했다.

"식사가 끝나는 즉시 남은 사람 모두를 데리고 나가볼 생각입니다. 내가 레이너를 데리고 가면 안 될까요? 엘라이어스 형제를 찾아낸 장소를 찾아가보려는 겁니다. 그곳에서부터 수색을 시작할 생각입니다."

원장도 동의했다.

"그렇게 하세요. 그 아이의 누이가 이곳에서 얌전히 기다릴 거라는 확신만 있다면요. 그 아가씨가 혼자서 여기에서 무슨 짓을 벌이지만 않는다면 그렇게 하는 편이 좋겠지요."

캐드펠은 자신있게 말했다.

"그 아가씨는 조용히 머물러 있을 겁니다. 원장님을 괴롭히는 일은 없을 겝니다."

에르미나가 조용히 기다리는 것은 물론 캐드펠의 요구를 따르기 때문이 아니었다. 그녀가 이곳에서 고분고분 머물러 있는 것은 올리비에가, 그녀의 영웅이 그렇게 명령했기 때문이었다.

"가보십시다, 원장님. 그 사람이 내 안내자가 되어줄지 알아봐야지요."

원장은 수색자들이 문을 나가기 전에 그 사내를 불러내어 캐드펠에게 소개시켰다. 레이너 더튼은 주인과 좋은 관계를 유지하고 있는 모양이었다. 그는 원장의 말이라면 무슨 일이든 기꺼이 응하겠다는 자세였다.

"기꺼이 수사님을 그곳으로 모셔 가겠습니다요. 그 불쌍한 분이 이런 날씨에 다시 사라져버리다니…… 또 한번 죽는 거나 마찬가지죠. 그렇게 금방 몸이 회복된 것도 놀라운 일인데요. 아마 정신이 나갔던 모양입니다요. 그런 밤에 다시 나갈 생각을 하다니요."

원장이 물었다.

"우리 노새 두 마리를 타고 가는 게 어떻겠소? 그곳은 그리 멀지 않을지 몰라도 그곳에서부터 다시 추적을 시작할 생각이라면 얼마나 멀리 가게 될지 아직은 알 수 없는 일 아니오? 게다가 형

제의 말은 이곳에 온 이래 무척이나 힘든 일을 많이 했으니 말이오. 우리 노새는 아직 튼튼하고 힘도 세다오."

거절하기 힘든 제안이었다. 노새를 타고 가건 걸어서 가건 어차피 속도는 느릴 터였다. 하지만 노새를 타고 가는 편이 나았다. 캐드펠은 서둘러 식사를 마치고 돌아와 레이너가 노새에 안장을 채우는 것을 도왔다. 그들은 이번에는 잘 정리된 도로를 따라 동쪽으로 출발했다. 하루 중 가장 좋은 때가 아직 네 시간 정도는 남은 듯했다. 그 시간이 지나면 그들은 날이 저무는 가운데 눈보라를 피해 돌아올 준비를 해야 할 터였다. 그들은 이제 오른쪽으로 멀리 루들로를 두고, 엉망인 길을 따라 여행을 계속했다. 아직도 태양은 그들이 갈 길을 희미하게 비춰주고 있었으나 그들의 머리 위 하늘에는 먹구름이 무겁게 드리워지기 시작했다.

더튼이 방향을 바꿀 생각도 하지 않고 줄곧 곧장 나아가자 캐드펠이 물었다.

"형제를 큰길가에서 발견하지는 않았을 텐데?"

레이너는 호들갑스럽게 말했다.

"큰길에서 아주 가까운 곳이었습니다요, 수사님. 큰길에서 약간 북쪽으로 벗어난 곳이었지요. 우린 레이시 삼림 아래의 언덕을 내려오는 중이었는데, 그분이 눈을 뒤집어쓴 채 벌거숭이 몸으로 쓰러져 있지 뭡니까요. 이제 또다시 그분을 잃어버린 건 악마의 소행이라는 생각이 듭니다요. 우리가 발견했을 때에 그분은 거의 죽어가고 있었습죠. 전 그분이 살아날 수 있으리라는 생각은 못 해봤는데 아무튼 살아났단 말입니다요. 그런데 또다시 탈출하다니요. 착한 사람을 무덤에서 끌어내오는 건 악마를 속여넘기는 짓입죠. 악마가 그 사람을 잡아 없애려고 온갖 짓을 다 했는데 살

215

려낸 거니까요. 전 그래서 기분이 좋았습니다요. 그러니 또다시 죽음의 문 앞까지 간 그분을 찾아낸다는 건 하느님을 기쁘게 해 드리는 일이겠죠. 그런데, 듣자하니 이번에는 어떤 아이가 그분을 쫓아갔다면서요?"

레이너는 시골 사람 특유의 시야가 넓은 푸른 눈을 들어 캐드펠을 바라보며 말을 이었다.

"잃어버렸다가 찾은 아이를 다시 찾아 헤매야 한다니, 원. 아주 잘생긴 사내아이이라고 들었습니다요. 그 아이는 제가 쫓아갈 수 없는 곳까지 그 수사님에게 매달려 따라갔을 텝죠. 그러니까 우리가 찾는 건 그 두 사람이라는 얘긴데…… 아무튼 이 근처를 샅샅이 찾아보기로 할 밖에요. 이제 거의 다 왔습니다요, 수사님. 여기에서 길을 비켜 왼쪽으로 가야 합니다요."

그리 멀지는 않았다. 도로에서 벗어나 몇 분쯤 가자 그리 깊지 않은 분지가 나왔다. 위쪽, 즉 북쪽으로는 관목과 산사나무들이 낮게 웅크려 자라고 있었다.

"바로 여기 그 수사님이 누워 있었습죠."

그곳은 애써 갈 만한 가치가 있었다. 그 장소는 문제점을 고스란히 드러내고 있었다. 그곳은 그날 약탈자들의 행동 방식과 정확히 들어맞았다. 약탈자들은 도로 남쪽에서 최초의 약탈을 시작해, 그곳 어디선가 도로를 가로질러, 그들이 잘 아는 어떤 길을 통해 티터스톤 클레의 황무지를 경유하여, 어느 누구의 눈에도 띄지 않은 채 근거지로 돌아갔던 것이다. 이곳에서 그들은 엘라이어스 수사와 마주쳤을 테고, 그가 입고 있는 옷이나 재물 따위가 탐이 나서라기보다는 그저 여흥삼아 그를 공격했을 터였다. 그러나 그들은 엘라이어스 수사가 절명하였는지 아닌지는 확인하

216

지는 않았다. 거기까지는 기정 사실로 받아들여도 무방했다. 그러나, 그렇다면 힐라리아 수녀는 그 동안 어디에 있었단 말인가?

캐드펠은 북쪽을 바라보았다. 그 쪽은 얼마 전에 이베스와 함께 말을 타고 지난 적 있는 완만한 경사를 이룬 고원이었다. 저 위쪽 개울 어딘가가 힐라리아 수녀가 누워 있던 곳이었다. 도로에서 상당히 떨어진 곳이었다. 이곳으로부터 북동쪽, 캐드펠의 판단으로는 적어도 1.5킬로미터 가량의 거리였다.

"같이 고원으로 올라가보세. 다시 한번 살펴봐야 할 곳이 있어."

바람이 지난 밤에 쌓인 눈더미를 얼마간 흩어놓은 덕에 노새들은 언덕을 어렵지 않게 올라갔다. 캐드펠은 기억에 의존해 방향을 잡았으나 정확하다고는 할 수 없었다. 말발굽에 작은 개울이 닿았다. 관목숲과 나무들 위쪽으로 쌓인 눈으로 가려진 웅덩이가 있었다. 도로에서는 보이지 않는 곳이었다. 눈더미들이 시야를 차단하고 있었다. 그들은 계속해서 올라갔다. 머지않아 레드위치 천의 지류가 나타났다. 그곳은 힐라리아 수녀를 발견한 지점의 하류였다. 그들은 지류를 따라 경사진 길을 천천히 올라가 마침내 관 모양의 얼음이 파내어진 개울 앞에 이르렀다. 캐드펠이 그곳을 놓칠 리 없었다. 비록 칼날처럼 날카로운 모서리 부분이 어느 정도 깎여 있기는 해도, 지난 밤의 눈에도 불구하고 그 자취는 또렷이 남아 있었다. 이곳이 살인자들이 그녀를 내던져버린 곳이었다.

엘라이어스 수사가 약탈당하고 초주검이 된 채로 버려진 곳으로부터는 1.5킬로미터 이상 떨어져 있었다!

캐드펠은 이곳은 아니라고 생각하며, 클레의 벌거숭이 봉우리

들을 둘러보았다. 민머리 같은 클레의 봉우리들은 울퉁불퉁한 바위투성이였다. 이곳에서 벌어진 일이 아니었다. 그녀는 나중에 이곳으로 옮겨진 것이다. 하지만 왜일까? 그 약탈자들은 언제나 피살자들을 현장에 버려두고 떠났다. 사체를 숨기려는 짓은 한 적이 없었다. 또한, 만일 이곳으로 그녀를 옮겨왔다면 어디에서 옮겨온 것일까? 아무도 시체를 멀리까지 운반하려는 생각을 하지는 않을 테니, 이곳에서 가까운 어딘가에 일종의 피난처가 있었을 터였다.

캐드펠은 머리 위쪽의 경사면을 둘러보며 말했다.

"이곳에서는 소가 아니라 양을 놓아 기르겠구먼."

"그렇습죠. 하지만 지금은 모두 거둬들였어요. 이런 저주는 십 년 만의 일이거든요."

"그러면 근처에 양치기들이 쓸 오두막이 한둘은 있겠군. 가장 가까운 오두막이 어디쯤 있는지 아나?"

"이곳에서 브롬필드까지 가는 길 쪽으로 하나가 있습니다요. 일 킬로미터쯤 가면 됩죠."

그렇다면 그 오두막은 캐드펠이 삼림을 개간해 사는 서스턴의 집에서 이베스를 데리고 갔을 때에 지났을 길에 있다는 뜻이었다. 그날 그런 오두막을 본 기억은 없었지만, 그때는 저녁이 다가올 무렵이었다.

캐드펠은 노새의 방향을 틀어 그쪽으로 향했다.

"그 길로 가보세."

1킬로미터를 충분히 간 다음에야 레이너는 길 왼편을 가리켰다. 아래쪽에 낮은 분지가 있었다. 오두막의 지붕은 눈으로 뒤덮여 있다시피 해, 처마 밑으로 직선을 이룬 그림자만이 그곳에 무엇

인가가 있다는 것을 알려주고 있었다. 그들은 완만한 언덕을 내려가 오두막 남쪽으로 접근했다. 문은 활짝 열려 있었다. 문지방 앞으로는 지난 밤의 눈이 더미를 이루고 쌓여 있었으나 그 안쪽으로는 그저 판자 사이로 스며든 미세한 눈가루만이 조금 쌓여 있을 뿐이었다. 그렇다면 그 문은 열린 지 몇 시간쯤이나 되었을까, 지난 밤 사이에는 닫혀 있었던 것이 분명했다.

캐드펠은 문간에 멈춰섰다. 두 군데에, 서로 아주 가까운 곳에, 문이 닫혀 있는 사이 쌓였을 눈더미 위를 밟은 발자국이 보였다. 오두막 문은 남쪽으로 나 있었고, 북쪽은 언덕으로 보호받고 있었다. 처마에는 매일 낮이면 몇 시간 동안 녹아 물방울이 되어 흘러내렸다가 저녁이 되면 다시 얼어붙곤 했을 고드름이 줄지어 매달려 있었다. 캐드펠이 바라보는 사이에도 고드름에서는 작은 물방울이 맺혔다가 떨어졌다. 처마 밑 눈더미에는 물방울이 떨어진 자국들이 옴폭 파여 있었고, 그 팬 자국 때문에 갈색을 띤 둥근 물체가 드러나 있었다. 잡초도 흙도 아니었다. 캐드펠은 장화 앞부리로 눈을 치우고 자세히 살펴보았다.

얼음은 물체를 보관하는 데에는 다시없이 뛰어난 것이었다. 수많은 날들, 그 여러 시간의 햇살도 말이 떨어뜨린 이 작은 배설물 한 덩이를 덮은 얼음을 완전히 녹이는 데에는 실패했다. 그저 그 얼음덩이에 작은 구멍 하나를 뚫었을 뿐이었다. 이튿날 다시 눈이 내리면 그 구멍은 다시 막히고, 그 위에 다시 얼음이 얼었을 터였다. 말의 배설물을 덮은 얼음에 뚫린 구멍은 그날 하루 고드름에서 떨어진 물방울이 만들어낸 것이라고는 할 수 없을 만큼 깊었다. 말이 이곳에 서 있었던 이래 얼마나 많은 날들이 지났는지는 모르지만 적어도 닷새나 엿새는 될 성싶었다. 말이 여기에

붙들려 매였던 것일까? 오두막은 주변에 서 있는 나무를 대충 베어내어 만든 것이었고, 그런 이유로 여기저기에 나무를 베어낸 그루터기가 있었다. 고삐를 매어둘 만한 곳은 얼마든지 있었다.

캐드펠은 자칫하면 그 털을 전혀 눈치채지 못했을지 몰랐다. 그 것은 거의 흰색에 가까웠다. 갑자기 불어온 미풍에 그의 눈높이와 거의 수평을 이룬 곳에서 오두막 모퉁이의 거친 목재에 달라붙어 있던 털이 흔들린 것이었다. 바람이 불지 않았더라면 캐드펠은 나무에 눈이 묻었다가 얼어붙은 자국쯤으로 여기고 무심코 지나쳤을 터였다. 캐드펠은 털이 달라붙은 나뭇결에서 그것을 떼어내어 손바닥 위에 올려놓고 조심스럽게 가다듬었다. 시든 앵초꽃처럼 크림색이 도는 뻣뻣한 털이었다. 이곳에 묶였던 말이 어깨와 머리를 오두막 모퉁이에 대고 문지르다가 이런 증거를 남겨놓은 것이었다.

이곳은 힐라리아 수녀를 찾아낸 바로 그 개울에서 가장 가까운 오두막이었다. 말이 있었다면 피살당한 여자의 사체를 운반하는 데에 별로 큰 힘은 들지 않았을 터였다. 그러나 섣부른 추측일지도 몰랐다. 미심쩍은 결론에 성급히 도달하는 것보다는 그 장소에서 더 발견할 수 있는 것은 없는지 찾아보는 편이 나으리라.

캐드펠은 말의 털을 승복 주머니에 조심스럽게 넣고 오두막 안으로 들어갔다. 문도 닫혀 있지 않아 오두막 안과 밖의 온도차는 지극히 적었다. 그럼에도 불구하고 그 작은 차이가 주는 편안함은 고마울 지경이었다. 가득 쌓인 건초에서 풍기는 희미한 향기가 캐드펠의 코끝을 자극했다. 레이너 더튼은 캐드펠의 뒤쪽에서 침묵을 지키며 주의깊게 지켜보고 있었다.

누군가가 지난해에 많은 품을 들여 마련했을 건초였다. 아직도

오두막 안에 가득 쌓여 있었다. 이런 훌륭한 침상과 머리를 가려 주는 견고한 지붕이라면—그랬다, 이 정도라면 이곳에서 피난처를 구할 수 있었던 사람은 틀림없이 이 오두막을 발견한 것을 천우신조로 생각했을 터였다. 바로 지난 밤에도 누군가가 이곳을 이용했던 모양이었다. 건초에 길다란 몸뚱이에 눌린 자취가 남아 있었다. 물론 그 이전에 남겨진 자국일지도 몰랐다. 하지만 어쩌면 두 사람이 몸을 눕혔던 자국일 수도 있었다. 그랬다, 이곳이야말로 캐드펠이 찾던 바로 그곳인 듯했다. 그러나 이곳은 엘라이어스 수사가 죽은 몸이나 다름없이 되어 버려진 곳으로부터 적어도 1킬로미터 이상 떨어진 곳이었다. 엘라이어스 수사를 버려둔 살인자들이라면 이곳까지 1킬로미터 가량의 거리를 우회하거나 헤맬 필요도 없이 곧장 은신처로 사라졌을 터였다.

레이너는 캐드펠을 지켜보며 물었다.

"간밤에 이곳에서 잠을 잔 사람들이 바로 우리가 찾고 있는 그 두 사람일 거라고 생각하십니까? 누군가가 여기서 잔 건 분명합니다요. 여기 문지방 근처에 두 사람 발자국이 나 있는뎁쇼."

캐드펠은 애매하게 말했다.

"그럴지도 모르지. 그렇기를 바라세. 여기에서 잔 사람이 누구였든 오늘 아침까지 살아남았던 듯하니까. 그 사람들은 우리가 곧 추적할 수 있는 자취를 남겼네. 허나 그러기 전에 이곳에도 더 찾아볼 게 있어."

"또 뭐가 있단 말씀이십니까?"

그러나 레이너는 캐드펠이 신경을 집중하여 그곳을 살펴보는 동안 경의를 품고 캐드펠을 지켜보았고, 자기도 두 눈을 번쩍이며 그곳을 살펴보았다. 그는 오두막 안으로 들어와 날카로운 눈

으로 사방을 둘러보며 힘센 발놀림으로 거대한 건초더미를 휘저었다.

"이렇게 건초를 많이 깔았으니 잠자리는 제법 편했겠는뎁쇼. 이 사람들은 아무 불편도 없었을 겝니다요."

그가 건초를 휘젓자 향기와 먼지가 가득 피어오르며 그 밑에 감춰져 있던 검은 옷 한귀퉁이가 비어져나왔다. 그는 허리를 굽혀 건초를 더 헤쳐냈다. 구깃구깃 구겨지고 먼지투성이인 길고 검은 옷이 드러났다. 레이너는 놀라 그 옷을 집어들었다.

"이게 뭡니까요? 이런 좋은 망토를 누가 버렸을깝쇼?"

캐드펠은 망토를 받아 펼쳐들고 살펴보았다. 여행할 때에 입는 단순한 망토였다. 베네딕트 교단의 승복 가운데 하나였다. 남자의 망토, 수사의 망토였다. 엘라이어스의 것일까?

캐드펠은 말없이 망토를 내려놓고 쥐를 쫓는 개처럼 두 팔을 건초 속으로 깊숙이 밀어넣어 휘저었다. 검은 옷이 또 있었다. 그것은 사람들의 눈을 속이기 위해 건초더미 깊숙이, 가장 밑바닥에 꽁꽁 뭉쳐져서 파묻혀 있었다. 캐드펠이 돌돌 뭉쳐진 그 옷을 꺼내 흔들자, 그 안에서 하얀 공 같은 것 하나가 도르르 굴러떨어졌다. 캐드펠은 그것을 집어들어 펼쳐보았다. 수녀들이 쓰는 수수한 목면 머리수건이었다. 그 머리수건은 이제 구겨지고 흙이 묻어 있었다. 캐드펠은 다시 검은 옷을 집어들어 펴보았다. 허리띠가 묶여 있는 가느다란 수녀복과 그것과 같은 주인이 입었음직한 짧은 망토였다. 이 모든 것들이 그 어떤 양치기라 할지라도 건초를 다 쓰기 전까지는 짐작도 할 수 없을 만큼 깊숙한 곳에 감춰져 있었던 것이었다.

캐드펠은 수녀복을 펼쳐, 자신의 눈이 발견하지 못하는 것이라

할지라도 손길은 포착해낼 수 있으리라 믿으며, 오른쪽 어깨와 소매와 가슴 부분을 세밀히 만져보았다. 오른쪽 가슴께에 남자 손 크기의 딱딱하게 뭉쳐진 자취가 있었다. 손으로 주무르자 그 것은 가루가 되어 바스라졌다. 어깨와 소매가 이어지는 부분에서 도 그것과 비슷한 썩은 냄새가 풍겼다.

레이너는 경탄하는 눈으로 지켜보며 물었다.

"핍니까요?"

캐드펠은 대답하지 않고 우울한 표정으로 수녀복과 망토와 그 안의 머리수건을 둘둘 말아 옆구리에 끼었다.

"가세. 어젯밤에 여기서 잔 사람들이 어디로 갔는지 알아봐야 지."

그 오두막에서 마지막으로 잔 사람들이 어느 방향으로 갔는지 에는 의심의 여지가 없었다. 문 앞에 깔린 눈더미 위에 커다란 발 자국 하나와 작은 발자국 하나가 분명히 찍혀 있었다. 그 두 발자 국은 산 아래쪽으로 나란히 뻗어나가다가 하나로 합쳐졌다. 처음 에는 두 발자국이 따로따로 무릎 깊이의 눈벌판을 헤치고 나가다 가, 눈더미가 엉덩이께까지 올라오는 곳에서 서로 만났다. 그 발 자취는 언덕 아래쪽의 관목숲을 향하여 계속되었다. 두 사람은 노새를 타고 그들이 추적하는 무엇인가가 남긴 좁고 굽이진 자취 를 따라서 계속해서 길을 갔다. 그 발자국은 관목숲을 우회하더 니 나무들이 띠처럼 줄지어 늘어선 곳에서 다시 둘로 갈라졌다. 두 사람은 이내 그들이 추적하는 발자국과 수많은 사람과 말들의 발자국이 뒤섞인 곳으로 나왔다. 그 많은 발자국들은 서쪽에서 와서 동쪽으로 이어져 있었다. 캐드펠은 그 발자국이 사라져가는 동쪽 먼 곳을 오래오래 눈여겨 바라보았다. 그는 개울들이 하나

로 모아지는 골짜기를 마음에 새기고서, 이 발자국들과 같은 방향으로 가면 그 너머가 어디가 될지 생각해보았다. 이 발자국들이 닿는 곳은 정확히 티터스톤 클레의 황무지였다.

"우리가 도로에서 이곳까지 오는 동안 저런 자국을 본 기억이 있나? 저 방향을 보게. 우리는 아래쪽에서 여기까지 왔네. 틀림없이 저런 자국을 가로질렀을 게야."

"그때는 그런 것을 찾고 있지 않았잖습니까요? 어쩌면 바람이 여기저기서 그런 자국을 없애버렸을지도 모르굽쇼."

레이너의 대답에는 일리가 있었다. 캐드펠은 말했다.

"옳은 얘길세. 그랬을 수도 있겠지."

캐드펠 역시 얼음 속에 남겨진 빈 관을 향해서는 허리를 굽혔을지 몰라도 땅바닥에 찍힌 자국에 대해서는 그다지 주의를 기울이지 않았다. 캐드펠은 말을 이었다.

"자, 여기에 뭐가 남아 있는지 살펴보세. 누구였는지는 모르지만, 이 사람들은 이곳에서 길을 멈추고 둥글게 둘러섰네. 위에서 내려온 두 사람의 발자국이 나무 밑에서 멈춘 바로 이 자리에서 말이네."

레이너는 앞쪽을 가리키며 말했다.

"말도 방향을 바꿔 여기에서 멈춰섰군요. 그 다음 그 말은 방향을 틀어 계속해서 갔습니다요. 그들 모두가 같은 길로 갔습니다요. 지름길로 쫓아가보지요."

두 사람이 삼백 걸음도 채 움직이기 전에 커다란 붉은 핏자국이 발 밑에 나타났다. 그리고는 루비처럼 붉은 조그마한 자국이 멀리까지 연이어 떨어져 있었다. 곧이어 두번째의 커다란 핏자국이 나타났다. 그 너머에도 작은 자국은 끊임없이 이어져 있었다.

비록 작았으나 선명한 자국이었다. 얼어붙은 눈 위에서 그 자국은 너무도 또렷했다. 한낮이었다. 머지않아 한낮의 맑은 햇빛은 곧 사라질 터였다. 그러나 한낮의 햇빛 아래 두 사람은 눈앞에 펼쳐진 험상궂은 클레를 보았다. 그곳은 저 고대로부터의 이 길이 마지막으로 닿는 목적지였다. 늑대들에게나 적합한, 멀고 황량하고 쓸쓸한 곳이었다.

캐드펠은 그 험악한 산을 바라보며 말했다.

"이보게 친구, 자네와 나는 여기에서 헤어져야 할 것 같네. 내 보기에 이건 지난 밤에 생긴 발자취일세. 그들은 많은 말을 가지고 있고, 수효도 꽤 되었을 걸세. 그리고 무엇인가가 피를 흘리고 있었어. 도살한 양이거나 어쩌면 부상당한 사람일 수도 있겠지. 우리가 뿌리뽑아야 할 도적의 무리는 틀림없이 저곳에서 내려왔네. 만일 그들이 어젯밤에 그 끔찍한 도륙질을 하지 않았다면 이 자국은 있을 수가 없겠지. 저 아래 어딘가에 부상당한 이들과 시체들이 있을 게야. 용케 살아남은 이들은 자기들이 잃어버린 것들을 애통해하고 있겠지. 여기에서 돌아서게, 레이너. 저자들의 발자취를 역으로 따라내려가게. 거기에 도적떼가 어젯밤에 불태우고 훔치고 한 곳이 있을 게야. 휴 버링가께 가서 이 말을 전하게. 그래야 혹 구할 수 있는 게 남아 있으면 구할 수 있을 것 아닌가. 만일 휴 버링가께서 아직 돌아오지 않았으면 루들로로 가서 조스케 드 디넌께 그렇게 전하게."

레이너는 날카롭게 물었다.

"수사님은 어떻게 하시려굽쇼?"

"나는 이 발자취를 따라 계속해서 가겠네. 그들이 우리가 찾는 두 사람을 데리고 갔는지 아닌지는 아직 모르겠지만, 지금이야말

로 그자들의 은신처가 어디인지 찾아낼 수 있는 절호의 기회야. 아, 초조해하지 말게나!"

레이너가 얼굴을 찡그리며 머뭇거리자 캐드펠은 말했다.

"조심하겠네. 난 이런 일에 초보자가 아니야. 이것들은 자네가 가져가게. 내가 돌아갈 때까지 레오나드 원장께 꼭 맡아주시라고 하게."

캐드펠은 그것이 얼마나 귀중한 증거인지 상기시키며, 앵초색의 털을 꺼내 옷뭉치 속에 깊이 넣어 레이너에게 넘겨주었다.

"원장께는 오늘밤이 새기 전에는 돌아가겠다 했다고 전해주게나."

4백 미터도 채 못 가서, 캐드펠은 레이너와 자신의 노새가 개울로 올라갈 때에 지났던 오솔길을 보았다. 바람에 날린 미세한 눈발들이 벌써 그 길 위에 흩어져 있었다. 눈을 크게 뜨고 보았더라면 수많은 여행자들이 이미 그 길을 지나간 뒤라는 것을 짐작할 수 있었을 터였다. 가느다란 눈발이 핏자국 위를 살짝 덮고 있었다. 캐드펠은 그 핏자국이 반드시 불길한 것이라고는 생각하지 않았다.

그 지점으로부터 오솔길은 완만하게 내리막이 되면서 레드위치 개울과 도그디치 개울을 지났고, 이어 다시 오르막이 되어 이어졌다. 오래된, 무척이나 오래된 길이었다. 지형에 따라 길은 구불구불 이어지다가 급한 경사가 되어 뻗어올라갔다. 말이나 노새를 타고 올라가기 힘들 지경으로 경사가 급해졌다. 능선이 가까워지고 있었다. 황량하고 쓸쓸한 바윗덩이가 이어졌다. 풀은 모두 고사하고, 이끼들만이 얼어붙은 채 떨고 있었다.

클레의 전면은 그저 햇빛을 반사하는 바위 벼랑일 뿐이었다. 길이 더이상 이어지리라고는 기대할 수 없었다. 그러나 여전히 그 길은 화살처럼 바위의 벽을 향하여 계속되었다. 그 길은 머지않아 왼쪽으로건 오른쪽으로건 방향을 틀어 능선을 돌아가게 될 것이었다. 캐드펠은 존 드루얼의 농장이 어떻게 파괴되었는지 떠올리며 길이 오른쪽으로 꺾일 것이라고 추측했다. 그들은 그날 밤에 바로 그 길을 이용하여, 그처럼 새벽이 가까운 시간에는 쉽사리 약탈의 대상이 될 수 없을 정도로 여러 사람이 지키고 있는 클레톤의 마을을 한참 아래쪽에 둔 채로 근거지로 돌아갔던 것이었다.

몇 분이 지나자 캐드펠의 추측이 옳았다는 것이 입증되었다. 길은 조금씩 오른쪽으로 구부러들더니 작은 개울을 따라 이어졌다. 개울은 얼어붙어 물은 흐르지 않았다. 이제 거대한 바위산은 그의 왼쪽에 와 있었다. 바위산은 종종 바로 곁의 거대한 언덕이나 발육상태가 좋지 못한 나무들 때문에 가려졌다. 캐드펠은 계속해서 굽이진 길을 따라 산을 올라가 약탈당한 드루얼의 집과 양 우리가 분지가 내려다보이는 곳에 이르렀다. 나선형의 길을 또 한 바퀴 돌아 올라가자 드루얼의 폐허는 시야에서 사라졌다.

돌연 왼쪽에 있는 바위로 된 경사면에 틈이 나타났다. 그 틈은 너무도 좁아 핏자국이 없었다면 거기 그런 틈이 있다는 눈치조차 채지 못하고 지나쳤을 터였다. 그 안의 계곡은 깊고 어두웠으며, 모든 빛으로부터 차단되어 있었다. 억센 바람마저 그곳을 바깥 세계와 분리하는 데에 한몫하고 있었다. 훌륭한 피난처가 될 만한 곳이었다. 충분한 흙이 쌓여 있어서 목초가 여기저기서 자라고 있었다. 이제 정상에 가까워지고 있었다. 틀림없이 산 사면의

반 이상을 올라왔을 터였다. 이 험한 길 끝에 무엇이 있는지는 모
르지만, 깎아지른 벼랑을 등진 그곳은 오직 새들만이 도달할 수
있는, 그 밖에는 어떻게 해서도 닿을 수 없는 그런 곳이리라.

대기가 희박한 고지대에서는 소리가 먼 곳까지 퍼져나가게 마
련이었다. 그 골짜기 깊은 곳에서 금속이 부딪는 소리가 규칙적
으로 들려오고 있었다. 캐드펠은 길을 멈추고 이제부터 어떻게
해야 할지 궁리해보았다. 저기 어디에선가 대장장이가 작업을 하
고 있었다. 이어 희미하게 그러나 분명하게, 가축의 울음소리가
들려왔다.

만일 이곳이 도적떼들이 지나는 길이라면 경비가 삼엄할 터였
다. 소리가 들리는 것으로 보아 그들의 요새는 멀지 않은 곳에 자
리잡고 있었다. 캐드펠은 노새에서 내려 덤불 사이로 노새를 끌
고 들어갔다. 캐드펠은 노새를 나무에 매었다. 더이상 의문의 여
지가 없었다. 루들로 코앞까지 침입하여 살인을 저지르고 약탈을
감행한 자들이 지난 길을 발견해낸 것이었다. 그들이 아니라면
거의 접근하기 불가능한 곳, 이처럼 은폐된 곳에 집을 짓고 살 이
들이 있겠는가?

아무렇게나 드나들 수는 없겠지만 몰래 잠입할 수는 있을 터였
다. 캐드펠은 나무들 사이로 소리 없이 스며들어 위쪽으로 위쪽
으로 기어올랐다. 회색 하늘 밑으로 야트막하게 웅크린 검은 물
체가 보였다. 나무로 만들어 세운 감시탑의 지붕이었다. 캐드펠은
하류로 흘러내려 그처럼 깊은 계곡을 이루는 개울의 발원지에 접
근하고 있었다. 그의 눈앞에는 나무들 사이로 바위와 눈으로 뒤
덮인 고원이 보였다. 기다랗게 구불구불 서 있는 높은 방책이 나
타났다. 그 안에는 건물들의 지붕이 비죽비죽 하늘을 향해 서 있

었다. 길고 커다란 홀 끝에 또 하나의 감시탑이 서 있었다. 바람을 견뎌내게끔 견고하게 지어진 감시탑은 그다지 높다고는 할 수 없었으나 주위를 놓치지 않고 살펴보는 데에는 부족함이 없을 성싶었다. 뒤쪽은 경계할 필요가 없을 터였다. 그리로 그들을 공격할 수 있는 것은 오직 독수리들뿐일 테니까. 성채 뒤쪽은 깎아지른 듯한 벼랑이었다. 캐드펠은 감시탑을 보며 멀리에서는 저 탑 역시 검은 바위의 일부로 보일 뿐일 것이라고 생각했다.

캐드펠은 한동안 거기 서서, 보이고 들리는 모든 것을 기억해두려 애썼다. 휴 버링가에게 그 모든 것을 세밀하게 설명해줘야 할 터였다. 높은 방책 위쪽에는 날카로운 기둥이 촘촘히 박혀 있었다. 기둥에는 드문드문 발받침대가 설치되어 있었다. 서서 주변을 관측하기 위해서거나 경비병이 방책 위로 돌아다닐 수 있게 하기 위해 만들어놓은 듯했다. 방책 안에서 수많은 목소리가, 그 내용까지는 알 수 없지만, 또렷이 들려왔다. 그들은 고함을 지르고 웃어대고 심지어는 노래까지 불러대고 있었다. 대장장이는 부지런히 작업을 계속하고 있었고, 짐승들도 여전히 울고 있었다. 온갖 소음들이 분주히, 자신있게 움직이는 그들의 생활을 생생히 전해주었다. 그들은 전혀 두려워하고 있지 않았다. 그들은 그 고립되고 족쇄가 채워진 세계가 그들을 적대시하는 세계와 동등하다고 자신하고 있었다. 저 안에서 그들을 지도하는 자가 누구이건, 그는 잉글랜드가 둘로 분열되어 그 틈으로 제 이빨이 들어갈 수 있다는 것을 기뻐하며, 근방 몇 주에서 불만에 가득 차고 법이라는 것을 무시하며 멋대로 사는 사람들을 죄다 끌어모은 것이었다.

구름이 머리 위로 낮게 드리워졌다. 캐드펠은 돌아서서 노새를 매어둔 곳으로 돌아갔다. 캐드펠은 덤불 속에 몸을 숨기고 노새

를 끌고 길을 내려가 한동안 서서 귀를 기울여보다가 비로소 노새에 올라 움직이기 시작했다. 캐드펠은 올라온 바로 그 길을 따라 내려갔다. 저지에 이르기까지 누구 하나 마주치지 않았다. 갈림길이 나타났다. 왼쪽으로 꺾어져 클레오버리에서 이어지는 큰 도로를 따라갈 수도 있었겠지만 캐드펠은 그 길을 택하지 않았다. 캐드펠은 약탈자들이 이용한 도로를 되짚어 내려가기로 했다. 그 길을 잘 알아둘 필요가 있었다. 요즘 들어 늘 그렇듯이, 밤이 되어 눈이 내려 묻혀버리는 경우에도 그 길을 찾아낼 수 있어야 했다.

사방에 어둠이 짙게 깔렸을 무렵에 캐드펠은 브롬필드에서 1킬로미터쯤 떨어진 곳에 이르러 있었다. 캐드펠은 지친 몸으로 그러나 감사의 마음을 품고 수도원으로 향했다.

휴 버링가는 마지막 기도가 끝난 뒤에야 돌아왔다. 지치고 허기져 있었으나 그 추위에도 불구하고 땀을 뻘뻘 흘릴 정도로 맹렬한 속도로 말을 치달려온 것이었다. 캐드펠은 교회에서 나오자마자 늦은 저녁식사를 하고 있는 휴를 찾아갔다.

"그 장소는 찾았소? 레이너가 간밤에 악마들이 어디쯤에서 악행을 저질렀는지 전해주었지요?"

휴 버링가는 어두운 표정으로 대답했다.

"수사님이 무슨 일을 저지를 계획인지도 얘기해줬죠. 난 수사님을 이곳에서 다시 만나게 될 가능성은 거의 없을 거라고 생각했어요. 더구나 아무 해도 입지 않은 채로는요! 수사님은 언제나 벌집에 손을 밀어넣지 않고는 도대체 배길 수가 없으세요?"

"그자들이 어젯밤에 약탈하고 방화한 곳은 어디였소?"

"위트배치였어요. 루들로에서 겨우 삼 킬로미터 떨어진 곳이죠. 그놈들은 마치 자기네 집 안뜰처럼 멋대로 들어와 멋대로 휘저어 댄 다음 멋대로 떠나가버렸죠."

캐드펠의 예상과 들어맞는 장소였다. 위트배치에서 그들의 근거지로 돌아가려면 오래된 도로변에 있는 그 오두막을 지나야 했다. 휴 버링가는 얘기를 계속했다.

"내가 루들로로 돌아가 있을 때에 수사님이 보낸 사람이 도착했어요. 난 디년을 데리고 다시 뛰쳐나갔죠. 집이란 집은 모조리 불타고 사람이란 사람은 모조리 칼에 베여 쓰러져 있더군요. 아기를 데리고 숲속으로 달아난 여자가 둘 있는데, 추위와 공포 때문에 고생은 무척 했지만 목숨은 건졌어요. 나머지 사람들은…… 증언을 할 수 있을 만한 남자 하나에 어린아이 둘이 살아남기는 했지만, 그 사람들 역시 부상을 입었어요. 나머지는 모두 죽었죠. 산 자도 죽은 자도 모두 시내로 데리고 갔어요. 그들은 디년의 주민들이니 그 사람이 보살펴주겠죠. 기회만 있다면, 피에는 피로 보복할 겁니다."

캐드펠이 말했다.

"그 사람에게도 당신에게도 기회가 온 것 같소. 레이너 더튼이 찾으려 했던 걸 찾아냈듯이, 나 역시 그렇다오."

피로에 지쳐 줄곧 벽에 머리를 기대고 있던 휴 버링가는 순간 고개를 들었다. 그의 눈이 예리하게 번쩍이기 시작했다.

"그 늑대들의 소굴을 찾아냈단 말씀이세요? 계속하세요!"

캐드펠은 모든 것을 이야기했다. 그들이 직면한 문제의 윤곽이 뚜렷해질수록 되도록 적은 손실로 그것을 해결할 수 있는 가능성도 높아지는 것이었다. 그 문제를 해결하는 일은 결코 쉽지 않았

다.

"내 보기에 그곳에 이르는 길은 딱 하나뿐이오. 성채 뒤쪽은
깎아지른 벼랑이지. 그자들의 성채가 그 뒤쪽까지 이어져 있는지
어떤지는 보이지 않아 모르겠소. 하지만 아마도 그자들은 뒤쪽까
지 방책을 세울 필요는 없으리라고 생각했을 게요. 날씨가 좋을
때면 그 벼랑을 기어올라갈 수도 있겠지만 눈과 얼음이 뒤덮인
이런 계절에는 어디, 그런 생각을 품는 사람조차 없을 게요. 게다
가 그자들이 만일의 경우에 대비해 돌과 바위를 충분히 준비해두
었으리라는 것쯤은 뻔히 알 수 있는 노릇이지."

"그곳이 그토록 견고하단 말씀인가요? 도대체 그자들이 무슨
수로 그렇게 많은 건물을 몰래 지었을지 짐작도 못하겠네요."

"그곳은 황량하고 자연조건이 엄혹하기 그지없는 곳이오. 그런
곳에 누가 가볼 생각이나 했겠소? 산 아래쪽에야 주민이 몇 되지
만 정직한 이들이 뭐하러 그 높은 곳까지 올라가겠소? 그것만이
아니라오, 휴. 그자들은 방책 안에 군대를 갖고 있소. 그자들이
중부 잉글랜드의 얼마나 넓은 영역에서 군대를 끌어 모았는지는
하느님만이 아시겠지요. 그자들 바로 발밑에는 클레의 삼림이 있
소. 그들 요새 주변은 사방이 바위요. 산꼭대기에서 얻을 수 있는
것은 그것뿐이지. 당신도 나도 아는 일이지만, 목재와 노동력만
있으면 요새는 순식간에 세울 수 있는 법이오."

"그러나 달아난 농노들은 좀도둑이 되어 도시에서 활개를 치고
다니게 마련이에요. 그런 별볼일 없는 자들이 그렇게 엄청난 규
모의 성채를 만들지는 않죠. 숲속에 오두막을 지었다면 모를까요.
누군가 훨씬 더 비중있는 사람이 그곳을 지배하고 있을 겁니다.
누군지 궁금하군요! 정말 궁금해요!"

"하느님이 허락하신다면 우린 내일쯤이면 그 사람이 누군지 알 수 있을 게요."

"우리라고 하셨어요?"

휴 버링가는 깜짝 놀라 캐드펠을 쳐다보았다. 천천히 그 얼굴에 미소가 떠올랐다.

"이런, 난 수사님이 다시는 무기를 손에 쥐는 일은 없을 거라고 생각했는데요! 우리가 찾는 두 사람도 그 안에 들어가 있는 겁니까?"

"남은 흔적을 보면 그렇다고 할 수 있겠지요. 전날 밤에 그 오두막에서 잠을 자고 산을 달려내려가 그 말탄 자들과 만난 이들이 누구였는지 분명치는 않소. 그 사람들이 이베스와 엘라이어스 형제였는지 아니었는지는 지금으로서는 확인할 길이 없지만, 한 어른과 한 아이였다는 건 분명해요. 그렇다면 이베스와 엘라이어스 형제말고 또다른 그런 한 쌍이 그 밤중에 길을 떠났을까요? 그렇소, 나는 이베스와 엘라이어스 형제가 그 약탈자들의 손아귀에 떨어졌다고 생각해요. 무장을 하고 가건 하지 않고 가건, 휴, 나는 당신과 함께 가서 그들을 구출해내겠소."

휴는 캐드펠을 한동안 바라보고 있다가 단도직입적으로 말했다.

"그자들이 무엇 때문에 엘라이어스 수사를 끌고 가겠어요? 그 소년이라면 입고 있는 옷이나 거동으로 보아 가치있는 전리품으로 판단했겠지만, 돈 한 푼 없고 정신마저 온전치 못한 수사를 무엇 때문에요? 이미 그자들은 엘라이어스 수사를 반죽음으로 몰고 간 적이 있어요. 그러니 두번째라 해서 망설이겠어요?"

캐드펠은 강경하게 말했다.

"만일 그자들이 엘라이어스 형제를 죽여 없앴다면 내가 널브러

진 시체를 봤을 게요. 허나 그런 건 못 봤소. 무슨 일이 벌어졌는지 지금 확실히 알 수 있는 길은 없소, 휴. 확실한 것을 아는 자를 찾아내어 그에게서 얘기를 들을 밖에요."

"알겠습니다. 내일 해가 뜨자마자 루들로로 가서 국왕 폐하의 명령임을 주지시키고 조스케 드 디넌이 동원할 수 있는 모든 병사들과 나의 병사들을 함께 출발시키겠습니다. 디넌도 국왕에게 충성을 다할 의무를 지닌 사람이니까 그렇게 하겠죠. 스티븐 폐하께는 물론이거니와 디넌에게도 자신의 영지 안에 국가를 거역하는 자들이 있다는 건 모욕일 테니까요."

"날이 새자마자 그자들을 쓰러뜨릴 수 없다니 섭섭하군. 자칫하면 낮시간을 온전히 놓칠지도 모르겠소. 그리고 햇빛은 그들에게보다 우리에게 한층 더 필요해요. 그자들은 그곳 지형을 우리보다 더 잘 아니까."

캐드펠은 마음속으로 공격을 계획하고 있었다. 그것은 이제 그의 일이 아니었으며, 오랫동안 생각해본 적조차 없었다. 그러나 그의 내면에는 아직도 과거의 전의와 열광이 불타고 있었다. 캐드펠은 휴가 웃음띤 얼굴로 쳐다보고 있는 것을 깨닫고 얼굴을 붉혔다.

"미안하오. 새 사람이 되어야 하는데, 깜빡 잊었소."

캐드펠은 다시 자신의 영역으로, 길을 잃은 영혼에 관한 일로 되돌아갔다.

"한 가지 더 보여줄 게 있어요. 악마의 요새와는 직접적 연관이 없는 일이기는 하지만."

캐드펠은 갖고 있던 검은 뭉치를 테이블에 내려놓고 수녀복과 하얀 머리수건을 펼치더니, 그 옆에 말의 갈기털을 꺼내놓았다.

"그 오두막의 건초더미 밑에서 이걸 찾아냈소. 눈에 띄지 않게 깊숙이 숨겨져 있었지. 레이너가 건초를 발로 차 걷어내지 않았다면 찾을 수 없었을 게요. 그곳에 감춰져 있던 이것들, 직접 한 번 보시오. 그리고 이 말갈기 털은 오두막 바깥쪽 모퉁이의 거친 외벽에 붙어 있었소. 그곳에는 말의 배설물도 한 덩어리 떨어져 있었지요."

캐드펠은 그 정황도 정확하게 전달해주었다. 이것들을 해석하는 데에는 그 야수들의 문제를 해결하는 것과는 전혀 다른 정신력이 필요했다. 휴 버링가는 얼굴을 찌푸리고 정신을 집중해 그것들을 살펴보며 캐드펠의 얘기에 귀기울였다. 그의 피로에 지쳐 있던 정신은 순식간에 민감하고 예리한 사고력을 되찾았다. 휴는 한동안 말없이 그 물건들을 바라보다가 마침내 입을 열었다.

"그 수녀 것과 그 수사 건가요? 그렇다면 그들은 같이 있었던 거군요."

"내 생각에도 그렇소."

"엘라이어스 수사가 발견된 장소는 그 오두막에서 상당히 떨어진 곳이었어요. 승복도 없는 벌거숭이 몸이었죠. 그런데, 그 오두막에 승복이 버려져 있었던 거군요. 수사님 생각이 옳다면 엘라이어스 수사는 미친 듯이 그 오두막에서 도주했을 겁니다. 하지만 무엇 때문이죠? 무엇에 쫓겨서? 무엇에 끌려서?"

"이건 나 역시 확실히는 모르겠소. 하지만 하느님이 도와주신다면 이것 역시 알아내는 길이 있을 게요."

"게다가 감춰져 있었다, 그것도 아주 감쪽같이요. 아마 이것들은 봄까지 그냥 그렇게 감춰져 있었을 테고, 다시 발견되었을 때에는 무슨 의미를 지닌 건지 전혀 짐작도 할 수 없었을 겁니다.

그 늑대들이 자기들 소행을 무엇이건 감추려 한 적이 있었나요, 수사님? 없었습니다. 그들은 무엇을 파괴하건 그 자리에 고스란히 버려두었어요."

캐드펠은 대답했다.

"그 악마들은 그렇게 했소. 부끄러운 줄도 모르고."

휴 버링가는 솔직히 말했다.

"어쩌면 두려움마저 없지는 않았을 겁니다. 이 모든 걸 종합해서 생각해보면 아무래도 앞뒤가 맞지 않는군요. 어떻게 생각해야 할지 모르겠어요. 애써 생각을 해보려 하면 무척 언짢아지고요."

"나 역시 마찬가지요. 기다려봅시다. 뭔가를 좀더 알게 되면 앞뒤가 맞게 될 게요."

그러고서 캐드펠은 굳이 고집스럽게 덧붙였다.

"우리가 생각하는 것처럼 그렇게 언짢은 결론은 아닐지도 모르오. 나는 선과 악이 서로 풀려나올 수 없을 만큼 참혹하게 뒤엉켜 있다고는 생각하지 않아요."

휴 버링가가 저녁식사를 한 곳은 접객소 앞쪽의 대기실이었다. 그들 두 사람 중 어느 누구도 문이 열리거나 닫히는 소리를 들은 적이 없었다. 그러나 캐드펠이 옷뭉치를 팔에 끼고 밖으로 나섰을 때에 바깥의 석조 통로에 그녀가 서 있었다. 큰 키에, 결코 잠들 줄 모르는 자긍에 찬 열정적인 눈, 창백한 얼굴, 어깨 위로 구름처럼 흘러내린 검은 머리칼의 그림자가 서 있었다. 캐드펠은 그녀의 얼굴에 떠오른 짓눌리고 긴장된 표정을 보고, 그녀가 무심코 안으로 들어섰다가 그들의 애기를 듣고 방 안의 광경을 보았으며, 깜짝 놀라 얼른 돌아서 나왔다는 것을 이내 짐작하였다.

그녀는 그림자 속에 숨어서 캐드펠이 나오기만을 기다리고 있었을 터였다. 캐드펠이 그녀의 팔을 잡았을 때에 그녀는 부들부들 떨고 있었다. 캐드펠은 에르미나를 낮 동안 지핀 난로가 미약하게나마 여전히 타고 있는 방으로 서둘러 데리고 갔다. 그 난로는 아침까지 그대로 탈 터였다. 온기는 보잘 것 없었으나 어둠 속에 잠긴 그곳에서 불길만은 붉게 이글거리고 있었다. 캐드펠은 호젓한 곳에 이르자 그녀의 호흡이 차츰 조용해지며 긴장이 풀어지는 것을 느꼈다. 캐드펠은 허리를 굽혀 부드럽게 불길을 휘저었다. 이윽고 발갛고 따뜻한 기운이 흘러나오기 시작했다.

"여기 앉아 몸을 덥혀요, 어린 아가씨. 거기 기대어 앉으라니까. 두려워할 거 없소. 바로 오늘 아침까지도 이베스는 살아 있었고 아주 생생해요. 사람의 힘으로 이루어질 수 있는 일이라면 내일은 우리가 그 아이를 이곳으로 데리고 돌아올 수 있을 게요."

에르미나는 캐드펠의 옷소매를 움켜잡고 있던 손을 천천히 풀더니 벽에 머리를 기대고 다리를 불 쪽으로 뻗었다. 그녀는 수도원 정문으로 들어설 때에 입고 있던 농부의 겉옷 차림에 맨발이었다.

"귀여운 아가씨, 어째서 아직까지 자지 않았소? 이 일을 우리에게 맡겨둘 수는 없었소? 우리를 넘어 하느님께 맡겨둘 수도 없었소?"

에르미나는 갑자가 몸을 부르르 떨며 말했다.

"하느님이 힐라리아 수녀를 죽게 한 거예요. 그 옷은 그분 거였어요. 저도 알아요. 저도 그 머리수건과 그 수녀복을 봤다구요! 그건 힐라리아 수녀의 옷이에요. 그분이 능욕당하고 살해당할 때에 하느님은 어디 계셨던 거죠?"

"하느님은 모든 것을 주목하고 계신다오. 흠 한 점 없는 순결한 성자들을 위해서는 바로 그분 곁에 자리를 마련해두고 계시지요. 당신은 힐라리아 자매가 그곳에서 돌아오기를 바라오?"

캐드펠은 그녀 곁에 잠자코 앉았다. 그는 그녀의 슬픔과 연민에 깊이 공감하지 않을 수 없었다. 더이상 뭐라 하겠는가? 스스로를 파괴시킬 듯한 저 분노에 어떻게 경의를 표하지 않을 수 있겠는가?

"그건 힐라리아 수녀의 옷이에요. 그렇죠? 전 잘 수가 없었어요. 누가 새로운 소식이라도 알려주지 않을까 하는 생각으로 밖에 나왔다가 수사님 목소리를 들었어요. 엿들을 생각은 없었어요. 그저 문을 열었는데, 그게 보였어요."

캐드펠은 부드럽게 말했다.

"당신은 아무 잘못도 없소. 내가 아는 것을 모두 얘기해주겠소. 당신도 들을 자격이 있으니까. 다만 다시 한번 일러두겠소. 다른 사람이 저지른 악행에 대해 당신 스스로를 책망하지 말아요. 자기가 저지른 악행에 대해서는 당연히 스스로를 책망해야겠지요. 하지만 이 죽음은 누가 저질렀는지는 알 수 없으나, 분명히 당신이 책망받을 일은 아니오. 자, 이제 내 얘기를 듣겠소?"

에르미나는 즉시 고분고분해졌다.

"좋아요. 하지만 제가 책임을 질 일이 아니라면 당당히 제 요구를 얘기할 수 있겠죠? 전 복수를 바래요."

"그것 역시 하느님께 속한 일이라고 우리는 배웠소."

"전 그러면서 동시에 피에 대한 제 의무라고 배웠어요."

그것은 캐드펠의 이야기만큼이나 전적으로 정당한 소견이었다. 그녀는 그저 진지할 뿐이었다. 캐드펠은 에르미나의 바로 곁에서

그녀의 열정적인 복수심을 온몸으로 느끼면서, 자신도 그녀와 같은 목표를 갖고 있지는 않은지 자문해보았다. 설령 그들 두 사람 사이에 생각의 차이가 있다 할지라도 그것은 아직 노출되어 있지 않았다. 캐드펠의 생각에 그들은 정의에 대한 목마름을 공유하고 있었다. 그녀는 그것을 복수라 부를 뿐이었다. 캐드펠은 아무 말도 하지 않았다. 너무나도 강렬한 열정은 끝끝내 목표를 달성하고 사그라들거나, 스스로 그 광포한 기세를 누그러뜨리고 타협점을 찾으려 하는 법이었다. 열여덟 살 에르미나의 정신은 그 분노를 인간의 한 조건인 슬픔으로 화해시키는 법을 터득하고 있을지도 몰랐다. 그녀 스스로가 길을 찾아가게 하는 수밖에 없었다.

그녀는 슬프다 못해 처참한 어조로 물었다.

"저에게 보여주실 수 없나요? 그분의 옷을 보고 싶어요. 전 수사님이 그걸 가지고 계시다는 걸 알아요."

그랬다. 그녀는 지금 비참한 심정으로 최종적인 목적지를 찾아 제 길을 더듬어가고 있었다. 그녀의 겸손함은 언제나 목적지에 이르는 수단을 찾아냈다. 그러나 그녀가 잃어버린 친구를 온 마음으로 슬퍼하고 있다는 것에는 의심의 여지가 없었다.

"여기 있소."

캐드펠은 두 사람 사이에 힐라리아 수녀의 옷뭉치를 놓고 엘라이어스 수사의 승복은 그 옆에 놓았다. 말의 갈기털이 옷뭉치에서 흘러내려 살아 있는 물체처럼 꿈틀대며 그녀의 발 밑으로 떨어져내렸다. 그녀는 그것을 집어들어 한동안 들여다보더니 의문을 품은 눈으로 캐드펠을 쳐다보았다.

"이건 뭐예요?"

"그 오두막 바깥쪽 처마 밑에 얼마간 묶여 있던 말에게서 나온

239

걸 게요. 그 말은 눈 속에 배설물까지 남겼소. 이 털은 거친 나무 표면에 붙어 있었지요."

"그날 밤에요?"

"어떻게 확실히 알 수 있겠소? 허나 배설물은 눈 속에 폭 묻혀 있었소. 꽤 오래된 것처럼 보였지. 그러니 그날 밤이었을 수도 있을 게요."

에르미나는 다시 물었다.

"수사님이 힐라리아 수녀의 시신을 찾아낸 곳에서 가까운 곳이 었나요?"

"저지른 죄를 은폐하려는 의도가 있었다 하더라도 사람이 시신을 둘러메고 쉽사리 갈 수 있을 정도로 가까운 거리는 아니었소. 물론 말이 있었다면 문제는 다르지."

"그래요. 저도 그렇게 생각해요."

그녀는 말갈기 털을 놓고 힐라리아 수녀의 옷을 잡았다. 캐드펠은 그녀가 그 옷을 무릎 위에 올려놓고 손으로 부드럽게 쓰다듬는 것을 지켜보았다. 그녀의 손가락이 수녀복의 딱딱한 부분에 닿았다. 오른쪽 가슴의 딱딱한 부분에서 머뭇거리던 에르미나의 손가락은 아래로 내려갔다가 다시 그곳으로 되돌아갔다.

"이건 핏자국인가요? 하지만 그분은 피를 흘리지 않았는데요. 그분이 어떻게 죽었는지 수사님이 말씀해주셨잖아요."

"사실이오. 이건 그 자매의 피가 아니오. 허나 피는 맞아요. 자매의 몸에도 희미하게 혈흔이 남아 있었지만 자매는 부상을 입지는 않았소."

에르미나는 검은 눈을 들어 캐드펠의 얼굴을 쳐다보며 부르짖었다.

"희미한 혈흔이라구요!"

그녀는 피가 굳어 딱딱해진 수녀복 표면 위에 손바닥을 펼쳤다. 안에서부터 흘러나온 것이 아니라 밖에서 묻은 핏자국. 그것은 희미한 자취가 아니었다.

"그분을 죽인 남자의 피일까요? 그 여자를 죽인 남자 말이에요. 그분이 그 남자를 피흘리게 만들었다면 그건 잘한 일이에요! 그렇지만…… 전 여전히 그 남자의 눈알을 뽑아버리고 싶어요. 그분이 어떻게 되었는데요? 그처럼 작고 그처럼 착하고……."

갑자기 에르미나는 입을 다물었다. 그녀는 힐라리아의 수녀복을 움켜쥔 두 손을 가슴에 갖다댄 채 꼼짝도 하지 않고 깊은 생각에 잠겼다. 그녀의 얼굴에서, 그녀의 눈에서 불빛이 붉게 반사되었다. 그녀는 핏자국으로 주름진 수녀복의 가슴 부분을 문질러 주름을 펴기 위해서 다시 움직이기 시작했다. 그 일이 끝나자 그녀는 끝부분을 단정히 맞추어 정성들여 옷을 다시 접었다.

"이 옷을 제가 간직하고 있어도 될까요?"

그러더니 에르미나는 강조해서 덧붙였다.

"그분을 살해한 자에게 이 옷을 보여줄 필요가 있을 때까지요."

지붕 위의 소년

아침해가 밝아오자마자 휴 버링가는 진군할 병사들을 모으기 위해서 말을 타고 브롬필드를 떠나 루들로를 향해 출발했다. 캐드펠도 장화를 신고, 승복 자락을 끌어올려 말을 탄 채 그와 함께 떠났다. 캐드펠에게는 길잡이라는 역할이 맡겨져 있었으나 그는 그 외에도 부상자들을 위한 붕대와 연고를 한 짐 챙겼다. 오늘은 분명히 날이 저물기 전에 수많은 부상자가 생길 터였다.

그들이 출발하기까지 캐드펠은 에르미나의 모습을 볼 수 없었다. 그는 그녀가 아직 깊이, 평화롭게 잠들어 있으리라 생각하며 마음을 놓았다. 에르미나에게서는 어딘지 긴장과 허탈감에 빠진 듯한 기미가 느껴졌고, 그것은 무슨 특별한 이유가 있어서는 아니지만 캐드펠의 마음을 불편하게 하고 있었다. 그것은 남동생에

게 어떤 일이 생겼을지 대한 두려움 같은 간단한 것이 아니었다. 그녀 자신이 이미 자백한 바 있는 슬픔과 죄의식도 아니었다. 그 것이라면 이미 참회를 통해 정화되었던 것이다. 전날 밤에 캐드 펠과 헤어질 때에 그녀는 팽팽히 긴장한 채 얼음 같은 침착함으로 힐라리아 수녀의 수도복을 쥐고 있었다. 그 모습이 캐드펠의 마음에서 떠나지 않았다. 그것은 무장을 완전히 갖추고 최초의 전투를 앞두고 있는 기사 같은 결연한 태도였던 것이다.

에르미나의 마음에서 풋사랑의 환상을 축출해버리고 그녀를 지 배할 수 있다면 올리비에 드 브레타뉴에게 축복이 있을진저. 그 녀는 그의 지시에 복종해, 자기의 성격에 반하여 그날의 짐을 다 른 사람들에게 맡긴 채 경거망동하지 않고 고요히 지내고 있지 않은가. 그러나 그렇다면 캐드펠은 무엇 때문에 그녀를 무장을 갖춘 채 전투를 앞두고 긴장하고 있는 기사로 생각하는 것일까?

그들에게는 싸워서 이겨내야 할 그들 나름의 전투가 있는 것이 었다.

조스케 드 디넌은 루들로에서 휴 버링가가 요구한 병력을 거느 리고 성에서 행군하여 나왔다. 디넌이 친히 병사들을 지휘하고 있었다. 덩치가 크고 살집이 많은 중년의 그는 불그레한 안색으 로 능숙하게 말을 몰았다. 디넌의 병사 중에는 휴가 특별히 요청 한 궁수들이 포함되어 있었다. 이 국경 지방에는 단궁에 능란한 사람들이 많았다. 캐드펠은 협곡의 덤불숲에서 그들의 요새를 지 켜보며 그곳이라면 단궁의 유효사거리에 들겠다고 생각했다. 처 음에는 나뭇가지들이 은폐물의 역할을 해줄 테고, 근방에서 말탄 경비병을 발견하면 단궁으로 쓰러뜨릴 수 있을 터였다. 나무들이 겨우 평원의 사분의 일 정도의 면적에만 자라고 있다는 것은 안

243

타까운 일이었다. 협곡은 몰아치는 매서운 바람으로부터 그들을 보호해줄 테지만 정상 부근에 이르러서는 바닥에 납작 엎드린 관목들만이 자라고 있었다. 그 완전히 노출된 지역 때문에 캐드펠은 걱정스러웠다. 궁수는 성밖과 마찬가지로 안에도 있었다. 요새 안에서는 총안을 통해 공격하는 병사들에게 몸을 드러내지 않은 채 활을 쏠 수 있을 정도로 훤히 밖을 살필 수 있을 터였다. 캐드펠은 적들의 용병술을 얕보는 따위의 환상은 품지 않았다. 이 황량한 곳에 요새를 세운 자가 누구인지는 모르지만 그는 상황을 잘 파악하고 있었고, 그리하여 아무도 알지 못하는 사이에 저 어마어마한 요새를 건설해낸 것이다.

행군은 예상보다 쉬웠다. 밤의 눈보라는 지난 며칠 동안은 늦게 시작되어 일찍 그쳤다. 바람이 심하지 않았기 때문에 캐드펠은 쉽사리 길을 기억해낼 수 있었다. 대기는 얼음장처럼 차갑기는 해도 낮은 지대에서는 청명하기 그지없었으나 안개가 끼어 산봉우리들을 가리고 있었다. 그것은 그들이 목표지점에 접근할 때에는 움직임을 가려줄 테니 그들에게 이점으로 작용할 터였다.

캐드펠은 자기 생각을 밝혔다.

"저들이 밤새도록 밖에 나가 활동을 했다면 이런 이른 아침에는 되도록 편안하게 집 안에 틀어박혀 지낼 게요. 시골 사람들은 이런 때를 기다렸다가 일찌감치 활동을 시작할 테고. 저 올빼미 같은 자들은 약탈을 감행할 때면 자취를 남기는 것을 두려워하지 않아요. 하지만 희생자들에게만 모습을 나타낼 뿐, 다른 사람들 눈에는 결코 발각되지 않지요. 우연히 마주치는 이들은 어떤 이익을 얻을 수 없는 한은 모두 죽여버리니까. 허나 바로 하루 전에 약탈품을 충분히 챙겼으니 간밤에는 밖으로 나돌아다니지 않았을

게요. 그렇다면 그들은 집 안에 있을 테고 깨어 있겠지요. 또한 약탈의 밤을 보낸 이튿날보다는 덜 취해 있을 게고. 우리에게는 유감이지요."

그는 휴와 조스케 드 디넌과 더불어 앞장서서 말을 달리고 있었다. 그의 한쪽 옆에서는 휴가, 다른 쪽 옆에서는 디넌이 약간 쳐져서 말을 달리고 있었다. 디넌은 덩치가 커서인지 휴의 말보다 앞서서 코를 내미는 자신의 말을 고삐로 억제하기 위해 안간힘을 다 쓰고 있었다. 디넌은 자기보다 나이도 어리고 경험도 많지 않은 사람 밑에서 봉직해야 한다는 것에 대해 화가 나 있는지도 몰랐다. 그러니 디넌에게는 맨 앞으로 나설 이유가 없었던 것이다. 캐드펠은 이 남자가 마음에 들었다. 캐드펠은 이 정치적 성향이 수상하다는 남자를 본 것은 이번이 처음이었지만, 충분히 가치가 있는 사람이라고 생각했다. 만일 그를 잃는다면 그것은 서글픈 일일 터였다.

휴가 말했다.

"그들이 요새 전방에 전진기지를 구축했을지도 모르겠군요."

캐드펠은 그 점을 생각해보고 그렇지 않으리라고 판단했다.

"요새 근처, 아니면 심지어는 요새 중간 지점까지도 그자들은 큰 경계를 하지 않을 게요. 그들은 그곳이 무척이나 외진 황량한 곳이기 때문에 안전하다고 과신하고 있을 게요. 그 골짜기가 우리의 방어에 가장 좋은 점은 그곳이 무척 좁아서 모든 시야로부터 차단되어 있고, 따라서 적들의 눈에 띄지 않은 채 언제든 지나갈 수 있다는 점이오. 나는 아주 단순한 길을 따라갔소. 그 길을 찾아내지 못할 리는 없지요. 그곳으로부터 요새까지는 모든 것이 훤히 드러나 있어요. 나는 그들이 안전하다고 굳게 믿고 있으리

라고 생각해요. 설령 누군가가 접근한다 해도 그들은 자기들 힘
으로 방어할 수 있다고 믿을 게요."

　그들의 눈앞에는 사람 하나 없는 황량한 세계가 펼쳐져 있었다.
앞쪽으로 정상에 구름이 터번처럼 감긴 거대한 산이 견고한 푸른
그림자 속에 잠겨 있었다. 캐드펠은 황량한 지형을 둘러보다가
눈살을 찌푸리며, 자신이 기억하고 있는 길을 향하여 시선을 옮
겼다. 밤 사이에 내린 눈이 어제 남겨진 자취를 지워버리기는 했
으나 아직도 눈의 표면에는 희미하게 파인 흔적들이 남아 있었다.
거대한 바위덩이 앞에 이르자 캐드펠은 발걸음을 늦추고 엷은 안
개 속에 모습을 감춘 벼랑의 정상을 찾아내기 위해 고개를 들고
앞쪽을 뚫어져라 바라보았다. 안개의 장막 사이로 희미하게 그
너머의 광경이 엿보이기는 했으나 바위덩이 위쪽에 솟아올라 있
던 장방형의 검은 산마루는 찾아볼 수 없었다. 여기서 감시탑이
보이지 않는다면, 비록 막강한 아군 병력이 드러내놓고 이동하고
있기는 해도, 그 감시탑의 감시병 역시 접근하는 아군을 볼 수 없
으리라고 기대해도 무방할 터였다. 가능한 한 이곳을 재빨리 통
과하여 나선형 오솔길의 첫 굽이를 돌아가는 편이 나으리라.

　그 길고 긴 오르막길을 올라 마침내 정상의 삭막한 황무지에
이르자 왼편으로 바위가 갈라진 통로가 나타났다. 그곳에서 휴는
행군을 멈추고 척후병을 내보냈다. 그러나 하늘에 원을 그리며
떠도는 몇 마리 새들뿐, 살아 움직이는 물체란 찾아볼 수 없었다.
바위 사이의 갈라진 통로는 너무나 비좁아 몇 발자국만 걸어들어
가면 그만 막혀버릴 듯이 보였다. 어딘가로 이어진 길이라고는
도저히 생각할 수 없었다.

　캐드펠이 말했다.

"안으로 들어가면 넓어져요. 더욱더 넓어져 개울의 원천지까지 이어지지요. 고원지대의 모든 개울물들의 원천이지요. 나무들이 죽 이어져 있다오. 비록 키가 작은 것들뿐이지만."

그들은 일렬종대로 그 틈으로 들어서서 양쪽에 늘어선 덤불 속으로 군사들을 전개시켰다. 휴가 가장 키가 큰 나무들이 은폐물 역할을 해주는 곳에 이르렀을 무렵에는 안개가 서서히 움직이기 시작하고 있었다. 휴는 요새까지 이어진 공간에 드문드문 연명하고 있는 잡초와 바위들, 그리고 그 위를 덮은 눈을 살펴보았다. 누군가가 은폐물 밖으로 나서기만 하면 틀림없이 그 즉시 경보가 발령될 터였다. 그들을 가려주고 있는 이 듬성듬성하고 작은 나무들 앞쪽으로는 은폐물이란 전혀 없었다. 캐드펠은 생각보다 그 거리가 먼 듯해 걱정이 되었다. 요새 안에 믿을 만한 경비병과 훌륭한 궁수들이 있다면, 어떤 군사들이 공격한다 해도 그 대다수가 공격당해 쓰러지고 말리라고 여겨질 정도로 그 거리는 상당했다.

조스케 드 디넌은 방책의 길이와 그 안의 감시탑의 높이를 어름해보았다.

"먼저 항복하라는 권고를 보낼 생각입니까? 그럴 필요는 없을 듯합니다. 그렇게 해서는 안 될 이유도 많고."

휴의 생각도 같았다. 만일 그들이 저 빈약한 은폐물뿐인 지역에 반원형으로 무장병력과 궁수들을 산개시켜 배치하는 동안 적들에게 발각당하지 않을 수만 있다면 충격이라는 무기를 포기할 까닭이 무엇이란 말인가? 만일 궁수들이 일치된 행동을 개시하기 전에 방책을 향해 반 정도라도 전진할 수 있다면 많은 생명을 구할 수 있을 터였다.

"그렇지요. 저놈들은 약탈을 하고 폭행을 저지르고 무자비하게 살인을 감행한 자들이오. 난 이자들에게 어떤 권고도 하지 않겠소. 최선을 다해 우리 병력을 산개시킨 뒤에 저놈들이 알아채기 전에 공격을 시작합시다."

그는 모든 궁수들을 반원형으로 배치하였다. 보병들은 셋으로 나누어 숲의 가장자리를 따라 배치하고, 소수의 기병들은 둘로 나누어 그들 사이에 배치하였다. 그들의 임무는 성문을 향해 진군해 공격로를 확보하고 보병들이 안으로 침투할 수 있도록 하는 것이었다.

모든 준비가 끝나자 정적이 엄습했다. 휴는 창끝 모양으로 늘어선 기병대의 최전방으로 나아가자 팔을 높이 들어 공격 시작을 알렸다. 휴는 왼쪽에서, 디넌은 오른쪽에서 은폐물을 박차고 나와 성문을 향하여 치달렸고, 보병들이 그들의 뒤를 따랐다. 숲 가장자리에 배치되어 있던 궁수들이 일제히 화살을 날리기 시작했다. 그들은 방책 위로 머리가 드러나는 대로 겨냥하여 화살을 날렸다. 캐드펠은 궁수들과 함께 뒤쪽에 남아 있었다. 그는 오직 말발굽이 치닫는 소리만으로, 그 소리마저 눈 때문에 멀리 퍼져나가지 않는 가운데, 조용히 공격이 개시되는 것을 보며 놀라움을 금할 수 없었다. 다음 순간 방책 안에서는 대소동이 벌어졌다. 당황한 적들이 총안을 향해 몰려들었고, 곧이어 안에서도 화살이 쏟아져 나오기 시작했다. 그러나 첫 공격은 완전히 성공적이었다. 방책문의 빗장이 벗겨져나가 경비병들이 그리로 몰려갔을 무렵에는 휴와 디넌과 대여섯쯤 되는 병력이 안에서 방어하는 적군의 공격권이 미치지 못하는 방책 바로 아래에 도달해 있었다. 그들은 외벽 안으로 밀고 들어가기 위한 총공격을 개시했다.

방책 안의 적들은 아군이 공격해 들어가지 못하도록 문을 지키기 위해 한데 모여들었다. 고함섞인 명령이 오가고, 마구 오가는 혼란스러운 발걸음 소리가 침몰하는 배에 몰아치는 폭풍처럼 분주했다. 견고하던 문에 틈이 벌어지고 뒤틀리기 시작했다. 보병들이 치달려와 사람들이 뒤엉킨 그곳으로 몸을 던져서 그 틈을 벌려 한꺼번에 안으로 쏟아져 들어갔다.

그때 그들의 머리 위쪽에서 벽력 같은 목소리가 소리쳤다.

"기다려라, 멍청한 자들아! 너희들이 왕의 병사들인지 뭔지는 모르지만, 잠깐 멈추고 이쪽을 봐라! 당장 공격을 그만두고 문에서 물러나라. 그렇지 않았다가는 이 어린 놈의 시체를 끌고 가야 할 거다!"

방책 안과 밖의 모든 사람들이 고개를 꺾어올려 감시탑을 쳐다보았다. 양쪽의 궁수들 모두 공격을 멈추었고, 창기병과 검사들도 무기를 내렸다. 두 개의 거친 총안 사이의 난간에 이베스가 위태롭게 균형을 잡고 서 있었다. 아이의 등 쪽에는 커다란 손 하나가 허리 부분의 옷을 거머쥐고 있었다. 그 옆쪽 총안 너머에서 억세고 사나운 머리 하나가 나타났다. 아래쪽에서는 바람을 조금도 느낄 수 없었으나 그 사내의 길다란 황갈색 머리칼과 턱수염은 변덕스러운 바람에 휘날리고 있었다. 철제 미늘 갑옷에 휩싸인 손 하나가 단검을 들어 아이의 목에 갖다 댔다.

사자는 아래를 내려다보며 불처럼 번득이는 분노를 담아 외쳤다.

"이놈이 보이느냐? 이놈을 원하느냐? 산 채로? 그렇다면 사라져라! 이곳에서, 내 눈앞에서 깨끗이 사라지지 않으면 지금 당장 이놈의 목을 베어 쓰러뜨리겠다."

휴는 갈라진 성문 틈으로 밀어넣었던 검을 거둬들이고 나무토막처럼 뻣뻣이 서 있는 아이의 창백하고 고집스러운 얼굴을 올려다보고 있었다. 아이는 아무 소리도 내지 않은 채 위쪽도 아래쪽도 보지 못하고 그저 눈앞의 텅 빈 허공만을 응시하고 있었다. 휴가 사려깊고 나직한 음성으로 입을 열었다.

"당신이 누구인지 알지 못하지만 나는 국왕 폐하의 신하요. 나는 당신에게는 이제 여기에도 그 어떤 곳에도 피난처도 없다는 것을 얘기해야겠소. 그 아이를 해치면 나는 당신을 죽일 거요. 내 충고에 귀를 기울이시오. 부하들을 데리고 이리로 내려와 항복하시오. 그래야만 자비를 구할 수 있을 것이오. 그 외에는 자비를 구할 길이 없소."

"국왕의 신하에게 내 말하겠다. 말싸움은 필요없으니 그대의 오합지졸을 데리고 당장 눈앞에서 깨끗이 사라져라. 그렇지 않았다가는 이 돼지새끼를 피비린내와 함께 우리가 먹어버리겠다. 지금 당장이다! 돌아서서 떠나라! 꼭 보여줘야 하겠나?"

단검의 날 끝이 아이의 목을 찔렀다. 청명한 대기 속에서 그들은 작은 핏방울이 차츰 커지더니 아이의 고운 목덜미에서 흘러내리는 것을 보았다.

휴는 한마디 대꾸 없이 검을 칼집에 넣고 말에 올라 방향을 틀자 병력을 모두 이끌고 방책 앞을 떠나, 마침내는 나무들 너머로, 보이지 않는 곳으로 물러났다. 그의 등 뒤에서는 사자의 굶주린 포효와도 같은 분노에 뒤섞인 웃음소리가 퍼져나갔다.

궁수들을 포함한 모든 병사들은 적이 보이지 않는 곳까지 후퇴하였다. 그들은 얼어붙은 침묵 속에서 덤불숲에 바짝 엎드렸다. 그곳은 진정 돌이킬 수 없는 죽음의 함정과도 같았다. 그들은 감

히 공격을 감행할 수 없다는 것을 알고 있었고, 저 탑 속에 몸을 감춘 사나운 사자가 그들이 이대로 떠나지는 않으리라는 것을 짐작하고 있다는 것 또한 알고 있었다.

조스케 드 디넌이 말했다.

"보좌관님은 모르셔도 나는 저놈을 압니다. 레이시 가문* 차남 쪽에서 벋어나온 사생아지요. 그 부친이 결혼한 뒤에 정당한 피를 물려받고 태어난 그의 아우가 바로 내 영지에서 살고 있습니다. 저자는 프랑스에서 노르망디가 앙주에 반기를 들었을 때에 그 편에서 참전한 적이 있어요. 모두들 저자를 왼손잡이 알랭이라고 불렀지요."

그를 지금 처음 본 사람에게도 새삼 상기시킬 필요가 없었다. 소년의 목에 단검을 갖다대고 있던 손은, 그리고 냉혹하게 소년의 목덜미 살갗을 찌른 손은 그의 왼손이었다.

이베스는 자기의 허리춤을 한손에 움켜쥐었던 커다란 손아귀가 제 몸을 들어올려 지붕의 목재 위에 올려놓는 것을 느꼈다. 그 어쩔한 충격이 발바닥으로부터 머리까지 얼얼하게 전해져 아이는 눈을 커다랗게 떴다. 이베스는 너무나 긴장하여 소리 하나 내지 않았다. 혀끝을 깨문 것이었다. 아래입술로 피가 흘러내렸다. 아이는 피를 삼키고 판자 위에서 덜덜 떨며 서 있었다. 목덜미에서는 단검에 찔린 상처에서 가늘게 피가 흘러내리고 있었으나, 그런 것은 문제도 되지 않았다. 게다가 그 피는 이미 마르기 시작하고 있었다.

아이는 이제껏 지금처럼 놀란 적이 없었고, 지금처럼 거칠게 다

루어진 적도 없었다. 아이는 돌연 목덜미를 붙잡혀 창문도 없는 감시탑의 캄캄한 어둠 속에서 어디가 어딘지 모를 계단을 끌려 올라갔으며, 수직으로 선 사다리 위로 끌려가, 무거운 뚜껑문을 통과하여 마침내는 한낮의 눈부신 햇살이 가득한 지붕 위로 들어 섰던 것이다. 사자의 음성이 귓전에서 울려퍼지더니, 사자의 손아 귀가 밖으로 내던지기라도 할 듯이 난간으로 아이를 끌어냈다. 본능적으로 아이는 이를 악물었고, 아무 소리도 내지 않았다. 지 금 갑자기 그 손아귀에서 풀려나자 무릎이 맥을 잃고 덜컥 꺾이 려 했다. 그러나 아이는 화가 치밀어 얼른 무릎을 꼿꼿이 세웠다. 아이는 아직까지 한 마디 말도, 비명도 지르지 않았다. 아이는 그 것을 제 명예로 생각했다. 아이는 당당히 버텨서서 심장의 박동 이 잠잠해지기를 기다렸다. 똑바로 서 있을 수 있다는 것은 이미 이베스에게는 크나큰 성취였다.

왼손잡이 알랭은 두 팔을 펼치고 서서 총안 옆에 공격자들이 협곡 속으로 사라져가는 것을 험상궂은 눈길로 지켜보았다. 그를 따라 이곳까지 올라온 부하 셋이 그의 명령이 떨어지기를 기다리 고 서 있었다.

"그러니까, 이 꼬마에게는 돈은 몰라도 이만한 가치는 있었군 그래! 이놈을 계속해서 붙들어둘 이유는 충분해. 같은 목적으로 이놈을 또 이용할 수도 있겠지. 아, 저놈들은 그다지 멀리 가지는 않을 거다. 난 알고 있어. 아직은 아니지. 그놈들은 찾을 수 있는 한 모든 우회로를 다 찾아내어 온갖 방법을 다 시도해 볼 거다. 그때마다 이 작은 돼지새끼의 목덜미에 단검이 닿으면 철수하겠 지. 우린 저놈들이 우리 장단에 춤을 추게 마련이라는 걸 알게 된 거야. 이 꼬마도깨비 녀석아, 넌 우리에겐 군사와도 같은 가치를

252

가지고 있는 거다."

이베스는 그 말에서 아무런 위안도 찾을 수 없었다. 그들은 이베스를 빌미로 몸값을 요구하려는 생각도 하지 않았다. 요새가 발각된 지금 이베스의 가치는 그보다 훨씬 더 높아진 것이었다. 이제는 요새를 다시 은폐할 수도 없었고, 전처럼 모든 목격자들을 제거함으로써 비밀을 유지시킬 수도 없었다. 그러나 적어도 당분간은 포로를 살해하겠다는 위협을 반복할 수 있을 테고, 어쩌면 소년의 목숨을 그들이 아무 공격도 받지 않고 여기서 자유롭게 빠져나갈 수 있게 해준다는 보장과 교환할 수도 있을 것이며, 그렇게만 된다면 어딘가 다른 곳에서 다시 같은 일을 계속할 수 있을지도 몰랐다. 하지만, 아니, 휴 버링가가 그렇게 고분고분 포기할 리는 없었다. 버링가는 그런 인질을 필요한 시기 이상 적의 손에 남겨둘 생각은 전혀 없을 터였다. 틀림없이 그는 전면적 공격이 부적당하다면 적의 소굴로 파고들 수 있는 다른 방법을 강구할 터였다. 이베스는 그것을 믿어야 한다고 스스로에게 타이르며 무표정한 얼굴을 유지하고 입을 다물고 있으려고 안간힘을 다했다.

"너, 귀어린. 너는 이놈과 함께 여기 있어라. 어두워지기 전에 교대할 사람을 보내줄 테니. 이놈은 아무 말썽도 일으키지 않을 거다. 총안으로 기어올라가 아래로 몸을 던져버리기에는 키가 작은데 무슨 짓을 할 수 있겠어? 게다가 내 생각에 이놈은 아직 그걸 선택할 만큼 겁에 질려 있지는 않아. 어찌 아나? 저놈이 우리와 함께 사는 걸 즐거워하게 될는지. 안 그러냐, 꼬마야?"

그는 단단한 손가락으로 이베스의 갈비뼈를 쿡쿡 찌르며 웃음을 터뜨렸다.

"단검을 준비해둬. 저놈들이 은신처에서 나오기만 하면, 저놈들 가운데 하나라도 우회로를 통해 접근하려는 놈이 있으면 그 순간 곧 아까처럼 하란 말이다. 만일 그래도 저놈들이 계속 같은 짓을 하면……"

그는 마치 덫이 닫치듯 커다란 이빨을 위아래로 다물었다.

"이 꼬마의 피를 조금 흘려! 그래도 저놈들이 물러나지 않으면 그때는 내가 직접 칼질을 해야지. 내가 하면 저놈들도 믿지 않을 수 없을걸!"

귀어린이라고 불린 남자는 고개를 끄덕이더니 히죽이 웃으며 단검을 칼집에서 뽑아냈다.

"너희들은 밑으로 내려가라. 좀더 좋은 자리를 찾아 병력을 배치해야겠어. 우리 경계 안에 있는 모든 감시대에 감시병을 배치해야겠다. 저놈들은 추위 때문에 포기하기 전까지는 온갖 방법을 다 동원해 부지런히 들쑤시고 다닐 거다. 이런 추운 겨울에 저런 곳에서 야영할 수 있는 귀족 나리는 여태 태어난 적이 없으시지. 하룻밤도 못 버텨낼 거다."

감시탑의 지붕 아래쪽 통로로 이어지는 뚜껑문에는 고리가 달려 있어서 문을 열고 닫을 때에 사용하게 되어 있었다. 그는 자신이 직접 손을 내밀어 마치 국자라도 들어올리듯 가볍게 그 뚜껑문을 들어올리더니 손을 놓았다. 문은 쾅 소리를 내며 떨어졌다. 아래쪽에는 뚜껑문을 고정시킬 수 있는 잠금장치가 설치되어 있었다. 금속이 부딪는 소리가 요란하게 울려퍼졌다.

"안전을 위해 우린 너희들을 여기 감금해두겠다. 화를 내지는 말아. 음식은 보내줄 테니. 황혼쯤이 되면 네 감시 임무는 끝난다. 이 꼬마를 잘 감시해. 아주 효과적인 무기니까."

그는 이베스의 어깨를 철썩 후려치며 지나갔다. 이베스의 목덜미에 칼을 갖다대던 것처럼 지극히 범상한 동작이었다. 그 다음 그는 뚜껑문 밑으로 뛰어내려 흔들리는 사다리를 타고 아래로 사라졌다. 그의 부하들도 빠른 동작으로 그 뒤를 따랐다. 귀어린은 뚜껑문을 끌어당겨 제자리에 닫았다. 귀어린도 이베스도, 아래쪽에서 잠금장치가 절컥하며 제자리에 걸리는 소리를 들었다. 이윽고 사람들이 사다리를 기어내려가는 소리가 들려왔다.

위에 남겨진 그들 두 사람은 서로를 쳐다보았다. 그들의 발 아래에는 얼어붙은 눈이 쌓여 있었고, 그들이 호흡하는 대기에도 얼음 가루가 섞여 있었다. 이베스는 입술에 말라붙은 피를 핥으며 가장 편한 자리를 찾아 주위를 두리번거렸다. 탑은 넓은 시야를 확보하고 병력을 지휘할 수 있도록 높은 곳에 지어져 있었으나, 그러면서도 탑의 돌출부는 주변의 바위 높이와 견주어 크게 높지 않아서 외부에서는 쉽사리 찾을 수가 없었다. 탑을 둘러싼 벽은 가슴 높이여서 거기에 기대어 어느 쪽이든 바라볼 수 있었다. 그러나 뒤쪽으로는 깎아지른 벼랑이 버티고 있어서 보이는 것이라고는 그저 가파른 바위벽뿐이었다. 그 너머로는 멀리 평원이 펼쳐져 있었으나 너무도 광막하여 도무지 마음을 안정시킬 수 없었다. 게다가 바람과 추위 때문에 시련은 훨씬 더 했다. 다행히 어제보다는 날씨가 한층 온화한 편이었다.

시야에 들어오는 어떤 사물도 움직이는 것이라고는 없었다. 그러나 방책 안에서는 사람들이 부산하게 움직이고 있었다. 감시병들의 위치가 조정되고 총안에 궁수들이 배치되는 중이었다. 국왕의 부하들은 여우처럼 땅 밑으로 사라져버렸다. 이베스는 눈이 쌓이지 않은 바닥을 골라 바람을 등지고 등을 잔뜩 웅크린 채 나

무벽에 기대어 앉았다. 소년은 두 팔로 무릎을 끌어안았다. 몸과 몸이 닿는 부분마다 온기가 되살아났다. 온기라는 온기는 모조리 끌어모아야만 했다. 그 점에서는 귀어린 역시 마찬가지였다.

이 귀어린이라는 사람은 이자들 가운데 최악의 인물은 아니었다. 이베스는 두목 주위에서 서성거리는 사람들을 하나하나 눈여겨 보아두었고, 그리하여 남을 해치는 것으로 기쁨을 느끼는 자는 누구며, 남을 모욕하는 것으로 기쁨을 느끼는 자는 누구며, 남을 분노케 하고 굴욕을 주는 것으로 기쁨을 느끼는 자는 또 누구인지 낱낱이 알고 있었다. 그런 자들은 너무나도 많았다. 그러나 귀어린은 그렇지 않았다. 이베스는 이 사람들 가운데 몇몇이 어쩌다가 이런 일에 끼여들게 되었는지까지 알아냈고, 그렇기 때문에 최악과 최선이 어떤 것인지 판단할 수 있게 되었다. 이들은 대개 원래가 노상강도나 살인자, 형편이 어려워지면 도둑질을 일삼는 자들, 저와 같은 인간들을 기꺼이 먹이로 삼는 그런 자들이었다. 몇몇은 법의 심판을 피해 도망쳐 나와 자기들의 보잘 것 없는 두뇌나마 써먹을 수 있는 피난처를 찾아온 도시 출신의 사기꾼들이었다. 원래 농노였으나 포악한 영주에 대항하여 반란을 일으켰다가 도망해 정의의 반대편에 몸을 의탁하기에 이른 이들도 있었다. 출신으로 보면 훨씬 나은 사람들도 있었다. 차남으로 태어났거나 영지가 없는 기사로, 스스로를 행운을 찾아 떠난 병사로 여기는 이들도 있었다. 정직한 직업에 종사하다 더이상 쓸모없어지자 버림받았다가 어쩌다 이들에게 포로가 되어, 전투병력에는 포함되지는 않지만 그저 불운으로 이들 속에 섞여들어 벗어날 수 없게 된 사람들도 있었다.

귀어린은 덩치가 크고 생각이 굼뜬, 잔인성이라고는 찾을 수 없

는 무사태평한 사람이었다. 이베스가 알기로 귀어린은 무리와 더불어 행동하면서도 언제나 자기 편한 대로였다. 귀어린은 도둑질이나 약탈이나 방화나 다른 패거리들이 저지르는 살인 따위에 대해서는 한번도 반대한 적이 없었지만 그러면서도 직접 남의 피를 흘리는 일은 가능한 한 피하려 했다. 그러나 귀어린은 어떤 경우에도 명령에는 복종했다. 그것만이 남들과 더불어 제 몫을, 필요한 음식을, 술을, 하늘을 가릴 지붕을, 그리고 몸을 덥힐 불을 분배받을 수 있는 단 하나의 길이었던 것이다. 만일 주인이 직접 살인을 하라고 명령을 내린다면 아무런 주저 없이 사람을 죽일 것이었다.

해는 두 사람 머리 위에서 밝게 빛났다. 날씨가 좀 누그러지지 않으면 살인적으로 추울 조짐을 벌써부터 보이고 있었다. 정오가 지났을 무렵, 누군가가 뚜껑문을 유쾌하게 두들기는 소리가 들리더니 이어 잠금장치가 풀리는 소리가 들려왔다. 나무 냄새가 떠도는 감시탑의 지붕으로 빵 한 보따리와 고기, 그리고 감시자를 위한 뜨겁고 독한 에일 한 주전자가 운반되어 왔다. 두 사람을 위해서는 충분한 양의 음식이었다. 귀어린은 포로를 위해 음식을 나누었다. 이들은 음식을 나누는 데에는 인색하지 않았다. 이들은 음식을 공급받을 수 있는 땅이 여지껏 적어도 네 군데가 있었던 것이다.

음식과 술은 한동안은 도움이 되었지만 시간이 지날수록 추위는 더욱 혹독해졌다. 귀어린은 체온을 유지하기 위해 마루판 위를 홀쩍홀쩍 뛰면서 계속해서 사방의 협곡을 감시하였다. 그는 포로에 대해서는 이따금 무거운 시선으로 바라볼 뿐, 거의 신경 쓰지 않았다. 그렇게 바라볼 때마다 그는 포로가 너무나도 무력

한 존재라는 것을, 그리고 그 자신에게 아무 위험한 짓도 감히 시도할 엄두를 내지 못하리라는 것을 새삼 확인했다. 이베스는 깜박 잠이 들었다가 추위 때문에 깨어났다. 몸이 뻣뻣해져 있었다. 소년은 일어나 발도 구르고 팔도 한껏 휘둘러서 피가 통하게 하려 애썼다. 소년의 감시자는 그 모습을 보며, 웃어대며 춤을 추건 운동을 하건 좋을 대로 하라고 말했다. 저 무력한 포로가 무슨 해로운 짓을 할 수 있겠는가?

햇빛이 기운을 잃어가기 시작했다. 이베스는 감시자 뒤 몇 발자국 떨어진 곳에서 감시탑 안을 서성거렸다. 총안 앞을 지날 때마다 그 너머를 내려다보았으나 보이는 것은 오직 적들의 움직임뿐이었다. 특히 절벽 쪽으로 다가갈 때마다 소년은 애써 아래쪽을 내려다보았지만 여전히 그곳에는 깎아지른 절벽과 멀리 펼쳐진 평원뿐이었다. 정방형의 감시탑 안에서는 어느 쪽에서도 하늘이 훤히 내다보였다. 그러나 귀어린이 등을 돌리고 있는 사이에 이베스는 동쪽으로는 재목이 거칠게 맞물려 있는 지점이 있고, 그곳에 발을 올려놓고 몸을 의지하면 좀더 넓은 시야를 확보할 수 있다는 것을 알아냈다. 아래쪽으로는 비어져나온 바위들의 테두리가 보였다. 위태할 만큼 상체를 내뻗자 소년은 드디어 방책이 요새 끝까지 완벽하게 싸고 있지는 않다는 것을 깨닫게 되었다. 방책은 절벽과 마주치는 지점에서 끝났다. 그 맨 끝의 절벽은 그다지 날카롭지 않았다. 벼랑 너머로 들쭉날쭉하게 이를 드러낸 바위가 있고, 암붕(岩棚) 위에는 사람의 손길이 닿지 않은 눈이 부드럽게 덮여 있었다. 모든 것이 꼼짝도 하지 않은 채 거대한 흰 눈에 덮여 있었다. 마치 크게 의지하고 있던 친구로부터 버림받은 것처럼 적막하기 그지없었다.

그러나 그 거대한 흰빛은 전혀 옴짝달싹하지 않는 것이 아니었다. 저 바위투성이 풍경이 텅 비어 있었던 것도 아니었다. 이베스는 믿을 수 없어 눈을 깜빡거렸다. 풍경의 일부가 들썩이더니 곧이어 사람의 머리 같은 것이 나타났던 것이다. 그 그림자는 곧 다음 단계의 동작으로 넘어가 외롭고 끈질기게 바위를 타고 올랐다. 다음 순간 그 풍경은 다시 감쪽같이 텅 비어 아무것도 보이지 않게 되었다. 오직 눈이 가득 덮여 있을 뿐이었다. 이베스는 눈에 힘을 주고 열심히 쳐다보았다. 그러나 더이상 아무 움직임도 찾을 수 없었다.

그때에 귀어린이 고함을 질러대기 시작했고, 소년은 황급히 발을 올려놓았던 곳에서 내려섰다. 귀어린은 이베스를 움켜쥐어 거칠게 끌어내리더니 미친 듯이 흔들어댔다.

"무슨 짓을 하려는 거야? 이 바보야, 저기로 내려갈 수 있는 방법은 없어."

귀어린은 그 엉뚱한 생각에 마구 웃어댔으나 다행히도 이베스가 바라본 쪽을 내다보려고는 하지 않았다.

"목이 칼에 잘리나 저 밑에 떨어져 부러지나 마찬가지라고 생각한다면 또 몰라도."

귀어린은 이베스의 어깨를 움켜쥔 채 자기 앞으로 끌어당겼다. 정말 자기 포로가 손가락 사이에서 빠져나가 크나큰 대가를 치르게 될지도 모른다는 걱정이 된 모양이었다. 이베스는 끌어당기는 대로 몸을 맡겼다. 이베스는 귀어린을 재미있게 해서 혼란에 빠뜨리려면 약간 칭얼거리는 편이 낫겠다고 생각했다.

이제 소년은 확신하고 있었다. 저 밑에, 바위 사이에 누군가가 있었다. 그는 검은 옷을 흰 리넨 천으로 감추고 살그머니 눈 속에

서 움직이고 있었다. 누군가가 위험을 무릅쓰고 벼랑을 타오르고 있는 것이다. 전면에서가 아니라 덤불이 있는 곳에서부터 우회하여, 시야가 미치지 않는 바로 아래쪽의 벼랑을 타고, 방책 너머에 도달하기 위해 움직이고 있었다. 그의 목적은 결국 누구의 눈에도 띄지 않고 침투하는 것일 터였다. 절벽으로는 침투가 불가능하다고 여겨지고 있었다. 그 사람은 철저히 훈련된 몸짓으로 이 얼음 같은 추위 속에서도 천천히 움직이고 있었다. 그는 스스로가 얼음처럼 꼼짝하지 않을 수 있었으며, 저 바위와 겨울의 일부처럼 될 수도 있는 사람이었다. 이제 그는 최후의 위험한 통로를 통과하기 위해 어두워지기를 기다리고 있을 터였다.

이베스는 손이 어깨를 잡아 이끄는 대로 아무 저항도 하지 않고 끌려다녔다. 아이는 자기가 버림받지 않았다는 확신으로 두근거리는 가슴을 진정시키려 애썼다. 영웅들이 최선을 다해 움직이고 있었다. 그러니까 스스로에게도 영웅심이 필요했다. 이베스는 결코 쉽사리 포기할 수 있는 처지가 아니었다.

어둠이 내리기 시작했다. 귀어린이 슬슬 불평을 늘어놓기 시작했을 때쯤 아래쪽에서 사다리를 기어오르는 소리가 들려왔고, 이어 잠금장치를 푸는 금속성 소리가 울리더니 뚜껑문이 들어올려졌다.

이번에 올라온 이는 가장 폭력적 성향이 강한 자들 가운데 하나였다. 뻑뻑한 구레나룻에 천연두로 얽은 얼굴, 납작한 코의 소매치기였다. 곧잘 심술궂게 주먹질을 해대고 더러운 손톱을 함부로 휘두르는 사내였다. 이베스는 이미 여러 번 그 손톱에 할퀸 적이 있었다. 어둠 속에서 그 사내의 얼굴이 나타나자 이베스는 저

도 모르는 사이에 입술을 깨물었다. 이베스는 그 사내의 이름을 알지 못했다. 어쩌면 이제까지 이름이란 것은 가져본 적이 없고, 그저 어떤 별명으로 불릴 뿐이며, 정당한 부모도 없고, 기독교도로서 세례를 받은 적도 없는 사람일지도 몰랐다.

귀어린 역시 그 사내를 좋아하지 않기는 마찬가지였다. 귀어린은 날이 어두워지기 전에 교대해주기로 약속되어 있었는데 이렇게 늦게야 온 것에 대해 분통을 터뜨렸다. 그들은 서로에게 욕설을 퍼부으며 한바탕 싸움질을 했다. 이베스는 그 사이에 그들의 눈에서도 마음에서도 사라져, 자기가 좋아하는 안전한 구석으로 돌아갔다. 어쩌면 조금 더 시간이 걸릴지는 몰라도, 하지만 분명히 저 어둠 속에는 누군가가 있었다. 멀지 않은 곳에 그를 돕기 위해 온 사람이 있었다.

귀어린은 무거운 발소리와 함께 길고 긴 사다리를 타고 투덜거리며 밑으로 사라졌다. 잠금장치가 채워지는 소리가 들려왔다. 이제 소년은 무슨 짓을 벌일지 알 수 없는 흉악한 살인자와 더불어 남겨지고 말았다. 그들에게는 그들 나름의 명령이 있었고, 그의 행동을 막을 수 있는 사람은 그의 두목뿐이었다. 감히 이베스를 죽이거나 불구로 만들지는 못할 테지만 상처를 입히는 일쯤이야 얼마든지 멋대로 할 수 있을 터였다.

이베스는 단단한 나무벽에 의지하고 구석에 쭈그려 앉아 온 몸을 웅크렸다. 새로운 감시자가 그에게 선의를 품고 있지 않다는 것은 단번에 드러났다. 새로운 감시자는 뼈마디가 얼어드는 밤에 난로가가 아니라 이런 곳에 올라와 있어야 한다는 것에 대해 이내 욕설을 퍼부었던 것이다.

"이 귀찮은 놈의 새끼."

그러면서 사내는 소년의 발목을 있는 힘을 다해 걷어찼다.

"그 길에서 처음 만난 날 네놈의 모가지를 따버렸어야 하는 건데. 국왕의 부하들도 네 시체를 찾았다면 널 찾기 위해 이렇게까지 수색을 벌이지는 않았을 거다. 그랬으면 우린 여기에서 언제까지라도 편안하고 즐겁게 보낼 수 있었을 거고."

이베스는 그 사내의 말이 옳다는 것을 인정하며 구석에서 두 다리를 끌어모으고 온 몸을 웅크리고 앉아 있었다. 소년은 가능한 한 몸을 조그맣게 하고 입을 다물었다. 그러나 침묵 역시 감시자의 마음을 달래는 데에는 무용지물이었다. 그보다는 오히려 분노에 불을 지르는 것 같았다.

"내 마음대로 할 수만 있었다면 넌 벌써 저 총안에 매달려 연처럼 대롱대고 있었을 거다. 네가 여기에서 빠져나갈 수 있을 거라고는 꿈도 꾸지 말아. 그놈들이 너를 놓고 무슨 흥정을 해오건, 탈출에 성공하기만 하면 그 즉시 그 흥정은 깨질 수 있으니까. 우리에게 길을 내준다고 해서 어느 놈이 우리가 네 시체를 보내주는 걸 막을 수 있겠냐? 악마가 널 끌어갈 거다, 이놈아. 그런 놈이 어디 있어? 대답해봐!"

사내는 엄청난 힘으로, 이번에는 일부러 소년의 가랑이를 걷어찼다. 그러나 그 공격은 큰 효과를 발휘하지 못했다. 이베스가 재빨리 몸을 피해 달아나자 사내는 분노로 이를 악물었다.

이베스는 대뜸 소리쳤다.

"어느 놈이 그러겠냐고? 네 두목이 아직까지 찌꺼기나마 양심이라는 걸 갖고 있다면, 자기 검을 조금이라도 가치 있는 물건으로 생각한다면 바로 네 두목이 그럴 거다. 넌 네 두목의 명령에 어김없이 복종하기나 해. 지금 너보다는 내가 훨씬 더 이용가치

가 높으니까. 그 사람은 너 따위는 아무렇지도 않게 총안에 매달 아놓을 수 있을 거야. 그런다 해도 그 사람이 잃을 것은 아무것도 없으니까."

이베스는 그 사내가 멍청하다는 것은 알고 있었으나 그가 제 천성에 반하여 현명한 척하고 싶어 안달이 나 있다는 것은 미처 알지 못했다. 이베스는 커다란 주먹이 다가오자 잽싸게 몸을 낮 추며 피했다. 공간이 한정되어 있으므로 결국은 사로잡히고 말 터였다. 그러나 소년은 고문자보다 몸도 가볍고 동작도 빨랐다. 적어도 움직이면 가만히 앉아 있는 것보다는 몸을 따뜻하게 할 수 있었다. 사내는 목소리를 낮추어 욕설을 퍼부으면서 신속한 움직임으로 이베스의 뒤를 추적했다. 목소리를 높였다가는 누군 가가 그 이유를 알아보러 이곳까지 올라와볼 수도 있는 일이었다. 사내는 이베스를 향해 몸을 날리면서 다시 욕설을 퍼부었다. 사 내의 두 팔은 아이를 잡으려고 도리깨질을 해댔다.

"뭐야, 이 병아리 같은 녀석, 나한테 그런 건방진 소리를 해대? 계속해봐라. 너 같은 놈은 내 한 손으로 비틀어 짜버릴 수도 있어. 그런데 뭐라고 큰 소리를 치는 거야? 네 모가지가 안전하다고 해 서 네 살가죽까지 안전할 줄 아냐? 이빨 몇 개 부러뜨려 피 좀 보게 해줄까?"

자기를 움켜쥐려는 손아귀로부터 달아나면 이베스는 적의 어깨 너머 바닥에서 무거운 뚜껑문이 슬며시 들어 올려지는 것을 보았 다. 그들이 서로 쫓고 쫓기는 데에 열중한 나머지 잠금장치가 열 리는 소리를 듣지 못했거나 아니면 지금 올라오려는 사람이 극도 의 조심성을 발휘해 잠금장치를 벗겼는지도 모를 일이었다. 그 밑으로부터 머리가 무척이나 침착하고 조심스럽게 나타났다. 감

시탑 안이 이미 캄캄한 것으로 보아 그 아래는 더욱 어두울 것이었다. 이베스의 가슴은 안타까운 희망으로 두근대기 시작했다. 처음 보는 사람이 도둑이나 살인자의 무리 가운데 하나가 아니라는 보장은 없었다. 그러나 감시자가 지금 돌아선다면 들어서는 사람을 목격하게 될 것이 뻔했다. 그 사람은 이제 막 전망대 위에 발을 올려놓고 몸을 곧추세우는 중이었다. 이 미치광이 같은 더러운 악당이 돌아설 수 없도록 해야 했다! 다시 이자를 피해 달아난다면 이자는 이베스를 추적해 처벌하려는 생각에 뒤로 돌아서게 될 터였다.

이베스는 얼어붙은 눈을 밟고 미끄러졌다. 아니, 미끄러진 듯 보였다. 주먹이 맹렬히 덤벼들어 가슴을 후려쳤고, 소년은 난간에 처박혔다. 감시자는 소년의 머리칼을 움켜쥐고 억지로 젖혀올리더니 얼굴에 침을 뱉고는 승리감에 차서 웃어젖혔다. 이베스는 모욕감에 사로잡히지 않으려고 애썼다. 팔을 들어 침을 닦을 수도 없었지만 이베스는 그곳으로 잠입한 낯선 이가 소리 하나 내지 않고, 전혀 서두르는 기색도 보이지 않으며 몸을 똑바로 일으켜 세우더니 다시금 뚜껑문을 제자리에 덮는 것을 지켜보았다. 그 동안에도 낯선 사람의 눈은 계속해서 벽 쪽으로 달라붙은 그들 두 사람에게 고정되어 있었다. 그 사람은 황급히 소년을 구하기 위해 그 엄청난 조심성을 버리는 짓은 저지르지 않았다. 찬사를 받아 마땅한 놀라운 침착성이었다. 이베스는 고마움과 경탄으로 가슴이 벅차올랐다. 소년은 저 낯선 사람이 제 행동을 이해했으며 그에 대해 찬사를 보내고 있다는 것을 깨달았던 것이다. 이베스는 이제 단순한 피해자가 아니라 이 비밀스럽고 놀라운 전투에서 저 낯선 사람의 동지였던 것이다.

이베스는 낯선 사람이 재빠르지만 소리 없이 발을 옮겨 다가오는 것을 보았다. 그 다음 순간 격렬한 주먹을 받고 아이의 머리는 한쪽으로 돌아갔다. 두번째 주먹질에 아이는 벽에 쾅 부딪쳤고 정신을 잃을 듯 현기증을 느꼈다. 아이는 더욱더 확실히 하기 위해, 일부러 겁에 질린 음성으로 너무 크지는 않지만 이미 그들 곁에 다가온 사람의 움직임을 은폐할 수 있을 정도의 소리로 칭얼거렸다.

"그만해요! 아프다구요! 놔줘요! 잘못했어요, 잘못했다니까요…… 그만둬요……"

그 음성에는 어딘지 의기양양한 기미가 느껴졌고 아이의 기세는 그렇게 애원하는 동안에도 조금도 수그러들지 않았다. 그러나 짐승 같은 감시자는 그 차이를 느끼지 못했다. 사내는 키들키들 웃으며 신이 나서 어쩔 줄 몰라할 뿐이었다.

길다란 팔이 사내의 얼굴에 감긴 순간에도 사내는 아직 웃고 있었다. 사내의 입이 막히고 몸뚱이가 등을 뒤로 해서 벽에 눌렸다. 젊은 힘으로 팽팽한 길다란 다리가 신속한 동작으로 사내의 몸을 따라 나란히 움직여 벽 쪽에 이르더니 사내의 배에 무릎을 꽂아넣었다. 사내의 뱃속에서 공기가 한꺼번에 빠져나가 푹 꺼지는가 싶더니 머리에서 원뿔형의 투구가 벗겨져나갔다. 사내의 뒤통수는 격렬한 힘으로 벽에 부딪쳤고, 그 충격으로 사내는 마치 물 위로 끌어올려진 물고기처럼 바닥에 널브러지고 말았다. 소리 하나 낼 짬도 없었다.

이베스는 반쯤 훈련된 매처럼 쏜살같이 그들 두 사람 곁으로 다가가, 바닥에 얼른 엎드려 감시자의 검과 단검이 걸린 허리띠의 매듭을 풀기 시작했다. 두 손이 덜덜 떨리고 있었지만 아이는

재빨리 무기를 제거하고 낯선 이에게 그 허리띠를 내밀었다. 낯선 이는 도저히 칭찬을 아낄 수 없다는 듯 아이의 행동을 가만히 지켜보고 있다가 허리띠로 감시자의 양팔을 등 뒤에서 결박했다. 그 일을 마치자 남자는 훌륭한 조수를 돌아보았다. 남자는 미소 짓고 있었다. 빛이라고는 별들이 흘리는 희미한 것뿐이었으나 그 빛은 깨끗하고 맑았다. 그는 틀림없이 미소짓고 있었다.

남자는 넓은 가슴에 손을 밀어넣어 길고 흰 리넨 천조각을 꺼내더니, 그것을 이베스에게 내밀며 낮고, 침착하고, 미소와 더불어 찬사가 담긴 음성으로 말했다.

"얼굴을 닦으시오. 그런 뒤에 이걸로 이자의 커다란 입을 침묵시킵시다."

고립된 영웅 12

이베스는 뺨과 턱에 끈적끈적하게 흘러내리는 피를 닦아내면서도, 외경과 경탄에 사로잡혀 눈을 커다랗게 뜨고 조금 전까지 자기를 고문하던 사내 너머에서 이쪽을 주시하고 있는 남자를 한순간도 놓치지 않고 가만히 지켜보았다. 희미한 별빛 아래 하얀 치아가 번득였고, 밝은 눈동자는 마치 보석처럼 빛났다. 젖혀진 망토 위에서 검은 머리칼이 넘실거렸다. 곱슬거리지는 않으나 부드러운 물결 같은 숱많은 남자의 머리칼은 두툼한 모자 속에 단단히 단속되어 있었다. 두상은 단정하고 강인해 보였다. 몸의 모든 선들이, 움직일 때의 동작 하나하나가 남자의 젊음과 대담성을 웅변하고 있었다. 이베스는 남자를 정신없이 쳐다보다가 자기도 모르는 사이에 그에게 매료되었다. 전에도 소년에게는 영웅이 있

었고, 아버지도 그런 영웅들 가운데 한 사람이었다. 그러나 이 영웅은 새로울 뿐만 아니라 젊었으며, 그 모든 것보다 더 중요한 것은 지금 바로 여기에 있다는 사실이었다.

"이리 주시오!"

남자는 동지에게 짤막하게 말했다. 이베스가 얼른 그 길다란 리넨 천을 내밀자, 남자는 신속히 그것을 받아들어 한쪽 끝을 감시자의 벌어진 입 안에 쑤셔넣더니 눈과 귀를 가리며 얼굴을 칭칭 동여매 감시자를 장님과 귀머거리로 만들어버렸다. 남자는 천의 남은 부분으로 어깨 위를 결박해 이미 사내의 두 팔을 결박하고 있는 허리띠에 묶었다. 포로의 두 다리를 결박할 끈이 필요해지자 남자는 신속히 가죽 조끼를 벗어 레이스를 뜯어내더니, 그것으로 포로의 두 발목과 발을 묶어 바짝 끌어당겨 포로의 두 팔목에 다시 한번 결박하였다. 포로는 마치 나귀 잔등에 싣기 위해 꽁꽁 포장한 꾸러미 같은 꼴이 되었다. 이베스는 군더더기라고는 전혀 없는 남자의 일 처리 동작을 두 눈을 휘둥그레 뜨고서 경탄한 표정으로 지켜보았다.

두 사람은 더없는 만족감을 느끼며 한동안 서로를 바라보았다. 이베스가 무슨 말을 하려고 입을 열자 남자는 황급히 손가락을 들어 입술을 가렸다. 이베스는 얼른 입을 다물었다. 남자는 안심하라는 듯 미소지었다.

"기다리시오!"

깊고 고요한 음성, 속삭임보다 조금 큰 소리였다. 속삭임이란 것은 아무 독특함은 없어도 또렷이 들리는 법이었다. 그러나 남자의 음성은 오직 소년의 귀에 도달했을 뿐이었다.

"내가 들어온 길로 나갈 수 있는지 살펴봅시다."

이베스는 몸을 웅크리고 꼼짝도 하지 않은 채 두 귀를 잔뜩 곤 두세우고 바들바들 떨며 잠자코 기다렸다. 소년의 동료는 뚜껑문 위에 납작하게 엎드려 한쪽 뺨을 나무판자에 대고 귀를 기울였다. 약간의 시간이 지나자 남자는 조심스럽게 뚜껑문 한쪽 귀퉁이를 열어 나무 냄새가 그득한 감시탑 아래쪽의 어둠을 내려다보았다. 감시탑 바깥, 벽이나 방책을 따라 이어진 경비병들의 통로에서는 움직이는 소리와 말소리가 들려왔으나 감시탑 안의 어둠 속은 정적과 고요뿐이었다.

"해봅시다. 바짝 붙어 내가 하는 대로 따라하시오."

남자는 뚜껑문을 열고 그 안으로 내려서더니 마치 고양이처럼 민첩한 동작으로 두 손으로 사다리를 잡고 내려갔다. 이베스는 재빨리 그 뒤를 따랐다. 아래쪽의 어둑한 공간에 이르자 두 사람은 가장 어두운 벽을 등진 채 다시금 얼어붙은 듯 꼼짝도 하지 않고 기다렸다. 그러나 그들을 위협하는 것은 아무것도 없었다. 그곳으로부터는 거칠지만 견고한, 단단한 계단이 있었다. 중간의 층계참에 이르자 홀 안의 인기척이 느껴졌고, 횃불이 일렁거리며 흩어지는 빛이며 어른대는 그림자, 아래쪽의 커다란 문 옆에 피워진 난로의 불빛도 보였다. 계단을 조금만 더 내려가면 홀과 같은 높이에 있는 감시탑의 맨 밑에 도달할 수 있었다. 그러나 그 문과 그들 사이를 왼손잡이 알랭과 그의 불한당들이 막고 있었다. 길다란 팔이 뻗어나와 이베스를 끌어당겼다. 이베스는 그때까지도 그저 귀를 기울이며 주위를 살피고 있을 뿐이었다.

감시탑의 기저부는 반은 바위였고 반은 다져진 흙이었다. 그곳의 대기는 저 위쪽의 널찍한 공간의 대기보다 오히려 더 찼다. 두려움에 사로잡혀 아래쪽을 내려다보던 이베스의 눈에 먼 구석 쪽

에 있는 깊숙한 총안의 아랫부분이 들어왔다. 그곳으로부터 강한 외풍이 불어들고 있었다. 그곳에는 밤에만 이용하는 작은 출입문이 있었다. 이베스를 구원하기 위해 온 사람도 틀림없이 그 문을 사용했을 터였다. 발각당하지 않고 거기까지 이를 수만 있다면 이 남자가 온 것과 같은 통로를 이용해 적들의 요새에서 빠져나갈 수 있을 터였다. 이처럼 강인한 안내자가 버티고 있는 한 어둠 속에서 얼음으로 뒤덮인 바위를 타는 것도 두려워할 필요가 없을지 몰랐다. 한 사람이 해낸 일인데 두 사람이 함께 해내지 못할 이유가 있겠는가.

그들의 계획이 발각된 것은 그 마지막 계단의 첫번째 층계에 발을 내디딘 순간이었다. 그때까지 그들은 완벽한 정적 속에 잠겨 있었다. 그러나 발 하나를 뒤틀린 나무계단에 내리자 판자가 삐걱이며 요란한 소리를 냈다. 그 소리는 감시탑의 꼭대기까지 길다란 메아리를 남기며 퍼져나갔다. 누군가가 홀에서 누군가가 경계하라고 고함을 질렀다. 이어 분주한 발소리가 들려오더니, 문이 열리며 불빛과 더불어 무장한 사람들이 쏟아져 들어왔다.

낯선 구원자가 말했다.

"돌아가시오!"

그는 망설이지 않고 그들이 내려온 계단으로 소년을 돌려세웠다.

"지붕으로! 어서!"

후퇴할 다른 길은 없었다. 밝은 홀에 있다가 층계참의 어둠에 익숙해지기 위해 필요한 시간은 순간에 불과했다. 이윽고 첫번째 적이 소리쳐 비상사태를 알리며 계단을 향해 황소처럼 덤벼들었다. 그 뒤를 서너 명이 따랐다. 그들이 내지르는 고함과 그들이

270

일으킨 소란은 그것만으로도 두 사람을 감시탑의 계단 너머로 날려버릴 듯했다.

길다란 계단이 끝나자 사다리가 나타났다. 이베스는 낯선 구원자가 제 몸을 들어 뚜껑문에 이르는 사다리 중간까지 올려주는 것을 느꼈다. 거의 키가 큰 어른의 머리에 달하는 높이였다. 이베스는 두 손으로 사다리를 거머쥐고 올라가면서도 멈칫멈칫 어깨 너머로 낯선 구원자를 내려다보았다. 그러나 그 구원자는 날카롭게 외칠 뿐이었다.

"어서 올라가시오! 어서!"

이베스는 허겁지겁 사다리를 기어올라 뚜껑문을 넘어가 바닥에 배를 깔고 엎드렸다. 아래쪽을 내려다본 순간 아래쪽의 어둠은 뚜껑문으로 스며드는 별빛 탓에 더욱 혼돈스러울 뿐이었다. 앞장서서 그들을 추격한 사내가 그 커다란 덩치로 어떻게 그 좁은 나무 계단을 검을 휘두르며 쫓아올라왔는지 알 수 없는 일이었다. 거대한 덩치의 사내에 가려 그 뒤를 쫓아온 사람들의 모습은 보이지도 않았다.

이베스는 그 순간까지도 구원자가 검을 뽑아들고 있다는 것을 알아채지 못하고 있었다. 그들이 이베스의 감시자로부터 빼앗은 검은 아직까지도 감시탑 꼭대기 바닥에 놓여 있었고, 단검은 이미 자랑스럽게 소년이 제 허리띠에 찬 바 있었다. 아래층의 어둠 속에서 멀리서 치는 번갯불처럼 섬광을 뿜으며 검이 번득였고, 그 자취를 따라 별빛이 빛을 되쏘았다. 덩치 큰 사내가 들고 있던 짧은 검을 떨어뜨리며 비명을 질렀다. 다음 순간 발이 그의 가슴을 걷어찼다. 그 불한당은 균형을 잃고 뒤로 나동그라지면서 그 뒤를 쫓아오던 사람들을 덮쳤다. 계단은 비좁았고 경비병도 없었

271

다. 두어 명의 적들이 앞장섰던 자의 거대한 몸집 때문에 뒷걸음 질했다. 그 중에 하나는 계단의 난간 밖으로 밀려나가 바닥으로 떨어지고 말았다.

젊은 구원자는 다시 살펴보지도 않고 돌아서서 지붕으로 통하는 뚜껑문의 사다리에 매달렸다. 다음 순간 그는 이미 뚜껑문을 통과하여 이베스의 옆에 올라와 있었다. 칼집이 벗겨진 검이 감시탑 지붕의 어둠 속에서 얼음처럼 번뜩였다. 이어 단단한 두 손이 사다리 끝을 굳게 움켜쥐더니 위로 끌어당기기 시작했다. 이베스는 얼른 정신을 차리고 남자를 도와 사다리의 단을 움켜쥐고 끌어올리기 시작했다. 전력을 다해 숨을 헐떡이며 사다리를 끌어올리면서도 아이는 마음속으로 약동하는 기쁨을 느꼈다. 사다리는 위쪽에서도 아래쪽에서도 나무 기둥에 이어져 있기는 했으나 고정되어 있지는 않았다. 사다리는 슬금슬금 끌려올라왔다. 아래쪽에서 한 사내가 맹렬히 뛰쳐올라와 허공에 뜬 사다리를 거머쥐려고 훌쩍 뛰어올랐을 때에는 사다리는 이미 사내의 손이 미치는 범위를 벗어나 있었다.

사다리의 아래쪽 끝부분이 완전히 뚜껑문 위로 들어올려지자 그들은 사다리를 놓았다. 단단한 얼음에 부딪쳐 사다리는 날카로운 소리를 내며 바닥에 떨어졌다. 열린 뚜껑문을 통해 화난 부르짖음이 들려왔다. 소년이 그 소리를 듣지 않으려고 뚜껑문을 닫으려 하자 소년의 동지는 한쪽으로 물러서라고 손짓을 했다. 그의 마력에 사로잡힌 소년은 말없이 복종하여 뒤로 물러났다. 영웅이 하는 일은 무엇이건 다 옳고 현명한 일일 터였다.

그 영웅이 지금 미소를 짓고 있다는 것은 비록 어둠 속에서였으나 너무나 명백했다. 그는 견고한 결박 때문에 온 몸을 비틀어

272

대고 있는 포로를 보더니, 팔과 발목에 이어져 등 뒤에 맺힌 매듭을 움켜쥐고 뚜껑문 쪽으로 끌고 가서, 자비심을 발휘해 머리가 아래쪽으로 처박히지 않도록 몸을 바로 세우고는, 가볍게 걷어차 뚜껑문 밑으로 떨어뜨렸다. 포로는 패거리들의 머리 위로 떨어졌고, 그 바람에 두엇이 바닥에 납작하게 자빠지고 말았다. 그들은 깜짝 놀라 비명과 고함을 질러댔으나, 그 소동은 뚜껑문이 닫히는 순간 끊겨나갔다.

구원자는 타이르는 듯한 어조로 침착하게 말했다.

"이제 빨리 움직여야 하오. 여기 이 위에 사다리가 있소. 자! 이쪽 끝을 깔고 엎드리시오. 난 이쪽 끝을 깔고 엎드릴 테니. 이렇게 하면 누가 우리를 움직일 수 있겠소?"

이베스는 지시받은 대로 사다리 끝을 깔고 엎드렸다. 아이는 두 팔에 얼굴을 묻고 엎드린 채 한동안 부들부들 떨었다. 가슴이 두근거렸다. 몸 아래에 깔린 마루판은, 뚜껑문에서 사람 키 하나 정도 아래에서 화가 난 적들이 부르짖는 외침과 그 소동으로 온통 뒤흔들리고 있었다. 그들이 밑에 무엇인가를 받쳐 뚜껑문에 이를 수 있게 된다 할지라도 어떻게 뚜껑문을 들고 이리로 올라올 수 있겠는가? 뚜껑문은 바닥과 견고히 맞물려 있었고, 어떤 창이나 검도 그 틈을 뚫을 수 없었다. 그들이 어떻게든 올라와 뚜껑문에 구멍을 낸다 할지라도 한 번에 한 명밖에 통과할 수 없을 텐데, 이곳에서는 무장한 두 사람이 그들을 맞아 기다리고 있었다. 이베스는 제 몸무게가 두 배쯤 나갔으면 좋겠다는 생각을 하면서, 두 팔과 두 다리를 쭉 펴고 숨을 가다듬으며 엎드려 있었다. 혹독한 추위에도 불구하고 아이는 땀을 쏟아내고 있었다.

사다리 반대쪽으로부터 거의 흥겹다고 할 만한 구원자의 음성

이 날아왔다.

"이쪽을 보시오. 그 자랑스러운 얼굴을 다시 한번 보여주시오. 상처나고 땟국물이 흐른 그 얼굴을. 내가 어떤 보상을 받았는지 보여주시오!"

이베스는 두 팔에 묻고 있던 얼굴을 들어, 사다리 저편의 황금빛으로 번쩍이는 눈과 따뜻하게 빛나는 미소를 마주 바라보았다. 둥그스름한 젊은 얼굴, 모자 속에 감춰진 검고 숱많은 머리칼, 높이 솟은 광대뼈, 가늘고 긴 눈썹, 길다란 입술, 초승달처럼 길고 거만하게 솟구친 콧날. 노르만인처럼 깨끗이 면도한 턱에, 소녀의 살갗처럼 매끄럽지만 황갈색으로 빛나는 얼굴이었다.

"숨을 가다듬으시오. 저놈들이 헛소리 지르는 건 신경쓰지 말고. 곧 지치고 말 테니. 우리가 저놈들 옆을 스쳐지나가는 데에는 실패했어도 저놈들 역시 우리를 잡을 수는 없소. 우리에겐 생각할 시간이 있소. 여기만 잘 지키고 있으면 되는 거요. 저놈들은 자기들의 처지를 잘 알고 있소. 궁수들을 배치해 경솔하게 밖으로 비어져나오는 머리가 있으면 날려버리겠다는 생각을 하게 될 거요."

이베스는 흥분과 공포로 떨며 물었다.

"불을 지르면 어떻게 해요? 불을 질러서 이 감시탑과 함께 우리를 태워버리면요?"

"저놈들은 그런 바보는 아니오. 이 탑을 태우면 홀까지 타게 되어 있소. 게다가 우리가 탈출할 수 없는 게 뻔한데 무엇 때문에 서둘러 그런 짓을 하겠소? 여기 이 추위 속이건, 아래쪽의 감방이건 저놈들은 우리를 가둬둔 거나 마찬가지요. 이 순간에는 그건 엄연한 사실이라고 할 수 있소. 그대, 이베스 휴고닌 공과 나

는 이제 어떻게 해야 할지 생각해내야 하오."

그는 고개를 한쪽으로 기울이며 한 손을 들어 입을 열지 말라고 신호하더니 아래쪽의 뒤얽힌 말소리에 귀를 기울였다. 이제 그들은 음모라도 꾸미는 듯한 작은 목소리로 얘기를 나누고 있었다.

"저놈들은 차츰 만족스러워하고 있소. 우리는 이곳에 갇힌 거요. 저놈들은 우리가 얼어죽을 때까지 이렇게 버려둘 거요. 탑 아래로 내려가 있어도 무방하다는 결론을 내릴 거요. 이곳에는 우리가 탈출할 수 있는 유일한 통로를 차단하는 데에 필요한 두 명 정도만 배치해두면 될 테니까. 저놈들은 기다렸다가 우리 껍질을 벗길 작정일 거요."

그러나 그런 생각을 하면서도 남자는 조금도 낙심하는 것 같지 않았다. 그저 침착하게 이야기할 뿐이었다. 그들의 아래쪽에서는 소리를 죽인 대화마저 중단되고 정적이 자리잡았다. 남자는 세밀한 부분까지 세세히 예측했다. 왼손잡이 알랭은 가장 긴급한 일에 전투력을 투입해야 한다는 것을 알 테니 모든 병력을 요새 방어에 집중시켰을 터였다. 포로들에 대해서는, 그 귀족 나리들께서 얼마나 높은 곳에서 얼마나 많은 면적을 차지하고 계실지는 모르겠지만, 추위에 바짝 얼어붙어 급기야는 얼어죽을 때까지 하고 싶은 대로 고귀하신 삶을 영위하라고 내버려두면 그만이라고 생각했을 터였다. 별별 수를 써도 탈출은 불가능하다고 판단했을 테니까.

아래쪽에서는 조심스럽고 미심쩍은 정적이 계속되고 있었다. 혹독한 추위는 그들의 살을 한 입 한 입 베어물며 몸뚱이 더욱 깊숙이 파고들었다. 죽음 같은 캄캄한 밤이 계속되고 있었다.

젊은 구원자는 아래층에 귀를 기울이던 자세를 풀고 긴 팔을 뻗어 소년을 잡았다.

"가까이 오시오. 우리 체온으로 서로를 따뜻하게 합시다. 어서 와요! 잠깐 동안은 움직여야겠지만, 그 동안에도 지옥을 막은 이 문을 잘 누르고 있어야 합니다. 우리가 이 다음에 어떤 행동을 취할지 생각해낼 때까지는."

이베스는 사다리 위로 엉금엉금 기어가서 따뜻한 품 안으로 파고들었다. 그들은 서로의 품에서 몸을 움직여 편안한 자세를 찾아 서로에게 포근하게 몸을 맡겼다. 이베스는 숨을 한껏 들이쉬며 수줍은 듯 경탄스러운 영웅의 어깨에 뺨을 대었고, 그 어깨는 기꺼이 아이의 뺨을 맞아들였다.

이베스는 머뭇거리며 말했다.

"기사님, 나는 기사님이 누군지도 모르는데요."

"알게 될 거요, 이베스 공. 알게 되고말고요. 나는 그대 앞에 모습을 나타낸 오늘까지 한순간도 편히 쉬어본 적이 없소. 그대에게는 내 신분을 기꺼이 밝혀야겠지요. 다른 이들에게 나는 로버트요. 클레 삼림감독관의 아들이지요. 그대에게는……"

그는 고개를 돌려 소년의 진지한 시선을 마주 바라보며 미소지었다.

"그대에게는 자유스럽게 내 신분을 밝힐 수 있소. 필요한 경우에 그대가 시치미를 떼고 입을 굳게 다물어주기만 한다면 말이오. 나는 최근에 그대의 외숙 로렌스 댄저스 휘하에 들어간 보잘 것 없는 사람이오. 내 이름은 올리비에 드 브레타뉴라고 하오. 내 영주께서는 지금 글로스터에서 초조히 그대들의 소식을 기다리고 계시오. 나는 그대들을 찾으라는 명을 받고 그곳을 출발하였고,

그리하여 그대들을 찾았소. 또한, 분명히 말하건대, 이제 다시는 그대들을 잃지 않을 거요."

이베스는 흥분과 기쁨과 불안으로 말을 잃었다.

"정말이에요? 외숙께서 우리를 찾으라고 기사님을 보내셨다구요? 우리를 데려오라고요? 브롬필드에서 외숙이 누나와 나를 찾으려 하신다는 말씀은 들은 적이 있어요."

에르미나를 생각하자 이베스는 몸이 떨렸고, 말이 제대로 나오지 않았다. 누이가 여전히 실종된 상태인데 저 혼자 발견된들 무슨 소용이란 말인가?

"누나는…… 에르미나는…… 우리 곁을 떠났어요! 난 누나가 어디 있는지 몰라요!"

소년의 말은 비참한 한탄과 함께 끝났다. 올리비에는 말했다.

"아, 하지만 나라면 아무 걱정도 하지 않겠소. 나는 그대의 누이가 지금 어디 있는지 알고 있소. 누이에 대해서는 아무 걱정하지 마시오. 그녀는 그대가 떠나온 바로 그 브롬필드에서 아무 탈없이 잘 지내고 있소. 내 말을 믿으시오, 사실이니까. 내가 그대에게 거짓말을 하겠소? 그대가 있는 곳으로 데려가기 위해 그곳으로 누이를 데리고 간 사람이 바로 나요. 브롬필드의 문 앞에 이르러서야 그대가 스스로 그곳을 떠났다는 사실을 알게 되었지만."

"어쩔 수 없었어요. 난 가야 했어요……."

더이상 견딜 수가 없었다. 이베스는 갑자기 밀려나오는 울먹임을 삼키려고 애썼다. 아이는 가까스로 정신을 수습해 논리적으로 생각해보았다. 이제 누이의 운명에 대해서는 더이상 걱정할 필요도, 슬퍼할 필요도 없었다. 자신의 운명에 관해서는 아직 어떤 위험한 일이 남아 있는지는 모르지만. 다시금 이런 온갖 시련을 불

러온 누이에 대한 원망이 되살아났다. 아이는 화가 나서 말했다.

"기사님은 에르미나를 몰라요! 누나는 명령을 받으려 하지 않아요. 내가 떠난 걸 알게 되면 누나는 무슨 짓이든 다 할 거예요! 이 모든 문제를 불러일으킨 사람이 바로 누나라구요! 기회만 생기면 누나는 또다시 어떤 어처구니없는 행동을 저지를지 몰라요. 또 달아날지도 모르구요. 기사님은 나만큼은 누나를 몰라요!"

이베스는 이 낯선 구원자가 순진하게도 지나치게 자신만만해하고 있다고 생각했다. 그러나 올리비에는 대뜸 웃음을 터뜨렸다. 그것은 부드럽고 온화한 웃음이었다.

"그대의 누이도 명령에 따를 거요. 너무 걱정하지 말아요. 누이는 브롬필드에서 기다리고 있을 테니까. 내 생각엔 내가 애기를 시작하기 전에 먼저 그대가 내게 들려줄 애기가 있을 듯한데. 가슴을 열어놓고 애기해봐요! 그래도 상관없으니까. 우린 아직은 여기에서 움직일 수가 없어요. 누군가 밑에서 꾸물거리는 소리가 들리거든."

이베스는 아무 소리도 듣지 못했다. 남자는 애기를 계속했다.

"내가 알기로 그대는 누이와 함께 난을 피해 우스터를 떠났소. 누이가 무슨 이유로 어떻게 그대 곁을 떠났는지도 알아요. 누이가 애기해주었으니까. 누이는 그걸 비밀로 할 생각은 조금도 하지 않았소. 그리고, 그대가 이걸 알면 기뻐할지 모르겠지만, 누이는 달아나서 결혼을 하지는 않았소. 또 앞으로도 그럴 것 같지는 않아요. 그 일을 어리석은 실수였다고 생각하고 있으니 말이오. 자, 이제 애기를 들어볼까요? 누이가 떠난 뒤에 어찌 되었소?"

이베스는 거친 홈스펀 천으로 덮인 어깨에 편안히 머리를 기대고, 처음 숲속을 방황하던 일이며, 그곳에서 만난 농부가 얼마나

잘 대해주었는지, 캐드펠 수사를 만나 브롬필드로 가게 된 경위, 캐드펠 수사와 레오나드 원장이 얼마나 친절하고 따뜻한지, 힐라리아 수녀에게 무슨 비극적인 일이 벌어졌는지, 그리고 불쌍하게도 귀신들린 듯 수도원을 뛰쳐나간 엘라이어스 수사를 뒤쫓아 나서게 되기까지의 모든 얘기를 낱낱이 털어놓았다.

"그곳에서 나는 엘라이어스 수사님을 떠났어요……."

이베스는 그들이 나란히 누워 있던 날 밤, 엘라이어스가 한 얘기를 떠올리며 몸을 웅크렸다. 그것만은 이 구원자가 아무리 친절하다 할지라도, 도저히 털어놓을 수 없는 말이었다.

"그분께 무슨 일이 벌어졌을지 두려워요. 하지만 난 문을 잠그지는 않았어요. 사람들이 엘라이어스 수사님을 찾아내게 될까요? 너무 늦기 전에요? 어떻게 생각하세요?"

올리비에는 의문의 여지없이 말했다.

"하느님의 시간에 따라 찾아내게 되겠지요. 하느님의 시간은 언제나 옳은 법이오. 그대의 하느님은 마음속 깊이 병든 자를 사랑하시고, 길을 잃은 자들이 길을 찾도록 보살피시니까요."

이베스는 그가 하는 말이 어딘가 기이하다는 것을 놓치지 않았다.

"'그대의 하느님'이라구요?"

이베스는 날카로운 호기심을 드러내며 낯선 구원자의 거무스레한 얼굴을 똑바로 올려다보았다.

"아, 또한 내 하느님이기도 하구요. 나는 전향하여 기독교도가 된 사람이오. 모친은 시리아의 회교도였소. 부친은 바로 이곳 잉글랜드에서 노르망디 공 로버트를 따라 원정온 십자군이었고. 부친은 내가 태어나기도 전에 다시 배를 타고 귀국하셨소. 나는 성

인이 되자마자 그분의 신앙을 좇아 예루살렘으로 가서 개종하였소. 바로 그곳에서 나는 그대의 외숙을 만나게 되어 그분 밑으로 들어갔고, 그분이 귀국하실 때에 함께 잉글랜드로 오게 되었소. 나는 비록 개종한 사람이기는 하지만, 그대와 마찬가지로 기독교도요. 그대는 태어날 때에 이미 기독교도였겠지만. 이베스, 나는 그대가 그 혹독한 추위의 겨울밤을 함께 지낸 엘라이어스 수사를 틀림없이 만나게 될 거라고 생각해요. 그것은 내 본디부터 타고난 예감이오. 지금은 어떻게 이곳에서 안전하게 탈출할지에 대해 생각하는 편이 나을 거요."

이베스가 물었다.

"이곳에 들어올 때는 어떻게 하셨죠? 내가 여기 있다는 건 어떻게 아셨어요?"

"그대를 사로잡은 불한당들의 두목이 그대를 저 꼭대기에 붙잡아 들어올려 목에 칼을 들이대기 전까지는 몰랐소. 하지만 나는 멀리서 저 악당들이 전리품을 분배하는 걸 보고, 소굴까지 저들을 추적해보는 건 가치있는 일이리라고 판단했소. 저 악당들이 밤을 타 휩쓸고 다닌다면, 그리고 그대가 실종된 것 역시 밤이니까…… 나는 저 악당들이 사람을 사로잡을 가능성도 있다고 생각했소. 그 포로를 통해 이익을 취할 수 있을 경우에는 말이오."

이베스는 돌연 멋진 생각이 떠올라 얼굴이 환해졌다.

"그렇다면 기사님은 바로 여기 가까운 곳에 우리들 친구의 군대가 있다는 걸 아시겠군요."

"물론 그 군대는 그대에게는 친구라 할 수 있을 거요. 그러나 나에게도 그럴까요? 그들은 피하는 편이 나을 거요. 그들을 비난하려는 건 아니오. 내가 그대 외숙의 부하라는 사실을 잊었소?

그대 외숙이 모드 황후께 충성을 맹세했다는 사실을 모르시오? 나는 이곳 영주의 손에 내 몸을 맡겨 시로프셔의 감옥에서 채찍질이나 당하며 앉아 있고 싶지는 않소. 비록 그 군대가 공격해와 저들이 문을 방어하느라 동분서주하는 사이에 저들의 눈에 띄지 않고 바위 벼랑을 돌아 길을 개척할 수 있었으니 그 군대의 도움을 받은 셈이기는 하지만. 만일 그 병사들이 적들의 주의를 흩어놓지 않았다면 결코 성공할 수 없었을 거요. 일단 어둠 속에서 요새를 우회한 다음에는 아무리 멍청한 사람이라 할지라도 외벽을 몰래 타고 도는 데에는 그다지 어려울 게 없소. 나는 저놈들이 그대를 어디에 감금해두었는지 알고 있었소. 감시자들이 교대하는 것도 보았고."

"그렇다면 기사님은 휴 버링가께서 부하들을 후퇴시킨 단 하나의 이유가 악당들이 나를 죽이겠다고 위협했기 때문이라는 것도 아시겠군요? 휴 버링가께서는 멀리 철수하지는 않았을 거예요. 난 그걸 알아요. 그분은 그렇게 쉽게 포기할 분이 아니거든요. 또 지금은 내 목에 칼을 대고 위협하는 사람이 없어요. 그러니까 병사들이 공격을 못할 이유도 없는 거예요!"

올리비에는 경의와 흥미가 섞인 표정으로 생각에 잠겨 소년을 지켜보았다. 그의 시선은 천천히 주위를 둘러보다가, 칼집에서 뽑혀 벽 아래에 나뒹굴고 있는 감시자의 검과 그 옆에 떨어진 일그러진 원뿔형의 투구에 한동안 머물렀다. 호박색 눈동자가 그 깊고 긴 속눈썹 속에서 번뜩이더니 춤추듯 되돌아와 이베스를 향했다.

"공격 개시를 알릴 나팔이 없어서 안타깝기는 하지만 그럴듯한 북을 만들 수는 있을 거요. 이 벽 안에서 그 북을 가지고 그대가

할 수 있는 일을 직접 해보시오. 그 동안 나는 이곳을 지키겠소.
이 악당들은 잠깐 동안은 우리를 잡으려고 발버둥치겠지만, 얼마
만 지나면, 그리고 그대 친구들의 군대가 재빠르기만 하다면, 그
군대를 막느라 눈코 뜰 새 없게 되겠지요."

처참한 최후

캐드펠은 길다란 호 모양으로 늘어선 나무들의 끝에서 끝까지를 오락가락하면서 온종일 탐색을 계속했다. 캐드펠은 그 나무들로부터 요새까지의 모든 지형을 세밀히 살펴보았다. 일단 어둠이 내리면 단 한 사람이라도 요새를 향해 접근하는 데에 도움이 될 만한 지극히 보잘 것 없는 은폐물이라도 찾기 위해서였다. 휴는 어느 누구도 개활지에 모습을 드러내는 것을 허용하지 않았다. 그는 모든 병력을 적들의 시야로부터 감추기 위해 가능한 한 광범위하게 산개시키고는 고통스러운 모색에 잠겼다. 왼손잡이 알랭은 요새에서 나올 수 없겠지만 그의 병력은 요새 안으로 공격해 들어갈 수 없었다. 진퇴양난이었다. 휴는 모욕감에 사로잡혀 주먹을 불끈 쥐었다. 적들이 도둑질한 고기와 양식을 잔뜩 쌓아

놓고 있으리라는 것에는 의심의 여지가 없으니 그것만으로도 오랜 시일을 버틸 수 있을 터였다. 그들을 굶주리게 하는 것은 시일이 오래 걸리는 일일 뿐만 아니라 동시에 저 불운한 소년을 굶어 죽게 하는 일이기도 했다. 왼손잡이 알랭은 그 자신과 부하들이 자유롭게 이곳을 통과하는 대가로 소년을 기꺼이 넘겨주겠지만, 그렇게 하면 그들은 또다른 불행한 지방에 터를 잡고 똑같은 약탈행위를 계속할 터였다. 그런 일은 최후의 수단이라 할지라도 생각조차 해서는 안 될 일이었다! 이 지방에서 질서를 회복하고 정의를 실현하는 것은 그의 직무였고, 그는 그 일을 완벽하게 수행할 작정이었다.

휴는 병력 가운데에서 산을 타는 데에 재주가 있는 병사들과 산간지방에서 태어나 성장한 병사들을 하나하나 골라내어 좁은 골짜기에 따로 모아놓고 봉우리 양쪽으로 우회할 가능성이 있는지 탐색해보고, 눈에 띄지 않는 경사면으로 절벽을 타고 올라 적들이 눈치채지 못하는 사이에 뒤쪽에서 요새로 침투할 수 있는 길이 있는지 알아보았다. 한곳 은폐물로 삼을 만한 곳이 있었으나 아래쪽에서 훤히 들여다보이는데다가 새나 겨우 쉬어 갈 수 있을 정도로 지형이 험했다. 이제 남은 유일한 가능성은 적에게 관측되는 한이 있더라도 정찰을 감행하여, 적들이 다시금 소년의 목덜미에 칼을 들이대고 위협을 하는 일을 감수하는 것뿐이었다. 요새 바로 밑에서라면, 그리고 머리가 비상한 병사라면, 한 사람이 조금씩 길을 개척하여 접근할 수 있는 여지가 있을지도 모른다. 그러나 그런 시도를 하기 위해서는 은폐물이라고는 전혀 없는 평평한 바위가 널린 지역을 통과해야 했고, 그것은 이베스의 목숨은 물론이요 그 병사의 목숨마저 보장할 수 없는 위험한 시

도였다.

그러나 어둠 속에서라면 어떨까. 그랬다. 가능할 성싶었다. 설령 눈이 덮여 이동하기 어렵게 한다 해도 벌거숭이 바위가 튀어나와 희게 번쩍이는 눈을 가려주는 지형이 있기는 했다. 하지만, 밤은 너무도 맑았다. 눈과 별빛은 투명했고, 하늘에는 구름 한 점 없었으며, 발 밑에서는 얼음이 버석거렸다. 하룻밤만이라도 눈이 내리고 바람이 미친 듯 불어 시야를 혼란에 빠뜨리고 그들의 검은 옷차림을 가려주면 좋으련만, 돌풍도 불지 않았고 눈도 내리지 않았다. 밤의 정적과 고요는 완벽하여 눈 속에 묻힌 나뭇가지가 발에 밟혀 부러지는 소리마저 요새까지 훤히 들릴 것 같았다.

캐드펠이 음울한 기분으로 그 문제를 곰곰 생각하고 있을 때에 갑자기 무언가가 깨어져나가는 듯한 요란한 소리가 울려퍼졌고, 그는 대경실색해 벌떡 뛰어 일어났다. 저 위쪽에서 잘못 만든 커다란 종을 난타하는 듯한 요란한 금속성이 마구 울려퍼지고 있었다. 고막을 찢어낼 듯이 고통스럽고 강렬하고 소란한 그 소리는 멈추지 않고 계속되었다. 나무들 사이에서 병사들이 하나둘 일어서서 될 수 있는 대로 개활지 가까이 다가가 그 너머의 방책과 그 안의 요새를 넘겨다보았다. 캐드펠은 그 소리가 적들이 내는 것이 아니라는 것을 알아챘다. 그것은 그들이 계획한 소리가 아니며, 그들이 환영하거나 이해할 만한 소리도 아니었다. 저 안에서 무언가가 잘못되었다면 아직은 그 덕분에 저들에게 이익이 된 것은 전혀 없다고 봐도 무방했다.

그 소음은 감시탑 꼭대기에서 들려오고 있었다. 그곳에서 누군가가 열심히 뭔가 방패이거나 일종의 종 같은 것을 마구 두들겨대고 있었다. 아무 공격 행위도 벌어지지 않는데, 도대체 저 도둑

무리 가운데서 누가 무엇 때문에 이다지 요란한 경종을 울려대는 것일까? 그 소음은 적들의 요새 안에서 또다른 소음을 불러일으키고 있었다. 잔뜩 억눌러 알아들을 수 없는, 그러나 화가 난 것이 분명한 초조하고 복수심에 찬 외침들이 들려왔다. 큰 소리로 명령을 내리는 음성은 왼손잡이 알랭의 것이었다. 당연히 외부의 적을 향해 집중되었던 주의력이 돌연 내부에서 발생한 문제 때문에 산만해지고 있었다.

캐드펠은 더이상의 생각 없이 즉각 행동을 시작했다. 방책의 반쯤 이르는 지점에 파도처럼 돌출된 바위가 하나 있었다. 흰색으로 뒤덮인 개활지에 오직 그곳만이 좁고 검은 점을 이루고 있었다. 캐드펠은 나무들 사이의 은폐물을 박차고 뛰쳐나와 그 바위를 향해 치달려가 그 뒤에 납작 엎드렸다. 만일 아직 이쪽을 관측하고 있는 감시병이 있다 해도 꼼짝도 않고 엎드린 검은 승복만으로는 특별한 무엇이 있다고 판단하기는 어려울 터였다. 그러나 캐드펠은 여태 이쪽을 관측하고 있을 감시병은 없으리라고 자신했다. 그 요란한 소음은 끈질기게 계속되고 있었다. 누군지는 모르지만 지금쯤은 팔이 제법 아파오기 시작할 터였다. 캐드펠은 조심스럽게 머리를 들어 맑은 하늘 아래 선명한 톱니처럼 들쭉날쭉한 전망대 꼭대기를 살펴보았다. 그 엉터리 종을 난타하는 요란한 소음은 잠시 멎었다가 이내 리듬이 바뀌어 계속되었다. 소리가 멎은 순간 캐드펠은 사람의 머리 하나가 총안 사이로 불쑥 튀어나와 이쪽을 조심스럽게 살펴보는 것을 목격했다. 감시탑에서는 이제 불길한 소리가 섞여 들려오고 있었다. 누군가가 도끼질이라도 하는 듯 무엇인가가 쪼개지고 뻐개지고 부딪는 소리가 탑의 두꺼운 목재에 울려 둔탁하게 들려왔다. 사람의 머리가 다

시 튀어나왔다. 캐드펠은 한 팔을 흔들었다. 검은 옷소매는 흰 눈을 바탕으로 선명하게 보일 터였다. 캐드펠은 소리쳤다.

"이베스!"

청명한 공기가 소리를 또렷하게 전달한다고는 하지만 캐드펠은 이베스가 자기의 외침을 들었는지 알 수가 없었다. 물론 그를 보기는 했을 터였다. 이베스의 머리가—겨우 난간 위에 비어져나올 정도의 높이로—잠깐 사이에 다시 나타나 초조히 이쪽을 바라보며 날카롭게 부르짖었다.

"공격하세요! 이놈들을 쳐부수세요! 어서요! 저희가 탑을 장악하고 있어요! 저흰 두 사람이에요. 무기도 있어요!"

그 말을 남기고 이베스는 총안 너머로 사라져버렸다. 그 다음 순간에야 방책 안의 궁수가 캐드펠과 똑같은 것을 목격한 듯 총안을 향하여 화살을 날렸고, 화살은 총안 끝에 박혀 부르르 떨었다. 탑 안에서는 다시금 그 요란한 소리가 도전적으로 울려퍼지기 시작했다.

캐드펠은 바위 뒤에서 일어나자 위험 따위에는 마음도 쓰지 않고 나무를 향하여 치달렸다. 화살 하나가 캐드펠의 뒤로 날아왔으나 미치지 못하고 바닥에 떨어졌다. 그러나 캐드펠은 그 화살이 등 뒤 눈벌판에 떨어지는 소리에 화들짝 놀랐다. 자기 자신의 목숨과 남들의 목숨이 달린 문제일 때에는 엄청나게 빠른 속도로 달릴 수 있다는 것을 깨달았기 때문이었다. 캐드펠은 은폐물 뒤로, 이어 휴 버링가의 두 팔 안으로 뛰어들었다. 휴는 이미 무슨 일이 벌어졌는지 본능적으로 깨닫고, 지난 몇 분 간의 시간을 낭비 없이 효과적으로 사용하여, 나무들 뒤에 병력을 배치하고 즉각 행동에 나설 만반의 준비를 갖추고 있었다. 병사들은 명령이

떨어지기만을 기다리는 중이었다.

캐드펠은 숨이 턱에 닿아 부르짖었다.

"공격해요! 저건 이베스가 우리에게 들으라고 치는 거요. 이베스 말로는 탑을 장악했답니다. 누군가가 이베스를 구하러 들어간 모양이에요. 어떻게 들어갔는지는 하느님만이 아시겠지만. 더 이상 위험은 없소. 우리가 지체하는 게 위험이에요."

더이상 지체는 없었다. 휴는 그 즉시 돌아서서 한마디 말도 낭비하지 않고 서둘러 말에 올랐다. 휴는 왼쪽에서 조스케 드 디넌은 오른쪽에서, 왼손잡이 알랭의 성문을 향하여 진군하기 시작했다. 보병들이 그들 뒤를 따랐고, 이어 햇불이 불타오르기 시작했다. 그 햇불의 목적은 방책 안의 건물들에 불을 지르는 것이었다.

캐드펠은 숨을 헐떡거리며 그 자리에 남겨져 혼자 서 있었다. 캐드펠은 자신이 이미 오래 전에 무기를 사용하지 않겠다는 서약을 했다는 사실을 떠올리자 화가 치밀 지경이었다. 그러나 그가 한 서약 가운데에는 무장을 하지 않고서 무장한 병사들을 쫓아다니는 것을 금지하는 내용은 결코 없었다. 캐드펠은 눈으로 뒤덮인 개활지를 성큼성큼 가로질렀다. 이제 그 눈벌판은 말발굽 자국과 수많은 사람들의 발자국으로 뒤덮여 있었다. 병사들은 이제 창끝 같은 대형을 이루어 성문을 깨고 안으로 쇄도해 들어가기 위해 공격을 개시하고 있었다.

잠시도 쉬지 않고 맹렬히 소리를 내면서도 이베스는 보좌관의 병사들이 쇄도해 들어오는 소리를 들을 수 있었다. 소년은 병사들이 거대한 쇠망치로 난타하는 것처럼 성문에 공격을 가할 때마다 감시탑이 뒤흔들리는 것을 느낄 수 있었다. 성문의 나무판자

들이 산산조각으로 흩어져 쏟아지는 것을 눈앞에서 보고 있는 듯했다. 외벽은 육박전을 벌이는 병사들로 가득했으나, 거기에 관해서는 아무것도 할 수가 없었다. 이곳 감시탑의 지붕은 분노한 힘을 실은 도끼가 닿을 때마다 바닥이 뒤흔들리며 비명처럼 삐걱거리고 있었다. 올리비에는 검을 비껴들고서, 공격자들에 대항해 사다리와 뚜껑문을 길다란 두 다리로 한꺼번에 디디고 버텨 서 있었다. 도끼의 타격이 가해질 때마다 사다리가 마구 흔들리기는 해도 사다리가 그 자리에 버티고 있는 한 뚜껑문이 열릴 염려는 없었다. 만일 뚜껑문이 열린다 하더라도 처음 나타나는 것은 손 하나나 머리 하나에 불과할 테고, 무엇이 나타나건 그것은 올리비에의 자비에 맡겨질 터였다. 그리고 이런 상황에서 올리비에는 자비심을 발휘할 생각이란 추호도 없었다. 머리 끝부터 발 끝까지 온 몸에 힘과 체중을 가득 실은 채 그는 적들의 출입구에 버텨서서 다가오는 최초의 살덩이를 찌르거나 베어낼 만반의 준비를 갖추고 있었다.

이베스는 통증으로 결리는 팔을 늘어뜨렸다. 철제 투구가 아이의 두 다리 사이로 떨어져 굴러갔다. 그러나 그 순간 아이는 더 좋은 생각을 해내고 엉금엉금 기어가 투구를 머리에 썼다. 무엇으로든 몸을 보호할 기회를 버릴 이유가 있겠는가? 아이는 경련을 일으키는 손을 쥐었다 폈다 하며 조금씩 움직이기 시작했다. 총안 앞을 지날 때에는 허리를 굽히는 것도 잊지 않았다. 아이는 바닥에 떨어져 있던 검의 손잡이를 거머쥐고 바닥을 가로질러 올리비에 곁으로 다가가더니, 두 사람을 안전하게 지켜주고 있는 사다리의 발받침을 두 발로 굳게 딛고 섰다. 제 체중으로 장애물을 좀더 굳건히 하자는 생각이었다. 뚜껑문의 나무판자에는 이미

균열이 나타나기 시작하고 있었다. 판자조각들이 위로도 아래로도 튀고 있었다. 그러나 아직은 그 틈으로 칼이나 창 따위가 뚫고 올라올 정도는 아니었다.

올리비에는 여전히 자신만만한 태도였다.

"안 될 말이지. 저 소리 들리오?"

그것은 왼손잡이 알랭의 벽력 같은 고함소리가 감시탑의 캄캄한 어둠 속에 메아리치는 소리였다.

"저자가 사냥개들을 불러들이고 있소. 아래에 더욱 많은 인원이 필요해진 거지."

도끼가 다시 한번 공격을 감행했다. 강한 타격으로 이미 균열이 생긴 뚜껑문의 판자조각이 쪼개지고 사다리 밑으로 긴 삼각형의 칼날처럼 번쩍이는 도끼날이 파고들었다. 그러나 그것이 마지막이었다. 도끼질을 하던 사람은 도끼날을 뽑아내기가 더욱 힘들어지자 욕설을 퍼부어댔으나, 그것으로 끝이었다. 이베스와 올리비에는 아래쪽에서 소동이 벌어지는 소리를 들었다. 그 뒤를 이어 갑자기 감시탑 안이 조용해졌다. 저 아래 방책에는 육박전 소리며 칼과 칼이 부딪는 소리가 가득했으나, 이 높은 감시탑 꼭대기에서는 갑작스러운 정적이 흘렀다. 맑고 고요한 하늘 아래에서 두 사람은 안도하며 서로를 바라보고 서 있었다. 이제 위험은 사라진 것이었다.

올리비에는 검을 칼집에 꽂으며 말했다.

"저자가 만일 그대를 다시 붙잡는다 하더라도 지난 번과 똑같은 방법으로 이용할 수는 없을 거요. 설령 저자가 오랜 시간을 소모해 그대를 이 탑에서 끌어낸다 할지라도 그때는 이미 그대의 목을 담보로 구할 수 있는 대부분의 것을 상실한 다음이겠지요.

이제 저자는 다시 그대를 괴롭히기 전에 이 공격에 대처해 승리하는 다른 방법을 찾아내야 할 거요."

이베스는 부르짖었다.

"그럴 수 없을 거예요! 들어보세요! 사람들이 방책 안으로 들어왔어요. 이번에는 결코 물러나지 않을 거예요. 그놈을 교수대에 걸 거라구요."

이베스는 총안 너머로 밑에서 벌어지는 혼란스러운 전투를 내려다보았다. 모든 공간이 육박전을 벌이는 사람들로 가득했다. 그들은 폭풍이 몰아치는 캄캄한 밤바다처럼 이리 휩쓸리고 저리 휩쓸리고 하고 있었다. 그 광경을 아직 타오르고 있는 횃불이 어렴풋이 밝혀주고 있었다.

"성문에 불을 질렀어요. 말과 가축들을 모두 끌어내고 있구요. 방책에서 궁수들을 끌어내네요……. 우리도 밑으로 내려가서 저 사람들을 도와줘야 하지 않나요?"

올리비에는 강경히 말했다.

"안 됩니다. 우리가 꼭 거들어야 하는 때가 아닌 한, 그런 최악의 사태가 닥치지 않는 한, 절대 안 됩니다. 지금 그대가 적들의 손에 다시 떨어지게 되면 이 모든 공격이 물거품으로 돌아가고 말 테고, 그러면 모든 일을 처음부터 다시 시작해야 해요. 그대가 친구들을 위해 할 수 있는 최선의 일은 적들의 손길이 닿지 않는 곳에 머물러 있는 거요. 그렇게 함으로써 이 악당 두목이 제 목숨을 구하기 위해 써먹을 수 있는 하나의 무기를 제공하지 않는 거지요."

경이로운 일을 이루어내지 못해 안달이 난 소년에게는 별로 만족스럽지 않은 이야기였으나 이치에 합당한 것이었다. 게다가 올

리비에의 말이므로 이베스는 고분고분 그 말을 받아들였다.

올리비에는 거의 냉담하다 싶은 어조로 말했다.

"그대는 언젠가는 영웅이 될 거요. 덜 위험할 때에, 그리고 그대의 목 외에 다른 것이 위기에 빠졌을 때 말이오. 지금 그대에게 맡겨진 일은 인내심을 가지고 기다리는 것이오. 설령 그 때문에 그대가 희생을 치러야 하는 일이 벌어져도 그렇소. 게다가 우리에게는 시간적 여유가 있소. 그 시간적 여유가 얼마나 짧을지 길지는 알 수 없는 노릇이니까, 아직 여유가 있을 때에 내 말을 주의깊게 들으시오. 우리가 이곳에서 빠져나가게 되면 나는 그대를 떠날 거요. 브롬필드로 가서 누이를 만나시오. 그대의 친구들은 그대와 누이가 재회하게 되면 만족스러워할 거요. 그들은 그대들에게 많은 경비병력을 붙여서 글로스터에 계신 그대의 외숙께 보내줄 거요. 그들이 그렇게 약속했으니까요. 그러나 나는 내 임무를 완수해야 하고, 따라서 그대들을 내 손으로 직접 모시고 가겠소. 내가 온 것은 그 때문이오. 이 임무는 내 것이니 내가 끝마치겠소."

이베스는 초조히 물었다.

"하지만 어떻게 하실 건데요?"

"그대의 도움이 있으면 됩니다. 또다른 특정한 도움이 필요하겠지만, 그 도움은 어디에서 얻을 수 있는지 알고 있어요. 내게 이틀만 여유를 주시오. 그 사이에 우리에게 필요한 말과 여행 준비를 완료하겠소. 모든 일이 잘 되면 오늘밤으로부터 이틀 뒤, 그 정도 시간쯤이야 아무것도 아닐 테니, 내가 브롬필드로 그대들을 찾아가겠소. 누이께도 그렇게 전해주시오. 마지막기도가 끝난 다음 수사들이 잠을 자러 갈 때요. 그들은 그대 역시 자러 들어갔다

고 생각하겠지요. 그때에 나를 보게 될 거요. 더이상의 질문은 하지 마시오. 다만 누이께 내가 찾아갈 것이라고만 전하시오. 만약 보좌관의 부하들이 내게 대답을 강요하는 일이 벌어지게 되면, 혹은 내가 사라진 다음 그들이 그대에게 나에 관해 질문을 하게 되면 어떻게 대답하겠소? 말해보시오, 이베스. 이곳으로 그대를 찾아온 사람은 누구였소?"

이베스는 그의 말을 알아들었다. 아이는 곧 대답했다.

"로버트예요. 삼림감시관의 아들, 에르미나를 브롬필드로 데려간 그 사람은 나를 찾으려고 헤매다가 우연히 내가 여기 있다는 걸 알게 된 거죠."

그러더니 이베스는 애매하다는 듯 덧붙였다.

"하지만 병사들이 온통 수색을 하고 다니는 판인데 삼림감시관의 아들이 그런 수색에 나설 이유가 뭘까 하고 이상하게 생각할 거예요. 하지만 사람들은……"

아이는 여전히 화가 난다는 듯 입술을 비틀며 말을 이었다.

"사람들은 세상 모든 남자들이 에르미나를 위해서라면 목숨이라도 내걸 거라고 생각할 거예요. 에르미나가 예쁘다는 이유 하나만으로도요. 누나는 정말 예뻐요."

아이는 인심좋게도 그것을 인정했다.

"하지만 누나는 그걸 잘 알고 있어서 잘 이용할 줄도 알아요. 당신은 누나에게 속아넘어가서는 안 돼요!"

올리비에는 밑에서 벌어지는 전투를 내려다보고 있었다. 문에서 불길이 높다랗게 치솟아올라 외양간의 지붕에 옮겨 붙고 있었다. 그는 소년 몰래 혼자서 어두운 미소를 지었다.

"그들에게 그렇게 말해도 좋소. 내가 에르미나에게 반해 노예

처럼 무슨 일이라도 다 할 작정이었다고 말이오. 만일 그래서 그들을 납득시킬 수 있다면요. 그들을 납득시키기 위해 필요한 말이라면 뭐든지 다해도 무방해요. 내가 한 말을 잊지 말고 꼭 전하시오. 내가 그대들에게 갈 때를 대비하시오."

이베스는 열렬히 대답했다.

"그러겠어요! 하라시는 대로 하겠어요!"

안에서는 전투가 더욱 격렬하고 혼란스럽게 계속되고 있었고, 그 사이에 불길은 요새의 지붕에서 지붕을 타고 번져나갔다. 약탈자들의 무리는 방어하기 위해 우르르 쏟아져나왔다. 누구도 예상하지 못했을 정도로 엄청난 수효였고, 대개가 충분한 전투 경험을 갖춘 강한 병사들이었다. 이베스와 올리비에는 새집처럼 높다란 곳에 서서 그 전투를 열중하여 지켜보았다. 이제 불길은 홀 모퉁이에 아주 가까운 곳까지 옮겨 붙기 시작하고 있었다. 만일 불길이 감시탑에 옮겨 붙는다면 저 들보와 들보로 이어져 통풍이 잘 되는 홀 내부는 굴뚝 같은 역할을 할 것이요, 그렇게 되면 그들은 엄청난 불길이 치솟는 건물 꼭대기에 고립되고 말 것이었다. 이미 불타오르는 건물이 삐걱이는 소리와 폭발하는 소리는 당장이라도 전투가 벌어지는 현장으로 무너져내릴 듯 위협적이었다.

올리비에는 얼굴을 찌푸리며 말했다.

"이곳이 차츰 뜨거워지고 있소. 악마들이 우리를 잡으러 올라오기 전에 우리가 악마들이 있는 곳으로 내려가는 편이 낫겠소."

그들은 사다리를 한쪽으로 치우고 엉망이 되어버린 뚜껑문을 들어냈다. 나무조각들이 우수수 소리를 내며 떨어져내렸다. 아직은 약하지만 가느다란 연기 한 줄기가 탑 어두운 곳으로부터 흘

러나왔다. 올리비에는 사다리를 내리지 않고 두 손으로 뚜껑문 입구를 잡고 몸을 늘어뜨리더니 아래 마루바닥으로 가볍게 뛰어내렸다. 이베스도 용감하게 그를 따라 아래층으로 뛰어내렸다. 올리비에는 공중에서 두 손으로 가볍게 아이의 허리를 붙잡아 소리 하나 내지 않고 바닥에 내려놓았다. 올리비에는 한 손을 뒤로 뻗어 아이를 가까이 붙어 서게 하고는 계단을 내려가기 시작했다. 그곳의 공기는 아직 찼으나 어디에선가 연기가 계속해서 흘러들고 있었고, 그 연기는 계단을 내려가는 그들의 시야를 차단하여 한 발을 내디딜 때마다 발끝으로 계단을 조심스럽게 더듬어야 했다. 전투의 소란은 멀어졌지만 두꺼운 벽 밖에서 희미하게 이어지고 있었다. 두 사람이 감시탑의 맨 아래 바위 바닥에 내려섰을 때에, 그리하여 꺼져가는 횃불과 난로불의 희미한 빛을 통해 비스듬히 열려 있는 커다란 문의 윤곽을 보았을 때에도 건물 안에는 인기척도 사람의 목소리도 찾을 수 없었다. 모두들 방책으로 나가 휴 버링가의 군사들을 막고 있는 모양이었다. 혹시 이런 기회를 틈타 무리에서 빠져나가 달아나버렸는지도 모를 일이었다.

올리비에는 전에 이곳으로 침입할 때에 사용한 좁은 바깥쪽의 문을 향해 다가갔다. 올리비에는 무거운 빗장을 벗기고 문을 당겼다. 그러나 문은 열리지 않았다. 그는 한 발을 벽에 대고 힘껏 밀어보았으나, 문은 꿈쩍도 하지 않았다.

"악마들! 이놈들이 안에 우리를 가두고 바깥에서 문에 빗장을 채웠소. 홀로 갑시다. 바짝 붙어 따라오시오."

홀의 커다란 문을, 그 악당들 중에 유독 호기심이 많은 자가 있거나 부상을 당해 그곳에 숨어 있을지 모를 일이므로 소리내지 않고 조심스럽게, 두 사람이 빠져나갈 수 있을 만큼만 빼꼼이 열

기란 불가능했다. 그들이 문을 열자 홀 끝의 들보를 핥고 있던 불길이 돌연 긴 혓바닥을 내밀어 지붕을 타고 재빨리 퍼져나갔다. 불붙은 나무조각들이 왼손잡이 깔개가 덮인 알랭의 의자 위로 쏟아져내렸으며, 그와 더불어 서너 개의 불길이 새로이 솟아올라 순식간에 거대한 화염으로 돌변했다. 그 시뻘겋고 이글대는 불길과 함께 피어오른 연기가 눈앞을 가로막아 두 사람이 뚜렷이 볼 수 있었던 것은 그 무서운 화염뿐이었다. 두 사람은 더듬더듬 길을 찾아, 나동그라진 의자들이며, 깨지고 엎어진 접시들이며, 비스듬히 쓰러진 테이블들, 바닥에 떨어진 액자들, 다 타버린 횃불이 엉망으로 뒤엉킨 곳을 넘어지고 쓰러지며 헤쳐나갔다. 매운 연기가 눈을 파고들었고, 목구멍을 질식시킬 듯 틀어막았다. 그들 앞쪽으로, 발길을 막는 그 위험한 불길과 온통 난장판이 되어버린 홀에 저 끝에, 밖으로 통하는 커다란 문이 반쯤 열려 있었다. 그 너머에는 전투와 피와 광란의 지옥이 펼쳐져 있었다. 아직 연기와 불길로 뒤덮이지 않은 은빛의 하늘 저 멀리 별이 하나가 믿을 수 없을 만큼 맑게 반짝이고 있었다. 그들은 당장이라도 빠져나갈 듯 고통스러운 눈에서 눈물을 줄줄 흘리며 입과 코를 막고 그 문을 향해 나아가기 시작했다.

그들이 문가에 거의 닿았을 때에 갑자기 지붕의 들보를 따라 한 줄기의 불길이 미끄러져나오더니 불꽃을 널름거리며 타올라, 저녁에 문을 닫았을 때에 차가운 바깥바람을 차단하기 위해 드리우는 홈스펀 커튼에 옮겨 붙었다. 바짝 마른데다가 먼지로 뒤덮여 있던 커튼은 순식간에 거대한 화염에 휩싸여 바닥에 떨어져 그들의 앞을 막았다. 불길이 활활 높다랗게 치솟았다. 올리비에는 커튼을 황급히 걷어차 한쪽으로 치우고, 치솟는 불길을 우회해

이베스를 앞으로 끌어당겨 세우더니 계속해서 문으로 전진했다.

"나가요! 넓은 곳으로 나가서 숨어요!"

그 말을 곧이곧대로 따랐다면 이베스는 발각되지 않고 탈출에 성공했을 터였다. 그러나 이베스는 밖으로 나서서 바로 눈앞 방책에서 벌어지는 광란의 전투를 목격하자 초조히 뒤를 돌아보았다. 이제 불길은 올리비에의 키 높이까지 치솟고 있었고, 소년은 그 안에 갇힌 올리비에가 불안했다. 그 잠깐의 멈칫거림 때문에 소년과 소년의 친구들은 함께 얻어낸 모든 것을 상실하고 말았다. 방책의 반 이상은 이미 휴 버링가의 수중에 들어가 있었고, 도적 떼들은 후퇴를 거듭해 홀 주위에 뒤엉킨 채 전투를 벌이는 형국이었다. 이베스가 적들에게 등을 돌려대고 친구에게 손을 내밀어야 할지를 망설이는 그 잠깐의 사이에, 홀 계단 앞까지 물러나 수세에 몰려 있던 왼손잡이 알랭은 검을 휘둘러 움직일 틈을 만들어서 뒤로 훌쩍 뛰어 목재 계단에 올라섰고, 이베스와 왼손잡이는 서로 등을 부딪치고 말았다. 이베스는 얼른 돌아서서 달아나려 했지만 이미 늦은 뒤였다. 커다란 손이 아이의 머리칼을 움켜쥐더니 승리감에 찬 거만한 웃음소리가 터져나왔다. 그 웃음소리는 무기와 무기가 부딪는 소리와 건물을 핥는 화염의 소리를 삼킬 정도로 우렁찼다. 왼손잡이 알랭은 다음 순간 이미 등 뒤쪽에서 공격을 받는 일이 없도록 문가의 기둥을 등지고 서서 소년의 몸을 제 앞으로 바짝 끌어당기더니 이미 피로 붉게 물든 검을 소년의 목덜미에 가져다 댔다.

"모두들 멈춰라! 무기를 내리고 물러서!"

사자의 황갈색 갈기가 타오르는 화염의 불빛을 받아 붉게 번쩍거렸다.

"물러서! 더 물러서! 내 앞을 깨끗이 비워. 만일 누구든지 활을 들어올리는 자가 있으면 이 꼬마도깨비가 먼저 죽을 거다. 다시 내 담보물을 되찾았다! 자, 국왕의 부하, 어디 있느냐? 이놈의 생명을 뭘로 보장하겠나? 말을 내놓고, 우리가 빠져나갈 통로를 내놓겠다고 맹세하라. 그렇지 않으면 이놈의 목을 베어버리겠다! 이놈의 피가 네놈의 머리 위로 쏟아질 거다!"

휴 버링가가 앞으로 나가 멈춰섰다. 그의 두 눈은 왼손잡이 알랭을 똑바로 쏘아보고 있었다.

"하라는 대로 하겠다."

모든 이들이, 국왕의 병사들도, 도적떼도, 한 걸음 또 한 걸음 뒤로 물러섰다. 홀 계단 앞에 짓밟히고 더럽혀진 눈이 덮인 널찍한 공간이 생겼다. 휴도 그들과 함께 여전히 맨 앞의 자리를 지키면서 물러났다. 그가 할 수 있는 일이 무엇이 있겠는가? 소년의 머리는 사로잡고 있는 사람의 몸뚱이 쪽으로 젖혀져 있었고, 그가 거머쥔 칼이 그 목에 닿아 있었다. 잘못 움직였다가는 그 즉시 소년은 목숨을 잃을 터였다. 도적떼 몇몇이 모두들 계단 윗단의 두 사람을 주목하고 있는 사이에 달아날 틈을 찾아 보좌관의 병사들에게 밀려 물러섰던 자리를 떠나 방책과 성문을 향해 움직여 갔다. 그들은 성문을 지키는 경비병과 흥정을 할 터였다. 그러나 저 무자비하고 악에 받친 짐승과 감히 흥정을 할 수 있는 사람이 누구겠는가? 사자의 앞에서는 모두가 뒤로 물러나고 있었다.

그러나 모두가 물러난 것은 아니었다! 사람들이 빽빽이 몰려서 있는 탓으로 그가 빈 공간으로 나서기 전까지는 아무도 그를 눈여겨보지 않았으나, 한 남자가, 낯설고 외로운 한 남자가 다리를 절룩이며, 주저하듯이, 하지만 조금의 멈칫거림도 없이 사람들

사이를 헤치고 똑바로 계단을 향해 걸어나가고 있었다. 화염이 뿜어내는 붉은 섬광이 그 남자를 비추었다. 큰 키에 비쩍 마른 얼굴, 검은 승복, 어깨에는 두건 달린 겉옷을 걸친 남자. 정수리를 삭발한 두상에는 상처 두 개가 주름처럼 길게 그어져 있었다. 샌들을 신은 발에서는 피가 흘러나와 걸음을 옮길 때마다 눈 위에 한 방울씩 떨어졌다. 이마에는 바위투성이 산에서 떨어질 때에 생긴 상처가 남아 있었다. 창백한 납빛의 얼굴 위에서 커다랗고 퀭한 눈이 왼손잡이 알랭을 노려보았다. 그는 비난하듯 한 손을 들어 왼손잡이를 가리키며 크고 당당한 음성으로 호통쳤다.

"그 아이를 당장 놓아라! 나는 그 아이를 찾으러 왔다. 당장 그 아이를 나에게 돌려줘!"

왼손잡이 알랭은 휴 버링가에게 온 신경을 집중하고 있었던 탓에 그때까지는 그 남자가 다가오는 것을 보지 못하고 있었다. 알랭은 감히 자신이 만들어낸 침묵과 중립의 공간을 침범하는 자가 있다는 것에 깜짝 놀라서 그 목소리가 들리는 쪽으로 고개를 돌렸다.

그 충격은 지극히 짧은 순간이었다. 그러나 그 잠깐 사이에 알랭은 평정을 잃었고, 한번 잃은 평정은 회복될 수 없었다. 한 순간 왼손잡이 알랭은 자기가 죽인 남자의 시체가 다가오는 것을 보았다. 공포를 모르는, 결코 죽어 쓰러지지 않는 한 남자가, 알랭이 꿰뚫은 상처에서 아직도 피를 뚝뚝 흘리며 다가오고 있었다. 그 얼굴은 그가 죽인 시체처럼 창백했다. 알랭은 인질을 잊었다. 그의 손이 불안하게 떨렸다. 검도 그와 함께 떨렸다. 그 다음 순간에야 알랭은 시체는 결코 일어설 수 없다는 것을 깨닫고 정신을 수습해 격노한 고함을 내질렀다. 그러나 장악하고 있던 상황

을 회복하기에는 이미 때가 늦었다. 이미 이베스는 뱀장어처럼 그의 손아귀에서 빠져나가 팔 밑으로 몸을 낮추고 계단을 뛰어내려가고 있었다.

아이는 미친 듯 달려 따뜻하고 탄탄한 캐드펠 수사의 품에 안겼다. 아이는 기진맥진하여 숨을 헐떡이며 두 눈을 감았다. 캐드펠의 음성이 아이의 귀에 대고 속삭였다.

"자자, 이제 됐다. 이제 안전해. 자, 어서 이리 와서 나와 함께 엘라이어스 형제를 돕자꾸나. 형제는 이제 널 찾아낸 이상 너 없이는 한 발자국도 옮겨놓으려 하지 않을 테니. 자, 어서. 우리 둘이서 저 형제를 이곳에서 데리고 나가 우리가 해줄 수 있는 일이 뭔지 알아보자꾸나."

이베스는 여전히 부들부들 떨며 숨을 헐떡거리면서도 눈을 뜨고 고개를 돌려 홀의 문가를 돌아보았다.

"제 친구가 저기 있어요…… 제 친구, 절 도와준 사람이 저기 있다구요!"

아이는 더이상 말을 계속할 수 없었다. 희망과 동시에 두려움이 가득한 한숨을 내쉬며 아이는 입을 다물었다. 인질이 빠져나오자마자 휴 버링가가 공격을 개시하기 위해 앞으로 전진했던 것이다. 그러나 또 하나의 장애물이 그의 전진을 막았다. 문가의 연기와 불길 한가운데에서 그을음에 뒤덮이고 먼지투성이가 된 올리비에가 나타난 것이었다. 올리비에는 한 손에 검을 쥐고 훌쩍 몸을 날려 간신히 팔꿈치를 움직일 만한 틈을 사이에 두고 왼손잡이 알랭 곁을 스쳐지나면서, 검의 옆면으로 그 뺨을 쳤다. 그것은 자기를 돌아보라는 신호였다. 사자는 황갈색 갈기를 휘날리며 고개를 돌려 그를 쳐다보았다. 엘라이어스 수사가 유령같이 나타나면서

깨어졌던 침묵이 다시 바위처럼 묵직하게 자리잡았다.

"이제는 어른과 한번 겨루어보시지!"

모두들 그 경멸에 찬 우렁찬 고함소리를 똑똑히 들을 수 있었다. 이베스는 옴쭉할 수도 없었다. 이 마지막 결투가 끝나기까지는 움직여서는 안 되었다. 캐드펠은 소년이 결코 떨어지지 않겠다는 듯 그 작은 손을 승복 소매 안으로 밀어넣어 자신을 꼭 붙잡고 있는데도 불구하고, 감사의 마음으로 소년을 꼭 껴안았다. 엘라이어스는 더이상 버틸 힘을 잃고 소년을 찾아 주위를 두리번거리다가, 고통스럽게 절룩거리며 소년을 위로하기 위하여, 그리고 그 자신 역시 위로받기 위하여 이쪽으로 다가왔다. 이베스는 숭배하는 올리비에로부터 단 한 순간도 시선을 옮기지 않은 채 캐드펠을 붙잡고 있던 한 손을 풀어 엘라이어스에게 내밀어 그의 손을 꽉 움켜쥐었다. 이베스에게는 모든 것이 이 결투에 달려 있었다. 소년은 머리 끝부터 발 끝까지 뻣뻣이 긴장해서 올리비에가 이기기를 바라는 뜨거운 열정으로 부들부들 떨고 있었다. 캐드펠도 엘라이어스도 소년의 기분을 느꼈고, 더불어 그 열정에 감염되었다. 그들은 후리후리한 키에 민첩한 남자가 계단 꼭대기에서 길다란 두 다리를 벌리고 버텨 서 있는 것을 지켜보았다. 얼굴에는 검댕이 뒤덮이고 걸친 것은 시골 농부의 옷이었으나, 캐드펠은 그를 다시 알아볼 수 있었다.

어느 누구도, 공권력을 이용하여 그들을 방해할 수 있는 휴마저도 그들 사이에 끼여들지 않았다. 그의 병사들과 도둑떼들, 살인자들 사이의 싸움은 이 결투가 끝나기까지는 시작될 수 없었다. 올리비에의 도전에는 어떤 방해도 허용하지 않는 결연함이 담겨 있었던 것이다.

그러나 그다지 공평한 결투가 될 성싶지는 않았다. 왼손잡이 알랭은 비록 팔의 길이나 민첩함에서는 도전자에게 떨어질지 모르나, 나이로도 체중으로도 경험으로도 도전자보다 한수 위였다. 결투는 오래 지나지 않아 결판이 났다. 왼손잡이는 일단 도전자를 한번 훑어보더니 자신만만한 태도로 공격을 시작했다. 젊은이는 버티고 서 있던 자리에서 허리를 굽혀 뒷걸음질하여 계단 아래로 물러났다. 왼손잡이가 한동안 공격을 계속했으나 그 풋내기—군사훈련도 온전히 받지 못한 시골 농부 나부랭이!—의 균형은 좀처럼 흐트러지지 않았다. 젊은이는 한 걸음도 물러나지 않았다. 왼손잡이가 아무리 사방으로 칼을 휘두르며 공격해 들어가도 그곳에는 이미 젊은이의 검이 기다리고 있다가 그 칼을 간단히 물리쳤다. 적이 마구 힘을 소모하며 공격을 계속하는 동안 남자는 지극히 편안한 자세로 우뚝 서 있을 뿐이었다. 이베스는 머리 끝부터 발 끝까지 뻣뻣이 굳은 채 경탄이 담긴 눈을 커다랗게 뜨고 그 광경을 지켜보았다. 소년의 손에 매달려 있다시피 한 엘라이어스도 소년의 긴장에 전염되어 입을 굳게 다문 채 몸을 떨었다. 캐드펠은 젊은 올리비에를 쳐다보며 이미 까마득히 잊었다고 생각했던 것, 동방과 서방이 부딪쳤을 때에 그 양쪽으로부터 배운 검법을 새삼 떠올리고 있었다.

젊은이는 거의 움직이지조차 않았다. 한 걸음 물러났다 싶으면 곧이어 제자리에 돌아가 있었고, 그 다음 순간에는 한 걸음 전진해 있었다. 차츰 계단 가장자리까지 뒷걸음질하는 사람은 힘을 아무 소용없이 낭비한 왼손잡이 알랭이었다.

사자는 다시 한번 온몸의 체중을 실어 앞으로 도약했다. 그러나 그의 발꿈치는 얼어붙은 계단에 지나치게 가까웠고, 그의 도약은

지나치게 무모했다. 앞쪽으로 도약하는 순간 뒤쪽에 있던 발은 그의 체중을 받치지 못하고 삐끗했고, 순간 균형을 잃고 말았다. 그가 다시 중심을 잡으려고 안간힘을 쓰는 사이에 올리비에가 사냥에 나선 표범처럼 달려들었다. 올리비에는 모든 체중을 실어 균열이 생긴 적의 방어를 깨끗이 뚫고 들어가, 훤히 드러난 가슴에 칼날을 꽂아 넣었다. 검은 반이나 그 가슴에 파묻혔다. 올리비에는 두 발을 버팀대로 삼아 뒤로 몸을 젖히며 검을 뽑아냈다.

칼날이 뽑혀나가자 사자의 몸뚱이는 두 팔을 벌리고 세 계단 아래로 그대로 나가떨어지더니 육중하게 계단을 굴러내려가기 시작했다. 위엄이라고는 찾을 길 없이 처참한 꼴로 계단에서 계단으로, 다시 그 다음 계단으로 굴러 떨어진 그의 몸뚱이는 마침내 휴 버링가의 발치에 얼굴을 박고서야 멎었다. 시뻘건 피가 아직 그 몸뚱이에 남은 생명의 기운과 함께 흘러나와 흰 눈을 적셨다.

14 밝혀진 오해

도둑떼들이 두목의 죽는 것을 목격하자 싸움은 곧 끝났다. 그들은 사방으로 흩어졌다. 탈출할 길을 찾아 발버둥치는 자가 있는가 하면, 죽기를 각오하고 싸울 작정으로 덤벼드는 자가 있었고, 터무니없는 흥정을 하려는 자가 있는가 하면, 죽음을 모면할 수 있을지도 모른다는 희망을 품고 항복을 하는 자도 있었다. 죽은 사람을 제외하고도 포로는 대략 육십 명에 달했다. 약탈된 물건들은 불타기 전에 모두 밖으로 운반되어 나왔고, 노략질로 끌려 온 양과 가축들에게는 먹이와 물을 주어 산 아래쪽으로 끌고 내려가 좀더 적당한 우리로 옮기기로 했다. 사로잡힌 포로들의 신병은 디넌이 인도받았다. 포로들이 그의 영유 지역에서 사로잡혔기 때문이었다. 그 자신의 권위가 침범당했기 때문에 그의 법 집

행이 철저하리라는 것에는 의심의 여지가 없었다.

구해낼 만한 물건을 모두 끌어낸 뒤에 그들은 일부러 불을 옮겨 붙였다. 성은 나무도 없는 견고한 바위 위에 외롭게 서 있었다. 철저히 불태우기만 하면 어떤 위협도 될 수 없을 터였다. 성은 비록 짧은 기간이었지만 그 외진 산골의 오점이었다. 사라져 생애를 다하는 것으로 그 오점도 사라질 것이었다.

결투 이후에 벌어진 소동 때문에 눈치챈 사람은 많지 않았으나, 가장 기이한 일은 익명의 젊은 검객이 그 성의 성주를 쓰러뜨린 직후 감쪽같이 사라져버렸다는 것이었다. 그 경이로운 솜씨를 모든 사람들이 지켜보았음에도 불구하고, 그들이 그 충격으로부터 벗어나 주위를 둘러보았을 때에는 사방에서 도주와 추적의 혼돈이 시작되고 있었고, 그리하여 그 시골 젊은이가 말 한 마디 남기지 않고 어둠 속으로 사라지는 것을 눈치채지 못했던 것이었다.

휴가 말했다.

"그림자처럼 사라져버렸군요. 어떤 사람인지 알아뒀어야 하는 건데. 어디에 가면 찾을 수 있는지 말 한 마디 남기지 않았으니. 영광스러운 국왕 폐하께서 큰 빚을 진 셈이니 정신이 나간 사람이 아니라면 누구든 그 보답을 받으려 안달을 할 텐데요. 그 사람과 얘기를 나누어본 사람은 너밖에 없구나, 이베스. 그 사람은 누구지?"

오랫동안 위험과 공포에 시달리다가 아슬아슬하게 풀려나 이제 안전하다는 안도감에 무기력한 탈진 상태에 빠진 이베스는, 시치미를 뚝 떼고 말하기로 약속한 내용을 고스란히 이야기하며, 감출 것 하나 없다는 표정과 맑은 눈길로 휴의 눈을 빤히 바라보았다.

"삼림감시인의 아들이었어요. 에르미나 누나를 보호하다가 브롬필드로 데리고 온 바로 그 사람요. 누나가 거기 있다는 것도 그 사람이 알려줘서야 알았어요. 정말 누나가 거기 있나요?"

휴는 사려깊게 말했다.

"에르미나는 그곳에서 안전히 보호되고 있단다. 그 삼림감시인 아들의 이름은 뭐지? 그리고 이게 더욱 중요한 질문인데, 그 사람은 그런 검술을 도대체 어디에서 배웠다던?"

"이름은 로버트예요. 절 수색하는 중이었대요. 누나에게 절 찾아주겠다고 약속했다거든요. 그 사람은 병사들이 이곳으로 행군하는 걸 보고, 그 뒤를 쫓아왔다고 했어요. 저도 그 이상은 몰라요."

이베스는 거기까지 말하고 입을 다물었다. 설령 아이가 얼굴을 붉혔다 하더라도 밤이 그 얼굴을 가려주고 있었다. 휴는 무미건조하게 말했다.

"우리가 이 지역에서 상당히 의심스러운 삼림감독관을 키우고 있는 것 같군."

그러나 휴는 더이상 이베스를 추궁하지는 않았다. 캐드펠은 자기 일에 온 정신을 집중하고 있다가 휴에게 말했다.

"내게 쓸 만한 사람 넷과 튼튼한 말 몇 마리를 내줄 수 있겠소? 물론 그 말들에게도 브롬필드의 마구간이 훨씬 나을 게요. 이곳 마구간에는 이제 지붕도 남아 있지 않으니까. 그래야 이 두 사람을 수도원으로 데려가 침대에서 쉬게 할 수 있어요. 내 짐은 일단 당신에게 맡겨두지요. 엘라이어스 형제를 태울 들것을 만들고, 아직 타지 않은 담요를 찾아내어 몸을 덮어 데려가구요."

휴가 대답했다.

"필요하시면 뭐든 가져가세요."

마구간에는 도둑떼가 물건을 약탈하여 싣고 올 때에 이용한 평범한 조랑말 외에도 건장한 말 일곱 필이 남아 있었다. 휴는 마구간을 둘러보며 말했다.

"이것들 전부, 아니면 대부분이 훔쳐온 거라니. 디넌에게 말해서 손실을 입은 사람들을 찾아 돌려주도록 해야겠어요. 손해를 입은 사람들이 브롬필드로 와서 자기 것이라는 걸 입증하도록 조처해야겠죠. 소나 양들은 먼저 클레톤의 주민들이 자기 것을 찾아 골라간 다음에 루들로로 끌어가면 될 테고요. 하지만 가능한 한 빨리 가장 좋은 말에 엘라이어스 수사를 태워 돌아가세요. 아직까지 살아 있다면 말예요. 그 사람이 이렇게 먼 곳까지 와서 여태 목숨을 잃지 않았다는 건 정말 경이로운 일이에요."

캐드펠은 그를 돕기로 결정된 사람들을 효과적으로 배치해, 불탄 건물 안에서 필요한 물건들을 끌어내오도록 하고, 엘라이어스 수사를 담요로 둘둘 말아 두 필의 말 사이에 설치한 들것에 태우게 했다. 캐드펠은 무엇을 가지고 갈지도 미리 찬찬히 생각해두었다. 캐드펠은 브롬필드로 가는 길에 말들이 갑자기 먹을 것을 필요로 하게 될 경우에 대비하여 약탈물이 가득 찬 창고에서 건초 두 덩이를 끌어내 싣게 했다. 한동안 엘라이어스 수사를 경이로 빛나게 하던 힘과 권위는 그것이 절대적으로 필요한 순간이 지나고 소년이 안전한 이들의 손으로 인도되자 곧 사라져버렸다. 그는 탈진한 상태에서 자신을 남들의 손에 온순하게 내맡기고, 그들이 하는 대로 일체 아무런 관심도 나타내지 않았다. 사실 그는 추위로 반쯤은 죽어가고 있었다. 캐드펠은 걱정스러운 눈길로 그를 지켜보았다. 내면에서 새로운 불길이 솟아나지 않는 한, 이

베스가 위협당하는 것을 목격했을 때처럼 생명의 불길이 단호히 지펴오르지 않는 한 엘라이어스는 숨을 거둘 것 같았다.

캐드펠은 이베스를 전과 마찬가지로 자기가 탄 말의 안장에 같이 태웠다. 소년이 너무나 탈진한 나머지 혼자서는 걸을 수조차 없을 것 같았다. 그러니 혼자 말에 태우면 말등에서 잠들고 말 터였다. 훌륭한 웨일스 산 담요로 아이의 몸을 따뜻하게 감싼 다음, 그들은 나선형의 통로를 따라 길을 떠났다. 컴컴한 어둠 속에서도 그들은 신속히 움직여야 했다. 산을 내려와 훨씬 수월한 길에 이르렀을 무렵 소년은 가슴에 턱을 묻고 깊은 잠에 빠져들어 고른 호흡을 거듭하고 있었다. 캐드펠이 소년의 자세를 바꿔 자신의 어깨에 편안히 기대고 잘 수 있도록 해주자 소년은 기지개를 켜더니 고개를 돌려 캐드펠의 승복 가슴에 얼굴을 묻고는 브롬필드에 도착하기까지 한번도 깨어나지 않고 곤히 잤다.

들판으로 나서자 캐드펠은 뒤를 돌아보았다. 예리한 봉우리를 치켜올린 산이 시커멓게 곤두서 있고, 그 봉우리 끝에서는 붉은 기운이 오르고 있었다. 포로들을 모두 끌고 내려오고 가축들을 클레톤으로 이동시키려면 버링가와 디넌은 온밤을 꼬박 새워야 할 터였다. 존 드루얼이 그 가축 가운데에서 자기 소유의 것들을 추려낸 다음에, 그들은 남은 가축들을 몰고 루들로까지 가야 할 터였다. 공포는 끝났다. 더구나 그들은 예상보다 한층 손쉽게 싸움을 끝낼 수 있었다. 적어도 이번에는 끝났다고 캐드펠은 생각했다. 길버트 프레스코트와 휴 버링가가 앞으로도 권력을 확고히 유지한다면 아마 이 지역에서는 끝났다고 해도 무방할 것이었다. 그러나 왕가의 사람들이 왕관을 차지하기 위하여 서로 치고받는 곳에서는 저열하기 짝이 없는 인간도 제 이익만을 쫓아 조금의

망설임이나 자비도 없이 시류를 타고 행동에 나설 수 있을 터였다.

캐드펠은 생각을 계속했다. 저열한 인간들이 마구 날뛰는 곳에서는 그 근방의 집집이 온갖 악행으로 물들 테고, 범죄가 만연할 것이며, 정의는 실종되고 말 터였다. 그러나 아무리 악인이라 해도 자기가 범한 죄에 대해서만 처벌받아야 하는 법이었다. 그러나 이제 왼손잡이 알랭은 스스로를 방어하기 위해 입을 열어 '이것, 이것, 이것은 내가 한 짓이지만 나머지는 내가 한 짓이 아니오' 하고 말할 수 없게 되고 말았다.

일행은 아침 첫 미사 시간에 즈음하여 브롬필드에 닿았다. 일행은 정문을 통과하여 깨끗이 청소된 정원에 이르렀다. 간밤에는 눈이 내리지 않았다. 서서히 계절의 변화가 시작되고 있었다. 정오 무렵이면 짧은 시간이나마 해빙기의 약속을 볼 수 있을 터였다. 이베스는 잠에서 깨어나 기지개를 켜며 하품을 하고 그곳이 어디인지 살펴보더니, 잠에서 완전히 깨어나 제 몸을 감싸고 있던 담요를 털어버리고 엘라이어스 수사를 일으키는 것을 도우려고 말등에서 뛰어내렸다. 휴의 병사들은 말을 끌고 마구간으로 갔다. 캐드펠은 접객소를 넘겨다보았다. 활짝 열린 문 밖에서 에르미나가 새벽의 여명에 물든 정원을 내려다보고 있었다.

문가의 횃불이 바람에 일렁이면서 희망과 절망으로 물든, 너무나도 연약해 보이는 한 얼굴을 비췄다. 그녀는 말발굽 소리를 듣고 맨발로 달려나온 것이었다. 그녀의 머리칼은 어깨 위에 마구 흩어져 있었다. 그녀의 눈이 들것에서 엘라이어스 수사를 내리느라 바삐 움직이고 있는 이베스에게 닿았다. 순간 그녀의 눈은 빛

났고, 얼굴은 기쁨과 감사의 광채로 황홀하게 빛을 발했다. 캐드펠은 순수한 기쁨으로 그 모습을 바라보며 우두커니 서 있었다. 새가 잠에서 깨어나 날아가버리듯 최악의 그림자가 그녀의 얼굴에서 걷혀졌다. 그녀에게는 아직 남동생이 있는 것이었다.

그러나 불행히도 이베스는 자기의 피보호자이면서 보호자이기도 한 부상당한 사람을 보살피느라고 에르미나가 서 있는 방향으로는 시선을 옮길 여유가 없었다. 캐드펠은 에르미나가 달려와 대뜸 포옹하며 그들을 반겨 맞지 않는 것을 보고서도 놀라지 않았다. 그녀는 소리 없이 그 자리를 떠나 안으로 들어가더니 살며시 문을 닫았다.

엘라이어스 수사를 진료소로 데리고 들어간 뒤에도 캐드펠은 거기까지 따라들어온 이베스를 서둘러 떼어보내려고 하지 않았다. 이베스 역시도 몇 번이나 거듭 들은 바대로 에르미나가 이곳에 와서 자기를 기다리고 있다는 것을 알고 있으면서도 얼른 달려나가 누이를 포옹하려 하지 않았다. 그들 둘이 재회를 하기 위해서는 약간의 시간적 여유가 필요했다. 엘라이어스 수사의 상처와 동상에 걸린 발에 붕대를 감고 그 위에 부드러운 모직천을 덧대고, 얼굴과 손을 씻어주고, 향신료와 꿀을 섞은 포도주를 먹이고, 몸 위에 가장 가벼운 이불을 덮어주고 난 다음에야 캐드펠은 이베스의 어깨를 꼭 잡고 접객소로 데리고 들어갔다.

에르미나는 난로가에 앉아 루들로에서 그녀를 위해 가지고 온 가운을 몸에 맞게 고치느라 바느질을 하고 있었다. 캐드펠이 이베스의 어깨에 손을 얹고 그 방 안으로 들어섰을 때에 그녀는 얼굴을 잔뜩 찌푸리고 있었다. 캐드펠은 그 찌푸린 얼굴로 매사를 판단하지는 말아야 한다고 생각했다. 그들이 들어서자 그녀는 일

감을 한쪽으로 밀어놓고 일어섰다. 그녀는 남동생의 부풀어오른 입술과 눈을 본 듯했다. 그녀는 신속히 앞으로 걸어나와 차갑고 냉정하게, 그러나 지극히 여성스러운 태도로 남동생의 뺨에 입을 맞추더니 엄격하게 말했다.

"너 때문에 수많은 사람들이 그 추위 속에서 얼마나 고생을 한 줄 알아? 한밤중에 어느 누구에게도 말 한 마디 없이 사라져버리다니."

이베스도 즉시 되쏘았다.

"누나가 그런 말을 할 자격이 있는지 모르겠네. 누나야말로 이 모든 소동을 일으킨 장본인이야. 나는 내가 벌인 사건을 성공적으로 끝냈다구. 말 한 마디 없이 한밤중에 사라져버린 사람은 바로 누나였어. 그러고도 아무 소득도 없이 전보다 더 거만해져서 돌아왔지. 내가 누나 말을 듣기를 바란다면 좀더 고분고분하게 말해야 할걸. 우린 지금 급히 생각해야 할 일이 있단 말이야."

그제야 캐드펠은 장님과 귀머거리 행세를 그만두고 입을 열었다.

"할 얘기가 끝도 없이 많을 게다. 얘기를 할 시간도 충분하고. 허나 이베스, 넌 지금은 침대에 들어야 한다. 너는 어떤 어른이라 해도 탈진했을 만큼 이틀 밤을 힘들게 보냈다. 오래 자야 할 게다. 내게 의사로서의 권위가 조금이라도 있다면 이건 내 명령이야."

에르미나는 여전히 얼굴을 찌푸리고 있기는 했으나 그 말에 민첩하게 응했다. 그녀는 즉시 동생을 데리고 아마도 직접 깔끔히 매만지고 정리했을 성싶은 잠자리로 갔다. 그녀는 병아리를 돌보는 암탉처럼 곰살맞게 동생을 침대에 눕히고, 잠이 들면 침대 머리맡에서 동생을 지켜볼 것이며, 깨어나면 동생을 위해 음식을

준비할 터였다. 그러나 그녀는 자기가 이베스 때문에 무척이나 슬퍼했고, 속을 태웠고, 심지어 울기까지 했으며, 자기가 그처럼 냉혹하게 떠나버린 것에 대해 고통스럽게 후회했다는 것은 결코 인정하려 들지 않을 터였다. 그리고 그 편이 나았다. 에르미나가 남동생에게 고개를 숙이고 용서를 빈다면 이베스는 틀림없이 실망하고 충격을 받을 테니까.

"오늘밤까지는 이걸로 그만하자꾸나."

캐드펠은 그 말을 남기고 남매가 휴전에 이르기까지 말다툼을 하도록 내버려두고 그곳을 떠났다. 캐드펠은 엘라이어스 수사에게 돌아가 한동안 침대 옆에 앉아 있다가 그가 시체처럼 깊이 잠든 것을 확인하자 자기도 잠을 자기 위해 침대에 들었다. 그 자신이 의사이기는 하지만 그에게도 가장 간단한 약은 필요한 법이었고, 그 약을 취할 때가 바로 지금이었다.

저녁기도 시간이 되기 전에 에르미나가 캐드펠을 찾아왔다. 휴버링가는 아직 돌아오지 않았다. 포로들과 클레에서 가지고 내려온 갖가지 가축과 약탈물들을 처리하느라고 여전히 루들로에서 바쁜 시간을 보내고 있는 모양이었다. 그날은 위험이 사라진 것에 대한 감사의 날이기도 했고, 또한 다른 일들을 처리하기 위한 준비의 날이기도 했다.

에르미나는 진료소의 문가에 서서 지극히 단정하고 진지하고 조용한 말투로 말했다.

"캐드펠 수사님, 이베스가 수사님을 만나고 싶답니다. 아직 그 아이가 털어놓지 않은 얘기가 있어요. 전 그 아이가 제게도 다른 어떤 누구에게도 그 얘기를 하지 않으리라는 걸 알아요. 하지만

그 아이는 수사님을 찾고 있어요. 저녁기도가 끝난 뒤에 그 아이를 만나러 와주시겠어요? 그때쯤이면 이베스도 저녁식사를 마치고 수사님을 맞을 준비를 할 수 있을 거예요."

"그렇게 하지요."

에르미나는 머뭇거리며 다시 입을 열었다.

"한 가지 궁금한 게 있어요. 수사님이 아침에 데리고 온 저 말들 말인데요……. 도둑들의 소굴에서 가지고 오신 건가요?"

"그렇소. 그자들이 희생으로 삼은 근처의 온갖 고장에서 약탈한 물건들이지. 휴 버링가는 그렇게 손실을 입은 사람들에게, 직접 찾아와서 자기 물건이 있는지 확인하라는 얘기를 전하고 있는 중이오. 소와 양들은 루들로로 끌고 갔소. 존 드루얼은 벌써 그 가운데에서 자기 가축 일부를 찾아냈을 게요. 그 말들은 내가 빌려 타고 온 거요. 험한 길을 가기에 충분할 만큼 건장하고 기운이 있었으니까. 왜 그러오? 그 말들과 관련하여 무슨 생각이라도 있는 게요?"

"그 말들 가운데 에브라드의 말 비슷한 것이 한 마리 있어서요."

에르미나가 그 이름을 언급하는 것은 오랜만의 일이었다. 그 이름은 마치 낯선 어휘처럼 어색하게 그녀의 입에서 흘러나왔다. 마치 까마득한 과거 속의 인물, 오랫동안 잊었던 사람을 떠올리는 것 같았다. 에르미나는 다시 물었다.

"그럼 그 사람에게도 찾아오라는 얘기가 전달되겠군요?"

"물론이오. 캘롤리스 역시 철저히 약탈당했으니 회수된 물건들 가운데에는 그들의 소유도 있을 게요."

"그 사람이 제가 여기 와 있다는 걸 아직 모르고 있다면, 어느

누구도 그 사람에게 얘기하지 말았으면 하는 게 제 바램이에요. 제가 안전하게 살아 있다는 걸 알리는 게 싫어서가 아녜요. 하지만 전 그이가 이처럼 빨리 나를 다시 만날 수 있게 될 거라고는 예상하지 못했으리라고 생각해요."

이상한 내용은 없었다. 그녀는 그 사건 전체를 이미 지나가버린 실수로 정리하고 있었다. 그러니까 그를 다시 대면함으로써 그 충격과 고통을 되새김질하고 싶지는 않을 테고, 이미 사라져버린 무엇에 대해 이제는 말장난에 불과한 짓을 벌이고 싶지도 않을 터였다.

캐드펠은 대답했다.

"그 사람 역시 다른 사람들과 마찬가지로, 와서 도난당한 물건이 있는지 찾아보라는 전언만을 받게 될 게요. 결코 회복될 수 없는 손실이 있다는 건 안타까운 일이지만."

"그래요. 정말 안된 일이에요. 사라져버린 것을 회복시킬 수는 없죠. 가축이라도 돌려받는 것만도 다행일 거예요."

이베스는 저 자신과 누이 에르미나에 관한 모든 공포를 씻어내고 오랜 잠에서 깨어났다. 소년은 올리비에에 대한 완전한 믿음으로, 그가 곧 돌아와 모든 기적을 성취하여 자기를 데려가리라는 것을 의심치 않고 있었다. 소년은 추수감사절 축제라도 앞둔 것처럼 몸을 깨끗이 씻고 머리도 단정히 빗었다. 이베스는 자기가 잠든 사이에 에르미나가 무릎 부분이 찢겨진 바지를 수선하고 한 벌밖에 없는 셔츠를 세탁해 불가에 말려두었다는 것을 알고 무척이나 기분이 좋았다. 에르미나는 종종 말과는 다른 행동을 하는 적이 있었지만 이제까지 소년은 그것을 눈치챈 적이 없었다.

그때에 소년의 머릿속에, 잊혀진 것이 아니라 마음 한쪽에 치워두었던 훨씬 더 절망적인 사실이 되살아났다. 여전히 해결되지 않은 엘라이어스 수사에 관한 문제였다. 그 문제가 소년의 마음을 가득 채우고 있었다. 너무도 엄청나고 집요하게 마음을 지배하고 있었으므로 소년은 더이상 그것을 속에만 담아둘 수 없었다. 비록 공평하고 가까이 하기 쉬운 사람이기는 해도 휴 버링가는 공직에 매여 있었고 그가 곧 법인 사람이었다. 그러나 캐드펠은 그렇지 않았다. 캐드펠은 틀림없이 마음을 열어놓고 기꺼이 이베스의 얘기를 들어줄 터였다.

이베스가 저녁 식사를 마쳤을 때에 캐드펠이 들어섰다. 에르미나는 현명하게도 그들 두 사람만을 남겨두고, 바느질감을 들고 일하기에 좀 더 적합한 불빛을 찾아 밖으로 나갔다.

이베스는 단도직입적으로 얘기하는 것 외에는 다른 방법을 찾아낼 수 없었다. 아이는 대뜸 저 기억 속의 추위와 공포로 뛰어들었다. 아이는 침울한 어조로 불쑥 얘기를 꺼냈다.

"캐드펠 수사님, 전 엘라이어스 수사님 때문에 몹시 놀랐어요. 수사님께 얘기하고 싶었어요. 뭘 어떻게 해야 되는지 모르겠어요. 아직 다른 사람에게는 한 마디도 하지 않았어요. 그분이 제게 어떤 얘기를 해줬어요. 아니, 얘기를 해준 건 아녜요. 하지만 전 들을 수밖에 없었어요. 그냥 듣는 수밖에 없었다구요!"

캐드펠은 합리적으로 설명했다.

"그날 밤 엘라이어스 형제가 너를 데리고 사라졌을 때에 벌어진 일에 대해서는 얘기할 시간이 아직 충분하지만, 그러고 싶다면 지금 하려무나. 헌데, 아직 네게 얘기하지 않은 몇 가지 일들이 있다. 먼저 내가 그 얘기를 해주면 네게 도움이 될지도 모르겠

구나. 난 엘라이어스 형제가 널 어디로 데려갔는지 알고 있단다. 그리고 네가 형제를 오두막에 남겨두고 도움을 청하러 떠났다가 도둑과 살인자들 무리의 손아귀에 빠졌다는 것도 알고 있어. 지금 네 마음을 그다지 무겁게 하는 그 얘기를 들은 것은 그 오두막에서였느냐?"

이베스는 참담한 심정으로 말했다.

"잠꼬대였어요. 남의 잠꼬대를 엿듣고 그에 대해 얘기하는 건 정당한 일은 아니겠지만, 전 그 말을 듣지 않을 수가 없었어요. 전 그 수사님을 걱정하고 있었고, 수사님을 도울 방법이 있는지 알고 싶었고…… 그 전에 수사님의 병상 옆에 앉아 있을 때에도 그랬고……. 그건 아마 제가 힐라리아 수녀님이 돌아가셨다는 걸 얘기했기 때문일 거예요. 수사님은 어떤 얘기에도 꿈쩍도 하지 않았어요. 그런데 수녀님 이름이 나오니까…… 정말 무서웠어요! 수사님은 그때까지도 수녀님이 죽었다는 걸 몰랐나봐요. 수사님은 수녀님의 죽음이 자기 책임이라고 생각하는 것 같았어요. 수사님은 갑자기 건물을 지은 돌들이 들먹일 정도로 비명을 지르더니 그 자리에 엎드려 몸부림치기 시작했어요. 그러다가 벌떡 일어나서…… 붙잡거나 막을 도리가 없었어요. 전 캐드펠 수사님을 찾아 뛰쳐나갔죠. 하지만 수사님들은 모두 마지막기도에 들어가 계셨어요."

캐드펠은 조용히 말했다.

"그래서 네가 다시 엘라이어스 형제에게 돌아갔을 때에는 형제가 이미 사라진 뒤였겠구나. 그래서 너는 형제를 뒤쫓아갔고."

"그러는 수밖에 없었어요. 그 수사님을 돌보는 것은 제 책임이었어요. 전 머지않아 수사님이 지치면 수사님을 설득해 돌아오면

316

될 거라고 생각한 거예요. 하지만 불가능했어요. 그런 형편이니 수사님과 함께 가는 것 말고 제가 어떻게 할 수 있었겠어요?"

"그리고 엘라이어스 형제는 그 오두막으로 널 데리고 들어갔고, 그래. 우리도 그러리라고 추측했지. 자, 그러면 널 그토록 고통스럽게 하는 그 잠꼬대가 뭔지 들어보자꾸나. 두려워하지 말아라. 네가 한 모든 일은 그 형제를 위해 한 거니까. 이 말도 믿어라. 지금 네가 하는 일도 바로 그 형제를 위해 하는 일이란다."

이베스는 그 기억을 떠올리며 다시 부들부들 떨었다.

"하지만 수사님은 자기 자신을 책망했어요. 수사님은, 수사님은…… 힐라리아 수녀를 죽인 건 바로 자기라고 했어요!"

그 말을 들은 캐드펠의 태도가 너무나도 태연했기 때문에 소년의 마음은 오히려 격동했고, 눈물이 쏟아지기 시작했다.

"그분은 크나큰 번민에 빠져 있었어요. 아주 고통스러워했어요……. 그런 수사님을 살인자라고 고발해야 할까요? 하지만 진실을 어떻게 감출 수가 있겠어요? 엘라이어스 수사님이 직접 그렇게 말했어요. 하지만 전 그분이 악한 사람이 아니라는 걸 확신해요. 그분은 착한 분이에요. 아, 캐드펠 수사님, 우린 이제 어떻게 해야 하죠?"

캐드펠은 폭이 좁은 가대 위로 허리를 숙이고 소년이 두 손으로 단단히 움켜쥐고 있는 자기 손에 힘을 주었다.

"날 봐라, 이베스. 우리가 어떻게 해야 하는지 얘기해주마. 네가 해야 할 일은 모든 두려움을 없애버리고, 엘라이어스 형제가 잠꼬대를 할 때에 한 말을 문자 그대로 고스란히 기억해내는 거란다. 될 수 있다면 모두 다. 넌 '수사님은…… 힐라리아 수녀를 죽인 건 바로 자기라고 했어요!'라고 했지. 그건 그 형제가 그렇

게 말했다는 뜻이냐, 아니면 그 형제가 한 말을 통해 네가 그렇게 이해했다는 게냐? 네가 형제가 한 말을 낱낱이 내게 알려주면 난 다른 말에는 귀기울이지 않고 정확히 그 말이 어떤 의미인지 파악해보마. 자! 그 오두막에서 지샌 날 밤으로 돌아가보자. 엘라이어스 형제가 잠꼬대를 하고 있어. 거기에서부터 시작해보자. 서두를 거 없단다. 천천히 하렴."

이베스는 젖은 빰을 캐드펠의 어깨에 문지르고 믿음이 가득 찬 눈길로, 그러나 의구심에 차서 캐드펠의 얼굴을 바라보았다. 아이는 시키는 대로 그날 밤의 일을 생각해보았다. 아직 다 낫지 않은 입술을 깨물며 아이는 머뭇머뭇 입을 열어 이야기를 시작했다.

"전 잠들지 않으려고 노력했지만 잠들어 있었던 것 같아요. 엘라이어스 수사님은 엎드려 있었어요. 하지만 목소리는 똑똑히 들렸어요. 수사님은 말했어요. '수녀님…… 나의 수녀님…… 내 사악함을 용서해줘요. 내 치명적인 악행을 용서해줘요…… 내가…… 당신의 죽음이었군요!' 이렇게 말했어요. 틀림없어요. 수사님이 한 말 그대로예요."

이베스는 거기에서 얘기를 중단하고 고개를 흔들어댔다. 아이는 두려움에 떨며 그것만으로도 충분하다는 생각을 하고 있었다. 캐드펠은 두 손으로 아이를 붙잡고 이해할 수 있다는 듯 고개를 끄덕였다.

"알았다. 그 다음에는?"

"그 다음은…… 그 수사님이 허니드라는 사람을 어떻게 생각했는지 기억하시죠? 캐드펠 수사님은 제게 허니드가 그분의 아내였는데 아마 죽은 모양이라고 말씀하신 적이 있어요. 아무튼 엘라이어스 수사님이 그 다음에 한 말은 이랬어요. '허니드…… 허니

드도 당신 같았어요. 내 팔에 안으면 그토록 따뜻하고 편안했는데…… 못 본 지 여섯 달이나 되었어요. 갑자기 그런 욕망에 사로잡혀서…… 나는 감당할 수가 없었어요. 불타오르는 몸과 영혼을!'"

그 말들은 마치 이베스의 의식 속에 각인되어 있었던 듯 고스란히 되살아났다. 이제까지 아이는 오직 그 말들을 잊어버리려 애를 써왔지만 기억해내기 위해 정신을 집중하자 고스란히 되살아나는 것이었다.

"계속해봐라. 더 있을 게야."

"네. 그러더니 엘라이어스 수사님 어조가 바뀌었어요. 수사님은 이렇게 말했어요. '아닙니다, 날 용서하지 마세요! 어떻게 내가 감히 용서를 빌겠습니까? 흙이 나를 덮게 해줘요. 내가 정신을 잃을 수 있도록 해줘요…… 이 비겁하고 신의 없고 무가치한 자를……'"

그날 밤과도 같은 기나긴 침묵이 이어졌다. 그것은 그날 밤, 엘라이어스 수사가 자신의 치명적 나약함을 큰 소리로 자백하기 직전의 침묵과도 같았다. 이베스는 다시 입을 열었다.

"그분은 이렇게 말했어요. '그녀는 나에게 매달렸죠……. 나와 같이 있으면서도 아무 두려움을 느끼지 않았는데! 은총의 하느님이시여, 저는 사람입니다. 피로 가득 찬, 남자의 몸과 남자의 욕정을 가진 사람입니다! 그녀는 죽었어요. 날 믿은 그녀는……'"

이베스는 창백한 얼굴로, 약간의 동요도 없이 깊은 생각에 잠긴 캐드펠의 얼굴을 경이에 차서 넘겨다보았다. 캐드펠은 탁자 너머에서 음산한 미소를 지으며 침착하게, 고요히 생각에 잠겨 있었다.

"제 말을 못 믿으시는 거예요? 전 있는 그대로 말씀드렸어요. 모두가 엘라이어스 수사님이 한 말 그대로예요."

"네 말을 믿는다. 물론 형제가 그렇게 말했겠지. 하지만 생각해 보거라. 형제의 여행용 망토는 힐라리아 자매의 겉옷과 수녀복과 함께 그 오두막 안에 있었어. 게다가 감쪽같이 감춰져서 말이다! 힐라리아 자매는 그곳에서 끌려나와 개울에 던져졌고 엘라이어스 형제는 그곳으로부터 상당히 떨어진 거리에서 발견되었다. 형제가 널 데리고 그 오두막까지 가지 않았더라면 우리는 이 일을 반도 채 이해할 수 없었을 게다. 물론 난 네가 지금 들려준 얘기를 모두 믿는다. 그렇다고 해도 너는 그 일을 이제 내가 말하는 식으로 이해하고 생각해봐야 한다. 어떤 사태를 판단할 때에는 사실의 한 토막만을 가지고 해서는 안 된단다. 비록 그 한 토막의 사실이 자백처럼 명명백백한 것이라고 할지라도 말이다. 해명할 수 없다는 이유로 여러 다른 사실들을 도외시해서는 안 되는 게야. 그 모든 것들을 해명할 수 있는 것만이 삶과 죽음의 문제에 관련된 답변이라 할 수 있지."

이베스는 그 말의 내용은 이해했으나 그 말에서 무슨 위안이나 희망을 끌어내야 할지 몰라 멍하니 캐드펠을 바라보고만 있었다.

"하지만 우리가 어떻게 그걸 찾아요? 만약에 우리가 그걸 찾아냈는데 그게 잘못된 답변이라면……."

아이는 거기에서 말을 멈추고 고개를 흔들었다.

"진실은 결코 잘못된 답변일 수가 없단다. 우리가 그걸 찾아내자꾸나, 이베스. 그 진실을 아는 사람에게 질문을 던지는 것으로 말이다."

캐드펠은 자리에서 일어나 소년을 일으켜 세웠다.

"용기를 가져라. 이 세상 그 무엇도 겉으로 보아서는 알 수 없는 법이야. 나와 함께 가서 엘라이어스 형제와 얘기를 좀 해보자."

엘라이어스 수사는 전과 다름없이 허약했으며 입을 열지 않았지만 조금도 전과 같다고는 할 수 없었다. 그는 눈을 뜨고 있었다. 그 눈은 이지적이고 망상에 침윤되어 있지 않았다. 그 눈은 해결책이란 존재하지 않는, 거대하고 압도적인 슬픔을 드러내는 창문과도 같았다. 그는 기억력을 되찾았으나 그 기억은 그에게 오직 고통만을 가져왔다. 캐드펠과 이베스가 침대 양쪽에 걸터앉자 곧바로 엘라이어스는 그들을 알아보았다. 소년은 이제 무슨 일에 직면하게 될지 두려워 길을 잃은 듯 절망스러운 표정이었고, 캐드펠은 동요 없이 실제적인 표정으로 물을 마시겠느냐고 물었다. 그러고서 캐드펠은 동상에 걸린 다리에 붕대를 새로 감아주었다. 강인한 체력을 지닌 엘라이어스 수사의 몸 안에서는, 적어도 육체적으로는 격렬한 기운이 솟구치고 있었고, 그 기운 덕분으로 그의 몸은 훌륭히 버텨내고 있었다. 발꿈치는 잘라내지 않아도 될 터였다. 가슴도 깨끗했다. 그의 음울한 마음만이 치료를 거부하고 있을 뿐이었다.

캐드펠은 간단히 말했다.

"여기 있는 이 아이가 말하기를, 형제가 잃었던 일부 기억을 되찾았다고 하더군. 좋은 일이네. 사람은 자신의 과거를 전부 지니고 살아야 하는 법이니까. 과거를 잘못 간수해서는 안 되지. 이제 형제가 버려진 날 밤의 일을 기억해냈으니, 형제는 죽은 사람이나 다름없는 처지에서 되살아난 셈이야. 자, 여기에 지난 밤에 형

제가 온 세상보다도 더 애타게 찾고 싶어하던 바로 그 아이가 있네. 이 아이에게는 아직도 형제가 필요한 모양일세."

엘라이어스는 베개에 누운 채 퀭한 두 눈으로 캐드펠을 올려다보았다. 그의 얼굴은 쓰디쓴 거부와 고통으로 일그러졌다. 캐드펠은 계속해서 말했다.

"형제가 묵었던 그 오두막에 가봤네. 눈보라가 가장 지독했던 날 밤에 형제가 힐라리아 자매와 함께 그곳에서 눈보라를 피했다는 걸 아네. 이 끔찍한 십이월의 날들 중에도 최악의 밤이었지. 요즘은 날씨가 차츰 온화해지고 있어. 머지않아 해빙이 시작될 걸세. 허나 그날 밤은 얼음덩이나 같았지. 그 눈보라에 사로잡힌 불쌍한 이들은 추위를 견뎌내기 위해서는 서로를 껴안아 체온을 유지해야 했을 걸세. 형제와 힐라리아 자매도 그렇게 했겠지. 자매를 살리기 위해서 말일세."

어두운 눈동자가 타오를 듯 강렬한 빛을 발하기 시작했다. 캐드펠의 마음도 더욱 단호해지기 시작했다. 캐드펠은 의도적으로 이렇게 덧붙였다.

"나 역시 한때는 여자들을 알고 지냈네. 허나 아무 뜻 없이 알고 지내지는 않았네. 사랑 없이 그저 알고 지내지도 않았고. 난 내가 무슨 말을 하는지 잘 알고 있네."

오랫동안 사용하지 않아 쉿소리가 나는 음성이, 그러나 이지적이고 빈틈없는 음성이 조그맣게 새어나왔다.

"자매는 죽었습니다. 이 아이가 알려주었지요. 내가 그녀 죽음의 원인입니다. 죽은 자매를 뒤쫓아가서 그 발치에 쓰러지도록 해주십시오. 너무도 아름다운 여자였습니다. 나를 너무도 깊이 신뢰했습니다. 품에 안자 너무나 작고 너무 부드러웠습니다. 너무도

깊은 믿음으로 내게 매달려왔지요……. 아아, 하느님!"

엘라이어스는 부르짖더니 애원하듯 말을 이었다.

"나 자신에게 고통을 주어 아무것도 먹지 않고 굶어 죽어가는 건 온전히 이루어지고 있지 않았습니까? 하지만 화재만은 견더낼 수가 없더군요."

캐드펠이 말했다.

"이해할 수 있네. 나도 어쩔 수 없었을 걸세. 나 역시 형제와 마찬가지로 별 도리 없이 그렇게 하는 수밖에 없었던 경험이 있네. 나 역시 그녀와 함께 머물러 있기가 두려웠네. 그녀를 위해서도 나 자신의 영혼을 구하기 위해서도 방법을 찾아내야 했어. 꼭 그런 고귀한 동기 때문이라고 만은 할 수 없겠지만 난 여자가 잠들자 밖으로 나가버리고 말았네. 눈이 쏟아지는데도 밖으로 나가 그 추위 속에서 여자에게서 멀리 떨어져 밤을 지새우다가 새벽녘이 되어서야 여자 곁으로 돌아왔지. 그런 후에 우리는 같이 여행을 끝마쳤네. 형제와 마찬가지였지."

이베스는 그제야 일이 어떻게 되어가는지 알아차리고 숨을 멈추고서 안타깝게 대답을 기다렸다. 엘라이어스 수사는 베개 위에 놓인 머리를 고통스럽게 흔들어대며 큰 소리로 울부짖었다.

"아아, 하느님, 나도 바로 그렇게 그녀 곁에서 떠났습니다! 나는 욕망을 견더낼 만큼 신앙심이 견고하지 못했고 침착하지도 못했던 겁니다……. 내게 약속된 평화란 도대체 어디 있는 겁니까? 나는 그녀를 혼자 버려두고 달아났어요. 그리고 그녀는 죽었습니다!"

캐드펠이 말했다.

"그 죽음은 하느님의 손에서 이루어진 일일세. 허니드의 죽음도

힐라리아의 죽음도 마찬가지였지. 그들이 돌아오기를 기대해서는 안 되네. 그곳엔 형제를 변호해줄 이가 있네. 형제가 힐라리아 자매가 체온을 잃지 않도록 망토까지 벗어주고, 승복만 입고서 자매를 피해 달아났을 때에, 그 혹독한 겨울 날씨를 새벽까지 견뎌낼 각오로 그 추위 속으로 걸어 나갔을 때에, 그걸 자매가 몰랐으리라고 생각하나? 그날 밤은 가히 살인적이었네."

침대에서 흘러나오는 목소리는 여전히 껄쉰 음성이었다.

"도움을 주거나 구해주는 것만으로는 부족했습니다. 난 내게 떨어진 유혹을 견뎌낼 정도로 깊은 신앙심을 지니고 있지 못했어요. 아무리 몸이 달아올라도 함께 남아 있을 수 있을 만큼 깊은 신앙심을 가졌더라면……."

캐드펠은 확고히 말했다.

"건강을 회복해 퍼쇼로 돌아가면 형제의 고해를 맡는 사제께 그렇게 말하시게. 하지만 그분이 형제가 응당 치러야 할 몫이라고 상정하는 것 이상으로 자기를 학대하거나 비난해서는 안 되네. 형제가 한 일은 모두 힐라리아 자매를 보살피기 위해서였네. 잘못한 일은 비판을 받아야겠지. 허나 잘한 일은 상찬을 받아야 하네. 설령 형제가 자매와 함께 머물러 있었다 하더라도 그 자리에서 벌어진 일을 막을 수 있었으리라는 보장은 어디에도 없지 않나."

"최악의 경우 그녀와 더불어 죽을 수는 있었겠지요."

"그러나 본질적으로 형제는 그녀와 함께 죽은 것이나 마찬가지일세. 폭행으로 한 사람이 죽어간 바로 그 밤에 형제는 외로움 속에서, 형제 스스로 받아들이기로 마음먹은 죽음과도 같은 추위 속에서 죽어가고 있었네. 형제가 그 외로움과 추위에도 죽지 않

고 살아나 앞으로 남은 일생 동안 오랜 세월 그 일로 고통스러워해야 한다면, 그건 형제를 살려내어 그렇게 고통을 겪게 하려는 하느님의 뜻 때문일 걸세. 형제에게 부과된 여러 가지 의문을 생각해봐야 하네. 이제 말해야 해. 하느님께, 그리고 우리에게. 하느님도, 우리도 들을 걸세. 형제가 자매를 거기에 두고 떠났다는 것, 아침에 되돌아올 생각이었다는 것, 형제가 그날 밤 살아남으면 그녀를 안전히 남겨두고 떠난 곳으로 돌아갈 생각이었다는 것을 얘기하게. 그 이상 형제에게 요구할 수 있는 게 무엇이겠나?"

베개 위의 수척한 얼굴에서는 고통스러운 미소가 떠올랐다.

"보다 큰 용기지요. 모든 게 형제가 말씀하신 대로 이루어졌고, 또 이루어지지 않았습니다. 그 모든 행동은 선의에서 나온 겁니다. 일이 어긋난 것에 대해 하느님께서 날 용서해주시기를."

엘라이어스의 얼굴에 깊게 자리잡고 있던 주름들이 펴지면서 겸손한 표정으로 바뀌었다. 음성에 항상 붙박여 있던 긴장감이 사라지고 순종적인 어조로 변했다. 엘라이어스에게는 더이상 기억해낼 일도, 고해할 일도 없었다. 그는 모든 얘기를 다 했고, 그의 얘기는 모두 이해되었다. 엘라이어스는 머리 끝부터 병든 발끝까지 길다란 몸을 한껏 펴 기지개를 켜고 진저리를 치더니 평화 속으로 침잠해 들어갔다. 이제 그의 육체적인 약함이 그를 돕기 시작했다. 그는 아무런 저항도 하지 않고 잠에 몸을 맡겼다. 커다란 눈꺼풀이 내려앉으면서 이마와 입가와 눈가에 잡힌 주름들이 차츰 풀어졌다. 엘라이어스는 경이롭고 신비스러운 참회와 용서의 바다로 항해하기 시작했다.

"사실인가요?"

엘라이어스가 잠든 다음 병실에서 나와 문을 닫자마자 이베스가 캐드펠에게 물었다.

"물론 사실이고말고. 자기 자신에게 너무 많은 것을 요구하는 열정적인 성격의 소유자는 자기가 실제로 행하는 것에 대해서는 과소평가하게 마련이야. 형제는 오직 힐라리아 자매의 명예를 더럽히지 않기 위해서 망토도 없이 바로 눈앞마저 보이지 않을 정도로 눈보라가 몰아치는 얼어붙은 밤 속으로 나선 거란다. 욕망을 느낀다는 것만으로도 형제는 자기가 자매를 더럽히고 있다고 느낀 게지. 형제는 살아나 육신과 정신을 화해시킬 수 있을 게다. 시간은 걸리겠지만."

이제 겨우 열세 살 난 아이일 뿐이므로 캐드펠이 한 말의 내용을 완전히 이해하지는 못했다 하더라도, 혹은 예술에서의 교육의 역할처럼 실제적이라기보다는 원론적인 방식으로 이해했다 할지라도, 이베스는 그런 내색을 하지 않았다. 캐드펠의 얼굴에 고정된 소년의 맑은 시선은 예리하고 이지적이었다. 소년은 마지막 짐이 사라지면서 감사와 행복감에 사로잡혔다. 소년은 다시 말했다.

"그렇다면 엘라이어스 수사님이 떠나고 힐라리아 수녀님 혼자 있을 때에 그 약탈자들이 수녀님을 찾아낸 거로군요."

캐드펠은 머리를 저었다.

"그자들은 엘라이어스 형제를 발견하고는 쳐서 쓰러뜨렸다. 내 생각대로 그자들은 약탈을 하는 도중 우연히 마주치는 사람들은 모조리 죽였어. 자기들에게 위해를 가하는 목격자가 될까봐 두려웠던 게지. 그렇지만, 힐라리아 자매는…… 아니다. 난 그렇게 생각하지 않아. 바로 그날 밤이 새고 새벽이 오기 전에 그들은 드루

얼의 농장을 습격했다. 난 그들이 일 킬로미터나 돌아가서 그 오두막을 지났으리라고는 생각하지 않아. 그 오두막에 사람이 있는지 없는지조차 알지 못하는데 그럴 필요가 있었겠느냐? 뿐만 아니라 그자들이었다면 힐라리아 자매의 시신을 다른 곳으로 옮기느라 애쓰지도 않았을 테고, 좋은 옷은 가지고 갔을 게다. 아니야. 누군가가 자기 길을 가다가 그 오두막이 그 길에 있었기 때문에 거기에 들어갔던 게야. 내 생각은 그렇단다. 눈보라가 엄청났으니 그 사람은 오두막에서 잠시 피하려 했겠지."

이베스는 정의를 회복할 수 없게 되었다는 것에 실망하고 화가 치밀었다.

"그렇다면 아무나 그럴 수 있다는 얘기잖아요. 우린 범인이 누구인지 결코 알아낼 수 없을 거구요."

캐드펠은 그 순간 범인이 누구인지 아는 사람이 적어도 하나는 있으리라는 것을 깨달았다. 내일이면 입증될지도 몰랐다. 그러나 캐드펠은 그런 말을 하지 않았다.

"자, 적어도 엘라이어스 형제 일로 걱정할 필요는 없게 되었지 않니. 그 형제는 선한 사람이니 살아서 훌륭한 삶을 영위할 테고, 우리 교단에 영예가 될 게다. 아직 잠이 오지 않는다면 가서 그 형제 곁에 앉아서 잠시 시간을 보내도 괜찮다. 절대절명의 순간에 그 형제가 너를 자기 것이라고 주장하지 않더냐. 넌 아직 그 형제를 위해 해줄 일이 있을 게다. 네가 여기 있는 동안만이라도 말이다."

에르미나는 접객소의 난로가에 앉아 아직도 옷소매에 바느질을 하고 있었다. 캐드펠은 이 시간에 어울리는 일이 아니라고 생각했다. 그녀는 고개를 들어 잠깐 그를 쳐다보았다가 다시 익숙하

지도 않고 취미에도 맞지 않는 일로 돌아갔다. 그녀는 그에게 미소를 지어 보였으나 그것은 음울하고 그늘진 미소였다.

캐드펠은 간단명료하게 말했다.

"이베스에게는 아무 문제도 없소. 그 아이는 엘라이어스 형제가 잠꼬대로 살인을 고백하는 듯한 말을 하는 것을 듣고 그 때문에 마음을 태웠는데, 그것이 오해라는 게 확인되었지요."

캐드펠은 자초지종을 얘기했다. 그렇게 해서는 안 될 이유가 없었다. 그녀는 차츰 어른이 되어가고 있었다. 그녀는 갑자기 깨닫게 된 책임감을 영웅적으로 기꺼이 받아들이고 있었던 것이다.

"이제 이베스의 마음에 부담이 될 일이란 없소. 진짜 살인범이 나타나지 않았다는 점을 제외하고는."

"그 아이가 두려워할 필요는 없겠죠."

에르미나는 고개를 들고 미소지으며 말했다. 그것은 색다른 미소, 한편으로는 비밀스럽고 다른 한편으로는 확신에 찬 미소였다. 그녀는 이렇게 덧붙였다.

"하느님의 정의는 결코 실수를 범하는 적이 없으니까요. 그걸 의심하는 건 죄악일 거예요."

캐드펠은 그 무엇도 암시하지 않고 평범한 어조로 말했다.

"마침내 이베스는 당신과 더불어 기꺼이 돌아갈 마음의 준비가 되었소. 어쩌면 돌아가고 싶어 안달을 할지도 모르지요. 아가씨의 올리비에에게 이 세계 끝까지라도 쫓아다닐 숭배자가 한 사람 생긴 것 같소."

맑고 자랑스러운 눈을 들어 에르미나는 날카롭게 캐드펠을 쳐다보았다. 그녀의 눈동자 깊은 곳에서 난로의 타닥거리는 불길이 반사되어 붉게 타올랐다.

"그이에게는 숭배자가 둘 있어요."

"언제 오지요?"

"어떻게 아셨어요?"

그녀는 호기심을 드러내기는 했으나 놀라는 기색은 아니었다.

"그런 사람이 자신에게 부여된 임무를 소홀히 해, 해야 할 일을 마치지 않고 다른 사람이 그대들을 집으로 데리고 가도록 하겠소? 틀림없이 그 사람은 자기 임무를 직접 완수하려 할 게요. 그렇지 않소?"

"그분을 방해하지는 않으시겠지요?"

그러나 에르미나는 바늘을 쥔 손으로 허공을 휘저어 캐드펠의 답을 막고 계속해서 말했다.

"아니에요! 틀림없이 수사님은 방해하지 않으실 거예요. 수사님은 그분을 보셨고, 사람을 보실 줄 아는 분이니까요. 그분은 이베스를 통해 제게 소식을 보냈어요. 그분은 내일 마지막기도 시간 무렵, 사람들이 모두 잠자리에 들 무렵에 이곳에 올 거예요."

캐드펠은 그 점을 곰곰 생각해보고 공정하게 말했다.

"나는 새벽기도와 찬양을 위해 형제들이 잠에서 깨어나는 시간까지 깨어 있겠소. 그때쯤이면 정문에 문지기도 없을 게고. 그 사람은 다른 사람들과 함께 교회 안으로 들어올 수 있을 게요. 아침기도 때까지는 아무 일도 없을 게요. 당신과 남동생은 출발하기 전에 몇 시간은 잘 수 있겠지요. 내가 당신들을 깨워 정문까지 배웅하겠소. 그 사람이 마지막기도 중에 오거든 내가 직접 안으로 데리고 들어오리다. 내가 그런 일을 할 수 있게끔 나를 믿어주겠소?"

에르미나는 망설이지 않고 대답했다.

329

"그런 수고를 해주시겠다니 정말 감사합니다. 수사님이 충고하시는 대로 따르겠어요."

캐드펠 수사는 에르미나가 바느질을 계속해 한없이 길어지는 솔기를 바라보며 말했다.

"그런데, 아가씨도 이베스와 마찬가지로 내일이면 이곳을 떠날 준비가 다 되겠소?"

그녀는 고개를 들어 다시 캐드펠을 쳐다보았다. 서두르지도 않고 감추는 것도 없는 표정, 그러나 자신감 없는 표정이었다. 다시한번 난로불이 튀면서 그녀의 눈동자 속에 깊이 감춰진 붉은 빛을 비추었다. 그러나 그녀의 얼굴은 그저 맑디맑을 따름이었다.

"그래요. 준비가 끝날 거예요."

그러고서 그녀는 고개를 숙이고 무릎 위의 바느질감을 내려다보더니 한 마디 덧붙였다.

"제 일도 끝날 거구요."

천사의 살인자

밤은 청명했으며 별들은 눈부셨다. 사방이 고요했다. 추위는 거의 사라지고 있었다. 해가 얼굴을 내밀고 날이 밝아왔다. 눈이 내리지 않은 이틀째 밤이 지나갔다. 서서히, 소리도 없이, 해빙기가 찾아들기도 전에 쌓인 눈은 차츰 줄어들었다. 조금씩 조금씩, 거의 눈에도 띄지 않을 정도로 조금씩 길 위의 눈을 녹여 내리는 식의 해빙, 녹은 눈으로 인한 홍수 따위는 염려하지 않아도 될 해빙이었다.

휴 버링가는 화재 뒤에 남은 잔해마저 모조리 파괴하고 어마어마한 양의 약탈물들을 모아 처리한 다음 그날 밤 늦게 돌아왔다. 방책에 덧대어 지은 참혹한 감옥 안에는, 그들이 지닌 가치가 어떤 것이었는지는 모르지만, 끔찍한 고문 끝에 피살당한 두 사람

의 시신과, 같은 고문을 당하고도 아직 살아남은 세 사람이 갇혀 있었다. 그들은 루들로로 옮겨져 치료를 받았다. 조스케 드 디넌은 살아남은 도둑떼를 그곳에 감금하였다. 공격한 쪽에서는 열여덟 명의 부상자가 나왔으나 대다수는 사소한 경상이었고, 사망자는 전혀 없었다. 훨씬 큰 대가를 치를 뻔한 작전이었으나 손실은 그 정도뿐이었다.

레오나드 원장은 날은 여전히 쌀쌀하지만 맑은 햇빛 아래에서 환한 얼굴로 정원을 거닐었다. 원장의 얼굴은 안도감으로 더욱 빛났다. 자기 교구에서 무시무시한 약탈자들이 깨끗이 청소되었고, 잃어버렸던 남매도 찾아 안전하게 지내고 있으며, 병상에 누운 엘라이어스 수사는 축복 때문인지 재앙 때문인지는 알 수 없으나 경이와 영광에 사로잡혀 차츰 생기를 회복하는 중이었다. 엘라이어스 수사는 이제 맑고 침착한 정신을 되찾았으며, 겸손함과 기쁨이라 할 만한 마음으로 자신에게 주어지는 칭찬과 책망을 받아들이기에 이르렀다. 그의 정신은 완전했으며, 육체 역시 머지 않아 그 뒤를 따를 것이었다.

대미사가 끝난 지 얼마 지나지 않아, 잃어버린 소며 양을 되찾으려고 루들로에 주민들이 모여들었던 것처럼, 사람들이 자기가 잃어버린 말이 있나 둘러보러 하나둘씩 나타났다. 서로 자기 것이라고 주장하는 바람에 굉장한 다툼이 벌어져 이웃사람을 불러와 자기 소유라는 것을 확인시켜야 하는 일도 벌어질 법했지만, 이곳에는 그저 몇 마리의 말이 있을 뿐이어서 탐욕스러운 기회주의자들이 교활한 꾀를 짜낼 근거도 그다지 많지 않았다. 주인이 자기 말을 알아보는 것과 마찬가지로 말들도 자기 주인을 알아보았다. 루들로에서는 심지어는 소들조차 자기 주인을 알아보는 경

우도 있었다.

존 드루얼은 클레톤에서부터 걸어왔음에도 불구하고, 가장 먼저 나타난 사람들 가운데 하나였다. 존이 자기 소유라는 것을 입증하기 위해 안달할 필요도 없이, 그의 얼굴이 마구간에 나타나자마자 탄탄한 갈색말이 발버둥치고 울부짖으며 그를 좇아갔고, 그들은 포옹으로 재회했다. 말은 그의 귀에 대고 콧김을 내뿜었고, 존은 말의 목을 껴안고 머리부터 발굽까지 세밀히 살펴보며 뺨을 눈물로 적셨다. 그것은 그가 지닌 단 한 필의 말이었고, 그에게는 엄청난 재산이었다. 이베스는 존이 오는 것을 보고 얼른 에르미나에게 달려가 그 사실을 알렸고, 그들 두 남매는 나는 듯이 달려가 열렬히 그를 맞았다. 그들은 여전히 서로에 대해 깊은 호감을 품고 있었다.

위트배치에서는 한 아낙네가 죽은 남편의 암말을 찾으러 왔다. 같은 장원에서 온 호리호리한 몸집의 의젓한 소년이 산을 일구어 만든 경작지에서 작업말로 부리던 든든한 말을 수줍은 듯 어눌한 음성으로 부르자, 그 말은 머뭇거리며 소년에게 다가갔다. 그 말은 망아지를 찾아 두리번거리면서도 소년을 알아보고 인간의 한숨과 조금도 다를 바 없는 한숨을 내쉬었다.

식당에서는 아직 식사가 계속되고 있었다. 캐드펠이 눈부신 한낮의 햇빛이 쏟아지는 눈벌판 위로 나섰을 때에 에브라드 보테럴이 정문에 나타나 말에서 내렸다. 그는 자기를 공식적으로 맞아줄 사람이라도 찾는 듯 주위를 둘러보았다. 아직 열병의 후유증에서 완전히 회복되지는 못한 듯 창백한 안색에 홀쭉한 얼굴이었다. 그러나 움직임에서는 활기가 엿보였고, 눈에서는 명석함이 빛나고 있었다. 틀림없이 많이 회복된 것이었다. 그는 고개를 뒤

로 젖히고 위엄있는 눈길로, 얼른 종복이 달려와 말고삐를 받아쥐지 않자 얼굴을 찌푸리기까지 하며 이곳저곳을 두리번거렸다. 그는 타고 있는 말만큼이나 잘생긴, 훌륭한 자태의 젊은이였다. 또한 그는 자기 용모가 뛰어나다는 것을, 자기가 굉장한 귀족 출신이라는 것을 너무도 잘 의식하고 있었다. 그런 용모라면 어떤 젊은 여자라 해도 반하고 말 터였다. 그런 이점을 지닌 젊은이가 손 안에 쥔 것을 잃는다면 과연 무엇 때문일까? 현실, 에르미나는 현실이 그녀의 목가적인 환상을 무자비하게 침입했다고 말했다. 그렇다! 그러나 그것이 전부일까?

선의로 가득 찬 레오나드 원장은 얼굴 가득 웃음을 지으며 그 우스꽝스러운 걸음걸이로 정원을 내려와 예의바르게 방문객을 맞아들여 마구간으로 안내했다. 휴의 병사 가운데 하나가 주인이 나서지 않은 말의 안장을 살피며 쉬고 있다가 얼른 다가와 고삐를 받아줬었다. 보테럴은 마치 종복에게 하듯이 시선 한번 건네지 않은 채 말을 그에게 넘겨주고 원장과 함께 걸어가버렸다.

그는 혼자 나타났다. 만일 그에게 진정 되찾아야 할 말이 있다면 그는 되찾은 말을 저 말의 고삐에 나란히 묶어 집으로 돌아가야 할 터였다.

캐드펠은 접객소를 주의깊게 둘러보았다. 에르미나가 농부들이 입는 겉옷 차림으로 문을 빠져나와 가볍고 빠른 걸음으로 교회 쪽으로 걸어가고 있었다. 그녀는 팔 밑에 둥글게 만 무엇인가를 끼고 있었다. 벽으로 둘러싸인 마구간이 그녀의 한때의 구혼자를 삼켰듯이, 교회의 둥글고 어두운 아치 속으로 그녀의 모습은 사라졌다. 이베스는 지금쯤은 엘라이어스 수사 곁에 앉아 있을 터였다. 아이는 독점욕이 강해서 자기의 피보호자이자 환자인 엘라

이어스를 자기 소유의 것이라도 되는 듯 열심히 온 정성을 기울여 보살피고 있었다. 시야에서 사라지면 위험도 없는 법이었다. 이곳에서는 어떤 화살도 그를 겨눠 발사될 수 없었다.

캐드펠은 서두르지 않고 천천히 깨끗이 청소된 정원으로 나가 교회를 향해 걸음을 옮겼다. 그러나 에브라드 보테럴과 휴가 나란히 마구간에서 나와 문지기실로 가는 것을 보고, 캐드펠은 사려깊게 방향을 바꾸었다. 그들 역시 각자의 판단에 따라 움직이고 있었다. 에브라드는 활발하게 움직이며 미소를 떠올리고 있었고, 보좌관은 심사숙고하는 얼굴이었다. 그들 뒤를 마부 하나가 크림색 갈기가 달린 암말 한 필을 끌고 따르고 있었다.

캐드펠은 그들과 길이 교차하는 지점에 이르자 활짝 열린 문 앞에 멈춰섰다. 그들 역시 자연스럽게 발걸음을 멈추었다. 보테럴은 한때 레드위치의 장원에서 자신의 상처에 붕대를 묶어준 수사를 알아보고 정중하게 인사를 보냈다.

캐드펠도 예의바르게 말했다.

"보아하니 건강을 완전히 회복한 것 같군요."

그러나 캐드펠의 눈은 에브라드 보테럴의 말이 주인을 기다리고 있다는 것을 눈치챘는지 탐색하기 위해 휴를 지켜보고 있었다. 지금은 무기를 든 병사 한 사람이 그 말을 정원 이쪽저쪽으로 몰고 다니며 그 걸음걸이에 경탄을 거듭하다가 한 손으로 말의 목덜미를 쓰다듬고 있었다. 버링가가 보지 못하고 놓치는 것은 그다지 많지 않았다. 그러나, 표정만으로는 생각을 짚어내기 힘들었다. 캐드펠의 육감이 마구 움직이기 시작했다. 캐드펠은 지금 이자리에서, 바로 이 앞에서 일을 벌일 생각은 없었다. 그의 본능은 아직까지 그 일부분만을 이해하고 있는 복잡한 상황 쪽으로 캐드

펠을 몰아가고 있었다.

에브라드는 활기있게 말했다.

"고맙습니다, 수사님. 이제 회복하는 중입니다. 벌써 다 나았는지도 모르겠고요."

"내게 고마워할 건 전혀 없어요. 하지만 하느님께는 감사를 드렸습니까? 자비에 대해서는 감사를 드리는 게 옳은 일이지요. 목숨을 구한데다가 이 암말처럼 귀중한 재산을 되찾았으니. 그토록 많은 사람들이, 정직한 남자들과 무고한 처녀들이 죽어간 흉악하고 잔인한 사건이 끝났으니 감사를 드려도 좋겠지요."

그는 교회의 열린 문을 향하고 섰다. 안에서 사람이 움직이는 것이 어렴풋이 보였다. 그러나 그 움직임은 곧 그치고 정적이 자리잡았다. 캐드펠은 계속해서 말했다.

"안으로 들어가서 운이 덜 좋았던 이들을 위하여 몇 마디 기도를 올리시지요. 여기에도 그런 사람 가운데 하나가 관에 안치되어 있어요. 매장을 준비하는 중이지요."

캐드펠은 너무 말을 많이 하지는 않았는지 걱정이 되었다. 그러나 보테럴이 여전히 조금의 동요도 없이 선의를 가진 수사 하나쯤을 만족시키는 것은 별 중요할 것은 없지만 해가 될 일도 아니라는 듯 미소까지 지으며 자신만만하게 문을 향하여 돌아서는 것을 보자 마음을 놓았다.

"기꺼이 그렇게 하지요, 수사님!"

거절할 이유가 무엇이랴? 클레에서는 저 악당의 무리가 휩쓸고 지나간 자리마다 돌볼 이 없는 시신들이 이곳저곳에서 나뒹굴고 있었다. 그들 가운데 가장 최근에 목숨을 잃은 사람이 이곳 관에 안치되어 있다 하여 기이한 일이라고는 할 수 없었다. 에브라드

는 자신있게 돌계단을 올라가 어슴푸레하고 차디찬 본당으로 들어갔고, 캐드펠이 바로 그 곁을 따랐다. 휴 버링가는 짙은 눈썹을 찌푸리고 문간까지 그들을 따르다가 거기에 두 다리를 벌리고 멈춰서서 돌아나올 길을 막았다.

그들이 걸어온 길에는 눈에 반사된 햇살이 눈부시게 빛나고 있었기 때문에 어두운 교회로 들어서자 반쯤은 장님이 되어버리고 말았다. 거대하고 차디찬 어둠이 그들을 뒤덮었다. 높은 제단의 불빛이 조그맣게 빛나고 있을 뿐, 그 외에 빛이라고는 작은 창문으로부터 흘러드는 광선뿐이었다. 그 광선은 교회 바닥에 철창 무늬를 그려놓고 있었다.

붉은 등불이 갑자기 사라졌다. 그들 사이에 끼여들기 위하여 그녀는 상당히 신속히 움직였을 터였다. 그러나 이 어둠 속에서는 아무 소리도 들리지 않았고 아무것도 보이지 않았다. 그녀는 마치 애원하는 듯 손을 내밀고 에브라드 보테럴을 향하여 위협하듯 재빨리 다가들다가 돌연 비난하는 듯 그를 손가락으로 가리켰다. 그는 어둠 속에 잠긴 대기가 무엇 때문에 흔들리는지도 눈치채지 못하고 있다가 창에서 스며든 작은 빛 속으로 들어선 다음에야 그녀를 발견했다. 그녀는 베일을 드리우고 두건을 써서 얼굴을 가리고서, 오두막의 지푸라기가 뒤엉킨 구깃구깃한 베네딕트회의 수녀복을 입고 있었다. 수녀복의 오른쪽 가슴과 어깨 부분에는 피가 말라붙어 뻣뻣해진 자취가 그대로 남아 있었다. 희미하고 뿌연 광선이 그녀를 비추어 옷의 솔기 하나하나까지를 남김없이 드러냈다. 옷소매의 터진 솔기까지 고스란히. 그녀가 그에게 격렬히 저항하다가 마침내 그가 그녀를 눕히고 그 위에 올라타는 사이, 부상을 입은 그의 상처가 다시 벌어지고 그녀의 옷소매가 뜯

337

겨나갔던 것이다. 그녀는 소리 하나 내지 않고 타일이 깔린 바닥을 따라 조용히 그를 향해 다가들었다.

에브라드는 깜짝 놀라 뒷걸음질하려다 캐드펠의 어깨에 부딪치자 공포에 짓눌린 신음소리를 내지르며 도저히 믿을 수 없는 이 공격을 막아내기 위해 한 손을 들어 십자를 그었다. 두건 아래에서 커다란 눈이 그를 쏘아보고 있었다. 그 사이에도 그녀는 점점 다가오고 있었다.

"아니, 안 돼! 가까이 오지 말아! 넌 죽었어……."

그것은 그의 손에 목이 졸렸을 때의 그녀의 음성과 다를 바 없는, 목졸린 듯한 신음에 지나지 않았다. 그러나 캐드펠은 그 말을 알아들었다. 에브라드는 곧바로 정신을 가다듬었으나, 그것만으로도 충분했다. 에브라드는 안간힘을 다해 여유를 되찾았다. 그 사이 그녀는 온몸이 뻣뻣이 굳어버린 듯한 그에게 가슴과 가슴이 맞닿을 듯 가까이 다가섰고, 그리하여 그녀가 유령이 아니라 살아 있는 사람, 만질 수도 있고 죽을 수도 있는 사람이라는 것이 드러났다.

"이게 무슨 바보 같은 장난입니까? 여기에 미친 여자를 위한 피난소라도 운영하고 있나요? 이 괴물은 도대체 누굽니까?"

그녀는 머리에서 두건과 수녀의 머리수건을 벗어던지고, 길다란 검은 머리칼 위로 덮어쓴 힐라리아 수녀의 피로 더럽혀진 수녀복을 벗었다. 그러자 마침내 대리석처럼 희고 사나운 얼굴이, 에르미나 휴고닌의 불타오르는 눈동자가 드러났다.

그는 이런 환영을 만나게 되리라는 것은 상상조차 하지 못했다. 그녀에 관한 소식을 어디에서도 듣지 못했으므로 그는 그녀가 죽어 저 숲속 어딘가의 눈 속에 깊이 파묻혀버렸으리라고 생각했을

터였다. 아마도 에브라드는 적어도 이승에서는 그녀가 그를 향해 무엇인가를 추궁하는 일이 생기는 것에 대해서는 전혀 두려워할 필요없다는 결론을 내렸을 테고, 그리하여 그 밖의 일에 대해서도 전혀 걱정하지 않아도 좋다고 생각했을 터였다. 에브라드는 황급히 뒤로 한 걸음 물러났다. 그러나 더이상은 물러설 수가 없었다. 캐드펠과 휴가 그와 열린 문 사이에 우뚝 서 있었다. 그는 정신을 차리고 용기를 내어 고통스럽고 당혹스러운 표정으로 이런 터무니없는 장난에 대해 항의하려 했다.

"에르미나! 도대체 이게 무슨 짓이오? 살아 있으면서 어째서 소식을 주지 않았소? 내가 무슨 잘못이라도 저질렀소? 우리집과 나 자신은 공격을 당해 부상을 입었음에도 불구하고 당신을 찾아 헤맸다는 건 당신도 알고 있지 않았소?"

"알아요."

에르미나의 음성은 작고 단호했으며 힐라리아 수녀의 시신을 감금했던 얼음처럼 차디찼다.

"만일 당신이 날 찾아냈고 그 자리에 당신말고는 아무도 없었다면 나 역시 나의 가장 사랑하는 친구와 같은 길로 떠나고 말았겠죠. 그때쯤은 당신도 내가 결코 당신과 결혼하지 않으리라는 걸 알고 있었을 테니까요. 결혼하는 것과, 땅에 파묻히는 것, 그것말고 제삼의 길이란 내겐 없었을 거예요. 그렇지 않았다면 난 당신의 평안과 명예를 모두에게 소리 높이 선언할 수 있었을 테지만요. 나는 이곳에서 당신을 평가하거나 비판하는 말은 단 한 마디도 한 적이 없어요. 나 자신을 변호하는 말도 한 마디도 안 했구요. 왜냐하면 나 자신이 그런 일을 초래한 장본인이었고, 당신 못지않게 나 역시 비난받아야 할 처지라는 걸 알고 있었으니

까요. 하지만 어떤 사실을 알게 된 이상, 그녀가 어찌 되었는지 알게 된 이상, 그래요, 그래요, 그렇고말고요, 나는 천 번이라도 당신을 고발하겠어요. 이 살인자, 강간자, 난 당신을 나의 친구 힐라리아의 살인범으로 선언하겠어요."

에브라드는 그 말을 묵살하며 부르짖었다.

"당신 정신이 나갔군! 당신이 말하는 그 여자는 도대체 누구요? 그 여자에 대해 내가 뭘 안다는 거요? 당신이 날 떠난 뒤부터 난 열병에 시달렸소. 우리 집안 사람들 모두가 그렇게 증언할⋯⋯."

"아, 아니에요! 그렇지 않아요! 그날 밤이 아니죠! 당신은 나를 찾아 말을 달려 쫓아왔어요. 당신의 명예가 손상당하지 않도록 나를 붙들어야 했던 거죠. 결혼을 통해서건 살인을 통해서건 내 입을 막아야 했던 거예요. 부정하려 하지 말아요! 나는 당신이 말을 달리는 걸 보았어요! 당신은 말을 타고 쫓아오는데 두 발로 달리는 내가 당신보다 빨리 달아날 수 있을 거라고 생각할 줄 알았나요? 내가 그런 바보로 보였어요? 아니면 공포에 질려 정신을 잃은 나머지 멍청하게도 추적할 수 있는 자취를 남기며 비틀대며 무작정 달리기만 할 거라고 생각했어요? 난 나무들이 있는 곳까지만 내 발자취를 남겼어요. 루들로로 가는 길을 향해서요. 당신은 내가 그쪽으로 달아났을 거라고 생각했겠죠. 하지만 나는 우회로를 통해 당신이 비겁한 방어를 위해 쌓아놓은 재목더미가 있는 곳으로 돌아와서 그날 밤의 반 정도를 그곳에서 보냈어요. 난 당신이 나가는 걸 보았어요, 에브라드. 그리고 당신이 돌아오는 것도 보았구요. 부상을 입고 피를 흘리며 당신은 돌아왔어요. 당신이 사람들의 도움을 받아 집 안으로 들어가 침대에

눕기까지 난 움직이지 않았어요. 그러고 나서도 그날 밤의 최악의 눈보라가 지나간 다음에야 다시 달리기 시작했죠. 서두를 필요 없이 내 체력이 되는 대로 달아나도 된다는 걸 알고 있었어요. 한 시간쯤만 지나면 새벽이 밝아올 시간이었으니까요. 내가 그렇게 숨어 있는 동안 당신은 그녀를 죽인 거예요!"

그녀는 괴로움에 뒤틀린 음성으로, 불타오르는 가시처럼 뜨겁고 날카롭게 쏘아붙였다.

"나를 찾지 못해 아무 결실도 얻지 못한 사냥에서 돌아오는 길에 당신은 혼자 숨어 있는 그 여자를 발견했고, 그러자 내가 당신에게 한 짓에 대해, 당신이 나에게 하려 했으나 하지 못했던 그 짓에 대해 그 여자에게 복수한 거예요. 우리가 그녀를 죽인 거예요! 당신과 내가 결국 그녀를 죽인 거라구요! 나도 당신 못지않게 죄를 지은 거예요!"

"도대체 무슨 소리를 하는 거요?"

에브라드는 약간의 용기와 자신감을 그러모았다. 에르미나가 헛소리를 한 것이라면 그는 훨씬 자신만만해야 했고, 진실해 보여야 했으며, 믿음직해야 했다. 그녀가 아무리 냉혹하게 비난한다 해도 바로 그 비난 가운데에서 그는 자신을 변명하기 위한 발판을 마련해야 했다. 그는 계속해서 말했다.

"물론 내가 당신을 찾기 위해 말을 달려나간 것은 사실이오. 내가 어떻게 당신이 얼어붙은 숲속에서 죽어가도록 내버려둘 수 있겠소? 나는 부상당해 쇠약해진 상태였고, 게다가 말에서 떨어져 상처가 도지는 바람에 다시 피를 흘리기 시작한 거요. 그래요. 피를 흘린 건 사실이오. 하지만 그 나머지는 도대체 뭐요? 나는 그날 밤 내내 당신을 찾아 헤맸소. 내 체력이 견디는 수 있는 한 오

래도록 헤매고 다녔소. 그 동안 당신을 찾기를 중단한 적이 없소. 내가 아무 소득 없이 피를 흘리며 돌아왔다는 이유로 당신이 나를 비난하는 거요? 나는 당신이 얘기하는 그 여자에 대해서는 아무것도……"

캐드펠이 바로 그의 어깨 너머에서 입을 열었다.

"아무것도라고 했소? 그러면 루들로로부터 레드위치를 향해 돌아오는 길 중간에 있는, 양치기들의 오두막에 대해서도 아무것도 모르오? 난 그 반대 방향으로 같은 길을 간 적이 있어서 그 오두막이 있다는 걸 잘 알아요. 그러면 그곳 건초더미 속에서 자고 있던 젊은 수녀에 대해서도 전혀 모르오? 선한 이의 옷을 덮고 자고 있던 그 여자에 대해서? 그 일을 저지른 다음 돌아오는 길에 마주친 얼어붙은 개울에 대해서도 모르오? 당신 부상이 도진 것은 말에서 떨어졌기 때문이 아니라 그 차디찬 밤에 그녀가 자신의 몸과 명예를 더럽히지 않으려고 악착스럽게 저항했기 때문이었소. 당신은 야망을 달성하는 데에 걸맞는 과실이 많은 에르미나 대신에 다른 먹이를 찾아, 그녀를 대상으로 분노와 욕정을 해소하려 했소. 그 건초더미 속에 감춰진 옷과 수도복에 대해서도 아무것도 모르오? 이곳에서 지금 천국을 향하여 울부짖고 있는 저 죄상을 감추기 위해 그 옷들을 짚더미 속에 감춘 것에 대해서도 아무것도 모르오? 전혀 모르겠단 말이오?"

차갑고 희미한 광선 탓에 그림자가 짙게 드리워져 모든 사물이 단순한 선으로만 이루어진 대리석상처럼 보였다. 햇살이 쨍쨍한 정오가 지난 지 얼마 지나지 않은 시각이었으나 교회 안은 여전히 차가운 달빛으로 하얗게 물들어 있는 듯했다. 에르미나는 석상처럼 꼼짝도 않고 서서 눈앞의 세 남자를 말없이 쳐다보고 있

었다. 그녀가 해야 할 일은 다 마친 것이었다.

에브라드 보테럴은 터무니없는 실수를 교정하려는 듯 끈질기게 변명했다.

"이건 정말 말도 안 되는 소립니다. 난 캘롤리스가 약탈당했을 때에 부상을 입었고, 그 직후에 말을 타고 달려나가야 했어요. 출혈이 심해 붕대 위로 피가 흘러내린 거지요. 그게 어쨌다는 겁니까? 눈보라와 폭풍이 몰아치는 한밤중에 말을 타고 가다가 낙마하고 만 겁니다. 그런데, 그 여자, 그 수녀라는 여자, 양치기들이 쓴다는 오두막, 그런 것들이 내게 무슨 의미가 있습니까? 나는 그런 곳에 간 적도 없고, 그것이 어디 있는지조차 알지 못하는데……"

캐드펠이 말했다.

"난 거기 가봤소. 눈 위에서 말똥을 찾아냈지요. 키가 큰 말의 것이었소. 오두막 처마 밑으로 튀어나온 거친 재목 표면에서 암말의 말갈기 털 한 줌을 발견했지요. 이게 바로 그 털이오!"

캐드펠은 크림색의 구불거리는 털을 꺼내놓았다.

"이 털을 당신 말의 털과 비교해봐야겠소? 저 수녀복을 펼쳐 그 가슴에 묻은 핏자국과 당신이 부상을 입은 자리를 맞춰봐야겠소? 힐라리아 자매는 피를 흘린 적이 없소. 난 당신의 상처를 보았고, 그래서 알 수 있었던 거요."

에브라드는 줄 끝에 매달린 꼭두각시처럼, 앞에 선 한 여자와 뒤에 선 두 남자 사이에서 옴쭉도 못하고 한동안 우두커니 서 있었다. 마침내 그의 어깨가 축 늘어지더니 온 몸이 움츠러들었다. 그의 입에서 절망적인 신음소리가 길게 새어나왔다. 에브라드는 바닥에 무릎을 꿇고 주저앉아 주먹으로 마구 가슴을 치기 시작했

다. 아름다운 머리칼이 얼굴로 흘러내렸고, 창문에서 흘러든 희미한 햇빛이 그의 얼굴에 빗겨 떨어졌다.

"아아, 하느님 용서해주십시오, 용서해주십시오, 하느님⋯⋯ 난 다만 그녀가 입을 열지 못하게 하려는 생각뿐이었는데⋯⋯ 죽일 생각은 없었는데⋯⋯ 죽일 생각조차 하지 않았는데⋯⋯."

에르미나는 접객소 난로가에 어깨를 웅크리고 꼼짝도 하지 않고 앉아 있었다. 한바탕 눈물을 쏟고 나자 남은 것이라고는 크나큰 피로감뿐이었다.

"어쩌면 그건 사실이었는지도 몰라요. 죽일 생각은 없었을지도 몰라요. 그가 말한 대로요."

에브라드가 절망감에서 깨어나 목숨이라도 구할 요량으로 안간힘을 다해 한 얘기는 이러했다. 눈보라 때문에 수색을 포기하고 집으로 돌아가려고 방향을 돌렸지만, 눈보라가 너무나 심해지는 바람에 피난처를 찾아야 했고, 그때에 그 오두막을 발견하게 되었다. 그 안에 누군가 다른 사람이 있으리라고는 상상도 하지 못했으나 오두막 안에는 놀랍게도 한 여자가 잠을 자고 있었다. 그는 에르미나로 인해 모든 여자에 대해 품게 된 앙심과 분노를 그 여자를 향해 풀어놓기에 이르렀다. 그 여자는 잠에서 깨어나자 저항하기 시작했고 그는 거칠게 그녀의 저항을 꺾었지만 그녀를 죽이려는 생각은 결코 없었다! 그저 그녀를 침묵시킬 생각에 치맛자락을 걷어올려 얼굴을 가리고 짓눌렀는데 잠시 후 살펴보니 그녀는 꼼짝도 않고 죽어 있었다. 그녀를 되살릴 수는 없었다. 그는 여자의 겉옷을 벗기고 옷들을 죄다 건초 속에 감추고는 그녀의 시신을 끌고 나와 개울가에 이르렀다. 그렇게 하면 캘롤리스

를 습격했던 도둑떼가 죽인 또 한 사람의 피해자로 여겨지리라고 생각했던 것이다.

캐드펠은 에르미나의 창백한 얼굴을 바라보며 말을 꺼냈다.

"그 사람이 처음 부상을 입은 곳은……"

캐드펠은 그녀의 표정이 경련과도 같은 쓰디쓴 미소로 뒤바뀌는 것을, 그리고 마침내 그녀가 얼굴을 찡그리는 것을 알아챘다.

"알아요. 그 사람이 수사님께 그렇게 말했겠죠! 그런 것쯤이야 그냥 넘어갈 수 있었어요! 자신의 장원과 부하들을 지켜내기 위해 용감하게 싸우다가 부상을 입었다고 했겠죠! 아뇨, 말씀드리겠어요. 그 사람은 검을 뽑은 적도 없어요. 그 사람은 부하들과 일꾼들이 피살당하도록 내버려둔 채 쥐새끼처럼 달아나기만 했어요. 저더러도 자기와 마찬가지로 달아나자고 강요했구요! 제 핏줄의 사람들은 결코 부하들이 피살당하고 있을 때에 죽어가도록 내버려두고 달아나지 않아요! 그런데 그 사람은 그런 짓을 저더러 하라고 한 거예요. 그것만은 용서할 수 없었어요. 그런 사람을 사랑한다고 생각했다니! 이것도 말씀드리겠어요. 결과적으로는 그 사람의 유죄를 입증하게 된 그 부상을 입게 된 경위 말이에요. 레드위치로 옮겨간 첫날 그 사람은 부하들을 모두 끌어모아 울타리의 목재를 잘라내어 방책을 쌓으라고 했어요. 그때까지는 몸에 긁힌 상처 하나 입은 적 없었구요. 그날 온종일 저는 수치심에 사로잡혀 깊은 생각에 잠겨 있었어요. 저녁이 되어 에브라드가 돌아오자 전 그에게 결혼하지 않겠다고 했어요. 전 그런 겁쟁이에게 어울리는 짝은 될 수 없다구요. 그 사람은 그때까지는 제 몸에 손도 대지 않았어요. 지극히 예절바르고 착했죠. 그런데 바로 그때에, 저 자신은 물론이고 제가 소유하고 있는 토지를 빼앗기게

되었다는 것을 알게 되자 그 사람은 전혀 다른 사람으로 표변했어요."

캐드펠은 알아들었다. 강간으로 시작되는 결혼. 일단 일이 벌어지고 나면 대개의 가문에서는 흉한 소문과 불화를 초래하느니보다는 결혼을 하는 편이 낫다고 생각했다. 먼저 여자를 취하고 그런 뒤에 결혼하는 일은 실제로 종종 벌어지고 있었다.

에르미나는 음울하게 말했다.

"전 단검을 가지고 있었어요. 아직도 가지고 있구요. 그 사람에게 부상을 입힌 건 바로 저였어요. 전 그의 가슴을 찔렀는데 검이 빗나가 그 사람의 어깨에서 팔까지 길게 베게 된 거예요. 수사님도 그 부상을 보셨을 테니까……."

그녀는 그녀가 앉은 벤치 위에 놓인 접힌 수녀복을 내려다보더니 얘기를 계속했다.

"그 사람이 피를 철철 흘리며 미친 듯 욕설을 퍼붓고 고함을 질러대고, 사람들이 몰려들어 지혈하고 붕대를 감느라 소동이 벌어진 사이에 전 캄캄한 어둠 속으로 빠져나와 달아나기 시작했어요. 전 그 사람이 절 추적해 오리라는 걸 알고 있었어요. 제가 달아나는 건 그 사람으로서는 감당할 수 없는 일이었으니까요. 저와 결혼하거나 절 땅에 파묻어버리거나, 그 외에는 그 사람이 선택할 수 있는 길이란 없었어요. 그 사람은 내가 길 쪽으로 달아나 도시로 갈 거라고 생각했겠죠. 그 밖에 갈 곳이 어디 있겠어요? 그래서 전 그렇게 했죠. 하지만, 숲이 제 발자국을 가려줄 때까지만 그 방향으로 가다가 빙 돌아와서 숨어 있었어요. 아까도 말씀드렸지만, 그래서 그 사람이 말을 타고 달려나가는 걸 보게 된 거예요. 자기 말대로 부상 때문에 약해질 대로 약해진 몸으로, 분노에

휩싸여 치달려 나가더군요. 제가 짐작했던 바로 그 길로요."

"혼자서 말이오?"

"물론 혼자서요. 살인이건 강간이건 누군가가 목격하는 걸 원치 않았을 테니까요. 안에 있는 사람들에게는 명령을 내렸겠죠. 전 그 사람이 말을 타고 돌아오는 것도 목격했어요. 붕대 밖으로 다시 피가 흐르고 있었죠. 그때는 그런 생각조차 하지 않았지만, 그 사람이 너무도 무모한 짓을 저지르고 만 거죠."

그 일을 떠올리며 그녀는 몸서리쳤다.

"그 사람은 제게 거절당하자 마주치는 첫번째 여자에게 그 앙심을 푼 거예요. 전 그를 비난할 수 없을지 모르겠어요. 전 그 사람을 훨씬 나은 사람이라고 생각했으니, 그런 일을 겪어 마땅하다고 할 수 있을 거예요. 하지만 힐라리아 수녀는 도대체 무슨 잘못을 했는데요?"

그것은 영원한 질문, 영원히 대답이 있을 수 없는 질문이었다. 어째서 무고한 사람이 고통을 겪어야 하는 것인가?

에르미나는 여전히 의구심을 버리지 못하고 있었다.

"하지만 그 사람의 말은 사실일지도 몰라요. 그 사람은 거절당하는 일에는 익숙하지 않을 거예요. 그 때문에 몹시 화가 났겠죠…… 악마만큼이나 성질이 급하거든요. 하느님, 절 용서해주세요…… 전 한때는 그 사람의 그런 성격에 경탄한 적까지 있으니까요……."

그랬다. 그는 의도하지 않은 살인을 저지르게 되었고 공포에 질려 자신의 범행을 은폐하려 했는지도 몰랐다. 아니, 혹시 죽은 여자는 그를 고발할 수 없다는 것을 냉정히 계산하고서 그녀의 침묵을 영원한 것으로 만들기 위해 의도적으로 힐라리아를 죽였을

지도 모를 일이었다. 그러나 그 판단은 그런 일을 맡아하는 이들에게 맡겨야 하리라.

에르미나는 말했다.

"이베스에게는 이런 얘기는 하지 마세요! 이 얘기는 때가 되면 제가 하겠어요. 하지만 여기서는 안 돼요. 지금은 안 돼요!"

그랬다. 이미 끝난 싸움에 대해 소년에게 더이상 어떤 말도 할 필요는 없었다. 에브라드 보테럴은 무장한 병사들의 감시 아래 루들로로 떠났고, 수도원 정원에는 그곳에서 살인범이 발각되었다는 것을 알릴 만한 어떤 자취도 남아 있지 않았다. 브롬필드에 다시 평화가 조용히, 밤도둑처럼 조용히 찾아들고 있었다. 저녁기도까지 반 시간도 남아 있지 않았다.

캐드펠은 말했다.

"저녁 식사가 끝나면 가서 잠자리에 들어야 하오. 몇 시간 푹 자도록 해요. 이베스도 마찬가지고. 내가 지켜보고 있다가 당신들의 기사가 들어올 수 있도록 하겠소."

캐드펠이 고른 어휘는 무척이나 적절한 것이었다. 그 말은 마치 저 밖에서 다가오는 해빙기와도 같았다. 에르미나는 꽃이 피어나듯 환한 얼굴로 캐드펠을 바라보았다. 죄의식과 어리석은 행동으로 인한 모든 쓰디쓴 슬픔은 녹아 사라지고 캐드펠의 눈을 황홀하게 했던 저 광휘가 되살아났다. 죽음과 과거를 등지고 그녀는 삶과 미래를 향해 열렬히 돌아서고 있었다. 캐드펠은 에르미나가 이번에는 어떠한 실수도 저지르지 않았다고 생각했다. 어떠한 권력도 그녀를 이 헌신적인 사랑으로부터 등돌리게 할 수는 없을 터였다.

마지막기도 때에 교회에서는 늦은 시각이었음에도 불구하고, 공포로부터 해방된 것을 진정으로 감사하는 작은 모임이 열렸다. 근처의 십수 명의 선량한 주민들이 모여들었다. 날씨까지도 그 모임에서 한몫하고 있었다. 눈발은 거의 날리지 않았고, 하늘은 청명하여 무수한 별들이 반짝거렸다. 길을 떠나기에는 나쁜 날씨가 아니었다.

캐드펠은 이제 찾아야 할 사람이 누구인지 알고 있었다. 그러나 캐드펠이 찾고 있는 고개 숙인 검은 머리를 찾아내는 데에는 약간의 시간이 걸렸다. 그토록 눈에 띄는 용모를 지닌 사람이 경우에 따라서는 그렇게 눈에 띄지 않을 수 있다는 것은 진정 놀라운 일이었다. 마지막기도가 끝나고 교회를 떠난 마을 사람의 수효가 교회를 들어온 사람의 수효보다 하나 적다는 것은 놀라운 일이 아니었다. 올리비에는 그러고 싶으면 그 지방의 시골 사람처럼 보일 수 있었을 뿐만 아니라, 그러고 싶으면 소리 하나 없이 그림자처럼 사라질 수도 있었고, 주위의 돌처럼 꼼짝 않고 서 있을 수도 있었다.

사람들은 모두 떠났다. 마을 사람들은 집으로 돌아갔고, 수사들은 잠자리에 들기 전에 반 시간 정도 휴식을 취하기 위해 따뜻한 방으로 들어갔다. 교회의 거대한 건물은 어두운 정적 속에 잠겨들었다.

캐드펠이 말했다.

"올리비에, 안심하고 나오시오. 당신 친구들은 자정까지 잠을 잘 게요. 그들은 당신을 내게 맡겼소."

한 그림자가 꾸물거리더니 늘씬하고 민첩하고 젊은 몸뚱이로 되살아나 앞으로 나서서 모습을 드러냈다. 올리비에는 성스러운

장소로 검을 가지고 들어오는 것은 현명한 일도 온당한 일도 못 된다고 생각했기에 무장하고 있지 않았다. 그는 소리 하나 내지 않고, 마치 고양이처럼 가볍게 걸음을 옮겼다.

"날 아십니까?"

"에르미나를 통해 당신을 알게 되었소. 이베스가 비밀을 지키 겠다고 약속했겠지요. 허나 염려 마시오. 그 아이는 약속을 지켰 으니. 당신을 내게 맡긴 사람은 에르미나요."

젊은이는 가까이 다가서며 말했다.

"그렇다면 나도 수사님을 믿겠습니다. 수사님은 이곳에서 특권 을 지니신 분입니까? 임의로 어디든 출입하실 수 있는 것 같은데 요."

"나는 이 수도원의 수사가 아니라 시루즈베리의 수사요. 이곳 에 환자가 있어서 돌보러 온 거지요. 그걸 빌미로 규칙적인 수도 원 생활을 따르지 않고 있어요. 그 환자가 누구인지는 당신도 알 게요. 저 산꼭대기에서의 전투에서 당신도 그 사람을 보았소. 그 정신을 잃은 듯한 사람, 목숨을 위험에 내맡긴 채 앞으로 나서서 이베스가 탈출할 수 있는 여유를 만들어준 그 사람 말이오."

올리비에는 진지하고 나직하고 단호한 목소리로 말했다.

"그분께 큰 빚을 졌지요. 수사님께도 마찬가지입니다. 이베스 가 달아나 몸을 맡긴 분이 바로 수사님인 듯하니까요. 이베스의 말에 따르면 처음 자기를 발견해 이곳으로 안전하게 데려오신 분 이 있다고 했는데, 그분이 또한 수사님이신 듯하군요. 이베스가 그 수사님의 성함을 일러주었는데 그만 잊고 말았습니다."

"내 이름은 캐드펠이오. 잠깐만 기다리시오. 밖을 살펴보고 모 두 안으로 들어갔는지 알아봐야겠소."

잦아드는 횃불의 희미한 불빛 속에 밤이 깊어가고 있었다. 수도원의 정원은 한가운데에 뚫린 통로를 따라 검고 흰 무늬를 고스란히 드러낸 채 텅 비어 있었다. 오직 정적만이 자리잡고 있었다.

"이리 오시오! 더 성스러운 곳은 못 되지만, 더 따뜻한 곳으로 가서 기다립시다. 수도원의 형제들이 새벽기도를 드리며 찬양을 바치는 사이에 떠났으면 하오. 그 자리에는 잡일을 하는 사람들도 모두 참여하니까. 내가 당신들이 협문으로 조용히 빠져나갈 수 있도록 도와줄 수 있소. 헌데, 말은 가져왔소?"

올리비에는 목소리를 낮춰 대답했다.

"말은 준비되어 있고, 안전한 곳에서 쉬고 있습니다. 고아 아이 하나가 동행하고 있습니다. 위트배치 약탈 때에 부모를 잃었지요. 그 아이가 말들을 돌보고 있습니다. 우리가 갈 때까지 기다릴 겁니다. 캐드펠 수사님 말씀을 따르겠습니다."

올리비에는 캐드펠의 이름을 정확하게 발음하지는 못했지만 시험하듯 신중하게 발음했다. 그의 혀로 발음하기에는 낯선 이름이었다. 그는 아주 작은 소리로 웃으며 안내자가 이끄는 대로 반장님이라도 된 듯 손을 맡겼다. 두 사람은 손을 마주잡고 진료소의 문 앞에 이르렀다.

안에서는 엘라이어스 수사가 깊은 잠에 빠져 온몸을 느른히 편 채로 가느다란 손을 가슴에 얹고 편안하고 조용히 잠들어 있었다. 그의 얼굴은 고요하고 아름다웠다. 엘라이어스 수사는 살아 있고 평온하게 호흡하고 있었다. 둥글고 큰 눈꺼풀이 아이의 것처럼 그의 잠든 눈에 차분하게 덮여 있었다. 엘라이어스는 자기가 책임져야 할 이상의 죄책감 탓에 스스로를 괴롭히기를 멈추고 타고

난 기품으로 육체와 영혼을 치유하고 있었다.

이제 엘라이어스 수사 일로 걱정할 일은 없었다. 캐드펠은 병실 문을 닫고 손님과 함께 대기실로 들어가 앉았다. 자정이 다가오고, 새벽기도가 시작되기까지 두 시간 정도 남았을 터였다.

돌로 된 그 작은 방에는 가구랄 것은 아무것도 없이 촛불 하나만 어둠을 밝히고 있었다. 늦은 시간에 그곳에 자리잡고 앉은 두 사람 사이에는 특별한 친밀감이 싹트기 시작했다. 그들은 웬지 모를 일체감을 느꼈다. 늙은 남자와 젊은 남자는 눈을 크게 뜨고 친근한 호기심으로 서로를 바라보았다. 기나긴 침묵이 이어졌지만 그것은 그들의 친밀감을 훼방하지 않았다. 마침내 그들이 입을 열었을 때에 그들의 음성은 나직하고 평화로우며 명상적이었다. 그들은 평생 서로를 알고 지낸 사람들 같았다. 평생이라고 할 수 있을까? 한 사람은 스물대여섯을 넘지 않은 나이에 낯선 나라에서 건너온 낯선 사람에 불과하지 않은가.

캐드펠이 말했다.

"아직도 당신들에게는 위험한 여행길이 남아 있는 듯하오. 내가 당신들 입장이라면 레오민스터를 지난 뒤에는 대로를 버리겠소. 헤러포드도 피할 테고."

캐드펠은 점점 얘기에 열중하여 어떤 길을 택해야 할지 세밀하게 짚어주기 시작했다. 기억나는 대로 돌바닥 위에 숯으로 길을 그려 보이기까지 했다. 젊은이는 허리를 굽히고 주의를 기울여 자세히 살펴보다가 활기차게 고개를 들어 영리해 뵈는 미소를 지으며 캐드펠의 얼굴을 바라보았다. 올리비에가 가진 한 부분 한 부분이 낯설었지만 그럼에도 불구하고 캐드펠은 그에게서 뭔가 낯익은 것을 찾아내고 종종 놀라서 숨이 막히는 듯한 느낌이 들

었다. 그것은 까마득한 과거의 일이었고, 그리하여 구체적으로 그것이 무엇인지 알아내기 전에 번번이 사라져버리고 말았다. 캐드펠은 그 낯익은 장소와 시간을 찾아내기 위해 기억을 뒤적이고 또 뒤적여보았다.

올리비에의 미소는 이내 도전적이고 흥미롭다는 표정으로 바뀌었다.

"수사님께서는 오직 선의로 이런 일을 하고 계시는군요. 저에 대해서는 아무것도 알지 못하시면서 말입니다! 어떻게 내가 이런 임무를 수행하기에 믿을 만한 사람이라고 확신하십니까? 내가 이런 일을 기화로 내 영주에게서 그리고 황후에게서 어떠한 사적인 이익을 취하려 하지 않으리라고 어떻게 확신하십니까?"

"아, 나는 당신에게 있는 무엇인가를 알아보았소. 게다가 당신이 생각하는 것보다 나는 당신을 한층 잘 알고 있고. 나는 당신 이름이 올리비에 드 브레타뉴라는 걸 알고, 당신이 트리폴리에서 로렌스 댄저스와 함께 이곳에 왔다는 것도 알고 있소. 당신이 육 년 동안 로렌스 댄저스 밑에서 일했다는 것도 알고, 그분이 가장 신임하는 기사라는 것도 알고 있소. 당신이 시리아에서 출생하였다는 것도 알고, 시리아인 어머니와 프랑크족 기사 사이에서 태어났다는 것도 알고 있소. 부친과 같은 민족 사람들과 함께 살기 위해, 부친의 신임을 구하기 위해 예루살렘으로 갔다는 것도 알고 있지요."

캐드펠은 에르미나가 그녀의 기사에 대해 얘기할 때의 황홀한 얼굴과 헌신적인 음성을 상기하며, 자신은 그 이상의 것도 알고 있다는 생각이 들었다. 캐드펠은 혼잣속으로 중얼거렸다. 나는 에르미나 휴고닌이, 누구든 차지하고 싶어할 만큼 충분한 가치를

지닌 젊은 여인이 당신에게 모든 사랑을 바치고 있다는 것도 알고 있으며, 결코 그 사랑을 포기하지 않으리라는 것도 알고 있소. 당신의 그 호박석처럼 빛나는 눈빛을 통하여, 당신의 이마를 도는 피처럼 붉은 열정을 통하여, 당신 역시 그녀에게 모든 사랑을 바치고 있다는 것도 알고 있으며, 당신이 그녀의 가치에 견주어 자신의 가치를 결코 과소평가하지 않으리라는 것도 알고 있소. 어느 누구도 당신들 두 사람 사이를 가로막는 것을 허용하지 않으리라는 것도 알고, 두 사람 사이를 어떤 장애물이 가로막아도 당신은 그것을 극복할 결의를 하고 있다는 것도 알고 있소. 당신들 두 사람 사이를 가로막을 것은 다름아닌 저 용맹스러운 에르미나의 외숙이리라는 것 역시도……

올리비에는 진지하게 열중하여 말했다.

"에르미나는 정말 수사님을 믿고 있군요!"

"아마 그럴 게요. 당신도 날 믿어도 무방하오. 당신은 영예로운 임무를 수행하기 위해 이곳에 왔고, 훌륭히 그 임무를 수행했소. 나는 당신 편이오. 또한, 나는 저들 두 남매의 편이기도 하고. 난 그 남매의 용기를 보았고, 또한 당신의 용기도 목격했소."

올리비에는 긴장을 풀고 근심섞인 미소를 떠올리며 말했다.

"그렇지만 그런 모든 신뢰에도 불구하고, 에르미나는 어떤 면에서는 수사님을, 그리고 그녀 자신을 속였습니다. 그녀에게는 십자군에 종군한 모든 프랑크족 병사들은 귀족 출신의 기사보다 못한 신분일 리가 없지요. 그러나 그들 대부분은 장남이 아니어서 가출한 아들들, 낭만적인 꿈을 품고 외양간이나 농토를 버리고 떠나온 사람들, 도둑질이나 노상강도나 교회에 침입하여 자선함을 훔쳐내는 데는 남들보다 한 발 빠른 건달들에 불과합니다.

보통의 사람들보다 천하지도 않지만, 크게 나을 것도 없는 사람들입니다. 말과 창을 가졌다고 해도 그들이 모두 고드프리 드 부이용*이나 귀머 드 마사르드는 아닙니다. 제 부친도 기사가 아니라 그저 무기를 들고 노르망디공 로버트의 병력에 가담한 평민이었을 뿐입니다. 제 모친은 안티오크의 시장에서 작은 가게를 하던 가난한 과부였고요. 나는 그들 사이에서 태어난 사생아일 뿐입니다. 인종이 다르고 종교도 다른 부모 사이에서 태어난 사생아죠. 게다가 혼혈아입니다. 에르미나는 아름답고 사랑스럽습니다. 그녀는 용감하고 친절하지요. 나는 나 자신이 훌륭한 양친에게서 태어나 성장하였다고 생각하며, 세상 어느 누구와 견주어도 결코 뒤지지 않는다고 생각합니다. 나는 에르미나의 친척들 앞에서 그것을 입증해 보일 것이고, 그들이 그 사실을 받아들이게 할 것이며, 그래서 그들이 나에게 그녀를 주도록 할 겁니다!"

깊은 곳에서 우러나는 그의 나직한 음성이 점점 더 격렬해졌고, 그의 매처럼 예리한 얼굴은 열정과 진지함으로 번득였다. 마침내 그는 길게 한숨을 내쉬며 미소지었다.

"내가 지금 왜 이런 말을 하고 있는지 모르겠습니다. 수사님이 그녀를 위해 애쓰고 계신다는 것, 그리고 그녀에게 합당한 앞날이 보장되기를 바라신다는 이유말고는 아무 이유도 없습니다. 아마 내가 수사님께 좋은 인상을 남기고 싶은 모양이에요."

캐드펠은 편안한 어조로 말했다.

"나 역시 평민에 불과하오. 하지만 이런 수도원에서도 선술집에서나 마찬가지로 잘 견디고 살아왔지요. 모친은 돌아가셨소?"

"돌아가시지 않았다면 어머니 곁을 떠나지 않았겠지요. 어머니가 돌아가셨을 때 나는 열네 살이었습니다."

"부친은?"

올리비에는 생각에 잠겨 대답했다.

"나는 그분이 누군지도 모릅니다. 그분 역시 나를 모르지요. 그분은 어머니와 마지막 만난 뒤에 세인트 시메온을 떠나 잉글랜드로 돌아가셨습니다. 그분은 당신에게 아들이 있다는 것도 모르십니다. 그분이 시리아에 계셨을 때에 두 분은 오래도록 연인으로 지내셨어요. 어머니는 아버님의 이름을 결코 알려주려 하진 않으셨지만 여러 번 아버님을 칭찬하셨지요. 어머니에게 그런 사랑과 자긍심을 남겨주신 걸 보면 그것에 합당하신 분일 겁니다."

캐드펠은 마음속에서 고개를 내미는 생각에 기겁했다.

"인류의 반은 적절한 예식 없이 혼인 생활을 하고 있소. 그 반이 꼭 나쁘다고는 할 수 없을 게요. 적어도 돈이 오가지는 않고, 여자에게 토지가 지참금으로 주어지지도 않으니."

올리비에는 문득 그러한 교환이 얼마나 기이한 일인지 깨닫고 웃음을 터뜨렸다. 나직한 웃음, 이웃 방에서 잠든 사람을 방해하지 않을 정도의 웃음이었다.

"수사님, 이 방의 벽은 호기심을 느끼기에 부족함이 없는 얘기들을 모두 듣고 있는 것 같군요. 나는 지금 새삼 베네딕트 교단의 영역이 얼마나 넓은지 깨닫고 있는 중입니다. 수사님께서 지금 하시는 말씀은 수사님 자신의 지식에 따른 것이겠지요?"

캐드펠은 단순히 이렇게 말했다.

"나는 나 자신을 치유하기 위해 엄격한 교단의 규율에 복종하는 이런 생활을 시작하기 전에 사십 년 동안 바깥 세계에서 살았소. 나는 군인이었고, 뱃사람이었으며, 죄인이었지요. 십자군 전쟁에 참전한 적도 있다오! 내 희망을 이루는 데에 그 동기가 얼

마나 부적합한 것이었는지는 차치하고, 적어도 그 동기만은 순수했지요. 나는 그때에 아주 젊었소. 나는 트리폴리도 알고, 안티오크도 압니다. 예루살렘도 알지요. 그 도시들은 이제 모두 바뀌었을 게요. 까마득한 과거의 일이니."

까마득한 과거의 일. 그랬다. 캐드펠이 저 도시의 해안을 떠나온 지 벌써 27년이 지나 있었다!

젊은이는 세상을 두루 아는 사람을 만나게 되자 점점 말이 많아졌다. 기사로서의 온갖 야심에도 불구하고, 새로운 신앙에 대한 깊은 헌신성에도 불구하고, 그의 내면의 일부는 여전히 고향 땅을 그리워하고 있었던 것이다. 그는 왕궁이 있는 도시들에 대해서, 그리고 과거의 전투에 대하여 이야기했고, 태어나기도 전에 벌어졌던 여러 사건에 대해 열렬히 질문을 던졌으며, 잊을 수 없는 장소들이 화제에 떠오를 때면 감탄해 마지않았다.

캐드펠은 지난 날 자신의 동기가 얼마나 자주 보잘 것 없는 것으로 전락했고, 대적하여 싸워야 하는 이교도들이 얼마나 자주 그들 자신보다도 고귀하고 용감해 보였는지 상기하며 얼굴을 찌푸렸다.

"하지만 이해가 잘 안 되는군요. 부친을 찾기 위해서였다고는 하지만, 그와 같은 신앙을 지니고 살던 젊은이가 그토록 간단히 그 종교를 떠나오다니 말이오."

그렇게 말하면서 캐드펠은 그 동안 시간이 꽤 흘렀다는 것을 의식하고 자리에서 일어났다.

"그들을 깨워야겠소. 머지않아 새벽기도를 알리는 종이 칠 게요."

"절대로 간단히 떠나오진 않았습니다."

올리비에는 그같은 의문이 거의 한 번도 그를 괴롭혔던 적이 없다는 것을 떠올리며 새삼 놀라워했다.

"오랫동안 나는 둘 사이에서 찢기는 것 같았습니다. 내가 눈을 뜨게 된 것은 사실상 어머니 덕분이었어요. 어머니는 고향에서 쓰는 말과는 다른 이름을 가지고 있었습니다. 수사님네들의 성모 마리아와 비슷한 이름……"

캐드펠의 등 뒤로 작은 방의 문이 가만히 열렸다. 캐드펠은 고개를 돌렸다. 에르미나가 잠에서 막 깨어나 붉게 홍조를 띤 얼굴로 문가에 서 있었다.

마침 올리비에는 말을 끝내고 있는 참이었다.

"……어머니의 이름은 마리암이었습니다."

에르미나는 속삭이듯 말했다.

"이베스를 깨웠어요. 전 준비가 다 끝났어요."

그녀의 크고 맑은 눈에는 어제의 싸움과 고통의 자취는 더이상 보이지 않았다. 하룻밤의 잠으로 그 모든 것들이 씻겨가버린 것이었다. 그녀의 눈은 오직 올리비에의 얼굴에 매달릴 뿐이었다. 그녀의 음성을 들은 올리비에는 얼른 고개를 돌려 그녀를 바라보았다. 그들 두 사람의 표정은 마치 서로 가슴과 가슴을 대고 껴안은 듯 절절한 그리움을 그대로 담고 있었다. 캐드펠은 새로운 깨우침으로 경이를 느끼며 우두커니 서 있었다. 올리비에가 말한 그의 어머니의 이름 때문은 아니었다. 그의 머릿속에 돌연 거칠 것 없이 떠오르는 하나의 얼굴, 부드러운 빛 아래에서 빛나는 사랑을 감출 생각조차 하지 않는 올리비에의 자부심에 찬 얼굴, 그 뺨과 이마를 통하여 캐드펠은 한 여자의 얼굴을, 27년이라는 긴 세월에도 불구하고 잊을 수 없었던 한 여자의 얼굴을 보고 있었

다.

캐드펠은 꿈을 꾸는 사람처럼 돌아서서 그들 둘을 그 자리에 남겨두고 그곳을 떠났다. 그는 이베스가 옷을 입는 것을 거들어 그들의 여행 준비를 속히 마치고 싶었다.

캐드펠은 수사들이 새벽기도에 참례하고 있는 사이에 협문을 통해 그들을 밖으로 내보내주었다. 소녀는 우아하고 위엄있게 떠나가면서 캐드펠의 축복 기도를 청했다. 소년은 아직도 반쯤은 잠든 채로 얼굴을 들어 키스를 받았다. 아무것도 알지 못하는 젊은이는 이렇게 떠나는 것이 영원한 작별이 되리라는 것을 의식한 듯 소년을 따라 얼굴을 내밀어 캐드펠의 키스를 받았다. 올리비에는 캐드펠의 침묵을 이상하게 여기지 않았다. 무엇보다도 그들의 출발은 소리 없이, 지극히 신중히 이루어져야 했던 것이다.

캐드펠은 그들이 떠나는 것을 우두커니 서서 지켜보지 않고, 이내 돌아서서 협문을 닫았다. 그는 바로 진료소로 돌아가 엘라이어스 수사의 침대 옆에서, 연이어 밀려드는 파도처럼 온몸에 부딪쳐오는 경이감과 승리감에 몸을 맡기고 앉아 있었다. 눈크 디미티스! 올리비에가 스스로 선택한 길에 대해서는 말이 필요치 않았다. 어떤 요구도 곤란도 필요치 않았다. 이제 와서 그가 올리비에의 아비라는 것을 알릴 필요가 무엇이겠는가? 캐드펠은 기쁨에 잠겨 생각했다. 내 아들을 만났다. 그 아이와 나란히 앉아 지난날에 대해 얘기했다. 그 아이에게 키스도 했다. 그 아이를 위해 기뻐할 만한 이유도 있다. 평생 동안 기뻐할 만한 이유가…… 내 혈관에 흐르는 피와 마리암의 피를 받아 태어난 저렇게 훌륭하고 빼어난 아이가 이 세상에 살고 있다…… 내가 이 두 눈으로 저

아이를 다시 보느냐 못 보느냐 하는 것이 뭐 그리 큰 문제일까? 어쩌면 다시 그 아이를 볼 수 있을지도 모른다! 앞일을 누가 알 수 있겠는가?

어둠은 그에게는 달콤했다. 그는 앉은 채로 잠들어 아침기도 시간이 되기까지 도저히 상상도 할 수 없는, 그로서는 감히 받아들일 엄두조차 나지 않는 자비로운 꿈을 꾸었다.

숙고해본 결과 캐드펠은 그들이 떠난 것을 처음으로 알아내어 경보를 발령하는 사람들은 정치가들이리라고 결론을 내렸다. 수색이 시작되었다. 그러나 손님들은 이미 떠난 뒤였다. 그들을 감금하는 것도, 추적하는 것도 수사들의 임무는 아니었다. 레오나드 원장이 걱정을 했다면 그것은 오직 그들이 무사히 목적지에 도달하기를 바라는 마음과 합당한 보호자의 손에 그들이 맡겨지게 되기를 바라는 마음 때문이었다. 진정으로 레오나드 원장은 그 문제 전체를 흡족하게만 생각하는 듯 보였고, 그 때문에 캐드펠은 얼핏 의구심을 느꼈다. 그러나 그것은 어쩌면 원장 자신의 기분이 감출 길 없을 정도로 앙양되어 있기 때문이었는지도 몰랐다. 에르미나가 반지들을 뽑아서 얌전히 접어둔 수녀복과 함께 힐라리아 수녀의 봉인된 관 위에 봉헌물로 남겨두고 떠나갔다는 것을 알게 되자 그들의 도주는 오히려 고마워해야 할 일로 바뀌기에 이르렀다.

레오나드 원장은 머리를 설레설레 저으며 말했다.

"하지만 보좌관이 뭐랄지 모르겠어요. 그건 별개의 문제로군요."

휴는 대미사 시간이 되기까지 모습을 나타내지 않았고, 그들이

사라졌다는 소식을 듣자 당연히 공직자로서의 불만을 표했으나, 별로 중요치 않은 일로 치부하는 듯 어깨를 으쓱 치켜올렸다가 내리는 것으로 그만이었다. 그는 그보다 훨씬 더 중요한 문제를 성공적으로 해결해냈던 것이다.

"그들이 그렇게 사라졌다면 덕분에 우린 호위병을 배치해야 하는 부담을 덜게 되었군요. 그들이 안전히 댄저스에게 도착하기만 한다면 정말 다행이겠어요. 댄저스가 그 비용을 지불한다면 더 좋겠고요. 우린 늑대들의 소굴을 파헤쳤고, 살인범 하나를 잡아 오늘 아침 시루즈베리로 보냈습니다. 이곳에서의 내 주요한 일은 바로 그거였죠. 난 한 시간 안에 부하들을 데리고 이곳을 떠날 생각이에요. 캐드펠 수사님, 수사님도 나와 같이 가시죠. 내 생각엔 이곳에서 수사님이 하실 일도 나와 마찬가지로 끝이 난 것 같으니까요."

캐드펠의 생각도 같았다. 엘라이어스에게는 더이상 그가 필요치 않았다. 또한 떠나간 세 사람이 머물던 곳에 서성거린다는 것도 무의미한 일이었다. 정오에 캐드펠은 안장을 채운 말 위에 올라앉아 레오나드 원장과 작별하고 휴 버링가와 함께 시루즈베리로 향했다.

하늘은 구름에 가려 보이지 않았으나 날씨는 온화했다. 대기는 차가웠으나 맑고 깨끗했다. 만족스럽게 집으로 돌아가기에는 훌륭한 날씨였다. 그들은 서두를 것 없이 평화롭게 무릎과 무릎을 나란히하여 한동안 한가하게 달려갔다. 얘기를 나눌 때나 침묵을 지킬 때나 그들은 서로에게 편안한 동반자였다.

휴는 악의 없이 말했다.

"그래, 수사님은 그 아이들을 아무 곤란도 없이 잘 빼돌리셨군요. 그 문제는 수사님께 맡기면 안전하게 처리될 거라고 나도 생각했어요."

캐드펠은 일부러 얼마간 비난하는 표정을 지었으나, 미소와 더불어 휴를 돌아보았다. 캐드펠은 휴의 말을 듣고도 별로 놀라지 않았다.

"내가 알았다면 그랬을 리가 있소! 당신은 밤새도록 별로 눈에 띄지 않던데 일부러 그런 건 아니오? 난 당신과 같은 정도의 높은 명망을 지닌 사람이라면 자기의 인질들이 그처럼 소리 하나 없이 글로스터로 빠져나가는 일은 벌어지지 않도록 할 수 있을 거라고 생각했는데."

캐드펠은 속으로는 그 아이들을 데려간 안내인은 말할 것도 고, 하고 생각했으나 입 밖에 내어 말하지는 않았다. 휴 역시 자칭 삼림관리인의 아들이라는 사람의 솜씨와 그의 목적이 무엇인지 생각해보았다. 그러나 휴는 그의 이름도 혈통도 알지 못했다. 언젠가 전쟁이 끝나 잉글랜드가 다시 하나가 되면, 그때는 지금 캐드펠이 자기 마음속에만 은밀히 감춰두고 있는 비밀을 이야기해줄지도 모를 일이었다. 그러나 아직은 안 된다! 캐드펠은 아직은 저 기적적이고 경이로운 은총에 대해 발설할 수가 없었다.

"루들로에서 한밤중에 브롬필드의 협문이 열렸다 닫히는 소리마저 들을 수는 없었겠지요. 보테럴을 디넌의 감시 하에 두지는 않았겠지요?"

휴는 말했다.

"밤에 또다른 사람들이 출발할 계획이라는 생각은 전혀 해보지 못했죠. 보테럴은 디넌 영유지의 주민이에요. 우리는 그에게서

자백을 받았죠. 하지만 난 그자를 시루즈베리의 성에 감금하는 편이 안전하겠다고 판단했어요."

"그 사람은 교수형을 당하게 되는 게요?"

"아마 그렇지는 않을걸요. 이제 재판을 직업으로 삼는 사람들이 판단하도록 내버려두는 수밖에요. 내 일은 여행객들이 안전하게 통행할 수 있도록 도로를 잘 유지하고, 살인자들을 체포하는 겁니다. 정직한 남자와 여자와 아이들이 내 선의와 함께 그 길로 자유롭게 다닐 수 있도록요."

그들이 시루즈베리로 가는 길을 반쯤 왔을 때에 아직 날이 많이 남았음에도 휴가 길을 재촉하기 시작했다. 그의 시선은 앞쪽을 맹렬히 쏘아보고 있었다. 언덕 꼭대기의 성벽을 한시라도 빨리 보고 싶어 안달이 난 것이었다. 앨린이 행복한 마음으로 크리스마스 파티를 준비해놓고 자랑스럽게, 사랑과 더불어 그를 기다리고 있을 터였다.

"내가 떠나와 있는 동안 내 아들은 날 까맣게 잊었을 겁니다. 두 사람 모두를 위해 잘된 거죠. 그렇지 않았다가는 콘스탄스가 나를 찾아 사람들을 보냈어야 했을 테니까요. 그건 그렇고, 캐드펠 수사님, 아직 내 아들 얼굴도 못 보셨잖아요!"

캐드펠은 마음속으로 생각했다. 허나 당신은 내 아들의 얼굴을 보았소, 비록 그 아이가 내 아들이라는 것은 알지 못했겠지만. 캐드펠은 그 황홀한 기쁨에 말을 잊고 말았다.

"뼈대가 길고 강한 걸 보니까…… 그 녀석은 제 아비보다 머리 하나 정도는 클 것 같더군요……."

캐드펠은 그 녀석도 아비보다 머리 하나 정도는 더 컸었다고 생각했다. 머리 하나가 더 큰 정도가 아니라 그 밖에도 아비보다

장점이 많았다. 게다가 그 아이와 그 훌륭한 성품의 처녀가 결합한다면 그 사이에서 태어날 아이는 또 얼마나 아름답고 출중할 것인가!

"나중에 오셔서 내 아들을 한번 보세요! 자랑할 만한 아들이라는 걸 알게 되실 겁니다!"

캐드펠은 만족스러운 기분으로 조용히 말을 달렸다. 캐드펠의 마음은 아직도 경이와 충격으로 가득 차 있었고, 의기양양함과 겸손한 기쁨이 한데 뒤엉켜 있었다. 크리스마스까지는 열하루가 남아 있었다. 어떠한 그림자도 그 축제를 어둡게 만들지 못할 것이요, 오직 위대한 빛만이 비칠 터였다. 탄생의 계절, 아비가 자식을 얻는 계절. 게다가 올해는 얼마나 큰 축복을 받았던가. 우스터 출신의 젊은 여인이 아들을 얻었고, 앨린과 휴가 아들을 얻었고, 마리암이 아들을 얻었고, 그리고……

캐드펠 자신이 아들을, 자랑하기에 부족함이 없는 아들을 얻지 않았는가! 그렇다, 아멘!

사랑과 환멸

    권력자들 사이의 싸움 때문에 백성들이 생때같은 목숨을 잃고 삶을 박탈당하는 일은 동서를 통하여 어제오늘의 일은 아니다. 권력자들의 탐욕이 극에 이르고 나라가 혼돈에 빠지면 백성들의 삶은 더욱 고달퍼지는 법이지만, 그런 때에는 어김없이 나타나 가난하고 무력한 백성들의 삶을 더욱 힘들게 만드는 것이 있으니, 그것은 바로 도둑떼의 창궐이다. 『얼음 속의 처녀』는 이와 같은 시기를 배경으로 벌어진 의문의 살인사건을 캐드펠이 해결하는 과정을 그린 작품이다.

    한 아름다운 처녀 에르미나와 그 처녀의 남동생 이베스가 내전을 피해 눈보라가 몰아치는 산간지방으로 피난을 떠났다가 종적이 묘연해진다. 십자군 원정에서 돌아온 외숙부가 그들 남매를

찾고자 하지만, 그들이 사라진 곳은 바로 외숙부의 적이 점령하고 있는 지역이다. 그래서 그는 원정지였던 중동에서 데려온 빼어난 용기와 용모를 지닌 기사 한 사람을 적지에 파견한다……

캐드펠 자신이 십자군 전쟁에 참전했던 인물이라는 것은 이미이 시리즈의 첫째권 『성녀의 유골』에서부터 언급되는 사실이다. 해외 원정에 참전했던 사람으로서, 그는 나라가 양분되어 국왕과 황후가 서로의 목에 칼을 들이대는 내전에 대해서는 제법 냉소적이요 간혹은 비록 은밀하기는 하지만, 권력자의 의지에 반하는 행위까지 해치우기를 서슴지 않는다. 그러면서도 그런 혼란기에 산에 숨어 남의 물건을 약탈하고 훔치는 것으로 삶을 도모하는 길로 내몰린 도둑떼들에 대해서는 지극히 냉정하다. 아니, 어쩌면 이것은 작가의 생각이 그대로 투영된 결과인지도 모른다. 이 작품에서 얘기되는 도둑떼는 지극히 잔인하고 야비하며 비인간적이다. 증거를 인멸하고 종적을 감추기 위해 마을의 주민 전체를 몰살시키기를 주저하지 않는다!

그 와중에서 피살당한 한 여인이, "얼음 속의 처녀"가 발견되는 것이다. 그것은 부근을 출몰하던 도둑떼들의 소행으로도, 자신이 그녀를 죽였다고 자백하는 한 젊은 수도사의 소행으로도 여겨질 수 있다. 캐드펠이 "얼음 속의 처녀"를 죽인 범인을 추적하는 과정은 행정장관의 보좌관 휴와 그 병사들이 도둑떼들의 요새를 찾는 과정과 뒤얽혀 있다. 그러나 스스로 범인을 자처하는 수도사가 나타나는 등 기묘한 반전과 반전을 거듭하는 사이에 도둑떼들을 추적하는 일과 범인을 추적하는 일은 서로 다른 일임이 드러나고, 범인은 더욱 짙은 눈보라 속으로 숨어든다. 결국 그 사건을 해결하는 것은 물론 캐드펠, 서민적이고 조용하고 의심 많고,

어찌 보면 심술궂기까지 한 평수도사 캐드펠이다. 이 작품에도 캐드펠을 도와 사건 해결에 결정적으로 공헌하는 영웅들이 있다. 그들 가운데 둘은 실종되었다가 우여곡절 끝에 발견되는 귀족 출신의 남매인 에르미나와 이베스요, 다른 하나는 이 작품에서 가장 낭만적인 영웅이라 할 수 있는 인물, 한눈에 에르미나의 혼을 사로잡아 사랑에 빠지게 하는 한편 자신 역시 그녀에게 반하여 사랑에 빠지는 젊은이, 그녀의 외숙부 댄저스의 충성스러운 기사 올리비에이다. 도둑떼들의 요새에서 벌어진 전투에서 그가 홀연 나타나서 도둑떼의 우두머리를 쓰러뜨리는 광경은 거의 환상적이요 낭만적이다.

수도사 캐드펠이 이 작품을 통하여 그 출생을 알지도 못하던 아들을 만나는 것 역시 낭만적이라 할 것이다.

더이상 얘기를 늘어놓았다가는 오히려 독자들의 독서에 방해를 초래하게 될 것이다. 착한 이는 남이 저지른 짓에 대해서마저 죄의식을 느끼지만, 뻔뻔스러운 자들은 자신이 저지른 악행에 대해서마저 변명으로 일관하는 것은 동서고금을 통해 변치 않는 사람살이의 모습인가 보다. 그러나 다행인지 불행인지 모르지만, 그 환멸은 이 작품에서는 낭만적 사랑과 영웅적 모험 이야기로 적절히 포장되어 있어서 별로 환멸스럽지 않다.

1998년 6월
최인석

367

부 록

이 책에 나오는 역사적 인물과 배경

스티븐 왕(1097~1154)　프랑스 땅인 노르망디에서 잉글랜드로 건너와 그 땅을 차지한 정복왕 윌리엄의 딸인 아델라와 블로이 공 스티븐의 아들로, 1135년부터 1154년까지 잉글랜드를 다스렸다.

레이시 가문　윌리엄 1세의 정복과 더불어 잉글랜드에 들어온 월터 드 레이시는 나중에는 웨일스 경계 지방의 영토를 봉토로 수여받는다. 레이시 가문의 주요한 영지는 워블리 지방으로, 헤러포드의 북서쪽 16킬로미터 영역에 이른다. 월터가 1086년에 사고로 넘겨져 사망한 다음에는 그의 아들인 로저가 그의 영지를 상속받았다. 1086년 윌리엄 1세가 둠스데이 토지대장을 만들 무렵에는 로저는 노르망디의 영지 외에도 버크셔에 일백여 개에 달하는 장원을 보유하고 있었다. 그의 가장 큰 장원은 시로프셔에 자리잡은 스탠튼 레이시나, 로즈 드 몽고메리 명으로 같은 지방에 또 다른 영지를 지니고 있었다.

조스케 드 디넌　『피츠-워린 연대기』에서는 디넌이 헨리 1세에게 루들로 성을 하사받고 이 지역을 다스린 것으로 전한다. 어떤 책은 스티븐 왕이 디넌을 루들로 성의 성주로 임명하고 레이시 영토의 일부를 주었는데, 디넌이 왕에게 반대하여 반란을 일으켰고, 이에 따라 스티븐 왕이 1139년에 루들로 성을 공격하였다고 적고 있다. 그래서 디넌은 스티븐과 사이가 벌어지고, 모드 황후 쪽으로 기운 것으로 설명한다.

모드 황후(1102~1167)　정복왕 윌리엄의 아들인 헨리 1세의 딸로, 신성로마제국 황제 하인리히 5세와 결혼했다가 그가 죽은 뒤 앙주 백작 죠프리 4세와 재혼했다.

베네딕트회　6세기 초 이탈리아에서 누르시아의 성 베네딕트가 확립한 것으로, 중용과 안정이라는 고전적인 이상의 영향을 받았다. 청빈과 순결, 그리고 복종의 이상에 따라 매우 규율이 엄격한 삶을 누렸다. 집단적인 예배를 강조

하여, 하루 일곱 번씩 수사들이 모여 찬송하고 기도하는 성무일과를 수도원 공동체의 존재 이유로까지 강조했다.

시루즈베리의 성 베드로-성 바울 수도원 잉글랜드의 시로프셔 주에 위치한 수도원으로, 원래 성 베드로에게 헌정된 작은 목조 교회였으나 11세기 후반에 성 베드로와 성 바울 두 사도에게 헌정된 석조 건물로 개축되었다.

라덜푸스 수도원장(?~1148) 헤리버트 원장의 뒤를 이어 1137년부터 1148년까지 시루즈베리 수도원장을 지냈다.

로버트 부수도원장(?~1167) 로버트 페넌트. 12세기 전반에 시루즈베리 수도원의 부수도원장을 지낸 사람으로, 귀더린으로의 순례를 담은 『성 위니프레드의 생애』를 남겼다. 1148년부터 1167년까지 시루즈베리 수도원장을 지냈다.

고드프리 드 부이용 로워 로레인의 공작. 독일 전역(轉役)과 이탈리아 전역을 통해 신성 로마황제 4세에게 충성을 입증함으로써 1082년 공작령을 수여받았다. 1096년 1차 십자군 전쟁에 참전, 6개 전투병단 가운데 하나를 이끌고 오랜 포위공격 끝에 1098년에 안티오크를 점령하였다.

눈크 디미티스 Nunc dimittis 누가복음 2장 29절에서 32절에 이르는, 시므온의 노래. "주재여 이제는 말씀하신 대로 종을 편안히 놓아주시는도다. 내 눈이 주의 구원을 보았사오니 이는 만민 앞에 예비하신 것이요 이방을 비추는 빛이요 주의 백성 이스라엘의 영광이니이다." 시므온이라는 인물이 태어날 때에 예언자들이 나타나 이 아이는 구세주를 만나게 될 것이라고 예언한다. 시므온은 평생 구세주를 기다리지만 구세주는 오지 않는다. 마침내 그가 아주 늙어 죽음을 앞둔 때에 비로소 그는 아기 예수를 알현하기에 이르고, 그때에 신의 섭리를 찬양하며 부른 노래가 바로 눈크 디미티스이다.

최인석

1953년 전북 남원 출생. 1980년 월간 『한국문학』 한국문학상 수상.
1983년 백상예술상 신인작가상 수상. 1985년 영희연극상.
대한민국문학상 신인작가상 수상. 1986년 월간 『소설문학』 장편소설 공모에
『구경꾼』 당선. 1995년 제3회 대산문학상 소설부문 수상.
1996년 박영준문학상 수상. 장편소설로 『구경꾼』 『잠과 늪』 『새 떼』
『안에서 바깥에서』 『내 마음에는 악어가 산다』
소설집으로 『인형 만들기』 『내 영혼의 우물』 『혼돈을 향하여 한걸음』 등이 있다.

얼음 속의 처녀

1판1쇄 1997년 11월 10일
1판4쇄 2013년 2월 5일

지은이 엘리스 피터스
옮긴이 최인석
펴낸이 김정순
마케팅 김보미 임정진 전선경

펴낸곳 (주)북하우스 퍼블리셔스
출판등록 1997년 9월 23일 (제406-2003-055호)
주소   서울특별시 마포구 서교동 395-4 선진빌딩 6층
전자우편 editor@bookhouse.co.kr
홈페이지 www.bookhouse.co.kr
전화 02-3144-3123
팩스 02-3144-3121

ISBN 978-89-87871-09-6 (03840)
* 잘못된 책은 바꿔드립니다.